Tino Rau

20 Jahre
Chronik einer Jugend

Für Nicole

Tino Rau

20 Jahre
Chronik einer
Jugend

Impressum

© Tino Rau

ISBN 978-3-7345-9337-6 (Paperback) € 10,99
ISBN 978-3-7345-9338-3 (Hardcover) € 18,99
ISBN 978-3-7345-9339-0 (e-Book)   €   2,99

© 2017 Verlag: tredition GmbH, Hamburg

Inhalt

08 1. Vorspiel

11 2. Casanova und Casanovski

45 3. Ekstase

71 4. Tohuwabohu

97 5. Exodus

133 6. Alles auf Anfang

161 7. Die wilden Jahre in Bayern

207 8. Götterdämmerung in Chemnitz

233 9. Nachspiel

1.

Vorspiel

Warum schreibt man Sachen auf, welche man früher einmal erlebt hat? Denkt man die Erlebnisse seien so weltbewegend gewesen, um der Nachwelt erhalten zu bleiben? Wie kann man sich nur so wichtig nehmen! Millionen- wenn nicht milliardenfach passieren täglich gleiche oder ähnliche Dinge, jederzeit. Überall auf der Welt. Und wirklich wichtige und große Sachverhalte geschehen. Dagegen ist das folgende Werk doch banal und nicht so ernst zunehmen. Was also ist der Grund? Eine eindeutige Antwort kann dem geneigten Leser sicher nicht gegeben werden. Vielleicht ist es die Lust am Schreiben, oder das Gefühl dabei. Wenn man beim Tippen die ganzen Erlebnisse noch einmal an seinem geistigen Auge vorüber ziehen sieht, so ist das manchmal wie eine gute Behandlung beim Psychiater. Und schmunzelnd denkt man auch an die lustigen Vorkommnisse in seiner Jugend zurück. Also sicherlich von Beiden etwas. Das soll nicht bedeuten dass unser lieber Schreiberling einen an der Waffel hat. Na ja, halt auch nicht mehr als die meisten Leute auf der Welt. Jedenfalls hatte er sich zur Aufgabe gestellt seine Erlebnisse beginnend von 1980 bis 1999 auf Papier zu bringen. Subjektiv und so gut es ging. Die dazwischen wirklich wichtigen weltpolitischen Ereignisse, nämlich die friedliche Revolution in der DDR, der Fall der Mauer und die Wiedervereinigung der beiden deutschen Staaten, waren blanker Zufall. Man kann sich ja schließlich nicht aussuchen wo und wann man geboren wird! Viele heute lebenden Menschen haben diese Jahre noch in Erinnerung. Die meisten in guter, aber manche auch nicht. Vor allem die, welche nach der Wende ungewohnte Erfahrungen mit Existenzängsten, verbunden durch langjährige Arbeitslosigkeit, machen mussten. Eins war sicher, in der DDR brauchte niemand Ängste solcher Art zu haben. Das ist aber auch ziemlich das einzig Gute was übrig bleibt. Dafür war es sonst überall sehr öde und trostlos. Und die ewigen roten Parolen. Die stark beschränkte Reisefreiheit. Vor allen Richtung Westen. Und ja nichts Unerlaubtes sagen! Was nützt einen ein Leben ohne Angst, wenn sonst nichts passierte? Einfach traurig! Einige alte Genossen von der SED, werden dies sicherlich ganz anders sehen. Aber denen ist sowieso nicht zu helfen. Dem überwiegenden Teil der ehemaligen DDR Bürger geht es doch heute unbestreitbar viel besser als früher. Und die weinen dem alten System bekanntlich keine Träne nach. Dieses ist dann auch, zum Glück, schon lange im Mülleimer der Geschichte entsorgt worden. Man kann nur hoffen, dass sich solche Zeiten niemals wiederholen werden. Amen!

Es sollte jedoch kein rein politischer Rückblick werden. Also wurden diese Themen immer nur mal kurz gestreift. Eigentlich ging es mehr um Aktivitäten im Freizeitbereich, um Freundschaft und Liebe. Vor und nach der Wende. Da unser Akteur schon vor dem Ende der DDR diese verlassen konnte, hatte er noch Gelegenheit die "alte" BRD ungefiltert kennen lernen zu dürfen. Eins war klar, als er übersiedelte kam ihm der Westen doch mehr als Ausland vor, als ein Teil eines gemeinsamen Landes. Er musste sich aber schnell damit arrangieren, um zu überleben und sich eine neue Existenz aufzubauen. Sozusagen ein Sprung ins kalte Wasser. Ein großer Vorteil gegenüber vielen DDR Bürgern, die jahrelang brauchten um im neuen Leben anzukommen. Arbeiten wie im Osten und leben wie Westen, so ging das nun mal nicht. Aber genug. Das klingt ja schon fast so als wäre dieses ganze Werk ein ernstzunehmendes Traktat. Dem ist aber beileibe nicht so. Im Gegenteil. Deshalb wollen wir es jetzt auch mit dem ganzen "Vorspiel" belassen und wünschen dem geneigten Lesefreund viel Spaß bei der Lektüre!

Der Verfasser

2.

Casanova und Casanovski

Wie war das damals in der DDR? Wie war das damals, he? Auf diese Frage hat wohl jeder ehemalige DDR-Bürger seine eigene Antwort parat. Die folgende Erzählung stellt eine Variante dar, wie sie so oder so ähnlich sicher auch von einigen anderen erlebt wurde. Es ist die Geschichte einer Jugend. Und jede Jugend hat ihre speziellen Erlebnisse, an die man sich auch später noch gerne erinnert. Man stelle sich vor, man schreibt das Jahr 1980 und ist im Osten Deutschlands, im schönen Sachsen, genauer gesagt in Karl-Marx-Stadt (heute wieder Chemnitz).

Da gab es zwei junge Typen, der eine war Üppel und 18 und Gigo der andere 20.

Üppel war Malerlehrling im zweiten Lehrjahr. Gigo war frischgebackener Schreinergeselle.

Sie hatten die „Rotlichtbehandlungen" in ihren noch jungen Leben bis jetzt gut überstanden und wollten vor allem ihr eigenes Ding machen, weit weg von Regeln und Zwängen. Und da bot sich in der DDR nicht ganz so viel an, außer man vergnügte sich so oft es geht mit jungen hübschen Mädchen und etwas Alkohol natürlich nur gepflegt!

Der geneigte Leser wird merken dass ihnen beides nicht immer gelang. Doch Versuch macht bekanntlich klug. Genug der Vorrede lasst es beginnen!

Am jenen Silvesterabend des Jahres 1979 saßen zwei Jünglinge in ihrer Bude und warteten sehnsüchtig auf ihre beiden Frauen Walli und Rikki. Was heißt hier ihre Bude, die Eltern von Gigo waren nicht zu Hause, folglich fand dort die Party statt. Durch die lange Wartezeit kamen sie auf die Idee sich über die Vorhaben für das Jahr 1980 auszutauschen. Bei weiterem Lesen kann man nun verfolgen, ob und was daraus wird.

Nachdem die beiden Damen eingetroffen waren, verbrachten die vier eine dufte Silvesternacht! Gegen Morgen zeichnete sich folgendes Bild ab: Üppel und Rikki liebten sich innigst auf einen der noch leerstehenden Betten. Indessen saß Gigo bei seiner dritten Flasche Sekt. Dadurch geriet Walli in Wut und brüllte dem WC eins. Um ihrem Vorhaben weiter gerecht zu werden, mussten die zwei Frauen leider aus ihren weiteren Lebensweg ausscheiden. Bis Mitte Januar lief alles „Stil 79". Das erste Wochenende verbrachten unsere zwei im „I". Das „I" war etwas besser als eine Gartenkneipe, in der Innenstadt von Chemnitz, aber bei der Jugend ziemlich angesagt. Deshalb war es dort auch immer meistens ziemlich voll, und das Bier floss in Strömen.

Am folgenden Sonnabend war die Sache reif. Gigo setzte seine Frau Walli auf die Abschussrampe. Und rutsch! Indessen bekniete Üppel seine Rikki vorläufig des letzten Males bei sich auf dem Fußboden. Nach dieser obskuren Nummer war ebenfalls die Trennung perfekt. In der darauf folgenden Woche wurde „schwer" gearbeitet. Am lang ersehnten Wochenende versumpfte Gigo im Irkutsk, einer nobleren Diskothek in der City. Aber schon gegen zwei Uhr stand er wieder vor dem Fenster seiner ehemaligen Frau, die ihn auch, ohne lange zu zögern, in ihr Gemach führte. Dieses Spiel wiederholte sich noch des Öfteren. Nach der Trennung von seiner Rikki geriet Üppel auf die schiefe Bahn, er wurde zum Alkoholiker. Dies bewies er das erste Mal an der Bar im Strickbau. Der Strickbau war der Speisesaal des VEB Strickmaschinenbau wo samstags wie auch in anderen Speisesälen der Stadt Jugendtanz bzw. Discos stattfanden. Beginn war meist gegen neunzehn Uhr und halb eins war spätestens Schluss! Man stelle sich das mal heute vor, unvorstellbar. Das Irkutsk war dagegen eine richtige Disco und hatte zu damaliger Zeit schon bis drei Uhr geöffnet. Eine Sensation, die aber nur bis Mitte der achtziger Jahre Bestand hatte, danach schlossen sich schon ein Uhr im Irkutsk die Türen. Somit war die sozialistische Ordnung wiederhergestellt. Halleluja. Doch zurück zu unseren Beiden.

Einige Tage später lernte Gigo auf Arbeit Gitta kennen. Obwohl sie 27 und verheiratet war geriet er in ihre Fänge. Kurze Zeit später war die „Verlobung" perfekt. In den Stunden wo Üppel nüchtern war, verdingte er sich als Chauffeur. Er war nämlich stolzer Besitzer eines Mokicks der Marke Simsons S 50. Und dieses Teil mußte natürlich auch bewegt werden. So kam es das er auch eines Tages Walli nach Lengefeld befördern mußte. Ihre Mutter wohnte dort mit neuen Lebensgefährten. Wahrend ihr Vater mit den Kindern in Chemnitz lebte. Ein Durcheinander war das in der Familie! Auf der Rückfahrt gerieten sie in einen Schneesturm. Um Walli bei Laune zu halten erzählte Üppel ihr von der Verlobung Gigos. Kurzerhand entschloss sie sich Gigo ein Glückwunschtelegramm zu senden. Über diese Karte lachten unsere beiden Helden noch einige Wochen. Doch Gigo war eine Verlobung zu wenig. So heiratete er seine Gitta kurz entschlossen in Oederan bei einem Faschingsball. Dadurch begann der Konkurrenzkampf zwischen Gigo und Gittas erstgeheirateten Mann. Am selben Abend leerte Üppel Strickbaus Bierfässer.

Einige Tage später war Gigo das Glück beschieden mit seiner Gattin zu schlafen. Dieses Glück war Gigo noch des Öfteren hold, wie z.B. nach dem Polterabend eines Arbeitskollegen in Harthau. Das Alkoholikerdasein brachte Üppel einen leeren Geld- und einen vollen Hmmbeutel ein. So besann er sich auf sein Vorhaben. Am darauf folgenden Sonnabend schockte Üppel die Kellner des Strickbaus und sich selbst. Gegen zweiundzwanzig Uhr verließ er mit drei Frauen die heiligen Hallen in Richtung Irkutsk. Die drei Damen waren Walli, Franzi und Steffi. Da Üppel drei Frauen zur Auswahl hatte mußte er sich für eine entscheiden. Seine Wahl fiel auf Franzi. Grund Wallis Herz schlug noch immer für Gigo. Und Steffi wusste auch über Gigos Liebesleben Bescheid. Dieses spürte sie in der zweiten Januarwoche in seiner Bude. Dort hatte er die etwas ausgeflippte Lady gründlich eingeritten. Diese Frau fiel demzufolge ebenfalls aus. Außerdem war Franzi Üppels alte Schulliebe aus den Tagen in der Comeniusoberschule. Im zarten Alter von 14 waren sie fast ein Jahr lang zusammen gewesen. Sie trafen sich in jeder Pause zum Schock aller Lehrer, und waren es nur fünf Minuten. Sie waren in Parallelklassen, und nach der Schule gingen sie gemeinsam heim, nur um danach auch wieder zusammen zu sein. Durch das viele Aufeinanderhocken gingen sie sich schließlich so auf den Keks das die Beziehung beendet werden mußte noch bevor sie sexuell richtig vollzogen wurde. Außer Pettingversuchen war nicht viel passiert.

Doch diesmal sollte alles anders werden. Üppel wollte unbedingt ihre „Lustgrotte" kennen lernen. In tiefer Nacht, nach der Heimkehr aus dem Irkutsk, knallte Üppel seine Franzi zum ersten Mal auf seinem Sofa. Das Sofa maß ein Meter mal fünfzig Zentimeter. Dementsprechend war das Lustgefühl nicht so himmelhochjauchzend. Das mußte später unbedingt unter besseren Voraussetzungen nachgeholt bzw. verbessert werden, dachte sich Üppel, als er Franzi noch nach Hause begleitete. Praktischerweise wohnte sie gleich in der Nähe. Man mußte nur einmal kurz eine große Wiese überqueren, und schon war man da. Und Gigo? Der Konkurrenzkampf zwischen ihm und Gittas

Mann entwickelte sich langsam zu dessen Gunsten. Dieses bemerkte Gigo erstmals im Jugendtreff einen Jugendklub in der City. Er bekam an diesen Abend seine Frau nur zweimal zwischen die Finger, was ihn aber nicht sehr störte. Der Grund war: die alte Freundin Monika lief ihn über den Weg. Sie kannten sich ebenfalls, wie Üppel und Franzi, aus alten Schultagen. Das Üppel an diesen Abend mit von der Partie war, ist natürlich selbstverständlich. Er suchte vergeblich nach einer Frau. Als er keine fand ging er schleunigst zurück in den Strickbau wo seine Franzi schon sehnsüchtig auf ihn wartete. An diesen Abend entbrannte der Konkurrenzkampf zwischen Üppel und Franzis festen Freund Banane, den auch Üppel später verlieren sollte. In der kommenden Woche bekam Gigo Damenbesuch. Die Frau war Moni, die er auch am selben Abend in seiner Bude gepflegt vernaschte.

Ein paar Tage später saßen Üppel und Gigo im „I" und lernten dort Rosi und „Tante Gitta" kennen. Kurzerhand schleppte Gigo „Tante Gitta" mit in seine Bude. Was war das eigentlich, seine Bude? Damit war eine gemütlich eingeräumte Bodenkammer gemeint, mit einem Sofa und einen großen Ohrensessel zum drehen. Der Clou waren die leeren Kabadosen auf einem kleinen Regal. In der Bodenkammer gab es natürlich kein WC, also mussten die Frauen die leeren Dosen benutzen. Unsere zwei konnten ja ins Freie gehen. Schlimm war nur, wenn Gigo mal wieder vergaß, die Dosen rechtzeitig zu leeren. Sehr unangenehm! Doch genug davon. Am nächsten Tag konnte Gigo jedenfalls sagen auf „Knochen" gestoßen. Üppel hatte an diesen Abend einen Rückfall gehabt und sich dem Alkohol ergeben, und somit kein Glück bei Rosi. Währenddessen ist es Gigo gelungen in zwei Monaten gleich fünf verschiedene Frauen zu vernaschen! Was für eine übermenschliche Anstrengung, aber auch! Anfang März war nach dem Strickbau bei Üppel eine große Fete angesagt. In seinem Kinderzimmer versammelten sich fünfzehn Personen. Gegen zwei Uhr leerte sich die Bude bis auf zwei Pärchen. Das eine war Gigo und Moni, das andere Üppel und Monis „kleine" Schwester. Diese war auch nicht zu verachten. Gegen vier Uhr brachen sie diese kleine Party ab, da vor Üppels Haus schon ein Taxi auf die beiden Damen wartete. Unsere zwei Helden mussten nämlich ihre Kräfte schonen, denn die nächste große Fete stand schon ins Haus. Ein paar Tage später war es soweit. Eine große Party war in Üppels Waschhaus angesagt. Der Anlass war die Geburt eines „Mannes". Üppel feierte an diesem Tag seinen achtzehnten Geburtstag. Es war eine große Schar Gäste erschienen. Darunter Gigo mit seiner letzten Liebesbekanntschaft Moni, Judy die kleine Schwester von Gigo, Steffi, Lea und noch viele andere. Üppel versuchte sich an diesem Abend mit mehreren Frauen. Gegen dreiundzwanzig Uhr brach er seine Versuche ab, denn Franzi stand, mit einen großen Geschenk, vor ihm. Leicht zufrieden ergab er sich ihrer Reize. Franzi die am selben Tag Geburtstag hatte wie Üppel, verlies extra ihre eigene Feier um bei ihm sein zu können. Es war eine klasse Fete in der Üppel wieder voll in seinem Element war. Zwischen dem Auflegen der neuesten Klänge fand er auch noch Zeit sich hinreißend um seine Flamme zu kümmern. Soweit so gut.

Die nächsten Wochen verliefen ziemlich ruhig. Üppel bekniete Franzi hin und wieder, und Gigo setzte den Konkurrenzkampf um seine Gattin Gitta weiter fort. Nach längerem trübem Warten öffneten sich wieder die Tore des Strickbaus. An diesen Abend verliebten sich Katrin und Christina in unsere zwei Helden. Sie ergaben sich natürlich sofort ihrer Reize, und verließen gegen null Uhr den Ort des Geschehens, um sich zu viert bei Gigo den Rockpalast im Fernsehen anzuschauen. Die Schärfe der zwei Frauen zog sie jedoch bald vom Fernseher weg. Üppel und Marion liebten sich auf dem Sofa und probierten gerade eine neue Stellung aus. Indessen vertiefte sich Gigo in seine Lieblingsstellung. Obwohl der Anblick ihres Hinterns nicht gerade große Reize ausstrahlte, war es doch ein dufter Abgang. Marion war auch mit Üppel sehr zufrieden.

Nach diesen Abend lebten sie einige Zeit in Abstinenz. Anfang April wurden sie dann das erste Mal enttäuscht. Nachdem sie sich im Strickbau an zwei Frauen herangepirscht hatten und danach mit auf Gigos Bude nahmen, wurde es nicht mehr als ein Griff unter die Bluse. Nach diesem Fehlgriff hatte Gigo keinen Trieb mehr auf weiße Frauen zu steigen. Üppel trug es mit Fassung. Denn Gigo hatte großes vor. Und um dies deutlich zu machen lies er sich von seiner Frau Gitta „scheiden". Der Stress und die Heimlichtuerei mit einer verheirateten Frau waren ihm einfach zu viel geworden. Solche Beziehungen hat man wenn man 30 oder 40 ist und nicht mit 20. Die letzten Tage des Aprils verbrachten sie im „I". Üppel traf sich hin und wieder heimlich mit Franzi, um die Sache am Köcheln zu halten, und auch weil ehrliche Gefühle eine Rolle spielten. Das Problem war, Üppel konnte sich nie so recht zu etwas durchringen, was ihm im späteren Leben noch oft ans Knie laufen sollte. Doch daran dachte jetzt noch niemand. Es sollte endlich Frühling werden! Schließlich war es soweit. Der große Schnee war geschmolzen und die Wiesen langsam wieder liegefähig. Es war Mai geworden, die Bäume schlugen aus und unsere zwei Helden schlugen zu. Schon am dritten Tag dieses Monats belagerten sechs Personen Üppels Wohnung. Die Partyzeit war in vollem Gange. Immer wenn Üppels Eltern am Wochenende vereisten, wurden die Einladungen zu gepflegten Partys, mit ein wenig Musik und einigen Getränken an eine auserlesene Klientel verschickt. So auch dieses Mal. Da Gigo etwas ganz großes erreichen wollte lud er sich die 24 jährige Kubanerin Caridat ein und verliebte sich. Caridat war eine rassige dunkelhäutige Frau mit einer tollen Ausstrahlung. Am nächsten Morgen erwachte Gigo im Schlafzimmer von Üppels Eltern. In seinen Armen lag immer noch die braune Schönheit.

Da Gigos Vater etwas gegen diese Beziehung hatte, mußte er zwangsläufig das Liebesleben mit Caridat unterbrechen. Und Üppel? Seine Franzi war wieder mal verhindert und immer nur Alkohol ist auch ungesund. Also pirschte sich Üppel näher an Gigos kleine Schwester Judy heran, die sein Kumpel wieder Mal zu einer Fete mitbrachte. Einige Tage später lernte Gigo Kerstin kennen, mit der er ebenfalls großes vorhatte. Üppel wollte ihm nicht nachstehen und machte sich näher und näher an Judy heran. Praktisch war, dass beide Ladys zusammen einen Beruf lernten und so oft in Kontakt waren. Dieses stellte sich später aber als nachteilig heraus. Doch jetzt stand erst einmal das Pfingstreffen in der City kurz bevor. Das war zwar von der FDJ organisiert interessierte Üppel und Gigo aber wenig. Da waren Frauen aus der ganzen DDR in der Stadt! Jedoch am Freitag vor Pfingsten geschah erst einmal ungeheuerliches. Üppel hatte es doch tatsächlich geschafft sich einen neuen fahrbaren Untersatz zu besorgen! Und zwar eine MZ TS 250-1 mit unglaublichen 19 PS! Diese gab es ohne Vorbestellung zu kaufen, man mußte nur wissen wo. In diesem Fall wurde der heiße Ofen in Flöha gekauft und auf den Namen „Emma" getauft. Das Problem war nur, dass sie erst nach Pfingsten zugelassen werden konnte. So stand das schöne Teil die ganzen Feiertage über rum und durfte nicht bewegt werden. Welch eine Schande! Zum Glück gab es ja noch andere Vorhaben.

Schon am ersten Tag schlugen sie ihren Sommersitz vor Üppels Haus auf und starteten noch am selben Abend eine Trinkerfete. Vor dem Kinderzimmerfenster, Üppel wohnte im Erdgeschoß, bauten sie ein kleines Zelt auf, welches mit Bier gefüllt wurde. In das Fenster stellte Üppel noch seine Lautsprecher und beschallte so das halbe Wohngebiet mit gepflegter Musik. So gemütlich eingerichtet konnte ja nun kommen was kommen wollte. Am darauf folgenden Tag ließen sie sich mit einer Tasche Bier auf einer großen Spielwiese im Stadtzentrum fallen. Als diese geleert war schleppten sich unsere zwei Helden gegenseitig nach Hause. Ein großer Schock traf sie, als sie sich Üppels Residenz näherten. Eine Herde fröhlicher Gäste (Batalionsstärke) belagerte den Eingang. Alle diese Leute hatten sie im Laufe des Tages selber eingeladen, aber leider jetzt total vergessen! Da sie sehr niedergeschlagen und betrunken waren, stiegen sie unauffällig von hinten in Üppels Wohnung ein, und schlichen sich still und leise ins Bett. Nach einiger Zeit verzogen sich auch die Massen vor der Tür endlich nach Hause, oder sonst wohin. Die restlichen Tage des Festivals waren doch eher enttäuschend. Zuviel „Rotlicht" also nichts für unsere zwei. Bis auf einen Auftritt von Brigitte Stefan und Meridian, der recht toll war, hatten sie doch überzogene Erwartungen gehabt. Vor allem neue Frauen hatten sie nicht kennen gelernt.

Das Festival ging zu Ende und die Zeit des Strickbaus fing wieder an. Aber erst einmal konnte Üppel seine MZ anmelden und die ersten Testfahrten durchführen, welche zur vollsten Zufriedenheit ausfielen. Wie gesagt Ende Mai öffneten sich wieder die Pforten des Strickbaus und sie betraten das erste Mal in diesem Jahr die heiligen Hallen mit zwei Frauen. Es waren Kerstin und Judy. Da Gigo an diesen Abend nach Abwechslung suchte, griff er sich auch noch Simone, die ihm schon den ganzen Abend aufgefallen war. Aber sie mußte schon gegen dreiundzwanzig Uhr gehen. Zuvor machte er noch ein Rendezvous für Dienstag aus. Nachdem Simone verschwunden war, wollte sich Gigo wieder um Kerstin kümmern. Doch leider war sie auch schon weg (Pech). Glücklicherweise war noch ein

18

Platz am Tresen frei. Üppel verbrachte unterdessen einen wilden Tanzabend mit Judy. Normalerweise lief ein Abend im Strickbau folgendermaßen ab: nach dem Betreten und Abgabe der Klamotten an der Garderobe ging man nach oben in den Saal. Dort lief man erst einmal eine Ehrenrunde, um sich alle Frauen flüchtig anzuschauen. Manchmal konnte man sich da schon eine ausgucken. Dann ließ man sich an der Bar nieder und reservierte sich bei der Bardame eine Flasche „Mokka Edel". Gegen Ende jeder Jugendtanzveranstaltung waren hochprozentige Getränke stets ausverkauft, nur clevere, wie unsere zwei, hatten natürlich dann immer noch was. Dies kam bei den Frauen immer gut an. Außerdem konnte man das Bier bei solchen Veranstaltungen zur damaligen Zeiten einfach nicht trinken, nur in Notfällen. Ich sage nur „Braustolz Hell", Braustolzbiere trinkst zwee pisst viere!

So war es normalerweise, nur diesmal nicht, was ihnen nicht gefiel. Und dann noch die Nacht... Üppel wurde von Judy ausersehen als Versuchskaninchen herzuhalten. In Gigos Bodenkammer wurde ein Verhütungstest mit Non-agel Zäpfchen durchgeführt. Diese Zäpfchen muß sich die Frau einführen und nach cirka zwanzig Minuten heißt es rauf auf die Mutti, denn nach weiteren vielleicht dreißig Minuten ist die Wirkung schon wieder vorbei. Das Zeug schäumt wie die Pest und wie es erst riecht! Zum Glück hatte Üppel eine Nasenklammer dabei, und konnte so die ganze Aktion einigermaßen routiniert über die Bühne bringen. Denn wie sagt der alte Spruch: übe Vorsicht auch beim Ficken, denn Non-agel hat seine Tücken!

Die im Mai begonnene Zeit der Feten, wollten sie natürlich auch im Juni fortsetzen. Damit die Sache die richtige Würze bekam verdrückten sich Gigos Eltern erst einmal für zwei Wochen an die Ostsee. Das bedeutete für unsere zwei sturmfreie Bude! Die Staubwolke des Trabbis hatte sich noch nicht richtig verzogen, als Kerstin mit ihrem Koffer schon vor der Tür stand. Obwohl Gigo diese Frau sehr recht kam, so mußte er doch erst noch an seine anderen Verpflichtungen denken. Denn es war Dienstag geworden und das Rendezvous mit Simone stand vor der Tür. Die Zeit war knapp, aber ein Glück das es Üppel gab, der noch dazu ein neues Motorrad hatte. Also auf zur Zentralhaltestelle, vor die Bezirksapotheke. Fast jeder Jugendliche kannte diese Stelle als Treffpunkt. So standen dort immer mehrere Frauen und Männer allein herum und warteten. Eine Warterei war das! Üppel fuhr auch deshalb mit um bei der Erkennung der Frau zu helfen. Denn Gigo wusste nur noch eins, klein, gepflegt und große Lück, und das war nicht viel! Der Platz an Strickbaus Tresen war zu gemütlich gewesen. Nach längeren Warten stieß Üppel Gigo an und zeigte auf eine Frau. Sie gingen eiskalt auf sie zu und hatten Glück, sie war es auch! Damit war Üppels Mission beendet und er stieg auf seine 19 PS und fuhr nach Hause. Indessen schleppte Gigo diese kleine Lück mit zu sich und bestieg 100 PS! Da sämtliche Uhren Gigos wieder einmal vorgingen, kam Simone schließlich gegen sechs Uhr zu Hause an.

 Anfang Juni verlegten sie ihren Sommersitz hinter Gigos Haus. Also bauten sie dort ihr Zelt auf, bestückten es mit Bier und machten es sich auch sonst noch nett zu Recht. Da konnte ja die erste Party in der neuen Residenz starten! Gegen sechzehn Uhr kamen die ersten Gäste. Kerstin die sich langsam in Gigo verliebte, brachte ihren Bruder Jens mit. Dieser war für Judy eingeplant. Und Üppel kam mit einer Tasche Bier an. Die Party lief ganz gepflegt an. Die zwei Pärchen liebten sich zärtlich und Üppel spielte den Unschuldigen, und nippelte an seinem Bier. Keiner ahnte dass er einen großen Coup geplant hatte, denn gegen zweiundzwanzig Uhr klopfte Franzi ans Zelt. Da Jens und Judy Einsicht mit Üppel hatten, verließen sie das Zelt und strapazierten die Spannfedern auf dem Sofa von Gigos Eltern. Gigo und Kerstin entspannten sich inzwischen auf einer Bank im Grünen. So konnte Üppel loslegen. Als er mit Franzi im Zelt verschwunden war, erloschen kurz darauf die Lichter und die Erde fing an zu beben. Jetzt endlich konnte Üppel zeigen, dass er mehr draufhatte als auf dem Minisofa in seinem Kinderzimmer. Nachdem er sie bis zur Halskrause aufgeblasen hatte, und sie so nicht mehr in das Zelt passte, ging sie schweißgebadet nach Hause. Nach diesem Gewaltakt war Üppel wie neu geboren und hielt nach einer neuen Frau Ausschau. Als er bemerkte, dass Judy immer noch nicht ganz befriedigt war ging er mit ihr gegen zwei Uhr sanft schlafen. Diesmal ohne irgendwelche „Chemische Duftstoffe" was der Sache auch ganz gut bekam. Gegen drei Uhr hörte Üppel einen ungewöhnlichen Schrei, Gigo hatte im Schlafzimmer seiner Eltern die Unschuld von Kerstin geraubt.

Am darauf folgenden Abend gingen sie frisch in den Strickbau. Gigo mit seiner frisch entjungferten Frau und Üppel mit Judy.

Das sollte aber nicht so bleiben. Da Üppel noch immer im Konkurrenzkampf mit Banane stand, feierte er die nachstehende Whiskyfete mit Franzi. Judy wurde an diesem Abend zeitig ins Bett geschickt (kaputt gespielt). Kerstin lag auch schon im Bett. Nur Gigo nicht. Nach mehreren Anläufen verließ er schließlich gegen fünf Uhr Üppel und Franzi, die sich schon ungeduldig nach Liebe sehnten und rüttelte seine Kerstin wieder wach! Am nächsten Tag war die Abschiedsparty angesagt. Nach einigen Stunden feucht fröhlichen Beisammenseins knöpfte sich Gigo wieder seine Frau Kerstin vor. Üppel dagegen warf seine „Salami" wieder mal bei Judy in den Hausflur. Nach einem Interview stellte sich heraus das er trotzdem eine gepflegte Nacht verbrachte. Nun brauchte das Rückenmark unserer Zwei dringend Entspannung. Üppel bestieg seinen heißen Ofen und genoss vierzehn Tage lang das FKK Strandleben von Prerow. Der Zeltplatz in Prerow war zu DDR Zeiten bei FKK Anhängern absoluter Kult. Einen Zeltschein zu bekommen war schon mit gewissen Anstrengungen verbunden. Die Ostsee war Grenzgebiet und da durfte natürlich nicht jeder hin. Trotzdem hatte Üppel hier seit frühester Kindheit fast jeden Sommerurlaub mit seinen Eltern verbracht. Es war bald wie ein zweites zu Hause und so wurde dann auch dort immer schön gefeiert. Unterdessen zog sich Gigo an die stillen Gewässer des Werbellinsees zurück. Dort hatte sein Betrieb einige Wohnwagen stehen, die dann vermietet wurden. Nach einigen Tagen fühlte sich Üppel allein und erschien so bei Gigo am Werbellinsee. Dies war aber nicht der einzige Grund um bei Gigo vorbeizuschauen. In Chemnitz fand die mündliche Prüfung zum Malergesellen statt, also ging es einmal kurz Ostsee- Werbellinsee- Chemnitz und zurück. Außerdem mussten mit Gigo noch die Vorbereitungen für das zweite Halbjahr getroffen werden. Wollten sie es auf die Spitze treiben? Sie wollten.
Nach dem Abschluss eines Vertrages wurde eine zünftige Party gefeiert, bei Pilzgulasch und einen gepflegten Tropfen. Die Sache mit den Pilzen... Als Üppel bei Gigo erschien fand er diesen zunächst nicht vor. Erst etwas später betrat Gigo seinen Caravan mit einem Korb selbst gesuchter Pilze. Üppel etwas skeptisch, die sind doch giftig! Doch Gigo ließ sich nicht beirren, und so wurden die Pilze zubereitet. Nach dem Essen nervte Üppel Gigo ständig mit angeblichen Bauchschmerzen,

schließlich wurde Gigo auch etwas nervös. Doch die Pilze waren gut, vielleicht war nur ein Bier schlecht.

Nun nahmen sie Abschied bis Anfang Juli. Gigo war eher in Chemnitz zurück und begab sich alleine in die Buma, auch ein Speisesaal eines Betriebes. Dort fand ebenfalls Jugendtanz statt. Hier lief ihn seine ehemalige Frau Ute über den Weg. Sie hatte indessen Mann und Kind, aber Gigo ließ das kalt und Ute auch. In seiner Bude rissen sie sich gegenseitig auf. Als er sich besann, hatte er mit Hilfe seines Dauerständers, Abrala genannt, fast die ganze Nacht mit ihr durchgevögelt. Am nächsten Tag erinnerte sich Gigo an den Vertrag vom Werbellinsee. Als erstes lies er Ute abflattern und besorgte zwei Karten für den Strickbau. Denn heute sollte Üppel aus dem Urlaub zurückkommen! Nach einem achtstündigen Ritt auf seinen 19 PS erschien er dann auch im Strickbau. Dort begossen sie ihr Wiedersehen mit reichlich Lunikoff Wodka, den Üppel aber lieber seinen wund geriebenen Hinterteil anbot. Sie beschlossen ihren Vertrag in Geist und Buchstaben zu erfüllen.

In der darauf folgenden Woche erhielt Üppel feierlich seinen Gesellenbrief. Nun konnten endlich die seit Monaten ständig vorhandenen Schulden an Gigo beglichen werden. Ein gutes Gefühl. Im zweiten Lehrjahr gab es nämlich nur hundertzwanzig Mark monatlich, auch damals schon recht wenig. Aber jetzt konnte richtig Geld verdient werden! Eine Woche später öffneten sich das letzte Mal die Tore des Strickbaus vor der großen Sommerpause. Durch den Vertrag vom Werbellinsee gebunden, musste Üppel sich aus dem Konkurrenzkampf um Franzi zurückziehen, das hieß Abschied von ihr nehmen. Nach zwei bis drei Trauerdrinks an der Bar lernte Üppel an diesen Abend Marion kennen. Gigo klebte immer noch an Kerstin. Der Abend verlief ungewöhnlich gesittet. Damit sie auch weiterhin geldmäßig immer flüssig bleiben, mussten unsere Beiden wieder auf Arbeit gehen. An den freien Wochenenden feierten sie gepflegte Partys vor ihren Sommersitz, die durch Kästen voller Bier noch verschönert wurden. Und die zwei Frauen Marion und Kerstin setzten noch den I-Punkt darauf. Was für eine Idylle!

Nun hieß es das zweite Mal Abschied nehmen, denn Gigo fuhr mit seinen Betrieb ins Ferienlager. Dort fungierte er als Betreuer für die lieben Kleinen. Üppel legte sich unterdessen eine Woche mit der Angina ins Bett, zuviel Zug auf dem Motorrad ist ihm nicht

bekommen. In den vierzehn Tagen die Gigo in Gotthun verbrachte lernte er das Mecklenburger Girl Christine kennen. Mit ihrem mecklenburgischen Talent zog sie Gigo jeden Morgen gegen drei Uhr unter die Tischtennisplatte, aber nicht zum Tischtennisspielen! Dieses beobachtete Neptun, der Herrscher der sieben Meere, mit Sorge und taufte Gigo auf den Namen „Jusi Flachpenner". Nach einer Woche wilden Flachpennens brach Gigo schließlich zusammen. Es folgte noch ein herzzerreißender Abschied mit Christine. Gigo versprach sie baldigst wieder unter der Tischtennisplatte besuchen zu kommen. Unterdessen befand sich Üppel auf „Einkaufstour" in Ungarn. Er war mit seinen Eltern nochmals mitgefahren, um sich im Ungarn neu einkleiden zu können. Denn laut Werbelliner Vertrag, war auf gepflegtes Äußeres großer Wert zu legen! Die Klamotten aus Ungarn waren damals modisch topp, hielten aber nicht so lange. Das war unseren Zweien aber egal. Und außerdem gab es da noch geile Schallplatten zu kaufen, von denen man in der DDR nur träumen konnte. Da konnte Üppel als alter Musikfreak natürlich nicht widerstehen. Nach sieben Tagen Einkaufsstress kehrte Üppel als Gentleman zurück nach Hause. Die nächste gemeinsame Sitzung war anberaumt, aber Gigo war nicht da. Von Judy erfuhr Üppel, das Gigos Meister ihm eine schwere Prüfung auferlegt hatte. Gigo sollte sich drei Wochen im Nachtleben von Leipzig zurechtfinden. Seine Firma sollte auf der Leipziger Messe einige Stände mit aufbauen. So mußte die Sitzung natürlich auf einen anderen Tag verlegt werden.
Kaum waren die ersten Tage in Leipzig verflossen, da lernte Gigo im Hotelrestaurant eine taubstumme Lady kennen. Mit dieser Frau führte er bis tief in die Nacht ein heißes Gespräch. Ein paar Tage später besuchten Kerstin und Judy Gigo in seinem Hotel, um nach dem Rechten zu sehen. Da sie nichts auffälliges bemerkten, zogen sie enttäuscht von dannen. So konnte sich Gigo wieder voll in das Nachtleben von Leipzig stürzen. Üppel indessen kümmerte sich rührend um seine neue Frau Marion. Er kämmte ihr das Haar, streichelte ihre Brüste, und war fasziniert von ihr. So kam es auch, dass er mit ihr eine ungewöhnliche Disko besuchte. Die drei Wochen vergingen und die gemeinsame Sitzung konnte nachgeholt werden. Aber Üppel hielt es für wichtiger sich um seine Frau Marion zu kümmern. Erst zu später Stunde erschien er mit ihr bei Gigo, um die

Schlüssel für die Bodenkammer zu holen. Dort konnte er Marion den ersten Freudenstoß geben. Gigo kam derweil zu Tagesordnungspunkt drei, erst einmal etwas Gepflegtes trinken. Gegen null Uhr mußte er seine Sitzung abbrechen, Grund, Gigo fiel vom Stuhl. Üppel wollte in der Kammer gerade eine neue Stellung ausprobieren, da klang es in seinen Ohren, ich will nach Hause ich habe keine Lust mehr! Diese zarten Töne gaben ihm den Rest, und die Beziehung zu Marion wurde vorerst beendet.

Das nächste große Ereignis stand vor der Tür. Kerstin hatte Geburtstag. So kam es das Üppel sich an diesen Abend wieder um Gigos kleine Schwester Judy kümmern mußte, welche natürlich mit von der Partie war. Im Jahnsdorfer Elternhaus von Kerstin feierten sie eine dufte Party, mit Flaschendrehen und ähnlichen. An diesen Abend gründeten sie einen siebenstimmigen Chor und sangen den Blues „de galbe Katz is duut"! Es waren auch noch weitere Gäste anwesend. Darunter auch Astrid eine Studentin. Unsere Zwei waren beide begeistert von ihr. Gigo liebte zwar noch immer seine Kerstin, griff aber auch gern mal Astrid unter die Bluse. Auch Üppel vertiefte sich in ihre Glocken von Rom. Diese Frau mußte unbedingt noch näher kennen gelernt werden! Da es ein gepflegter Abend bleiben sollte, brach der Papa von Kerstin die Party gegen ein Uhr ab. Üppel und Gigo wollten an diesen Abend in den weichen Betten der Frauen eigentlich die neuesten Stellungen austesten. Aber es kam viel besser. Big Papa verfrachtete sie in seinen Wagen, und fuhr sie in eine ihnen gebührende Residenz, sie lag zwischen Rom und Paris genauer gesagt in Thalheim. In dieser Villa erwarteten sie zwei gemütliche Betten in denen sie gegen zwei Uhr sanft einschlummerten.

So hatten sich unsere Beiden dies eigentlich nicht vorgestellt! Sie allein in Thalheim und die Frauen in Jahnsdorf! Kerstins Vater war LPG Vorsitzender und hatte sie in einen der betriebseigenen Bungalows untergebracht. Wirklich clever! Da der Jahnsdorfer Service weltweit bekannt war, holte er sie am nächsten Morgen selbstverständlich auch wieder ab. Als Gigo seinen neuen Chauffeur sah, begrüßte er ihn mit einem gepflegten „Urgen"! Sie wurden in Windeseile zurück nach Jahnsdorf gebracht. Dort wartete auf sie schon der frisch gedeckte Frühstückstisch. Da das Frühstück sehr mager ausgefallen war, schlichen sie sich still und leise in die Vorratskammer. Als diese leer war, verdauten sie ihr Essen bei einem ausgiebigen Waldspaziergang. Zurück von ihrer Wanderung begaben sie sich in die City zurück. Zu Hause entspannten sich unsere zwei dann gründlich und schöpften so Kraft für kommende Ereignisse.

Da Üppel in Jahnsdorf an Astrid großen Gefallen gefunden hatte, fuhren sie am darauf folgenden Montag sofort zu ihr nach Hohenstein Ernstal. Zum Glück hatte sich Üppel in Jahnsdorf noch von ihr die Adresse geben lassen. Astrid besaß eine geräumige Zweizimmer Wohnung. Da diese lange nicht richtig genutzt wurde, setzten sie für das kommende Wochenende gleich eine gepflegte Party an. An diesem Samstag schien aber alles ins Wasser zu fallen. Gigo hatte sich mit Kerstin und Judy leicht zerstritten. Zufällig erfuhr er, dass sich beide Damen alleine nach Hohenstein Ernstal begeben wollten. Und schon waren sie unterwegs zum Zug. Als Gigo Üppel informierte war schon eine halbe Stunde verstrichen. Trotzdem setzten sie den Wettlauf mit der Zeit fort. Mit zwanzigminütigen Vorsprung gewannen sie diesen auch. Üppels MZ trug sie sicher und schnell nach Hohenstein Ernstal.

Nach kurzer Auseinandersetzung mit den Damen, die inzwischen auch eingetroffen waren, stand bloß noch ein Problem zur Debatte. Es mußte ein Mann für Judy beschafft werden, sonst war eine Frau zuviel und das war nicht gut. Üppels Verhältnis zu Judy war nie mehr als gelegentlicher Sex. Und heute stand ihm der Sinn nun mal mehr nach Astrid. Also fuhren Gigo und Üppel zurück nach Chemnitz. Zum Glück kannten sie noch einige Jungs die eventuell in Frage kommen könnten. Aber nicht heute, es war wie verhext. Keiner hatte Zeit oder Bock. Nach größeren Anstrengungen gelang es ihnen schließlich Steffen für dieses Vorhaben zu begeistern. Als sich alle Beteiligten in Hohenstein Ernstal eingefunden hatten, konnte die Party ja starten! Doch vorher fuhr Üppel noch zweimal hin und her, erst um Gigo dann um Steffen zu holen. Geschafft, los geht's! Zum Auftakt nahm sich Gigo erst einmal seine Frau Kerstin gepflegt vor. Denn letzte Woche in Jahnsdorf war ja nicht viel passiert, wegen dem Fahrdienstservice und so. Nach einem übermäßigen und schnellen Umtrunk stürzte Astrid schon vom Hocker und verharrte auf den Fußboden. Üppel versuchte sie auch dort noch weiter zum trinken anzuregen. In den darauf folgenden Stunden tranken und tobten sie wie wild in der Bude umher. Gegen ein

Uhr trat langsam Ruhe ein. Steffen und Judy verdrückten sich ins Schlafzimmer und trieben dort irgendein Spiel. Bei gepflegten Licht und leiser Musik streckte sich Gigos Frau auf dem Sofa aus. Diesem Anblick hielt er nicht lange stand. Beim zärtlichen Liebesspiel vernahm er plötzlich sonderbare aber vertraute Geräusche, die unter dem Tisch herkamen. Nach einem gewagten Blick sah Gigo zwei dunkle Gestalten, tief umschlungen. Beim zweiten Hinsehen erkannte er Üppel, der Astrid gerade aufknallte. Gegen vier Uhr ließen sie ihre beiden Frauen endlich zur Ruhe kommen, denn unsere beiden bekamen fürchterlichen Brand. Als sie sich über die letzten Bierflaschen stürzen wollten, kam es zu einem derartigen Handgemenge, das sich Gigo ein Veilchen zuzog. Daraufhin gingen auch sie ins Bett. Nach einen gepflegten Frühstück, gegen dreizehn Uhr, traten sie die Heimreise an. Damit waren die Ausflüge ins Erzgebirge vorerst zu Ende.

Üppel und Gigo hatten gerade ihre Höchstform erreicht, so zog sie ein neuer Termin nach Waren Müritz. Üppel mußte sich wieder mal als Chauffeur verdingen. Während der ganzen Fahrt über die Autobahn mußte sich Üppel ständig von Gigo anhören, Lage Üppel Lage! Also lagen sie mehr als sie saßen und fuhren stellenweise unglaubliche 140 kmh mit der guten alten „Emma". Sie besuchten das Mecklenburger Girl Christine, die immer noch sehnsüchtig auf Gigo unter der Tischtennisplatte wartete. An diesem Wochenende verbrachten sie drei tolle Tage. Sie gingen gepflegt tanzen, zusammen mit einer mitleidigen Frau die sich um Üppel kümmerte. Als Gigo seine Christine befriedigt hatte und Üppel seine Ruhe, fuhren sie wieder nach Hause. Lage Üppel Lage! Und ihr Hintern brannte wie Feuer. Nach einer anstrengenden Arbeitswoche trennten sie sich.

Am Freitag ging Üppel zum Betriebsvergnügen und Gigo stattete an diesem Abend der Quelle einen ersten Besuch ab. Die Quelle war eine Kneipe in Harthau wo freitags und samstags immer Diskos stattfanden. Sie hatten dies durch ihre Connections erfahren. Dort ging immer richtig der Bär ab. Der Laden war immer brechend voll, und außer der Gaststube gab es noch einen kleinen Saal. Da konnte man schön zwei Frauen gleichzeitig beknuspern, ohne dass die eine von der anderen etwas mitbekam. Da taten sich ungeahnte Möglichkeiten auf! Währenddessen wählte sich Üppel zum Betriebvergnügen gleich zwei Frauen aus, mit denen er erschien. Es waren Judy und Kerstin. Nach seinen späteren ausführlichen Bericht hatte er einen tollen Tanzabend und beiden Frauen das Herz gebrochen. Gigo traf in der Quelle indessen Jörg wieder, der ihnen mittwochs bei einem außerplanmäßigen Trinkertreffen im Forsthaus, einer Kneipe in Altchemnitz, aufgefallen war. Jörg wies Gigo in die Gepflogenheiten der Quelle ein.

Am selben Abend lernte Gigo Kerstin E. kennen, die später von unseren beiden auf den Namen „Selbstmörderin" getauft wurde. Da diese Person gegen zweiundzwanzig Uhr nach Hause mußte, machte Gigo noch schnell einen Treff für den nächsten Tag aus. Jetzt lief ihm auch noch Rikki, Üppels verblichene Frau, über den Weg. Nach etwas Smalltalk mit ihr und einigen Bierchen zog es Gigo gegen ein Uhr nach Hause. Aber nicht zu sich sondern zu seinen alten Freund Üppel. Um in sein Bett zu gelangen, wagte Gigo eine halsbrecherische Kletterei durch Üppels Fenster, was immer offen stand. Denn Üppel hatte wieder mal sturmfrei, was Gigo selbstverständlich wusste. Sie verbrachten eine dufte Nacht. Am nächsten Morgen, bei einen gepflegten Frühstück, zwar ohne richtigen Kaffee aber voller Tatendrang, planten sie ihre nächsten Streiche. Die Bude war leer, sie mußte mit Frauen gefüllt werden! Gigo erzählte von der Begegnung mit Rikki in der Quelle. Durch seine gute Nase verspürte er bei ihr eine gewisse „Nässe" auf Üppel. Da sich bei Üppel der gleiche Duft absonderte, fuhren sie schließlich in Windeseile in Richtung Aue. Nicht die Stadt sondern eine Straße in Chemnitz! Dort erzählten sie Rikki und ihrer Freundin Sylvia, von der seit zwei Tagen leer stehenden Wohnung in der Comeniustreet und der eventuell stattfindenden Party. Ohne genaue Zusage verließen sie die beiden Damen aber schon bald wieder. Sie fuhren in Lichtgeschwindigkeit, so konnten sie ungesehen der Polizei entgehen, zu Gigos Wohnsitz. Dort wartete schon mit ungeduldigem Zucken die „Selbstmörderin", die sich mit Gigo zu diesem Zeitpunkt und Ort verabredet hatte. Also „Emma" in den Keller und zu dritt in Üppels Wohnung. Nach einer Stunde gepflegten Beisammenseins, klingelte es an der Tür. Nach Üppels Freudenschrei lies er Rikki und Sylvia in seine Räumlichkeiten eintreten. Hätte er sich nur nicht zu früh gefreut! Kurz darauf bemerkten sie, dass etwas schief gelaufen war. Sie waren drei Frauen und zwei Männer, wieder mal! Eins stand fest,

Steffen holen sie nicht noch mal. Und andere Kerle auf die Schnelle..., dies alles wollten sie sich nicht noch einmal antun. Also knobelten sie, wer sich um zwei Frauen kümmern soll. Üppel traf es wieder mal. Er machte sich gleich an die große Aufgabe heran. Nach einem kurzen Umtrunk wurde Üppel von Rikki und Sylvia ins Schlafzimmer gezerrt. Indessen machte sich Gigo über seine zitternde Frau her. Als er sie fürs erste (zehn Minuten) befriedigt hatte, wagte er einen Blick ins Schlafgemach von Üppels Eltern. Dort erblickte er einen großen Batzen Fleisch. Üppel lag mit den beiden Damen im Bett und kämpfte verbissen um seine „Unschuld". Als das erste Blut floss mußte der Kampf abgebrochen werden. Die beiden Frauen merkten das an Üppels „Unschuld" nicht zu rütteln war und gingen kopf hängend nach Hause. Im Wohnzimmer spielte sich inzwischen ein noch größeres Blutbad ab. Üppel der alte Schnüffler fand Blutspuren von Wohnzimmer in Richtung WC. Er ging der Sache nach, und sah Gigo im Bad, der sich gerade seinen blutrünstigen Penis und seine nicht minder blasse Hand reinigte. Üppel floh geschockt in Richtung Wohnzimmer, und dort traf ihn der Schlag. Kerstin E. lag mit weit gespreizten Beinen unter dem Tisch. Sie sah aus als wäre sie frisch gekillt worden. Aber es war halb so schlimm, denn Gigo fuhr mit seinem „U-Boot" nur bei ihr ins „rote Meer". Aber diese Sauerei!

Das war überhaupt immer der größte Stress, die Reinigungsaktionen nach diversen Partys. Betten machen alles säubern und Wohnung entrümpeln und entlüften, nur das Mutti nicht merkt, was während ihrer Abwesenheit wieder einmal zu Hause los war. Meistens klappten diese Aktionen auch. Rätselhaft ist bis heute, das sich die Nachbarn nie beschwert haben. Denn leise ging es bei ihren Feten nie ab! Doch zurück zu jener Nacht. Als sich die beiden Pechvögel gereinigt hatten, klingelte es erneut an der Tür. Verena stand davor, Üppels ehemalige Klassenkameradin und ewige Jugendliebe. Stimmt, sie hatten sie heute getroffen und ihr erzählt, dass bei Üppel eine Fete sein wird. Aber nie gedacht, das sie auch wirklich kommen wird! Ein Glück das die beiden anderen Frauen schon wieder abgeflattert waren. Üppel war diese Frau jetzt natürlich sehr willkommen. Gigo warnte ihn aber vor ihr. Anfang des Jahres hatte er schon einmal im Strickbau vergeblich versucht diesen „Kühlschrank" aufzutauen. Tja, aber Üppel kannte sie länger, und

schließlich ist sie ja freiwillig zu ihm gekommen. Also konnte Üppel wie so oft nicht hören, und mußte nun selbst die Erfahrung machen auf „Packeis" zu stoßen. Verstehe einer die Frauen. Kommen zu einer Party und geben sich dann so zugeknöpft! Nach einem kurzen Blick auf ihren Terminkalender stellte sich heraus, dass sich für dreiundzwanzig Uhr weitere Frauen angekündigt hatten. Also mussten sie zwangsläufig Verena und Kerstin E. vor die Tür setzen, was Üppel, auch nicht weiter schwer fiel. Vielleicht klappt es ja später doch noch mal mit ihr, nur heute nicht. Wie angemeldet klingelte es an Üppels Tür. Eine Klingelei ist das heute! Judy und Kerstin traten ein. Als Üppel sich gerade auf Judy knien wollte, merkte er, dass die ziemlich ramponiert war. Irgendwo heimlich gesoffen oder was! Das war nicht sein Abend. Da er aber ein Gemütsmensch war und für so etwas Verständnis hatte, ließ er sie nach Hause gehen. Warum die dann überhaupt gekommen war ist unklar. Kerstin folgte ihr bei Fuß. Hoffentlich hat sie keine Blutspuren an Gigo entdeckt! Mit deutlichen Worten gab sie ihm nämlich zu verstehen, dass er sich bis spätestens null Uhr zu Hause einzufinden habe. Bis zu dieser Zeit wollte sie das Bett warm halten, danach war es geschlossen. So blieb unseren Beiden nur wenig Zeit das letzte Fass zu leeren. Punkt null Uhr lag Gigo neben Kerstin und konnte noch in Ruhe mit ihr eine Nummer schieben. Üppel hatte nun auch endlich seine Ruhe und bestieg sich selbst.
Nach der vielen Klingelei folgte erst einmal eine ruhige Arbeitswoche. Anfang Oktober trugen Üppel und Gigos Füße sie das erste Mal gemeinsam in die Quelle, der Beginn einer langen Tradition. Später gehörten sie fast schon zum Inventar. An diesem Abend klapste sich Gigo mit Kerstin E. an der Bar ein und nahm ringsum wenig war. Üppel traf eine alte Bekannte aus frühester Jugend wieder und sackte auch mit ihr an der Bar fest. Als sie ein Fass geleert hatte, rollte sie Üppel zum Bus und schickte sie nach Hause. Immer diese betrunkenen Frauen! Wie er zurück kam lief ihm Rikki über den Weg. Üppel dachte sich, warum nicht? Also lud er sie für nächsten Samstag zu Gigo ein. Bei Gigo war dieses Wochenende nämlich wieder mal sturmfrei. Voraussetzung sie kommt allein und ohne Freundin. Keine wilden Kämpfe mehr um Üppels „Unschuld"! Sie ließ ihn aber noch im Ungewissen. Gegen null Uhr wies ihnen Jörg, der auch mit in der Quelle gewesen war, den Weg nach Hause.

Nachdem sie am Samstag zwei m² Fußboden in Gigos Wohnung mit Bierflaschen ausgelegt hatten, konnte die Party ja steigen. Gegen achtzehn Uhr erschien Kerstin E. Üppels Rikki ließ mal wieder auf sich warten. So begannen sie erneut eine Fete zu dritt, na das wird ja langsam zur Gewohnheit! Als Üppels Geduldsfaden riss, machte er sich auf den Weg zu Verena. Er wollte nochmals versuchen den Eisbatzen aufzutauen. Es brauchte längere Überredungskunst um sie davon zu überzeugen endlich mitzukommen. Gigo beschäftigte sich derweilen mit seiner Frau. Plötzlich klingelte es an der Tür und Gigo öffnete. Nach einem leichten Schock ließ er Rikki eintreten. Da ergab sich ein Problem. Üppel wollte Verena holen und jetzt war auch noch Rikki da! Erst keine Frau dann gleich wieder zwei, wenn das nur gut geht…Ging nicht gut. Es klingelte ein zweites Mal an Gigos Pforte, Üppel und Verena, na toll! Üppel war ziemlich irritiert weil Gigo ständig was von Aue faselte und sie nicht in die Wohnung ließ. Die spinnen die Römer, würde Obelix jetzt sagen. Üppel verstand nur Bahnhof und es dauerte eine ganze Weile bis bei ihm endlich der Groschen fiel. Nur was machen sie jetzt mit Verena? Eine Entscheidung mußte her und zwar schnell. Üppel erzählte ihr, Gigos Eltern seien überraschend nach Hause gekommen und die Party fällt somit aus. Er schaffte sie sogar noch nach Hause. Ob sie ihm das glaubte darf bezweifelt werden, denn das war das letzte Mal das sie zu ihm kam. Hoffentlich war wenigstens noch Rikki da, wenn Üppel zurückkehrte! Sie war noch da, na wenigstens was! Nur jetzt keinen Stress mehr! Endlich konnte sich Üppel um seine heiß-nasse Frau kümmern, fast wie in alten Zeiten. Es war ein gepflegter Abend. Nach einen duften Verkehr zwischen Gigo und Kerstin E. zog es sie in die Badewanne. Bei Kerzenschein küsste Gigo ihre zarten „Unterwasserlippen" und probierte gleichzeitig eine neue Stellung aus. Durch Üppels zarte Worte, bekam seine Rikki inzwischen einen Tränenausbruch. Sofort versuchte er sie zu besänftigen, denn er wollte nicht mit nassen Füßen schlafen gehen. Gegen drei Uhr schlummerten unsere vier schließlich friedlich ein. Für Rikki wurde es jedoch nur eine kurze Nacht, denn schon gegen sechs Uhr verlies sie den Ort des Geschehens. Ihre Gefühle spielten Achterbahn und Üppel war nicht unschuldig daran. Doch auch jetzt konnte Üppel nicht schlafen, denn eine traurige Gestalt (noch eine) kroch in Üppels

Bett. Es war Kerstin E. Nicht das man denkt sie wollte ihn umlegen, nein, nein, sie wollte nur einen guten Rat vom alten Giftmischer Üppel. Als sie alle Zutaten auf Gigos Nachtschrank aufgebaut hatte, schrieb sie noch schnell diese wirklich tief greifenden Zeilen: Lieber Gigo! Da ich merke, dass du einen gesunden Schlaf hast, ist für mich jetzt alles vorbei. Tschüß Kerstin. Was für ein Blödsinn! Durch den Geruch des Gemisches wurde Gigo „endlich" wach. Als er den Braten roch, schmiss er Kerstin E. samt Giftgebräu kurzerhand zum Fenster hinaus und ging wieder zu Bett. Aber trotz allem war die Party mit den zwei Damen nicht ganz in die Hose gegangen. Ihren Spaß hatten unsere zwei ja immerhin gehabt.

Doch potenzielle Selbstmörder passten nicht zu ihnen, also schied Kerstin E. aus Gigos weiteren Lebensweg aus und vergiftete sich sicherlich anderswo. Den Sonntag verbrachten sie wieder mal mit Sperrmüllberäumung. Darin hatten sie ja schon langsam Routine. Da sie noch nie ein Messer zwischen ihren Rippen hatten, gingen unsere Beiden am nächsten Freitag in den Stadtkeller. Das war eine Disko in der Innenstadt von Chemnitz wo viele Kubaner und Libyer verkehrten. Es gab auch in der DDR so was wie Gastarbeiter. Außer Kubanern und Libyern waren auch noch Vietnamesen in der Stadt, nur die bekam man selten zu sehen. Die blieben lieber unter sich und gingen nicht weg. Aber mit Kubanern und Libyern gab es viel Ärger. Ständig baggerten sie an unseren Frauen herum und dies führte natürlich zu Konflikten. Das schlimme war, es gab Frauen, und nicht wenige, die flogen auf diese Typen! Libyer hatten harte Währung und das war oft Grund genug für manche Frauen sich mit ihnen einzulassen. Viele bereuten diese Liebeleien später sehr. Und diese Typen hatten oft Messer dabei, das konnte schon richtig gefährlich werden! Ungarische Gastarbeiter gab es auch noch, aber diese waren doch recht gut integriert, so dass es mit ihnen kaum mehr Probleme gab als mit Einheimischen. Denn die wilde Zeit mit den Ungarn war in den siebziger Jahren gewesen.

Doch zurück zum Besuch von unseren Beiden im Stadtkeller. Als Preußen verkleidet überstanden sie den Abend unbeschadet und verließen den „Killerkeller" gegen ein Uhr. Den preußischen Dialekt hatten sie sich nur mal so zum Spaß für einen Abend zugelegt. Hier muss doch noch mal etwas ausgeholt werden. Gigos Vater betreute in den Barkaswerken die kubanischen

Arbeiter. Ab und zu lud er auch mal einen am Wochenende zum Essen nach Hause ein. Der „Völkerverständigung" wegen. So hatte er auch im Frühjahr die schöne Caridat eingeladen, auf die Gigo natürlich sofort ansprang. Später hat er nie mehr eine Frau eingeladen (wer weiß warum). Nun hatte Gigo gehofft im Stadtkeller Caridat oder einen ihr bekannten Kubaner zu treffen. Sie trafen auch einen, der ihnen sagte Caridat sei derzeit zurück in Kuba, komme aber bald wieder. Also gut, das war dann heute wohl nichts, also ab nach Hause. Unterwegs traf Üppel seine letzte und alte Liebesbekanntschaft Rikki wieder, die ihn gleich mit zu sich nach Hause in ihr Bett zerrte. So ging Gigo freudestrahlend allein nach Hause. Am nächsten Tag gegen elf Uhr verließ Üppel Rikkis Spielwiese, versprach ihr aber am Abend wiederzukommen. Wie gesagt so geschah es auch. Nach einem Besuch im Kino und in der Hallenbar, einer Nobelbar im Interhotel Kongress, ließen sie sich am frühen Morgen erneut auf ihren weichen Bett nieder. So konnte Üppel seine Liebeswurzel wieder mal ausgiebig bei ihr einpflanzen, was Rikki auch sehr zu gefallen schien. Am selben Abend lernte Gigo im Irkutsk ein duftes Girl kennen. Da Üppel verhindert war mußte er allein auf die Pirsch gehen. Doch es wurde nicht mehr als eine Diskobekanntschaft. Gegen drei Uhr trennten sie sich und jeder ging allein nach Hause.

Jetzt brauchten unsere Zwei wieder mal eine kurze Auszeit, und Entspannung, um wieder zu Kräften zu kommen. Also gingen sie auf Arbeit. Am nächsten Freitag war diese kurze Periode aber schon wieder vorbei und sie erschienen frisch in der Quelle. Dort machten sie sich einen fetten Abend. Hier stimmte einfach alles und das gefiel ihnen sehr. Am Samstag war bei Jörg eine größere „Action" angesagt. Jörg hatte immerhin schon eine eigene Wohnung, eigentlich eine Bruchbude, aber zum Feiern ideal. Üppel hatte durch die ganze Vögelei mit Rikki diesen Termin völlig vergessen und verbrachte den Abend lieber wieder bei ihr. Folglich ging Gigo alleine hin. Dieser Abend war erfolgreich für ihn, denn er lernte eine neue Frau kennen. Die hieß wie? Richtig Kerstin! Das viele Frauen Kerstin hießen, war aber auch praktisch, man hatte nie Probleme den Namen zu vergessen! Nach Flaschendrehen mit den besonderen Extras verstanden sich die zwei blendend. Schon gegen sechs Uhr früh gingen sie voller Neugier aufeinander schlafen. Hätte Gigo das lieber gelassen, aber das wusste er zu diesen Zeitpunkt noch nicht. Da es eine größere „Action" werden sollte, feierten sie auch am nächsten Tag weiter. Gegen sechzehn Uhr stieß auch Üppel dazu. Ihm war inzwischen doch wieder eingefallen, dass eine Party bei Jörg geplant war. So verlies er fluchtartig Rikkis Spielwiese nur um ja nichts zu verpassen! Da Üppel was vom Flaschendrehen verstand, gingen sie in die zweite Runde. Fast wäre er noch von hinten entjungfert worden, denn beim Sturz von der Bettkante rammte er sich fast eine Flasche in den Allerwertesten. Aber er hatte gerade noch mal Glück gehabt, dass er noch seine Hose anhatte. So war nichts weiter passiert und nach einer kurzen Phase des Unwohlseins griff Üppel wieder voll in das Geschehen ein.

Diese wilde Party mussten sie leider schon gegen Mitternacht abbrechen, denn es war Sonntag, also hieß es bald wieder, ab auf Arbeit! Die Fortsetzung der Feierlichkeiten mussten folglich auf nächstes Wochenende verlegt werden. Als sie am nächsten Freitag kurz vor Ladenschluß die letzten Kästen Bier rangeschleppt hatten, ging die „Action" bei Jörg dann auch weiter. An diesen Abend warf Heike ein Auge auf Üppel, den sie sich auch kurze Zeit später schnappte. Da Üppel nichts gegen Heike auszusetzen hatte, wollte er sie auch ins Schlafzimmer verfrachten, aber nicht um Onkel Doktor zu spielen! Da hieß es erneut: ich will nach Hause! Das kam Üppel bekannt vor, und er kriegte sofort einen Krampf, so konnte Heike nach Hause gehen. Dieses bemerkte eine andere Frau, zufällig hieß sie auch Heike. Na toll kommen nach den Kerstins jetzt die Heikes, oder was? Gab es denn keine anderen Namen? Aber dies war Üppel egal, denn die Frau war immer noch ohne Mann und das musste geändert werden! Man stürzte sich aufeinander und Üppel kam doch noch zum Schuss. Ob Heike hin oder her, egal.

Nach großen Mengen von Alkohol und aufreizenden Melodien wurden sie von den nackten weiblichen Körpern, die wie wild in der Bude umher sprangen, in die Betten gezogen. Sie „makrelten" ihre neuen Frauen Kerstin und Heike bis zur Erschöpfung. Am nächsten Morgen, besser Mittag, brachen sie die „Action" ab, denn es war Samstag und Strickbauzeit. Da gab es natürlich mehr Frauenauswahl als auf einer Party, und war sie noch so toll. Also nichts wie hin! Zufällig traf Üppel hier seine verflossene Marion wieder, mit der er sich den ganzen Abend beschäftigte. Indes versuchte Gigo nochmals am Tresen durch heiße Spirituosen den „Eisschrank" Verena aufzutauen. Sie war wieder einmal erschienen und redete sogar noch mit unseren Beiden. Nach allem was geschehen war! Tja, die Frauen, je mehr man kannte desto verwirrender erschienen sie einen. Gigo dachte schon er hätte es geschafft den Eisberg zu aufzutauen, da fiel Verena vom Hocker und blieb bewusstlos am Boden liegen. Da mit dieser Frau nun nichts mehr anzufangen war, begab sich Gigo in Richtung Jörgs Wohnung, wo seine neue Kerstin schon auf ihn wartete. Üppel und Marion begleiteten ihn. Nach einem Abschiedstrunk, gegen zwei Uhr früh, gingen Üppel und seine Dame ihren eigenen Interessen nach und zogen von dannen.

Gut erzogen wie Üppel nun mal war, begleitete er sie noch nach Hause und ging dann allein zu Bett. Gigo indessen blieb bis zum nächsten Morgen bei Kerstin. Da Üppel als Gentleman bekannt war, führte er seine wieder mal neue alte Frau Marion gepflegt in der Stadt umher. Währenddessen begab sich Gigo wieder in die Fänge seiner Kerstin. An diesen Abend merkte er, dass sie ihn nur mit Gewalt als Mann für ihr Kind gewinnen wollte. Dieses bewies sie bei einer perversen Nummer auf Jörgs Sofa. Als Antwort auf ihr Angebot floh Gigo durch das noch offen stehende Fenster. Nichts wie raus hier an die frische Luft. Freiheit!

Nach einer Woche Erholung von diesen Strapazen gingen Üppel und Gigo wieder in die Quelle. Ihnen schwebte ein ruhiger Abend vor. Für Gigo wurde er es auch, aber nicht für Üppel. Alle Frauen wollten es von ihm wissen. Zuerst empfing ihn Heike, die doch noch mal mit Üppel „Onkel Doktor" spielen wollte. Gegen halb acht kam dann auch noch Marion! Ein Glück, dass es in der Quelle zwei Räume gab. Erst mal mußte Heike weg. Üppel schickte sie nach Hause, machte aber noch einen Treff für nächste Woche aus. Kaum war Heike weg sah Üppel im Gedränge, Rikki war auch noch da! Jetzt war guter Rat teuer. Denn Rikki ließ sich nicht so leicht täuschen wie die blutjunge Heike. Marion setzte sich an diesen Abend jedoch so energisch für Üppel ein, dass Rikki für heute einen Rückzieher machen mußte. Gigo war in der ganzen Zeit auch nicht tatenlos geblieben, er schnappte sich Ina. Nach dreiundzwanzig Uhr gingen Üppel, Gigo und die zwei Ladys nach Hause in Richtung Endstelle der Straßenbahn. Sie wollten noch kurz zu Jörg.

Hoffentlich war Kerstin nicht mehr da, sonst gibt es Komplikationen. Komplikationen gab es, aber ganz anderer Natur. Nach kurzer Wartezeit an der Haltestelle kam die Bahn dann schließlich auch und fuhr pünktlich mit ihnen ab. Doch schon nach wenigen Metern blieb sie wieder stehen. Noch gar nicht richtig besonnen wurden alle von mehreren Bullen im grünen Frack aus der Bahn gezerrt. Allen wurde unterstellt, sie hätten die Bahn mit der Notbremse zum Stehen gebracht. Woher konnten die das schon vorher wissen, denn es waren mindestens fünf Bullen anwesend. Gigo leicht besäuselt, wie er war, widersprach energisch. Doch darauf schienen die Jungs in Grün nur gewartet zu haben. Ohne Diskussion schleppten sie ihn in ihren Wagen und brausten davon. Das war absurd! Der Abend war jedenfalls gründlich verdorben. Üppel und die beiden Damen fuhren jeweils allein nach Hause. Und Gigo? Alle dachten die Fahrt endet im „Kahn" aber nein! Es wurde nur ein Ausflug zum Rande der Stadt, wo sie ihn rausschmissen. Offensichtlich diente die Aktion nur dazu, die Jugend einzuschüchtern. Jedes Wochenende zogen Karawanen von und zur Quelle, um sich zu amüsieren und zu betrinken. So etwas durfte es im „real existierenden Sozialismus" natürlich nicht geben! So eine Dekadenz aber auch! Nach längerer Wanderung kam Gigo endlich gegen drei Uhr an Üppels Fenster vorbei. Nach einen kurzen Pfiff öffnete sich dieses auch und ein Alkohol verzerrtes Monster erschien und winkte Gigo „freundlich" zu. Bei diesem Anblick zog er es doch lieber vor schnellstens nach Hause zu gehen. Seit dieser Nacht weiß er endlich wie ein Alkoholiker bei Nacht aussieht.

Es gab noch mehr Speisesäle in Karl-Marx-Stadt, wo samstags Diskos stattfanden. So kam es, dass sie am nächsten Tag in die Barkas Disko gingen. Es war Samstag, da mußte doch was zu reißen sein! Gigo hatte sich am Vortag noch vor der „Straßenbahnsache" für heute mit Ina verabredet. Als er sie dann aber nüchtern zu Gesicht bekam, machte er ganz schnell Schluss mit ihr und widmete sich lieber dem Alkohol. Üppel indes griff sich die blutjunge „Lady" Katrin aus den Kindergarten der Barkas Disko. Ohne sich zu verabschieden verschwand er aber auch lieber in die dunkle Nacht, denn ihm schwanten wieder Sprüche wie: ich will nach Hause! Gigo folgte ihm. Zusammen leerten sie in Gigos Bude noch schnell eine Flasche Bier.

Am Montag darauf hatte Gigo Betriebsvergnügen in der Kosmos Bar. Das war eine Lokalität in der Innenstadt von Chemnitz. Da er diese Feier nicht allein bestreiten wollte, lud er sich Üppels Marion ein. Von ihr erfuhr er, das Üppel wieder mal „Sack" gemacht hatte. Das war ja eigentlich nichts neues, mal sehen wie oft das noch passiert. Bei schwungvollen Rhythmen und eines süßen Tropfens verbrachten sie zusammen liebliche Stunden.

Anderes Unheil war schon im Anmarsch. Ständiges Ziehen und Zwacken in der Leistengegend führte Gigo zu „Doktor Luft" einen führenden Wissenschaftler in der Sexualmedizin. Er stellte fest, dass Gigo dringend für drei Wochen Ruhe in sexueller Hinsicht benötigte. Nach einer erhöhten Dosis Penizillin wurde Gigo der „Jagdschein" verordnet. Na toll, diese alte Schlampe Kerstin! Hatte sie ihm doch dieses Geschenk eingebracht! Doch dafür war es jetzt zu spät. Jetzt hieß es erst mal alle Frauen anzugeben, die in den letzten drei Monaten engen Kontakt zu Gigo hatten, wie peinlich! Vor allem weil die Liste so lang war. Da hatte es ja den Richtigen getroffen, dachten sich die Schwestern von „Doktor Luft". Üppel entzog sich der ganzen Prozedur mit den Worten, ich bin kerngesund! Aber nur weil er am ersten Abend der „Action" bei Jörg nicht mit dabei war, sonst säße Üppel vielleicht jetzt beim Arzt und nicht Gigo. Gerade noch mal Glück gehabt.

Heike, die Üppel in letzter Zeit sehr oft besuchte, zerrte ihn am nächsten Freitag wieder in die Quelle. Dort wurde wieder getanzt und gesoffen, wie immer. Da Gigo der alte Tripper ä Trapper für die nächsten unvorstellbar langen drei Wochen ohne „GV" auskommen mußte, wollte er sich wenigstens mal wieder richtig betrinken. Die Quelle war dazu der ideale Ort. Aber daraus wurde nichts, denn eine Steffi kreuzte seinen Weg. Wie schon so oft so konnte er auch ihr nicht widerstehen. Danach ging es noch in Gigos Bude, und dort blieb Steffi bis zum frühen Morgen. Natürlich hielt sich Gigo an den „Jagdschein". Es wurde nur geredet und geschmust, das war ja erlaubt. Das machte Eindruck auf Steffi. Das erste Mal das ein Kerl nicht gleich mit ihr in die Kiste wollte, na wenn die wüsste warum nicht! Samstags begaben sich unsere Zwei wieder einmal in die Stricke. Üppel blieb an diesem Abend sehr wenig Zeit für neue Frauenbekanntschaften. Den ganzen Abend verfolgten ihn zwei gierige Fleischassen, Ilona und Fräulein Fischer. Total abgehetzt von der vielen Rennerei sackte Üppel schließlich, nachdem die Frauen verschwunden waren, noch zu einem Beruhigungsdrink an die Bar. Gigo traf am selben Abend seine „kleine Lück" Simone wieder. Trotz großen Bemühens lief die Sache aber ans Knie. Sie beschlossen noch in Ruhe ein Bier bei Gigo zu trinken. Doch zu Hause wurden sie schon von zwei Damen liebevoll empfangen. Es handelte sich um Kerstin und Judy. Kerstin wusste natürlich über Gigos Missgeschick Bescheid, sie hatte Post von „Doktor Luft" bekommen. Doch der Wunsch nach etwas Wärme hatte sie trotzdem in Gigos Arme getrieben. Nach einen Techtelmechtel gingen sie schlafen. In der folgenden Woche wurde Üppel wieder ständig von Heike besucht, was ihn ab Donnerstag an das Bett fesselte. Üppel war krank. In der gleichen Woche feierte Gigo mit Steffi jeden Abend dufte Bockbierfeten. Steffi wollte sich Gigo unbedingt einfangen, endlich mal einer der nicht nur an das eine denkt! So kam es auch das sie ihre Bockbierfete am Freitag in die Quelle verlegten. Üppel lag immer noch mit „40" im Bett, das war natürlich ein ungeheueres Gedrängel!

Durch die ewigen Liebesbeziehungen zu ihren Frauen und der verordneten Zwangspause für Gigo, kamen unsere Beiden am nächsten Samstag auf eine besondere Idee. Üppel, gerade genesen, war auch für jeden Gag zu haben. Hundertprozentig fit war er auch noch nicht, also fiel Sex für ihn dieses Wochenende sowieso aus. Sie gingen am frühen Abend in den Strickbau. Damit der Gag die richtige Würze bekam schickte Üppel seine Heike erst einmal nach Hause. Katrin und Christina, die beiden Kirschen vom Rockpalastabend im Frühjahr kamen ihnen für diese Aktion gerade recht. Sie hatten ihr Herz immer noch an unsere Zwei verpfändet, so hatten sie leichtes Spiel. Erst einmal wurden beide Frauen im Strickbau von ihnen richtig scharf gemacht. Danach nahmen sie sie mit in Gigos Bude. Auf dem Sofa und im Ohrensessel trieben sie so lange ihr Spiel mit ihnen, bis die letzte Anschlussbahn davon gerattert war. Das war Anlass für unsere Beiden, sie sanft aus dem Bodenfenster gleiten zu lassen. Dies war Gigos Rache an den Frauen, für seine dreiwöchige Zwangspause. Sie amüsierten sich königlich. Das Quelle Bier bekam ihnen immer schon gut, so fanden sie sich auch am kommenden Wochenende wieder dort ein. Trotz der Reize einiger Frauen ließen sie sich nicht von der Theke abbringen. Das Ergebnis war, zwei riesige „Kater" fielen den nächsten Morgen auf sie her. Diese lästige Seuche war nicht durch Limo oder Brause zu beseitigen, und so entschlossen sie sich zu einen verspäteten Frühschoppen am Stammtisch der Quelle. Als die ersten Mädchen zur Disko erschienen, waren unsere zwei Helden schon ziemlich ramponiert. Trotzdem wurden sie auf zwei Damen aufmerksam, die sie in ihren Suff für die schönsten hielten. Üppel hatte Glück und lernte eine neue Frau kennen, sie hieß Carina und lockte ihn mit ihrem zarten Körper auf fühlbare Nähe. Gigo dagegen griff voll ins Klo, nach längeren Liebkosungen stellte sich heraus, dass es sich bei seiner neuen Errungenschaft um seine alte Trinkerseele Steffi handelte. Da sie nun einmal da waren, nahmen sie die Frauen auch mit zu Gigo. Üppel verschwand kurz darauf mit Carina aus Gigos Bude, und dehnte sein Liebesspiel dann noch bis fünf Uhr bei sich zu Hause aus. Was heißt hier Liebesspiel, die Frau war genauso schwer zu knacken wie Verena! Aber Üppel hatte Blut geleckt, da mußte doch noch mehr gehen! Er begleitete sie sogar noch nach Hause. Auf dem ganzen Weg musste er sich anhören, das Carinas Vater Alkoholiker war und auch sonst noch allen möglichen Unsinn. Hätte Üppel damals schon gewusst was durch die Bekanntschaft mit Carina noch alles auf ihn zukäme, er wäre auf der Stelle im Boden versunken und in Australien wieder aufgetaucht!

Gigo und Steffi, die wieder mal eine Überdosis Alkohol zu sich genommen hatten, fielen beizeiten auf den Rücken. So konnte es nicht weitergehen. Üppel und Gigo sahen sich gezwungen ihren Alkoholkonsum etwas einzudämmen. Fünf Promille pro Tag waren auch genug!

Endlich war es soweit. Die drei Wochen waren um, und der Tag der Rekonvaleszenz von Gigo war gekommen. Sein Leibarzt überreichte ihm feierlich die Unbedenklichkeitsbescheinigung. Nun konnte die Jagd auf „saftiges Wild" fortgesetzt werden! Das wollte Gigo auch nicht unnötig in die Länge ziehen. Am Freitag nach dem Kegeln mit den Kollegen begab sich Gigo flugs alleine ins Irkutsk und pirschte sich als „Ungar" verkleidet an eine Frau heran. Diese neue Methode führte ihn auch sofort zum Erfolg. Schon am nächsten Tag machten sie einen gemeinsamen Treff aus. Der Witz an der Sache war, wieder eine Steffi! Es schien als gäbe es außer Kerstin, Heike und Steffi kaum andere Namen bei den Frauen. Da war schon verrückt. Üppel verbrachte diesen Abend außergewöhnlich gepflegt bei Jörg. Dort lernte er eine zarte Frau aus Preußen kennen, sie hieß Gabi. Übrigens Gabis gab's auch genug, nur sie hatten noch keine weiter kennen gelernt. Noch nicht. Durch ihre offenherzigen Reize trennten sie sich erst gegen Morgen. Gigo wollte seiner neuen Errungenschaft Steffi unbedingt das Hot-Diskoleben im Strickbau vorstellen. So ließen sie sich auf einer Diskowolke am Samstag auch dorthin gleiten. Üppel reservierte schon eine Weile zwei Plätze an der Music-Bar. Dort tranken sie sich in den heißen Rock`n`Roll Rhythmus ein. Heike klebte immer noch an Üppels Seite, wie eine lästige Fliege. Üppel war dadurch langsam mehr als genervt. So nahm er die „Fliegenklatsche" in die Hand und vertrieb Heike ein für allemal. Durch so eine Szene in aller Öffentlichkeit bekam Üppel an diesen Abend natürlich auch keine andere Frau mehr ab. Das störte ihn aber nicht weiter, Hauptsache Heike war er erst mal los. Gigo hielt sich wie meist diskret zurück und konnte so auch an diesem Abend seine „Franziska" zum ersten Mal in seiner Bude umlegen.

Da sich Steffi sehr fürs Irkutsk interessierte gingen sie auch schon bald gemeinsam dorthin. Üppel kam mit Judy, mit der er noch einige Diskrepanzen an diesen Abend beiseite räumen wollte. Nachdem dies geschehen war ging jeder seiner eigenen Wege. Ein wenig später lernte Üppel am Tresen Manuela kennen. Üppel zeigte sich wieder einmal als Gentleman und so kam es das er sie auch nach Hause begleiten konnte. Da sie sehr „feuchte Lippen" hatte, machte es ihr nichts aus bei minus zehn Grad am Gartenzaun einer Kleingartenanlage mit Üppel „Adam und Eva" zu spielen. Durch dieses „eiskalte" Spiel erkältete sich Üppel sein „Stehaufmännchen", was sich aber nach einen heißen Dampfbad wieder legte. Eine Nummer im stehen, das war mal was Neues für Üppel, aber eigentlich nicht so prickelnd. An den Diskorhythmen im Strickbau fand Steffi offenbar großen Gefallen, so gingen sie auch baldigst wieder gemeinsam dort hin. Üppel hatte an diesen Abend keine Lust mehr auf neue Frauenbekanntschaften, so griff er erneut zurück auf Marion. Ein kurzer Besuch in der Woche bei ihr und alles war geregelt. Sie sagte schnell ja und kam mit. Irgendwie kamen sie immer wieder zusammen. Den ganzen Abend kümmerten sie sich rührend um ihre Partnerinnen. Gigo schaffte es seine Dame auf den Fußboden zu beliebe. Und Üppel begleitete seine noch nach Hause und küsste sich mit ihr im Treppenhaus. Bis zum nächsten Wochenende blieb für Üppel und Gigo nur wenig Zeit für Entspannung, da sie ständig von ihren Frauen eingespannt wurden. Erst die wöchentlichen Besuche von Heike bei Üppel und jetzt kam des Öfteren Marion. Aber mit ihr war es schon bedeutend angenehmer als mit Heike, dachte sich Üppel der alte Schlingel, und ließ sich verwöhnen. Am Freitag gingen unsere Zwei mit einer Tasche Bier und ein paar verwelkten Strohblumen zu Jörg, denn der hatte Geburtstag. Dort feierten sie zusammen mit ihren Frauen eine außergewöhnlich gesittete Party. Vielleicht lag es auch daran, dass ihre Ladys das erste Mal in die Höhle des Löwen mitkamen. Und jeder versuchte sich von seiner besten Seite zu zeigen.

Am Samstag hatten alle arbeiten müssen, denn Weihnachten und Silvester mussten vorgearbeitet werden. So gingen Üppel und Gigo leicht angeschlagen in den Strickbau. Keiner wollte es begreifen, dass sich Gigo immer noch mit Steffi einklapste, aber zu diesem Thema schwieg er sich aus. Üppel war an diesen Abend wieder mal alleine mit von der Partie. Durch einen gepflegten Tropfen am Tresen gewann er schnell seine altbekannte gute Laune zurück. Er hatte großes vor. Doch gegen zwanzig Uhr stieß Üppel einen Schrei aus, der ihm beinahe die Luft nahm. Der Grund für sein komisches Verhalten war Rikki. Sie war soeben erst erschienen, zog Üppel zu sich heran und sagte: Üppel du wirst Papa! Damit war der Abend für ihn gelaufen. Dass so etwas einmal passieren könnte, daran hatte natürlich noch nie jemand gedacht! Die meisten Frauen, die unsere Beiden kannten, nahmen die Pille. So auch Rikki. Wie nun das? Hier stimmte etwas nicht! Schon am Montag traf sich Üppel mit ihr bei Jörg. Nach stundenlangem Gerede stellte sich schließlich heraus, dass sie ihn bloß schocken wollte. Sie war gar nicht schwanger, sondern wollte ihn nur an sich binden. Wirklich clever diese Kleine! Aber nicht mit Üppel! Gegen drei Uhr in der Früh schickte Üppel Rikki schließlich kopf hängend nach Hause. Das war nicht das letzte Mal das Üppel sie sah, darin war er sich sicher.

Zur gleichen Zeit spielte sich in New York ein Trauerspiel ab, John Lennon wurde ermordet. Üppel und Gigo waren von diesem Ereignis derart berührt, dass sie sich sofort auf den Weg zur Lennon Witwe Yoko Ono machen wollten, um diese zu trösten. Aber ihre Frauen und die Mauer hielten sie davon ab, und sie mussten mit ihnen wieder in die Quelle gehen. In letzter Minute konnte Üppel seiner Marion noch glaubhaft versichern, dass er diesen Freitag lieber zu Hause fernsehen wolle (wegen John Lennon und so), so konnte Üppel allein in die Quelle gehen. Er traf aber dort nicht wie erhofft Yoko Ono sondern nur die zarte Carina. Nachdem die Quelle versiegt war gingen Üppel und Carina, sowie Gigo und seine Steffi noch zu Andreas. Andreas war ein alter Kumpel aus der Schule, der in den Resten eines alten Bauernhofes in Altchemnitz wohnte. Und heute fand dort eine kleine Party statt. Nachdem sie bei ihm die letzten alkoholischen Vorräte aufgebraucht hatten, trollten sich alle nach Hause. Zuvor machten sie noch aus, demnächst mal eine „richtige" Party bei Andreas zu feiern. Üppel war bei Carina erneut nicht vorangekommen. So ein Mist! Aber es gab ja bestimmt später noch mehr Gelegenheiten dafür, darin war sich Üppel sicher. Meine Fresse! Wenn der sich erst einmal was in den Kopf gesetzt hatte!

Jetzt passierte erst einmal wieder ungewöhnliches. Da hatte es doch Gigo tatsächlich geschafft! Caridat, die rassige Kubanerin, war zurück! Und sie wollte kommende Woche auch mit zu Andreas kommen, um die schon viel zu lange unterbrochene Liebesbeziehung zu Gigo wieder aufzunehmen. So ging Gigo an diesen Samstag mit seiner „Lady in Black" zu Andreas. Steffi wurde für diesen Abend wegen angeblichen „Unwohlseins" ausgeladen. Üppel wollte sich ja mit Carina bei Andreas treffen, aber Marion... Das war eigentlich gar nicht lustig. Ihre Mutter war überraschend gestorben und sie kam natürlich sofort zu Üppel um sich trösten zu lassen. Da er eigentlich ein guter Kerl war, nahm er sie mit zu Andreas. Aber irgendwann wird auch Carina bei ihm vor der Tür stehen, na vielleicht kommt sie ja nicht. Sie kam. Gigo wurde wieder mal vorgeschickt und mußte ihr erklären, dass Üppel gar nicht da wäre. Sie wollte natürlich nachsehen ob das stimmt, was Gigo selbstverständlich nicht zulassen konnte. Nach langen Hin und Her ging sie schließlich wieder, leicht verstört. War auch ganz gut so, Üppel hatte schließlich schon zwei vergebliche Versuche hingelegt um diese Frau zu verführen. So war eine Abfuhr seinerseits eigentlich schon lange mal von Nöten gewesen. Nach kurzer Frage von Marion, wer denn so lange an der Tür war, sagte Gigo geistesgegenwärtig: der Weihnachtsmann! Alle lachten, na Üppel gerade noch mal Glück gehabt! Endlich konnten sie sich an diesen Abend um ihre Frauen kümmern. Gigo vernaschte seine Caridat bis zur Erschöpfung und Üppel tröstete Marion bei einem gepflegten Koitus. Nachdem sie die Damen bis auf weiteres befriedigt hatten hieß es erst mal wieder, Überraschung! Auf Arbeit zu gehen.

Die Beziehung zu Caridat, das war klar, hatte keine Zukunft mehr. Sie mußte bald endgültig zurück auf die Zuckerrohrinsel und Gigo wollte natürlich kein Zuckerrohrbauer werden. Also hieß es Abschied nehmen, eine tolle Frau verschwand aus seinem Leben! Adios!

Letzten Freitag vor Weihnachten gingen sie wieder in die Quelle. Üppel merkte, dass sich Gigo langsam aber sicher in den warmen Pantoffel von Steffi verkroch. Es musste gehandelt werden! Kurzentschlossen schleppte Üppel Walli mit in die Quelle, mit der er schon im ganzen Jahr in losen Kontakt gestanden hatte. Sie trauerte ihren Gigo immer noch etwas nach, und kam natürlich sofort mit. Aber sie hatten nicht mit Steffi gerechnet. Die ließ den ungebetenen Gast Walli beizeiten wieder abflattern, griff sich Gigo und zog ihn aus dem Pantoffel. Na das war ja eine Pleite! Aber Üppel zeigte sich wieder mal als Gigos Leibmanager. Er sagte Walli, noch bevor sie verschwand, dass Gigo eventuell Silvester bei Ihr erscheinen werden würde. Nachdem nun alle Formalitäten geregelt wurden waren ging Üppel wieder hinein in das Getümmel der Quelle Disko. Dort verbrachte er mit Marion einen schönen Abend. Auch Steffi war mit ihren „Pantoffelhelden" ganz zufrieden. Zu Hause mußte Gigo wieder seine Frau beglücken, welches ihm aber nicht weiter schwer fiel. Üppel hatte nicht so viel Glück, denn nirgends war ein Bett für ihn und seine Dame frei.

Den Samstag verbrachten sie zu viert bei Gigo. An diesen Abend spielten sie „Altersheim". Ihre beiden Frauen Marion und Steffi hatten sie dazu angeregt. So ging das natürlich nicht weiter! Jetzt war es schon fast wieder so weit wie vor einem Jahr! Aber vor dem Fest und Silvester ging da natürlich nichts mehr. Schließlich wollten sie da nicht ohne Frauen dastehen! Logisch! Einen Tag vor Weihnachten ging Gigo „Gentleman" nebst „Lady" Steffi in die Nachtbar Chemnitzer Hof, den nobelsten Schuppen der Stadt. Es war ein teurer aber schöner Abend. Heiligabend fiel ihnen ein, es weihnachtet sehr! Sie gingen gemütlich in die Stadt und besorgten sich dort die Weihnachtsgeschenke. Ihr Weg führte sie wie immer ins „Delikat". Dort gab es für alle etwas. Seife für Mutti und Cognac für Vati! Oder Deo und etwas zum Knabbern. Abends tanzten sie mit der Trompete um den Christbaum. Halleluja! Spätestens am ersten Feiertag überkam einen die grüne lange Weile. Ein Glück das heute eine Party bei Walli anberaumt war, zu der auch Üppel eingeladen war. Außerdem waren noch Bettina und Dani anwesend. Es wurde eine wilde Orgie. Da Üppel von Gigo schon viel über Wallis „Riesenlück" gehört hatte, kroch er und Dani an diesen Abend auch gemeinsam hinein. Man muß halt jede Erfahrung einmal machen.

Am selben Abend hatte Gigo seine Steffi das erste Mal vom absoluten Liebesleben überzeugt. So wurde auch von null bis vier Uhr gewichst, gefickt, geludert, Arsch gefickt Hurra gebrüllt, die Kimme ausgepudert! Schließlich war es soweit. Der Silvesterabend stand vor der Tür. Die Party fand wieder bei Gigo statt. Das heißt Steffi erschien, Marion nicht. Denn die war ja bei Walli, dort sollten ja eigentlich auch Üppel und Gigo sein. Also feierten sie wieder mal zu dritt. Na das war ja wirklich Spitze! Üppel war total genervt. So ein Silvester, na ich weiß ja nicht. Kurz nach Mitternacht verzog er sich in Richtung Markthalle zu Walli und Marion. Dort war aber auch nicht viel los, außer das seine Flamme da war. Und dann ahnte Marion auch noch was von der Weihnachtsparty bei Walli. Woher das war Üppel ein Rätsel. Denn diese wird ihr ja kaum davon erzählt haben! Aber heute war er dazu zu betrunken um sich darüber einen Kopf zu machen. Walli war auch sauer, weil Gigo nicht erschienen war. Bloß schnell ins Bett! Nach einiger Zeit kam auch Marion zu ihm, aber etwas stimmte nicht, das merkte Üppel. Trotzdem ließ sie sich noch von ihm befummeln. Na dann Gute Nacht! Jetzt erstmal ruhen, und morgen sieht man weiter. Ein neues Jahr, ein neues Glück, Vielleicht? Casanova und Casanovski, sie waren ja noch soo jung. Was für ein Team!

3.

Ekstase

Grau war der Neujahrsmorgen. Und die Kopfschmerzen! Marion war auch schon weg. Sie wollte nicht mehr, das erfuhr Üppel durch Walli. Scheiße! Na gut! Jetzt hieß es erst mal wieder fit zu werden. Dieses dauerte aber nur einen Tag. Am Feitag ging es wieder in die Quelle. Gigo war nicht mit dabei. Vielleicht war er im Pantoffel von Steffi eingeschlafen. Unterdessen traf Üppel in der Quelle Rikki wieder. Kurzentschlossen schleppte er sie nach der Disko noch mit zu Walli, die ja noch sturmfrei hatte. Doch außer viel Geblubber kam an diesen Abend nicht heraus. Am nächsten Tag zog es unsere Helden erneut in die Quelle. Gigo war auch endlich wieder mit von der Partie, und wollte sich endlich von Steffi trennen (wurde aber auch Zeit). Als sie kurz darauf erschien, floh der arme Kerl aber erst einmal vor ihr auf ein Garagendach im Hinterhof. Was nun? Das reichte Üppel jetzt endgültig. Er gab der Frau die Daten durch, sie ging und Gigo konnte vom Dach zurück an den Tresen. Damit war das Thema Steffi erledigt. Warum sich Gigo diesmal so zögerlich verhielt blieb für immer ein Rätsel. Aber an eine neue Frau war für ihn jetzt natürlich erst einmal nicht zu denken. Üppel hatte dagegen mehr Glück und lernte Heike L. kennen. Ja, ja, wird man sagen, die dritte Heike! Aber diese war auch nicht von schlechten Eltern! Jedenfalls wurde noch ein Treff für kommenden Montag bei Jörg ausgemacht, bevor Üppel sie nach Hause schickte. Danach konnte er sich um Gigo kümmern, um diesen schwankend nach Hause zu begleiten. Am Montag kam Heike doch tatsächlich zu Jörg. Eine interessante Frau, daraus lies sich doch bestimmt noch mehr machen! Da es das erste Date war, trennte man sich auch schon ziemlich früh.
Jetzt hieß es für Üppel erst einmal eine neue Arbeitstelle zu beginnen. So kam es, dass er ab jetzt im elterlichen Betrieb seinen Pinsel schwingen konnte. Endlich kein „Rotlicht" mehr auf Arbeit, paradiesische Verhältnisse! Am Freitag war wieder mal eine kleine „Action" bei Jörg angesagt. Es waren mehrere Frauen und Männer anwesend. So auch Gigo und Üppel. Nachdem beim Flaschendrehen alle nackt waren, entschlossen sich doch heute lieber alle wieder Stück für Stück anzuziehen. Es sollte zur Abwechslung mal ein gepflegter Abend bleiben! War eine ganz schöne Sucherei, denn alle Klamotten lagen ja schließlich auf einen Haufen. Samstag war dann wieder Quelle Zeit. Üppel traf sich mit seiner neuen Flamme Heike. Da sah er im Getümmel

das auch Carina erschienen war. Erst einmal wurde wieder „Verstecken" gespielt. Heike musste eher gehen, das wusste Üppel. Also konnte er sich danach noch ausführlich um Carina kümmern. Heute oder nie, dachte sich Üppel. Er nahm sie wieder mit zu sich nach Hause und versuchte erneut vergeblich ihr die Hosen von Leib zu zerren. Das gibt's doch nicht! So eine blöde Kuh! Aber Üppel beschloss dennoch an dieser Frau dranzubleiben. Am Sonntag begab sich Üppel erst einmal zu Gigo um die neuesten Entwicklungen zu beraten. Was sollte weiter geschehen, wie wann usw. Dabei funktionierten sie Gigos alte Gitarre um und spielten darauf „Harfe". Klang auch nicht schlecht.

In der darauf folgenden Woche wurde Üppel zur Abwechslung des Öfteren von seiner neuen Flamme besucht. Am kommenden Samstag hieß es das erste Mal in diesem Jahr, auf in den Strickbau! Üppel erschien mit Heike. Doch was mußte er sehen, Marion war auch da, und sie lächelte Üppel sogar an! Und dort war Carina! Auch das noch! Zu guter Letzt erschienen auch noch Rikki und Walli! Und hier konnte man niemanden „verstecken". Rikki und Walli waren ja alte Freundinnen, und hatten auch zusammen gelernt. Gigo griff sich natürlich sofort seine verblichene Frau. Walli war auch nicht abgeneigt, obwohl Gigo Silvester nicht gekommen war. Nur was macht Üppel? Erst einmal wurden alle Frauen an einen Tisch gesetzt. Dazwischen Üppel. Na das kann ja heiter werden! Nach Smalltalk mit allen Damen entschied sich Üppel schließlich für Rikki. Warum blieb unklar. Vielleicht um das alte Feeling von früher, Gigo, Walli sowie Üppel und Rikki noch einmal aufleben zu lassen? So kam es auch, dass alle vier noch nach dem Strickbau zu Üppel gingen. Bis gegen sechs Uhr turtelten sie leise in Üppels Kinderzimmer herum, denn seine Eltern waren diesmal anwesend. Danach wurden alle verabschiedet, leise durch das Fenster geschickt, und Üppel konnte endlich schlafen gehen. So ein Wirrwarr durfte nicht noch mal passieren, deshalb wurde beschlossen sich nur noch um jeweilig eine Frau zu kümmern. Freitags ging es wieder in die Quelle, wohin auch sonst. Als Üppel Rikki erblickte, schnappte er sie sich ganz schnell und verschwand mit ihr ins Spinne Wohnheim. So kam ihm keine andere Frau in die Quere. Das Spinne Wohnheim gehörte zur Baumwollspinnerei und dort wohnten die Frauen von außerhalb.

Da Rikki in der Baumwolle arbeitete, kannte sie natürlich dort alle. Dort wurde noch ein kleiner Schluck genommen(fünf Liter) und dann ging Üppel mit ihr sanft schlafen. Gigo traf an diesen Abend seine Walli in der Quelle wieder, und ergab sich ihrer Reize. Am nächsten Tag ging es, dem allgemeinen Rhythmus entsprechend, wieder in den Strickbau. Natürlich ohne Frauen, denn die gab es ja hier hoffentlich reichlich.

Hier muss man nochmals kurz abschweifen. Das Problem mit den Eintrittskarten. Ständig wollten mehr Leute zum Jugendtanz als es Karten gab. Also mußte man sich beizeiten (cirka zwei Stunden vorher) schon anstellen. Doch das war natürlich nichts für unsere Zwei. Durch ihre Connections zur Ordnungsgruppe erhielten sie immer ein Kontingent von Karten, welches sie dann ihrerseits an ihnen genehme Menschen, meist Frauen, verteilten. Samstags vor Strickbaubesuchen liefen bei Üppel immer die Telefondrähte heiß. Jeder wollte Karten von Ihm haben. Sie wurden ihnen immer förmlich aus den Händen gerissen. Einmal im Saal hatten sie dann meistens keine Eintrittskarten mehr übrig. Hätte sie lieber eine behalten! Halb zehn stand Rikki vorm Tor und konnte nicht herein. Nun war guter Rat teuer. Was tun? Schließlich kam Üppel auf die rettende Idee. Rikkis Jacke wurde im Vorgarten der Disko in einen Frühbeet deponiert. Also Jacke über den Zaun und rein damit in den Glaskasten, das alles durfte natürlich niemand sehen. Dann gab Üppel ihr seine Retourmarke und so konnte sie nach einer Stunde endlich den Saal betreten. Sie revanchierte sich für Üppels aufopferungsvolles Verhalten und blieb zum Dank dafür auch bis sechs Uhr bei ihm zu Hause. Und Stoß!

Um nicht immer denselben Frauen über den Weg zu laufen, beschlossen Üppel und Gigo am kommenden Freitag mal ganz woanders hinzugehen. Ihre Wahl fiel auf den Gasthof zur Linde in Neukirchen. Dort gab es auch Tanz, für die Jugend vom Lande. Diesmal erschienen sie zu viert. Da waren natürlich Üppel und Gigo und daneben noch Jörg und dessen Kumpel Heiko. Mit Heiko, das war ein Kapitel für sich, doch dazu später mehr. Sie kamen zu Fuß aus Chemnitz, hatten also schon einen Marsch von cirka einer Stunde hinter sich. Folglich erst mal Durst. Ist doch klar! Und dann ging es los. Üppel traf hier doch tatsächlich eine bekannte Frau! Und zwar die, welche er letztes Jahr betrunken von der Quelle zum Bus gerollt hatte. Die anderen Jungs hatten nicht so viel Glück, und gingen an diesen Abend leer aus. Scheiß Landweiber! Aber Üppel wollte unbedingt heute bei seinen Country-Woman zum Zuge kommen. Ein Glück das Heiko auch schon eine eigene Wohnung hatte, die sogar noch etwas besser in Schuss war als die von Jörg. Noch dazu lag sie etwas näher als Jörgs Wohnung. Also begab sich Üppel mit seiner Dame noch am selben Abend zu ihm und vernaschte diese kleine Spitzmaus dort gründlich. Nachdem sie am nächsten Morgen abgeflattert war, beschlossen Üppel und Heiko, wir feiern eine Party! Warum Frauen suchen, lass sie doch zu uns kommen! Gesagt getan. Gigo wurde verständigt und dann mussten noch Frauen eingeladen werden. Also wenn wir Walli einladen haben wir auch Rikki, oder umgedreht. Und Heiko hatte auch noch eine Frau in Petto, Evi. Alles klar, die Sache konnte steigen! Von Walli wollte Gigo eigentlich nichts mehr so recht wissen, aber heute, na gut! An diesen Abend gelang ihnen endlich mal wieder eine tolle Fete. Besser, viel besser als Silvester! Es gab genug Platz in der Bude, und so konnten alle ihre Frauen wieder einmal richtig beglückt werden. Getränke waren auch reichlich vorhanden. Was will man mehr! Am nächsten Morgen wollten Gigo und Üppel für ein anständiges Frühstück sorgen und durchsuchten sämtliche Küchenschränke nach Essbaren. Doch zunächst fanden sie ein großes Paket Damenbinden. Großes Gelächter! Man Heiko, der war vielleicht cool, hatte der doch für eventuelle Notfälle seiner Damen gleich vorgesorgt! Dachten sie damals zumindest, doch es war ganz anders, wie sich später herausstellen sollte. Schließlich fanden sie doch noch etwas zu Essen. Auch eine alte Bockwurst war noch da. Nach einem gepflegten Frühstück, gegen vierzehn Uhr, gingen alle entspannt nach Hause.

Am Montag wurde Üppel überraschend von Heike besucht. Und das nach der Aktion im Strickbau! Trotzdem nett! Was nur jetzt wieder mit ihr anstellen, so kaputt wie man noch war? So ging Üppel mit ihr zu Gigo und verbrachte dort ein paar ruhige Stunden. Schon am Dienstag ging der Stress weiter. Nach einem kleinen Trinkertreffen im Forsthaus, landeten sie wieder bei Heiko. Diesmal nur zu einem kleinen Herrenabend, Frauen waren Fehlanzeige. Heiko war eben ein richtiger Kerl. Mit dem konnte man Pferde stehlen! Man war das eine Woche! Das nächste Wochenende stand vor der Tür, nur diesmal keine

Experimenten mehr! Also ab in vertraute Gastlichkeiten, in die Quelle! Rikki war auch schon da. Heiko auch, zum Glück! So konnte Üppel seine kleine geile Maus wieder einmal gepflegt vernaschen. Am nächsten Abend wieder in die Quelle, und heute traf Üppel Carina wieder. Mann oh Mann! Auch Rikki. Nachdem in der Quelle die Lichter ausgegangen waren verschwanden Üppel und Rikki in Richtung Irkutsk. Carina war noch nicht volljährig und mußte folglich nach Hause gehen. War auch gut so, sonst gäbe es nur wieder Stress! Mit Rikki lief aber auch nicht viel. Vielleicht war sie noch zu kaputt von gestern! Nach mehreren Drinks an der Bar ging jeder für sich alleine nach Hause. Gigo der ebenfalls mit von der Partie war, lernte an diesen Abend Romy kennen, eine heiße Studentin aus Halle. Mit der hatte er noch großes vor. (Wieder mal). Am Sonntag hatte Üppel Langeweile und so besuchte er wieder Heiko. Schon ewig nicht gesehen, den Typen! Mal sehen ob man sich noch erkennt. Jörg war auch da, und sie erzählten Üppel das sie jetzt zwei Studentinnen kennen gelernt hätten. Wie praktisch! Noch zwei Studentinnen! Die wohnten, wie alle Studentinnen von außerhalb, im Studentenwohnheim an der Reichenhainer Straße. Also nichts wie hin, und die Lokalität besichtigen. So fuhr Üppel auf seiner „Emma" sowie Jörg und Heiko, auf dessen Motorrad denn auch schnurstracks dorthin. Sehr interessant, auch die Frauen, dachte sich Üppel. Noch dazu wohnten sie zusammen in einen Zimmer. Man führte Smalltalk und die Freundin von Jörg erzählte Üppel komisches. Gestern nach einer durchliebten Nacht zu viert war doch ein Bettlaken voller Blut, ohne das eine der Frauen ihre Tage hatte! Sehr mysteriös, dachte Üppel, nahm das aber sonst nicht weiter ernst.
Eine Woche später statteten Üppel und Gigo dem ersten FCC einen ersten Besuch ab. Das war der älteste Faschingsklub in Chemnitz und weithin bekannt für sein tolles Programm. Dort wurden manchmal Sachen gesagt, die anderswo gleich zur Verhaftung durch die Staatsmacht geführt hätten. Sie verbrachten einen wilden Tanzabend und wurden danach sicher von Üppels Vater nach Hause chauffiert.
Am Samstag war es dann soweit. Feierlich erhielt Gigo die Schlüssel für seine erste Wohnung. Was heißt hier Wohnung! Das war eine Bruchbude, sogar die Möbel vom verstorbenen Vormieter waren teilweise noch vorhanden! Auch ranzige Butter

und vergammelte Wurst fanden sie noch in einen Küchenschrank! Na Mahlzeit! Das ganze hieß ja auch Ausbauwohnung. Gigos Betrieb stellte gewisse Geldmittel zur Verfügung und dann mußte man sehen wie man kommt. So sollte der ständig vorhandene Wohnungsmangel etwas entschärft werden. Jeder der früher in der DDR gelebt hatte, weiß wie schwierig es war Baumaterial zu besorgen. Aber sie waren jung, und eine eigene Bude! Das kann nur toll werden. Es dauerte schließlich noch bis Ende September, eh dort die erste Party stattfand. Üppel unterstützte Gigo dabei tatkräftig. Ab jetzt wurde jedes Wochenende ein paar Stunden in der Bude rumgebuddelt. Dafür sollte später, wenn alles fertig war, stets ein Platz für Üppel in Gigos Residenz frei sein. War doch selbstverständlich! Nach der Wohnungsbesichtigung gings ab in die Quelle. Dort das alte Spiel. Üppel traf Rikki, Gigo traf Walli. Danach wurde Rikki wieder von Üppel in seiner Bude beglückt. Walli erging es sicher bei Gigo auch nicht anders. Langsam wird es langweilig. Ein Glück das in der Woche wenigstens Heike Üppel noch ab und zu besuchte. Sie wollte es noch mal richtig wissen, he he! Na wer sagts denn! Aber da sie noch zur Schule ging konnte sie nicht jedes Wochenende mit zur Disko. Jammerschade! Zum Glück gab es ja noch Rikki.

Dieses Jahr hatten sie Blut geleckt und wollten unbedingt noch zu mehr Faschingsbällen gehen. So kam es das sie im Irkutsk Fasching feierten, ebenso in der Buma, sowie in der Mensa den Studentenfasching. Es war zwar überall ganz lustig, aber Üppel lernte keine neue Frau kennen. Außer in der Buma, dort heiratete Üppel Gigos kleine Schwester Judy, was aber ohne Konsequenzen blieb. Und außerdem war das Kapitel für Üppel eigentlich erledigt. Das war Schnee vom vergangenen Jahr. Gigo hatte in der Mensa ja wenigstens noch Romy getroffen und war so den ganzen Abend vertan. Diese Nacht verbrachte er das erste Mal bei ihr im Studentenwohnheim. Er hatte ja auch von Üppel gehört, dass es da recht schnuckelig sei. Also selber mal nachschauen, ja war ganz nett! Romy war verheiratet, aber das war Gigo wieder mal völlig egal. Nach der verheirateten Gitta im Vorjahr, jetzt die verheiratete Romy. Aber diesmal war ihr Mann ja zum Glück weit weg in Halle. Üppel indes verlies die Mensa zu später Stunde mit einen Taxi in Richtung Quelle. Dort griff er sich die schon sehnsüchtig wartende Rikki und vögelte sie zu Hause nach allen Regeln der Kunst. Punkt. Rosenmontag! Auch in der Quelle war Fasching. Nichts wie hin! Na lustig, wieder einmal mehrere Frauen. Rikki, natürlich, aber auch Heike und Carina waren da. Ach Scheiß, heute riskiere ich es mit Carina noch mal, dachte Üppel. Was soll man sagen, war wieder nichts, Prost Mahlzeit! Wieder die ganze Nacht um die Ohren gehauen für nichts! Hauptsache Heike war nicht allzu sehr sauer. Am nächsten Tag mussten unsere zwei Helden erst einmal einen klaren Kopf bekommen und füllten vor Gigos Bude mal schnell vier Müllcontainer. Das tat gut. Dann klingelte es auch noch. Hermann, der Wirt von der Kneipe gegenüber, stand mit drei Bier und drei Schnaps, vor der Tür. Auf gute Nachbarschaft und Prost! Na das war doch mal nett! Hermann habe dem Vormieter eigenhändig die Augen zugedrückt, als er gestorben war. Und war so neugierig wer nun hier einziehe.

Es war wieder März geworden und Üppel hatte Geburtstag. Diesmal wurde die Party in den Strickbau verlegt. Es war eine netter Abend und Üppel wurde von seinen Frauen zur Abwechslung mal richtig verwöhnt. Danach gab es noch einen kleinen Schluck bei Gigo und dann ab ins Bett! Heute mal alleine. Eine Woche später im Strickbau lernte Üppel doch tatsächlich eine neue Frau kennen! Sie hieß Annett. Gigo traf seine alte Blase Walli wieder. So kam es auch das die darauf folgende kleine Party bei Gigo mit den beiden Frauen stattfand. Üppel durfte wieder einmal testen wie sich Liebe auf den Fußboden so anfühlt und Gigo verzog sich mit Walli in sein Bett. Annett war eine geheimnisvolle Frau. Üppel bekam sie danach nie wieder zu Gesicht.

Nächsten Samstag ging es auch wieder in die Stricke. Gigo brachte an diesen Abend seine neue Errungenschaft Romy das erste Mal mit. Üppel indes hing immer noch an Rikki. Danach ging es ab zu einer wilden Fete ins Studentenwohnheim. Romys Mitbewohnerin war nicht da, folglich waren zwei Betten frei! Diese testeten sie dann natürlich auch ausgiebig zu viert aus. Am Sonntag war zur Abwechslung mal Kulturprogramm angesagt. So kam es, dass Gigo mit Romy und Üppel mit Rikki erst einmal gepflegt Mittag essen gingen und danach ins Kino. Üppel erschien wieder mit Rikki! Da musste auch bald was geschehen, dachte sich Gigo. So geht das ja nicht weiter! Selbst in der Woche ließ sie Üppel jetzt nicht mehr in Ruhe. Am

Mittwoch rief sie ihn noch gegen dreiundzwanzig Uhr an und bestellte Üppel in das Forsthaus. Der lag zwar schon im Bett, sprang aber wieder in die Klamotten und erschien schnurstracks in der Lokalität, Gentleman wie er nun mal ist. Was die nur wieder wollte? Nichts weiter, sie hatte nur Durst. Als Üppel wieder gehen wollte stellte er erschrocken fest, dass seine Jacke vom Garderobenhaken verschwunden war. Darin waren auch die Wohnungsschlüssel. Auch das noch! Es stellte sich schließlich heraus, dass nur zwei Jacken vertauscht wurden. Eine andere viel zu große hing noch am Haken. Üppel war auf hundertachtzig. Meine Jacke muß her und zwar sofort! Der Abend war für ihn gelaufen. In der gefundenen Jacke fand Üppel einen Betriebsausweis. Aha, also nichts wie hin! Mitten in der Nacht! Als ob da jetzt jemand arbeiten würde! So kam es das Üppel, Rikki und noch zwei Kumpels mitten in der Nacht in eine Firma in der Innenstadt über einen Zaun stiegen und den Nachtpförtner weckten. Der hat vielleicht dumm aus der Wäsche geschaut! Aber Üppels Jacke hatte der logischer weise auch nicht. Nach längerer Diskussion einigten sie sich schließlich darauf, es am nächsten Tag noch mal zu versuchen, wenn hier jemand auf Arbeit war. So geschah es dann auch, und Üppel konnte am nächsten Tag seine alte geliebte Lederjacke wieder in Besitz nehmen. Sogar die Schlüssel waren noch vorhanden. Man war das ein Stress gewesen! Aber es sollte noch viel schlimmer kommen.

Kommenden Samstag ging es wieder in die Quelle. Carina, die Widerspenstige war auch wieder anwesend. Sie stellte Üppel an diesen Abend ihre große Schwester Bettina vor, und das Schicksal nahm seinen Lauf. Üppel dachte sich, Carina nein Danke das bringt ja doch nichts, also las es doch mal mit Bettina versuchen. Die sprang auch sofort an. Üppel hatte an diesen Abend halb sturmfrei, das heißt seine Eltern waren irgendwo fort, kamen aber in der Nacht wieder nach Hause. Also mußte heute schnell gehandelt werden, wenn man Erfolg erzielen wollte. Üppel hatte Bettina und verließ beizeiten die Quelle. Zu Gigo sagte er noch, wenn er eine Frau hätte, könne er gerne noch zu Üppel kommen. Gigo klebte indessen noch am Tresen fest. Üppel wollte es sich gerade mit Bettina gemütlich machen, da klingelte es an der Tür und Gigo erschien, allein! Was sollte denn das? Gigo wollte auch an Bettina rummachen, das ging natürlich nicht! Jetzt streiten sie sich schon um eine Frau, wo soll das noch hinführen? Es wurde noch schlimmer. Schließlich prügelten sich Üppel und Gigo sogar noch, und Üppels gutes altes Klappbett ging zu Bruch. Zack! Jetzt kamen auch noch Üppels Eltern nach Hause, denn inzwischen war es ziemlich spät geworden. Gigo wurde kurzerhand von Üppels Vater aus dem Haus geworfen, den will ich hier nie mehr sehen! Na Klasse! Bettina, die Unschuld vom Lande, konnte bleiben. Oder sah Üppels Vater sie in seiner Wut einfach nicht? Jedenfalls versuchte Üppel in dieser Nacht noch einen sexuellen Höhepunkt mit ihr zu erzielen, was ihm aber nicht mehr so recht gelingen wollte.

So trat also Bettina in Üppels Leben. Mit einen großen Knall! Das hätte eigentlich Warnung genug sein müssen. Am Sonntag kam Gigo und entschuldigte sich. So weit darf es nie wieder kommen! Aber das Bett war noch immer kaputt. Montagabend kam Gigo erneut, mit mehreren Schraubzwingen bewaffnet, zu Üppel und sie klebten das Bett wieder. Nachdem Üppel eine Woche auf den Fußboden verbracht hatte, konnte er sein geliebtes Bett endlich wieder benutzen. Hoffentlich hielt es auch noch wenn sich Frauen mit darin befanden! Es hielt. Wenigstens was. Das testete Üppel auch schon kommendes Wochenende mit Rikki. Nur ein leichtes Quietschen war seitdem vorhanden und ließ sich auch nie mehr ganz abstellen.

Eine Woche später, am Freitag, nach dem obligatorischen Besuch in der Quelle, führten Üppels Wege wieder einmal in das Spinne Wohnheim. Rikki hatte noch großen Durst und schleppte ihren Üppel kurzerhand mit dorthin. Dort wurden solche Mengen „harte Drogen" zu sich genommen, dass Üppel fast ins Koma fiel. Am späten Samstagmittag verdrückte er sich deshalb fluchtartig heimlich in Richtung Gigo, wo sie zusammen noch einen ruhigen Fernsehabend verbrachten. Das war mal was Neues. So ging es nicht weiter. Rikki machte Üppel ja noch völlig hinüber! Am späten Sonntagabend erschien sie dann auch schon wieder vor Üppels Fenster und wollte ihn in irgendeine Kneipe zerren. Doch dieses Mal blieb Üppel standhaft und ging lieber alleine ins Bett. Wie kann man nur so viel Durst haben! Eine Woche später, in der Quelle, lernte Üppel dann doch tatsächlich eine neue Frau kennen. Sie hieß Simone und war eine Freundin von Bettina. Üppel war begeistert. Da mußte er unbedingt dran bleiben!

Schon am nächsten Abend wich er ihr in der Quelle nicht mehr von der Seite. Und am Sonntag folgte schon das erste Date. Gigo schöpfte Hoffnung, dass sich das Kapitel Rikki bald erledigt haben würde.

Doch zuvor ging es erst einmal in die Stadthalle. Die Puhdys waren in der Stadt und das wollten sich Gigo und Üppel natürlich nicht entgehen lassen. Es war ein tolles Konzert, und sie schöpften sogleich neue Kraft für kommende Ereignisse. Am Freitag holte Üppel seine Simone schon von Arbeit ab, und ab gings in die Quelle. Samstags wieder in der Quelle kam es zum Showdown. Rikki war da und wollte sich wieder ihren Üppel greifen. Doch der floh, wie schon vor kurzen Gigo, vor ihr und versteckte sich lieber irgendwo. So wiederholte sich das gleiche Spiel wie zu Anfang des Jahres, nur das diesmal Gigo für Üppel die Drecksarbeit erledigen mußte. Kumpel ist eben Kumpel. So erledigt, diese Frau bin ich los. Danke Gigo! Üppel war genauso zögerlich wie Gigo gewesen, was war nur los mit ihnen? Jetzt konnte er sich ja ungeteilt um Simone kümmern. Dachte Üppel zumindest. Doch es wurde schwieriger als erhofft. Diese Frau gab sich doch mehr zugeknöpft als erwartet, was den Sex betraf, so sehr Üppel auch baggerte und fummelte. Nächsten Samstag brachte sie zum Kaffeetrinken auch noch ihre Freundin Bettina mit zu Üppel. Aber da die zwei schon mal da waren, gings dann auch zu viert in die Quelle. Üppel mit Simone und Gigo mit Bettina. Ein Abend ohne besondere Vorkommnisse.

Sonntags ab in die City zu Stefan Diestelmann, der ein Open Air Konzert gab. Es war der erste Mai, und da gab es für die Arbeiter und Bauern ein kleines Kulturprogramm in der Stadt. Wieder waren sie zu viert, die neue Viererbande oder was! Kommende Woche schleppte Simone ihren Üppel dann kurzerhand mit zu Bettina auch zum Kaffee trinken. Wenn das nur kein Fehler war! Üppel merkte, das Bettina noch Interesse an ihm zu haben schien. Und außerdem nur eine halbe Nummer auf den Fußboden... Es war wieder Mai geworden und Gigos Eltern verdrückten sich in den Urlaub. Sturmfrei! Nur Judy war noch im Weg. Doch die ahnte sicher, was da alles wieder kommen könnte und verzog sich lieber zu ihrer Freundin Kerstin aufs Land. Gut so! Schon am Dienstag fand die erste Party statt. Mitten in der Woche, das wird ja immer schöner! Gigo hatte seine heiße Romy eingeladen und Üppel Simone. In ihrem

Schlepptau kam auch wieder Bettina mit. Es klingelte und Martin, ein ehemaliger Schulkamerad von Gigo, stand vor der Tür. Klasse drei Kerle und drei Frauen, nun kann eigentlich nichts mehr schief gehen! Nach einem gepflegten Abendessen ließ Martins Interesse an Bettina aber dann doch schon wieder merklich nach, und er ging schon bald nach Hause. Als nun auch noch Simone nach Hause wollte, es war ja mitten in der Woche, schien die Party zu enden noch bevor sie richtig begann. Doch Bettina blieb da. Diese Gelegenheit ließ sich Üppel natürlich nicht entgehen und kam so erneut bei ihr zum Zuge. Gigo zeigte seiner Romy auch wieder mal seine Briefmarkensammlung. Bis sie früh gegen drei Uhr endlich zum schlafen kamen. Am nächsten Tag gingen alle ausgeruht auf Arbeit. Bis auf Romy, die war ja Studentin und konnte so ausschlafen. Üppel musste sich noch bis gegen Mittag, auf Arbeit, ein Auge zukleben, um nicht alles doppelt zu sehen. Aber egal.

Romy verbrachte noch die ganze restliche Woche bei Gigo, wollte aber sonst niemanden sehen. Sie hatte offenbar Angst von ihren Verhältnis zu Gigo könnte ihr Mann erfahren. Der wohnte, wie ja alle wissen in Halle, aber trotzdem. Kurz darauf wurde auch das Liebesverhältnis zwischen den beiden beendet, das war aber auch abzusehen. Mit verheirateten Frauen gab es doch nur Stress, nicht das unsere Beiden schon so genug davon hätten! Simone konnte oder wollte nicht merken was da bei Gigo abgelaufen war, und so gingen sie am kommenden Wochenende wieder mal in den Strickbau. Das heißt Üppel mit Simone und Gigo mit Bettina. Danach gab es noch ein kleines Techtelmechtel in Üppels Kinderzimmer. Üppel war etwas durcheinander und so schickte er Simone, Bettina und Gigo beizeiten durch das Fenster nach Hause. Was jetzt?! Welche Frau nehmen? Schwierige Fragen summten durch Üppels Kopf. Eigentlich wollte er ja mit Simone bald nach Prerow zum Zelten fahren, oder wollte er das gar nicht mehr? Eine Woche später im Strickbau lernte Gigo Ramona kennen. Üppel war mit Simone. erschienen, die aber eher nach Hause mußte. Aber Bettina war ja auch noch da. So kam es, dass sie in der Nacht noch zu viert zu Ramona gingen. Sie wohnte in der Stadt und war frisch geschieden. Die Wohnung war zwar halb leer, aber so gab es wenigstens genug Platz für sie, um sich ihren Frauen zu widmen. Nur zu trinken gab es da nichts mehr. Außer ein Rest Milch, den sie vertilgten. Am nächsten Morgen stellte sich heraus, dass in der Wohnung noch drei kleine Kinder waren, denen sie die letzte Milch wegesoffen hatten! Bingo! Bloß schnell weg von hier! Gigo war auch geschockt und so verließen sie fluchtartig den Ort des Geschehens. So eine Rabenmutter!

Jetzt stand erst einmal Himmelfahrt vor der Tür. Das war zwar in der DDR kein Feiertag, hielt aber dennoch niemanden ab, diesen gebührend zu begehen. Man musste halt seine Aktivitäten nur auf nach der Arbeit verlegen. Viele Männer nahmen auch extra Urlaub, um ihre Herrentour stilgerecht zu feiern. Gigo und Üppel nicht. Sie gingen erst brav auf Arbeit, und taten sich danach mal wieder mit Jörg und Heiko zusammen. Und ab ging's in die erste Festivität! Dort trafen sie auf Uwe, den Bruder von Bettina. Der war ihnen schon länger bekannt und so zogen sie zu fünft weiter. Was Uwe aber Üppel erzählte, das haute in fast aus den Socken! Heiko soll gar kein Kerl sein, sondern eine Frau! Der spinnt doch! Üppel behielt das erst mal für sich, aber wie sich später herausstellte war es doch tatsächlich war! Heiko oder besser Heike Antje stammte aus Mecklenburg und war als Kind Leistungsschwimmerin gewesen. Dort wurde in der DDR viel mit verbotenen Substanzen hantiert. Diese führten bei Heike Antje dann dazu sich mehr als Mann zu fühlen, als aus Frau. Das war schon verrückt! Da waren die Damenbinden doch ihre eigenen gewesen! Und das blutige Bettlaken! Aber die Stimme und das Benehmen, wie ein Kerl! Und Brust war auch keine zu erkennen. Und woher wusste das alles Uwe? Heike Antje war Barfrau in einer Kneipe und dort arbeitete sie natürlich in Frauenkleidern. Und da hatte er sie gesehen. Außerdem hatte Uwe sich mit ihr angefreundet und wusste so genau Bescheid. Die Brust wurde abgebunden und in die Hose kam ein Strumpf, so dass es aussah als wäre da was vorhanden. Und Evi? Mit der hatte Heike Antje doch Verkehr gehabt?! Ganz zu schweigen von Birgit, der Studentin. Wie das? Beate Uhse gab es ja in der Zone noch nicht. Die Lösung, eine Bockwurst! Unvorstellbar. Diese Stellung müsste man mal gesehen haben! Das tolle war, diese Bockwurst gab es damals zum Frühstück, und, kein Witz, Evi hatte sie ganz alleine gegessen! Da hatte sie sozusagen die Bockwurst doppelt genutzt, na Mahlzeit! Aber ganz so lustig war da alles natürlich nicht. Als sie Heike Antje Jahre später wieder einmal trafen, zeigte sie ihnen voller Stolz ihren Ausweis, in dem jetzt wirklich Heiko stand. Sie wollte sich auch operieren lassen, so was gab es auch schon zu DDR Zeiten und wurde in Dresden durchgeführt. Hoffentlich hat das alles gut geklappt und heute geht es ihm, ihr gut und er fühlt sich wohl.

Doch zurück zu Himmelfahrt 1981. Es wurde ein lustiger Saufabend, dennoch. Das mit Heiko nahm Üppel damals sowieso noch nicht so ernst. Uwe der alte Labersack, erzählte schließlich viel wenn der Tag lang war. Praktisch war, Uwe war Bettinas Bruder, und Üppel hatte heute wieder so ein Bedürfnis...Also mitten in der Nacht Anlegeleiter raus, ans Haus gelehnt und hinauf mit Üppel in den ersten Stock! Uwe stand derweil unten und hielt die Leiter fest, so gut es eben ging. Nach längerem Klopfen am Fenster öffnete sich dieses auch und Bettina ließ Üppel herein. Ein Glück, denn viel länger hätte der sich auch nicht auf der Leiter halten können, noch dazu wenn ein Bein im Beet und das andere auf dem Rasenbord stand! Das schwankte vielleicht, meine Fresse!

Mit der Leiter wurde später noch oft bei Bettina eingestiegen. Nur weggeräumt hatte sie Üppel natürlich nie. Das wurmte wiederum ihren Vater, der dies immer tun durfte. Kurzerhand sägte er einige Sprossen ab, und beim nächsten nächtlichen Fensterln war eben dann die Leiter zu kurz! Ach du Scheiße! Da mußte Üppel doch tatsächlich mitten in der Nacht klingeln! Doch an jenen Abend war die Leiter noch lang genug und Üppel verbrachte eine dufte Nacht mit Bettina. Schon am nächsten Wochenende wieder das gleiche Spiel. Mit Simone zur Disko, mit Bettina ins Bett. Und so was waren Freundinnen! Dann gleich noch mal! Dieses Mal schaffte Üppel Simone sogar erst noch nach Hause, nur um danach wieder bei Bettina im Bett zu verschwinden! So ging das eigentlich nicht weiter!

Das Beste ist erst mal weg, dachte sich Üppel und fuhr für zwei Wochen an die Ostsee nach Prerow. Simone ist doch nicht mitgefahren, sie spielte krank. Sie hatte offenbar Angst davor an den FKK Strand zu gehen. Üppel verbrachte zwei wilde Wochen in Prerow. Sein kleines Zelt war ständig überbelegt, und das Bier floss in Strömen. Rostocker Hafenbräu, Prost! Trotzdem hat er es überlebt. Gigo verbrachte derweil lieber zwei ruhige Wochen am Werbellinsee und wurde auch diesmal dort nicht von Üppel gestört. Der erschien schon freitags zurück in der Quelle. Geplant war eigentlich Samstag. Seine „Emma" hatte ihn eben

wieder sehr zügig nach Chemnitz gebracht. Denn hier war Sturmfrei und das mußte natürlich ausgenutzt werden! Da zählte jede Minute! Wie es der Zufall mal so wollte, war Bettina an diesen Abend da, Simone nicht. Die dachte ja auch Üppel kommt erst am Samstag heim. Egal. Zwei Wochen kein Sex, na dann los Bettina, ab zu mir nach Hause! Nach einer durchliebten Nacht mußte Üppel sie jedoch erst einmal aus der Bude schmeißen. Denn Simone hatte sich für den Nachmittag angesagt, und die wollte er noch nicht aufgeben! Sie kam dann auch, und blieb sogar die ganze Nacht! Na wer sagts denn! Doch irgendwie war das alles mit ihr nicht so prickelnd. Den ersten Sex mit ihr hatte er sich doch anders vorgestellt. Üppel war bereits vom Bettina Virus infiziert. Das Beste ist erst einmal ganz andere Frauen. Ein Glück das Üppel noch die Telefonnummer von Heike hatte. Er rief sie dann auch an. Heike hatte Üppel eine ganze Weile nicht gesehen und freute sich wieder was von ihm zu hören. Also Fete am Dienstag, klar wer kommt noch? Aha eine Freundin von Heike mit Freund, OK. Gebongt! Das war dann auch eine klasse Party, die erste ohne Gigo, denn der war noch am Werbellinsee. Endlich konnte Üppel auch mal testen wie sich Heike von innen denn so anfühlt! Nicht schlecht, sprach Specht! Aber mehr sollte daraus nicht werden. Schade.
Sturmfrei! Am Donnerstag, im Forsthaus, traf Üppel Angela, die Schwester von Steffen und Freundin von Judy. Die war auch nicht zu verachten. Sie hatte ganz in der Nähe eine eigene Wohnung, also nichts wie hin! Man war die rattenscharf! Üppels Rücken wurde doch etwas in Mitleidenschaft gezogen, und ziemlich zerkratzt. Sex mit Angela, das war ja lebensgefährlich! Sturmfrei! Am Samstag in der Quelle traf Üppel Carina wieder. Noch ein Versuch? Na klar doch! Und was soll man sagen, wieder nichts! Ohne Kommentar. Also probierte es Üppel doch noch mal mit Simone. Zum Beispiel am Samstag im Strickbau. Gigo war auch endlich wieder zurück und sie begossen ihr Wiedersehen reichlich. Mit Simone hingegen ging nichts mehr, Finito und Tschüß!
Üppel plagten gerade auch noch andere Sorgen. Ein Ziehen in der Leistengegend verbunden mit schleimigen Absonderungen aus seinem Penis. Ach du Scheiße! Das wird doch wohl nicht? Von Gigo wusste Üppel ja nur zu gut wie sich ein anständiger Tripper anfühlt. Also auf zu „Doktor Luft"! Mann die Schwestern

freuten sich schon richtig, wieder mal so einen erwischt! Das geschieht dem recht! Erst einmal Frauen angeben, die Liste war auch nicht von schlechten Eltern. Dann zur Untersuchung. Abstrich, warten, noch mal zur Untersuchung. Was sollte denn das? Wieder warten. Dann endlich…Also Tripper war es nicht, Gott sei Dank! Entweder eine Entzündung der Blase oder der Nieren. Bitte zum Hausarzt! Erleichtert verlies Üppel die Arztpraxis und besorgte sich einen Nierengurt. Denn das er sich das beim Motorradfahren geholt hatte war ihm klar. Zum Hausarzt ging er natürlich nie, denn so was kurieren richtige Männer selber aus! Aber der Schock saß dennoch tief. Vielleicht sollte man sich doch nur noch mit einer Frau zufrieden geben? Mal sehen wie lange der gute Vorsatz anhielt.

So kam es das sich Üppel jetzt voll auf Bettina einließ, fürs Erste. Inzwischen waren die Arbeiten in Gigos Wohnung soweit fortgeschritten, das Üppel mit dem Tapezieren beginnen konnte. So mußte Üppels Vater einige Rollen Rauhfaser aus seinem heiligen Kontingent freigeben. Und Rauhfaser war in der DDR Mangelware! Jede DDR Bürger hatte irgendwelche Mangelware gehortet, um sie für diverse Tauschaktionen vorrätig zu haben. Nach dem Motto, ich habe was, was du brauchst, und du hast was, was ich brauche. Es lebe der Sozialismus! Amen! Dadurch wurde der stets vorhandene Mangel natürlich noch mehr verschärft. Zwei Wochen später gab es wieder mal eine Fete bei Gigo. Üppel hatte Gigo von der Nacht mit Angela erzählt und dessen Neugier geweckt. Also wurde Angela eingeladen. Judy war auch da und das die zwei sich kannten, war von Vorteil. Üppel brachte Bettina mit. Nachdem sich Judy ins Bett verzogen hatte konnte die Party ja steigen! Wie Gigos Rücken nach der Nacht aussah, weiß er bis heute nicht. Es gab aber nie Beschwerden von ihm, also wird's wohl nicht so schlimm gewesen sein!

Schon am nächsten Tag stand eine neue Fete an. Üppels Eltern waren wieder mal abwesend, folglich wurde eine Party gefeiert. Nur eine Frau für Gigo mußte her, war sein Rücken etwa doch zerkratzt? Doch Bettina wusste Rat. Mirinda hieß die Gute, die sie mitbrachte. Die war richtig dummgeil. Erst vernaschte sie Gigo mal ordentlich. Üppel kümmerte sich unterdessen um seine Bettina. Danach, Mirinda war gerade im Bad, folgte ihr Üppel unauffällig. Dort ging es dann auch sofort zur Sache, nur als

Bettina überraschend die Tür öffnete, tat Üppel so als sei er gerade ausgerutscht und ließ sich von Mirinda fallen. Ein Schelm wer sich Böses dabei denkt! Gigo sollte eigentlich an Bettina rumknuspern, das wollte er doch schließlich schon damals bei der „Bettaktion". So war es jedenfalls geplant. Nur sie roch den Braten und spielte nicht mit. Heute würde man dazu sagen „Frauentausch bei RTL". Nachdem sie kurzzeitig verstimmt war, wurde es doch noch eine tolle Nacht. Gigo vernaschte Mirinda so lange bis Blut floss und Üppel schob sein C Rohr wieder bei Bettina hinein. Da hatte doch Mirinda tatsächlich ihre Tage bekommen! Und wieder bei Üppel, diese Sauerei! Diesmal war das Bettlaken schön rot gefärbt. Eine Riessengrosse Reinigungsaktion war die Folge, aber darin waren sie ja schon Profis. Und immer schön trocken fönen!

Na gut erst mal Luft holen. So genug! Die folgenden Wochenenden liefen doch eher ruhig ab. Üppel beglückte seine Frau, und Gigo war noch auf der Suche nach einer. Es war Sommer und heiß, und so kam es, das an einen Freitag nach dem Quelle Besuch sich eine Horde wild gewordener Jugendlicher im Freibad Altchemnitz einfand. Dort gingen sie alle mitten in der Nacht nackt baden. Auf der Liegewiese vernaschte Üppel gerade seine Bettina, als der Bademeister erschien. Jetzt aber nichts wie rein in die Klamotten und weg! Gut, gerade noch geschafft! Liebe im Freien, das war auch nicht schlecht! Am Samstag feierte Gigo seine 21. Geburtstag, und wo? Natürlich in der Quelle. Üppel war gerade auf den Geschmack von Sex im Freien gekommen, also wurde zwischen dem Quelle Besuch mal schnell auf einer nah gelegenen Wiese einer versenkt. Bettina fand das nicht so toll, weil man hier nicht der Einzige war! Fast aus jeder Ecke stöhnte und schnaubte es! Dann doch lieber wieder ins Freibad! Gesagt getan. Doch wieder vertrieb sie der Bademeister. Diesmal sogar mit einem Hund! Na dann eben nicht! Ab nach Hause!

Längere Zeit beobachtete Carina nun schon was sie da angerichtet hatte. Eigentlich hatte sie ja auch noch Interesse an Üppel gehabt und nun gab der sich lieber mit ihrer Schwester ab! Skandalös! Freitagnacht war Üppel wieder bei Bettina und verließ am nächsten Morgen, nach einen letzten Stoß, heimlich über die Leiter ihr Zimmer. Carina bekam das natürlich meistens mit. Am nächsten Abend in der Quelle war es dann so weit. Sie griff sich Üppel und zerrte ihn an die Bar, wo sie ihn nicht mehr fortließ. Bettina dachte sich nichts weiter dabei und ging nach Hause. Wenn die nun mal Durst haben! Aber es kam anders. Na gut, dachte Üppel, eine Chance gebe ich Carina noch! Und was soll man sagen, in dieser Nacht lies sie sich nicht zweimal bitten! Mit dieser Frau konnte man ja tatsächlich Sex haben, Üppel hatte es schon nicht mehr für möglich gehalten! Was nun? Zwei Schwestern, das kann nicht gut gehen! Vorerst hieß es Schadensbegrenzung. Carina fühlte sich nach der Nacht auch nicht so toll, und sie beschlossen so etwas nicht zu wiederholen, na wer es glaubt. Bettina roch jetzt natürlich den Braten, aber was nicht sein darf, darf eben nicht sein. Üppel und Carina stritten alles kategorisch ab. Ende!

Gigo hatte länger Zeit kein Glück bei den Frauen gehabt, und als er freitags in der Quelle die „Rabenmutter" Ramona wieder traf, schleppte er sie doch tatsächlich danach noch mit zu Üppel, der wieder einmal sturmfrei hatte! Man sage nur Notgeil! Aber gut. Hoffentlich war heute jemand bei den Kindern von ihr, aber wohl eher nicht. Bettina war selbstverständlich auch wieder mit dabei und sie verbrachten ihre kleine Bumsparty wieder mal zu viert. Nachdem sie Ramona am nächsten Morgen beizeiten nach Hause zu ihren Kinder geschickt hatten, planten sie schon die nächsten Ereignisse.

Da ihnen aber nicht viel einfiel, landeten die schließlich wieder in der Quelle. Dort traf Üppel Rikki wieder. Die lebte noch und hatte auch noch Durst wie immer. Da Gigo wieder keine Frau fand, nahm er sie noch mit in Üppels „Musicquelle". Das war keine gute Idee. Rikki, schon ziemlich blau laberte Üppel ständig voll und wollte irgendwas von ihm. Das wiederum gefiel Bettina natürlich nicht. Gigo ebenso wenig, wollte der doch sich eigentlich mit ihr abgeben! Da half nur noch eins, gute Musik! Deep Purple Made in Japan! Genau die richtige Mucke für eine ruhige Nacht! Rikki empfand das offenbar nicht so, denn kurz darauf verließ sie Üppels Residenz durch einen gewagten Sprung aus dem Fenster und wurde lange nicht mehr gesehen. War aber auch eine blöde Idee von Gigo gewesen. Hier mußte schnellstens eine Frau für ihn her! Aber woher nehmen und nicht stehlen?

Üppel und Bettina verzogen sich derweilen erst einmal für eine Woche in die hohe Tatra. Die Eltern von Üppel hatten doch

tatsächlich angeboten beide mitzunehmen! So etwas gab es ja noch nie, Üppel fühlte sich etwas unbehaglich. Aber gut, auf in die Berge, Juchhe! Das ganze war dann auch nicht ganz so schlecht, so konnte man halt jede Nacht zusammen verbringen. Nach der Rückkehr aus dem Urlaub stellte Üppel erfreut fest, sein Freund Gigo war nicht untätig gewesen! Er hatte eine neue Frau kennen gelernt! Sie hieß Gabi und sah ganz schnuckelig aus. Na endlich! Da konnten sie ja ein neues Team bilden. Doch jetzt schoss Üppel quer. Am Samstag, nach dem Strickbau ging er doch tatsächlich wieder mit Carina zu sich nach Hause! Diesmal bekam Bettina alles mit und es folgten einige unschöne Szenen in Üppels Kinderzimmer. Sie war doch wirklich über das Fenster bei Üppel eingestiegen und erwartete die beiden schon. Na das war eine Blamage! Nachdem Üppel die zwei Schwestern beruhigt hatte, gingen sie doch tatsächlich zu dritt schlafen. Nur schlafen, selbstverständlich! Am nächsten Morgen verzogen sich beide, und Üppel dachte, mein lieber Mann!
Nächstes Wochenende war Stadtparkfest. Da gingen sie natürlich hin. Als es zu regnen begann, flippte Bettina völlig aus. Was sollte denn dass? Ja ja die Nerven. Gigo nahm Üppel beiseite und sagte ihm er soll sie ziehen lassen, es gibt ja schließlich noch andere Frauen. Doch Üppel konnte natürlich mal wieder nicht hören. Hätte er es doch getan und ihm wer viel erspart geblieben!
Nun war es soweit, Gigos Ausbauwohnung war fast fertig und konnte bald eingeweiht werden! Als Üppel die letzten Pinselstriche an den Kehrleisten ausführte, stolperte er doch fast über eine Frau die da auf dem Fußboden lag! Wie kommt den die hier her? Da hatte doch Gigo, der alte Schlingel, seine neue Bude tatsächlich schon heimlich eingeweiht! Die erste Frau beknuspert und dann vergessen! Jetzt aber nichts wie weg mit ihr! Und Schups! Doch bis zur ersten Fete im BB sollte es doch noch ein Weilchen dauern, denn Gigo wollte alles erst fix und fertig haben. Geschniegelt und gebügelt. Na gut. Er verbrachte jetzt fast jede freie Minute damit seine Bude zu stylen. Üppel feierte die nächste Party zur Abwechslung mal bei Uwe, Bettinas Bruder, in seiner kleinen Wohnung. Diese befand sich praktischer Weise im selben Haus wo ihre Eltern wohnten. Die Hütte war voll und der Alk floss in Strömen. Dort lernte Üppel Josefine und ihre kleine Schwester Birgit kennen. Waren auch

ganz nett die beiden. Vor allem Birgit. Mal sehen was sich da noch entwickeln kann. Die Woche über wurde Üppel nun schon kräftig von Bettina eingespannt. Das gefiel ihm gar nicht so toll. Aber na gut, meinetwegen!

An den Wochenenden ging es wieder regelmäßig in die Quelle oder in den Strickbau, also nichts Neues aus dem Hause C und C. Das übliche halt. Warum dann nicht mal dienstags ins Irkutsk gehen? Gesagt getan. Dort trafen Üppel und Gigo, Jörg und Heike Antje wieder. Die zwei waren auch wieder auf der Pirsch, denn ihre beiden Studentinnen waren natürlich auch schon Geschichte. Es kam zur großen Aussprache wegen Heike Antje. OK eine Frau, aber alle nahmen sie doch eigentlich immer noch mehr als Kerl war. Das gefiel auch Heike Antje, pardon Heiko. Also Thema beendet, und weiter geht's! Durch das viele Gelaber hatten sie nun natürlich keine neuen Frauen kennen gelernt. Aber egal. Die vielen Besuche in der Woche von Bettina bei Üppel, nervten ihn doch langsam. Nicht einmal durch das Vorführen von alten Wochenschauen war sie noch zu vertreiben! Na das kann ja heiter werden! In einer Mittwochnacht verließ er dann auch vorzeitig ihr Bett und begab sich noch ins Forsthaus. Dort traf er auf Jörg und Heiko, und der Abend endete in einen mittleren bis größeren Besäufnis. Prost!

Endlich war es soweit! Einzugsparty bei Gigo! Spitze! Diese begingen unsere zwei Helden mal zur Abwechslung im kleinen Rahmen. Gigo hatte seine Gabi dabei und Üppel seine Bettina. Erst schauten sie sich ein paar nette Dias aus Dänemark an, auf denen waren auch tolle Frauen! Das brachte sie so richtig in Stimmung und danach weihten sie die Wohnung richtig ein. Ein Hoch auf die Schamlippen, lang lebe die Vorhaut! So war das also, mit einer eigenen Wohnung, eine Sorge weniger. Die wilden Partys bei Gigo und Üppel gehörten so bald der Vergangenheit an. Zumindest fast, Ausnahmen bestätigen bekanntlich die Regel! Hoch lebe das BB!

Kurz darauf, an einen Dienstag, fand schon die nächste kleine Feier statt. Diesmal waren außer Gigo und Gabi, sowie Üppel und Bettina auch noch Uwe anwesend. Dieser fand auch großen Gefallen an den neuen Räumlichkeiten und beschloss in der Zukunft öfter mal vorbeizuschauen. Am Samstag dann mal ganz woanders hin. In den Klub Helbersdorf, den „Pressluftschuppen", ein Jugendklub in der Stadt. In der Fremde fühlten sie sich dann aber nicht so wohl, und so kam es, dass dieser Abend in einem fürchterlichen Besäufnis endete. Ohne weiteren Kommentar. Dann doch lieber wieder am Dienstag ins Irkutsk. Diesmal ging auch noch Bettina mit. Na prima! Prompt traf Üppel dort auf Rikki, mit der wäre bestimmt noch was gelaufen, aber Bettina war da anderer Meinung. Gigo fand auch keine Frau, und noch einen Versuch mit Rikki, nein Danke! Außerdem hatte Gigo nicht Made in Japan von Deep Purple! Also gings am Freitag wieder in die Quelle. Gigo erschien das erste Mal mit seiner neuen Frau. Diese fand sofort großen Gefallen an der Lokalität. Üppel kam natürlich mit Bettina. Danach verzog sich Gigo nebst seiner Lady in heimische Gefilde und Üppel durfte wieder mal bei Bettina ran.

Immer noch war er dort heimlich zu Besuch. Also nachts heimlich einschleichen, aufs Klo gings auch nicht. Also Fenster auf und Frühbeet gießen! Die Gurken sollen in diesem Jahr besonders gut gewesen sein, erfuhr Üppel später von Bettinas Vater. Und dann die Morgen... Meist so gegen elf Uhr wurde Üppel unsanft durch lautes Krakeelen geweckt. Bettinas Vater kam vom Frühschoppen heim und legte erst einmal gepflegte Musik auf, ich sage nur: Freddy Quinn, Junge komm bald wieder! Das war aber noch das harmloseste. Kurz darauf schrie dann Bettinas Mutter derart rum, selbst Tote wären erweckt worden. Und die Musik verstummte, kurz. Dann das gleiche Spiel von vorne. Na das war ja wirklich eine nette Familie! Worauf hatte Üppel sich da bloß eingelassen? Aber heute wurde er erst mal offiziel eingeführt, und durfte von nun an die Wohnung durch die Tür betreten und verlassen.

So kam es auch, dass Üppel und Bettina bei der Hochzeit von Bettinas großer Schwester teilnehmen konnten. Man war dass eine fade Veranstaltung! Üppel ging lieber mit Uwe mal kurz zwischendurch in das nah gelegene Kino und sie schauten sich dort einen Film an. Concorde Affäre! Das waren wenigstens noch Affären. Üppel hatte keine mehr. Als sie zurückkamen sind sie kaum vermisst worden. Außer von Bettina, und die machte Üppel die erste große Szene. Wunderbar! Das Jahr war schon wieder fast herum und jetzt auch noch Stress mit den Frauen! Gigo hatte es da schon besser. Mit seiner Gabi lief zurzeit alles Bestens. Und die neue Wohnung entwickelte sich langsam zum Treffpunkt für alle Aktivitäten. Das alt erwürdige Ehebett in Gigos

Schlafzimmer wurde später noch des Öfteren von vier Personen gleichzeitig benutzt. Vorerst begnügten sie sich jedoch noch mit dem Wohnzimmer und begingen dort so manche kleine Ziehung. Nur an einen Mittwoch war Üppel etwas irritiert. Als er bei Gigo erschien, saß neben Gabi auf dem Sofa doch tatsächlich Gitta, Gigos verheiratete Flamme aus dem letzten Jahr! Beide führten eine angeregte Unterhaltung. Was war denn hier los? Üppel erfuhr es nie so genau, auch nicht was Gigo Gabi erzählte um sie bei Laune zu halten. Vielleicht war es ja auch besser so. Üppel war derart desorientiert, das er schnell ein paar Bierchen zischte, ohne daran zu denken dass er ja mit dem Motorrad zu Gigo gekommen war. An Fahren war jetzt natürlich nicht mehr zu denken. Also schob Üppel brav seine gute alte „Emma" auf den Fußweg nach Hause. Denn sie bei Gigo stehen zu lassen kam für ihn natürlich überhaupt nicht in Frage. Die Karre mußte heim, koste es was es wolle! Prompt wurde er unterwegs von der Polizei angehalten... Doch die mussten ihn weiter ziehen lassen, schließlich ist Üppel ja nicht gefahren, sondern nur zu Fuß auf dem Fußweg mit dem Motorrad unterwegs gewesen. Und das war ja nicht verboten, nicht mal in der DDR. Mit einem freundlichen Hinweis immer schön langsam weiter zu gehen, und nicht hinzufallen, schickten sie Üppel nach Hause.
Unsere Jungs hatten noch nicht genug von neuen Diskos, und so erschienen sie auch einmal im Spinnbau, ebenso Speisesaal eines Betriebes mit wochenendlichen Jugendtanzveranstaltungen. An diesen Abend fand ein Wettbewerb um das schönste Liebesgedicht statt, den Üppel doch glatt gewann! So durfte er sein soeben geschriebenes Werk dann auch auf der Bühne vortragen. Und das liest sich dann so:

L ache und sei froh gestimmt,
i mmer herrscht nicht Discowind,
e s wird dir auch einmal gelingen,
b ald werden sich Frauen um dich ringen,
e inmal auch wirst Du gewinnen!

Üppel, der kleine Schelm, das war wieder einmal typisch für ihn. Aber ansonsten war hier auch nicht viel los, und so verließen sie beizeiten den Saal in Richtung BB, wo sie noch einen kleinen Schluck nahmen. Da zeigten sich dunkle Wolken am Horizont.

Bettina hatte ihre Tage nicht bekommen! Schon zwei Wochen drüber! Sie nahm ja keine Pille, und Üppel mußte sich immer als „Rechenkünstler" betätigen. Das war mal was Neues für ihn, aber eigentlich kam er damit ganz gut zu Recht, eigentlich. Warum sie keine nahm, blieb ihm ein Rätsel. Schließlich war die Anti Babypille in der DDR kostenfrei und für jede Frau auf Rezept zu erhalten! Einmal, Üppel wurde losgeschickt um Bettinas Vater vom Tresen weg zum Mittagessen zu locken, die Gelegenheit! Eiskalt sprach Üppel das Thema Pille an. Dies hätte er lieber nicht tun sollen, denn Big Daddy war derart schockiert, so etwas macht ihr schon? Ja wo lebte denn der? Auf seine Hilfe konnte Üppel also nicht zählen. Also auf Bettina, ab zum Frauenarzt! Mal sehen was dabei noch herauskommt.

Aber erst einmal freitags, nach der Quelle gab es doch tatsächlich bei Üppel wieder mal eine Party! Man muß die Feste eben feiern wie sie fallen! Diesmal erschienen Gigo nebst Gabi, Bettina und Uwe, der doch wirklich eine neue Frau mitbrachte. Sie hieß Margitta und sah toll aus. Na das kann ja interessant werden! Uwe und Üppel beschlossen an diesen Abend ganz nach alter Westerntradition Blutsbrüder zu werden. Also wurde ein großes Messer aus der Küche geholt und Ritze Ratze das Blut vermischt! Also Ideen hatten die! Und wieder Blut auf dem Fußboden, na das war ja nichts Neues. Doch so kam Üppel auf Tuchfühlung mit Margitta. Auch Gigo war zusehends nervös geworden, und schien ebenfalls Interesse an ihr zu finden. Na mal sehen. An diesen Abend kam Üppel zum ersten Mal auf die Idee Interviews mit allen Beteiligten zu führen. Rasmus Rotter der rasende Reporter war geboren. Herzlich willkommen in Üppels Spühlhölle, Lusthölle, was ist die Meinung der Besucher heute? Lust! Und wie ist ihre Meinung zum derzeitigen Fetenverlauf? Spitze! Dabei kriegten alle Gäste Üppels Mikrofon vor die Nase gehalten und gaben recht lustige Antworten. Das alles wurde auf Tonband aufgezeichnet. Diese Aufnahmen existieren heute noch, es ist teilweise zum beeimern! Von Videoaufnahmen war man ja damals in der DDR noch meilenweit entfernt, unvorstellbar so etwas hätte es schon gegeben!

Bei Üppels Party gab es erst mal andere Probleme. Wer schläft wo? Uwe ging freiwillig ins Wohnzimmer und zerrte seine Margitta mit unter den Schreibtisch. Gigo machte es sich mit Gabi wieder in Üppels Bett gemütlich. Zum Glück gab es ja noch

im Schlafzimmer eine große Spielwiese! So untergebracht konnten sie ihre Frauen wieder einmal gründlich vernaschen. Aber Margitta sah trotzdem toll aus… Schon eine Woche später, wieder nach der Quelle, fand erneut eine Party statt. Mit denselben Personen. Diesmal bei Gigo im BB. Heute mußte mit Margitta doch was gehen, dachte sich Üppel. Doch leider hatte Uwe etwas dagegen. Es kam zu tätlichen Auseinandersetzungen zwischen Üppel und Uwe, den „Blutsbrüdern". Aber Margitta schien dennoch Interesse an Üppel zu finden. Schnell wurde noch ein Date ausgemacht, dann verschwanden Üppel und Bettina erst einmal nach Hause. In der kommenden Woche kam dann die süße Maus doch tatsächlich zu Gigo, wo Üppel sie schon sehnsüchtig erwartete. So konnte er an diesen Abend Margitta dann auch gepflegt vernaschen. Nur die Fenster mussten geschlossen bleiben, denn Liebe mit ihr war keine leise Sache! Na das müsste man schleunigst wiederholen, übermorgen, OK! Doch leider hielt Bettina Üppel davon ab, wieder bei Gigo zu erscheinen. Das kam dem gerade recht, denn so konnte er auch einmal den Lustschrei von Margitta genießen. Von all dem wusste Uwe natürlich nichts, noch nichts.
Wenig später in der Barkas Disko. Im Barkas Klub mitten in der Woche. Margitta war wie bestellt erschienen und Üppel hatte vor lauter Vorfreude schon einen Ständer in der Hose. Doch dann war auch noch überraschend Carina gekommen. Was machst du denn hier? Fragte sie Üppel, ich denke dir geht es nicht gut und du liegst im Bett? Baff! Üppel eierte rum, aber Carina roch doch recht schnell den Braten. Kurzerhand sperrte sie Margitta auf dem Klo ein, und Üppel dachte sie ist schon nach Hause. Klasse! Da war doch Carina tatsächlich für ihre Schwester in die Bresche gesprungen! Oder war etwa nur ihre Eitelkeit verletzt weil sie Üppel an diesen Abend nicht für sich alleine hatte? Verstehe einer die Frauen! Katastrophe, Katastrophe! Weihnachten! Schon wieder! Na das übersteht man auch noch. Ein Glück das am zweiten Feiertag in der Quelle wenigstens wieder Disko war. Voll gestopft mit Entenbraten erschienen Üppel und Gigo dort nebst Frauen und verbrachten einen verhältnismäßig gesitteten Abend.
Am Sonntag musste Üppel doch tatsächlich mit Bettina und Carina, bei ihnen zu Hause Karten spielen. Wenn die nur nichts wegen Margitta erzählt! Sie sagte nichts, nur viel sagende Blicke

wechselten zwischen ihr und Üppel. Gott sei Dank! Dieses Jahr nur keine Experimente mehr! Die Frau für Silvester durfte wieder mal nicht gefährdet werden! Und wo steigt überhaupt die Fete? Richtig! Bei Gigo! Also beluden sie ihren Handwagen mit Leergut und trollten sich zum nächsten Konsum. Dort arbeitete, sehr praktisch, Bettina. Verpackt in Wurstpapier erhielten sie von ihr eine abgetarnte Flasche Lunikoff Wodka. Der war gerade wieder mal ein Engpass und konnte so nicht offen verkauft werden. Aber nicht in Scheiben genießen! Nicht doch!

Nachdem sie den Handwagen noch mit mehreren Kästen Bier beladen hatten, ging es zurück ins BB. Hier erwartete sie schon Gabi, und sie konnten mit ihr das Schmücken der Wohnung beginnen. Na das war vielleicht eine Aktion! Jeder Arbeitsgang wurde durch einige kleine „Schlückchen" verschönert. Und dann noch die richtige Musik aussuchen. Wie wäre es mit Karat? Und noch ein Schluck! Ja, Karat ist toll. Da noch eine Girlande, und dort noch einen Luftballon. Durst! Erst mal noch einen Schluck! Prost! Schwanenkönig, Klasse! Sie sangen kräftig mit und veränderten die Texte leicht, es war zum beeimern! Und noch ein Schluck! Je betrunkener sie wurden, um so mehr nahmen jedenfalls ihre Getränkevorräte gefährlich ab. Halb so schlimm, auf den Meeren, auch ein tolles Lied. Prost! Gegen Mitternacht stellten sie erschrocken fest, die Getränke reichen niemals mehr für Silvester. Also gut wenn sie schon für Silvester nicht mehr reichen, für heute reichen sie! Prost! Märchenzeit, und wieder sangen sie voller Inbrunst mit. Ein Glück das es zu der Zeit erst drei Schallplatten von Karat gab, sonst würden sie vielleicht heute noch singen!

Irgendwann verabschiedeten sie sich schließlich doch und Üppel schwankte alleine nach Hause. Dann am nächsten Morgen, waren alle doch etwas ramponiert. Und heute noch eine Fete, es war ja schließlich Silvester! Na dann Gute Nacht! Und Getränke mussten auch noch neue besorgt werden! Ein Glück das Silvester nicht auf einen Sonntag fiel, sondern auf einen Donnerstag! Und wie heute, Tankstellen zur Notversorgung mit den nötigen Extras gab es in der Zone natürlich auch noch nicht. Hier mußte man schon froh sein wenn es dort wenigstens Benzin gab! Kurz vor Ladenschluß, Silvester immer mittags, schafften sie es gerade noch sich mit neuer „Flüssignahrung" einzudecken. So ein Problem erledigt! Wenn man nur nicht so kaputt wäre! Auf zu Gigo! Bettina war auch schon da. Die drei Chorsänger waren ziemlich erledigt, aber auch Bettina schaute nicht besser aus der Wäsche. Was war los? Sie war gestern noch beim Frauenarzt gewesen. Nach ihrer Auskunft war sie nicht schwanger, sondern hatte nur eine Hormonstörung, und so keine Tage bekommen. Das wusste ich eigentlich schon vorher, dass die eine Störung hat, dachte sich Üppel, aber egal. Deshalb mußte Bettina für zwei Tage jeweils zwei Anti Babypillen schlucken und dann wäre wieder alles OK und die Periode würde kommen. Wenn nicht solle sie Anfang Januar noch mal beim Arzt erscheinen. Na wenn das mal gut geht. Klappe, und ausblenden! Jetzt wird erst einmal gefeiert. Doch so richtig kamen sie heute nicht in Stimmung. Gigo, Üppel und Gabi waren noch nicht wieder richtig fit und Bettina schien mit ihren Gedanken ebenfalls ganz woanders zu sein. Die Karat LPs kannten sie ja auch schon in- und auswendig. Da war der Wurm drin. Silvester kriegten sie einfach keine gute Party mehr hin. So kam es auch, dass sie sich schon kurz nach Mitternacht verabschiedeten und alle müde in die Betten fielen. Na das war ja wieder mal ein Jahr gewesen, was soll da die Zukunft noch bringen? Zum Glück wusste das niemand. Da kann man nur abwarten und Tee trinken. Bis später, und Tschüß! Gezeichnet C und C.

4.

Tohuwabohu

Und wie ging es weiter? In der ersten Januarwoche stellte sich heraus, dass Bettina doch schwanger war. Die Ärzte hatten sich geirrt, es war keine Hormonstörung gewesen sondern eine ganz normale Schwangerschaft. Noch dazu war es über die zwölfte Woche hinaus und für eine Abtreibung zu spät. Denn das sie, wenn nötig, dies tun sollte, war eigentlich beschlossene Sache. Schwangerschaftsabbruch war in der DDR ja bis zur zwölften Woche völlig legal und wurde häufig genutzt. Na das war ja prima! Üppel fiel in eine Art Schockzustand und machte erstmal Schluss. Das Beste ist verdrängen.

Was sollte noch passieren? In der zweiten Woche des Jahres klingelte es abends bei Üppel an der Tür und Gigo stand mit einem riesigen Gipsarm davor. Was war geschehen? Hatte sich Gigo den Arm abgesägt? Nein, nein nur in den Zeigefinger gehobelt. Doch der Arm war bis zum Ellenbogen in Gips eingelegt und Gigo war für mindestens sechs Wochen krank geschrieben. Also war demnächst nichts mit Diskobesuchen für ihn drin. Ein Glück das er eine Frau hatte und eine eigene Wohnung. Üppel erzählte Gigo von der Misere mit Bettina und sie beschlossen erst einmal eine gepflegte Party mit neuen Frauen zu feiern. Uwe wurde verständigt und am Donnerstag ging er und Üppel in den Barkas Klubkeller. Dort fanden sich auch schnell zwei Frauen, die für kommendes Wochenende zu Gigo eingeladen wurden. Mit Margitta war Uwe nicht mehr zusammen, vielleicht war sie ihm nachts einfach zu laut geworden. Oder er ahnte, dass er sie nicht für sich alleine hatte. Aber egal. Das Wochenende kam und die Party konnte steigen. Schon am Freitag ging es los. Gigo ließ sich von seiner Gabi verwöhnen und Üppel kümmerte sich ebenfalls um seine neue Errungenschaft. Uwe hatte mit seiner Lady auch voll zu tun. Es wurde eine wilde Fete. Schon samstags gingen die alkoholischen Vorräte aus und es wurde geknobelt wer neue beschaffen sollte. Üppel traf es mal wieder, und so ging er in die Spur und kam kurz darauf voll bepackt mit einer Tasche Bier wieder an. Auch ein Kicherwasser für die Frauen hatte er nicht vergessen. Na da konnte die Action ja in die zweite Runde gehen! Seine Dame war auch wieder erschienen, sie war nur kurz zum Klamotten wechseln nach Hause gegangen. Eigentlich Blödsinn, weil sie diese sowieso bald wieder auszog. Aber die Frauen, na gut. In dieser Nacht bauten sie zum ersten Mal zu viert „ägyptische

Pyramiden" in Gigos altem Doppelbett. Nur Uwe durfte nicht mitbauen, weil er sich mit seiner Frau im Wohnzimmer auf dem Sofa austobte. Nach einem letzten Schluck am späten Sonntagnachmittag beendeten sie das wilde Spektakel und gingen wieder auf Arbeit.

Das heißt Üppel und Uwe, denn Gigo war ja zugegipst. In der Woche wurde er täglich von seiner Gabi besucht, die immer mehr Klamotten mitbrachte, wollte die still und leise bei ihm einziehen? Doch dies war ihm vorerst total egal, und er genoss den Service von ihr in vollen Zügen. Üppel konnte indes nichts so recht genießen. Am nächsten Wochenende in der Quelle kam es zu unschönen Szenen auf dem Nachhauseweg. Üppel wollte mit seiner letzten Bekanntschaft noch kurz zu Gigo (wegen Ägypten und so), da begegnete er Bettina. Die zog voll vom Leder, die hatte ja viel von ihrer Mutter gelernt, als Üppel sie mit einem Schups aus dem Weg räumte. Das war natürlich nichts für seine Damenbegleitung, und weg war sie. Die sah Üppel nie wieder. Für ihn war der Abend damit gelaufen. Klasse! Was nun? Erst einmal nach Hause, alles überschlafen, eine Woche auf Arbeit und dann werden wir sehen, dachte sich Üppel. Gesagt getan.

Samstags ab in den Strickbau. Üppel mal ganz alleine so was gabs ja ewig nicht. Aber der Strickbau war ja so was wie das Wohnzimmer von Üppel und Gigo, folglich kannte man hier jede Menge Leute. Und da war ja Birgit, da musste doch was gehen! Die kleine Schwester von Josefine, die Üppel beide letzten Jahre bei Uwe kennen gelernt hatte. Birgit war erst süße sechzehn Lenze alt, und sah ganz toll aus. Heute noch eine kleine Party bei Gigo, logisch! Gigo war froh dass er nicht den ganzen Abend alleine mit seiner Gabi verbringen musste, und ließ Üppel und Birgit freudig ins BB eintreten. So konnte Üppel bei einen gepflegten Tropfen und guter Musik seiner Flamme die Unschuld rauben. Birgit sah zwar toll aus, war aber geistig eher ein Tiefflieger. Also wollte sich Üppel nicht weiter mit ihr einlassen, außer vielleicht ein paar nächtliche Techtelmechtel.

Versuchen wir es eben mit Bettina noch mal, dachte sich Üppel, in einen Anfall geistiger Umnachtung. Außerdem gingen ihm seine Eltern auf den Keks, von wegen schwangere Frau verlassen und so, ja wo gibt's denn so was! Bettina war natürlich hoch erfreut als Üppel wieder bei ihr vor der Tür stand. Also nächstes Wochenende wieder mit alter Frau in die Quelle. Da lief Üppel doch wieder Birgit über den Weg. Er bekam gleich einen Ständer und dachte sich, bloß weg hier. Schnappte sich die Gute und auf zu Gigo. Dort wollte er sich gerade wieder um seine heiße Dumpfbacke kümmern, als es plötzlich klingelte. Bettina stand vor der Tür und wollte mit den Worten, ich weiß genau das Üppel hier ist, herein. War ja eigentlich wahrscheinlich dass dies passierte. Gigo ließ sie natürlich nicht rein, und Üppel versteckte sich inzwischen unter dem alten Doppelbett. War mal eine neue Erfahrung unter dem Bett zu liegen anstatt darin. Bettina war wie zu erwarten sehr energisch und verschaffte sich schließlich doch Zutritt zu den Räumlichkeiten. Das hatte auch Gigo voraus gesehen, er wollte bloß Zeit gewinnen, damit sich Üppel verstecken konnte. Sie stürmte ins Wohnzimmer, kein Üppel, nur Birgit, doch die strafte sie mit Missachtung. Wo ist der Kerl? Auch Gabi sagte: Üppel? Der ist gar nicht hier! Also ab ins Schlafzimmer, na jetzt wird's spannend. Aha natürlich ist Üppel im Schrank, es ist besser du kommst raus! Sagte Bettina und riss die Türen auf. Aber denkste, kein Üppel weit und breit. Nach einen flüchtigen Blick unters Bett verzog sie sich kopf hängend nach Hause. Na das war ja knapp gewesen! Üppel hatte sich unter dem Bett so klein wie möglich gemacht und war so im Schummerlicht nicht von Bettina gesehen worden. Also wo waren wir stehen geblieben? Richtig, Birgit vernaschen! Aber so einen Stress muss man nicht noch mal haben, oder?

Wie zu erwarten hielten solche Vorsätze bei Üppel nicht lange an. Spätestens am nächsten Wochenende wurden sie wieder über Bord geworfen. Eines war klar mit Birgit geht nichts mehr, denn die erzählte schon überall herum das sie jetzt mit Üppel zusammen sei. Das war natürlich nicht akzeptabel, auch weil Bettina schon immer lange Ohren hatte und jedes Rascheln im Walde vernahm.

Nächstes Wochenende wieder in den Strickbau. Danach gingen Üppel und Bettina noch zu Gigo und Gabi um noch einen kleinen gepflegten Schluck zu nehmen. Und wer saß da auf Gigos Sofa? Marion! Üppel dachte er sieht nicht richtig, aber tatsächlich sie war da und sicherlich nicht wegen Gigo. Schnell merkte er, sie war rattenscharf auf ihn. Also was tun? Bettina musste weg und zwar schnell. Marion und Gigo wurden heimlich eingeweiht. Gigo sagte, das er heute noch großen Durst verspüre und gemeinsam mit Üppel einen gigantischen Schluck aus der Flasche nehmen wolle. Denn der Gips am Arm würde bald abgenommen und darauf müsste man halt mal anstoßen. Marion sagte, dass sie auch nach Hause wolle, sie würde bloß noch ein letztes Glas trinken. Das wirkte alles ziemlich konstruiert, aber Bettina schluckte es. Sie sagte: na gut dann sauft mal schön, aber ich geh jetzt nach Hause! Und weg war sie. Vielleicht hoffte sie auch Üppel würde nachkommen, denn dass Marion und Üppel sich kannten wurde natürlich vorsorglich verschwiegen. Üppel dachte indessen gar nicht daran ihr zu folgen, Marion! Na das war ja toll! Es dauerte nicht lange und Marion und Üppel verzogen sich alleine ins Schlafzimmer. Gigo und Gabi hatten dafür Verständnis und liebten sich halt heute mal auf dem Sofa. Für Üppel und Marion wurde es eine wilde Nacht. Sie vernaschten sich stundenlang bis zur totalen Erschöpfung, und ihre langen Haare bedeckten Üppels Gesicht. Erst gegen Morgen als Gigo und Gabi auch ins Doppelbett kamen, schlummerten sie friedlich ein. Marion wollte wieder mit Üppel zusammen sein, das war klar. Deshalb war sie auch gestern aufs gerade Wohl zu Gigo gekommen, in der Hoffnung auf ihn zu treffen. Schwierige Entscheidungen standen an. Und was machte Üppel? Nichts, er ließ sie gehen und Tschüß! Wie kann man nur so blöd sein! Eines war klar, so eine Gelegenheit bekommt Üppel mit Marion nie wieder.

In der darauf folgenden Woche ging er so wieder zu Bettina, obwohl er lieber bei Marion gewesen wäre. Üppel konnte sich wieder mal nicht entscheiden. Logisch das Frauen wie Marion, und später noch andere, wie zum Beispiel Susanne, das nicht mitmachten und das Weite suchten. Und übrig blieb Bettina, denn die wartete trotz aller Eskapaden immer auf Üppel. Gigo wurde in dieser Woche doch tatsächlich der Gips wieder abgenommen. Nur das Ergebnis war nicht so toll, der Finger war krumm. Da musste noch operiert werden und ein Stützdraht für eine gewisse Zeit in den Finger, so das dieser wieder gerade würde. Gigo war begeistert. So ein Mist! Er war vorerst weiter krank geschrieben. Nach neuen Frauen konnte er so nicht Ausschau halten, also musste sich Gigo weiter mit Gabi begnügen. Aber es gab Ausnahmen…An einen Wochenende, wo sie nicht da sein konnte, wurden Üppel und Uwe bewaffnet mit einen Passfoto von Gigo in den Strickbau geschickt. Ziel der

Aktion war es eine Frau für Gigo zu finden, die heute Abend noch mit zu ihm kam. Nach dem Motto: Hier bei dem hübschen Kerl ist heute noch eine Party, hast du Lust mitzukommen? Üppel und Uwe waren in geheimer Mission unterwegs, und so wurden auch gleich drei Frauen mitgenommen. Eigentlich unvorstellbar aber dies war kein sonderlich großes Problem. In solchen Dingen ging es früher in der DDR lockerer zu als heute. So kam es, dass Üppel an diesen Abend wieder mal eine neue Frau vernaschen konnte. Auch Gigo und Uwe kamen zum Zuge und vergnügten sich königlich. Unsere sauberen Helden wollten ja nicht heiraten, sondern nur ihren Spaß für eine Nacht. Punkt! Diesmal wurde Üppel auch nicht von Bettina gestört, denn die dachte ja Üppel sei mit seinen Eltern unterwegs. Sie schien es zu glauben, denn im Strickbau war sie zum Glück nicht erschienen. Sonst hätte der Plan auch nicht funktioniert, denn Bettina hätte Gabi sicher alles erzählt, und Üppel keine neue Frau gehabt. Aber so klappte es und der Abend ging als die Passbildparty in die Analen ein.

Üppel hatte großen Gefallen an solchen Aktionen gefunden, auch Gigo und Uwe waren nicht abgeneigt. So wurde beschlossen jede Woche einen Tag ohne eigene Frauen einzuführen, und wie? Logisch, ab jetzt wird donnerstags immer bei Gigo Skat gespielt, na wer es glaubt. Hauptsache ihre beiden Ladys kauften es ihnen ab. An einigen ersten Donnerstagen ihrer neuen „Skatrunde" wurden noch Kontrollbesuche von Gabi und Bettina durchgeführt. Da keine besonderen Vorkommnisse (Frauen) vorlagen, und sie tatsächlich Skat spielten, ließen sie die Jungs aber dann in Ruhe. Doch darauf hatten die natürlich nur gewartet. Gigo auch endlich wieder gesundgeschrieben drängte es hinaus. So kam es das sie ab jetzt wieder des Öfteren ins Irkutsk gingen. Natürlich nach dem Skatspielen. Es ergaben sich tolle Abende und sie waren wieder auf der Pirsch, aber geheim. Psst!

Langsam wurde es Sommer und der Bauch von Bettina immer runder. Da tat sich ein Problem auf. Üppel war wieder stolzer Besitzer von zwei Zeltscheinen für Prerow, für Bettina und sich. Nur sie konnte natürlich hochschwanger nicht mehr mitfahren. Außerdem war auf dem Darß die Maul und Klauenseuche ausgebrochen. Dort kam niemand rein oder raus. Das Gebiet war weiträumig abgesperrt. Nach Prerow ging es also dieses

Jahr nicht. Aber die Zeltscheine galten jetzt für die gesamte restliche Ostsee, man konnte also hin wohin man wollte, wenn Platz war. Aber alleine wollte Üppel auch nicht fahren, was nun? Und ganz auf den Urlaub zu verzichten, das kam für ihn überhaupt nicht in Frage. Uwe kam auf die grandiose Idee: nimm mich doch mit, ich habe schließlich denselben Familiennamen wie Bettina! Keine schlechte Idee, aber ob sie damit durchkommen...schließlich war die Ostsee Grenzgebiet. Was soll man sagen, es klappte! Gerade in der DDR wo in solchen Sachen immer alles so genau genommen wurde, merkte niemand den Unterschied der Vornamen. So ging es also mit Uwe an die Ostsee. Sie wollten auf Usedom nach Karlshagen, dort war auch ein FKK Zeltplatz. Bettina fand das natürlich alles nicht so gut, um nicht zu sagen scheußlich, doch Üppel setzte sich durch. An einen Samstag früh um vier ging es los. Über ihre Erlebnisse verfassten sie später ein epochales Werk. Und das lautet wie folgt:

URLAUBSBALLADE

Wart ihr schon einmal in Karlshagen? Wenn nicht, dann lasst es euch von uns mal sagen!
Sonnabendmorgen früh um vier, da klingelt der Wecker bei mir.
Ich raus aus dem Bett, das find ich gar nicht nett, doch was soll's?
Ab heut ist Urlaub und das ist gut, drum fass ich jauch gleich neuen Mut!
Ich zieh mich an und spring in die Stube, ach ja, erst muß ich doch noch rauf zu Uwe!
Und dann noch schnell was essen, das hätten wir doch beinah` vergessen.
Der Kaffee dünn, Bettina weint, das fängt ja gut an wie mir scheint.
Dann noch die Klamotten auf die Karre, das war ja noch die schlimmste Sache!
Und dann gings los, wir fuhren ab, von Bettinas Gesicht fielen viele Tränen herab.
Die Fahrt war gut, es ging alles glatt, nur auf den Füßen waren wir etwas matt!
Angekommen in Karlshagen, mussten wie erst mal `ne Schlappe ertragen.
Der Zeltplatz war voll, oh Mann war das toll!

So ging es zurück nach Trassenheide, und dort erlebten wir keine Pleite!
Das Zelt das stand die Karre schwieg, die Kneipe war das einzige was uns noch blieb!
Am Dienstag fuhren wir dann, wieder zu Kurt den Zeltplatzmann.
Und Kurtchen sagt, mit Alk in seinem Magen, kann er uns in Karlshagen allzeit gut ertragen!
Am Freitag war es dann so weit, in Karlshagen war jetzt Diskozeit.
Wir gingen voll Erwartung hin, doch erfüllte sie nicht so ihren Sinn.
Und kurz darauf saßen wir, in der Stranddistel und tranken dort unser Bier.
Da kamen sie herein zwei Damen in Schwarz, und fragten Hey Boys ist bei euch hier noch Platz?
Uwe schaffte am Abend die eine nach Hause, und Üppel feierte am Strand seine Sause!
Denn Üppel der Lümmel wollte gleich wieder ficken, und so mußte Gesine sich auch recht tief bücken!
Spät in der Nacht, der Zeltlatz schlief, da kam der Üppel an und rief:
Gebumst, gebumst, wie war das schön, man sieht die Fackel noch richtig stehn!
Und Uwe diesen armen Wicht, den hatte es wieder mal erwischt!
Nichts wurde aus der Fickerei, er mußte sich schaukeln allein sein Ei!
Ein Fischkopf namens Scheil, machte uns dann auf Wolgast geil.
Wir saßen dann im Jugendklub, und nahmen einen kräft`gen Schluck!
Da sahen wir an der Mauer, da standen zwei Frauen auf Lauer!
Wir pirschten uns leise an sie heran, und fragten, habt ihr schon `nen Mann?
Wir hatten Glück, sie waren allein, so luden wir sie zu uns auch dann ein.
Das Zelt hat mächtig viel vibriert, denn diese Nacht waren wir zu viert!
Am Sonntag fuhren die Damen ab, und wir, wir waren etwas schlapp!
Nun ruhen wir uns noch richtig aus, und sammeln Kräfte für zu Haus!

Und sollte uns jemand fragen, das waren Üppel und Uwe life in
Karlshagen!
Jetzt fällt uns leider nichts mehr ein, drum lassen wir die Story
sein!

Das war in Kurzfassung der gemeinsame Urlaub. Zu berichten
gäbe es noch, dass Üppel fast täglich mit reich verzierten
Liebesbriefen von Bettina bombardiert wurde. Beim
Zeltplatzpostamt war er schon bekannt wie ein bunter Hund,
wegen der vielen auffälligen Briefe. Die Heimfahrt rückte näher.
Sie wollten noch einen kleinen Abstecher an den Werbellinsee
machen, weil Üppel und Uwe wussten, das Gigo und Gabi für
zwei Wochen dort waren. Also auf an die stillen Gewässer!
Gesagt getan. Zur Überraschung von Üppel war Bettina auch mit
am Werbellinsee, wie das? Da hatte sie doch Gigo glatt für ein
Wochenende mitgenommen. Sie war ihm so lange auf die
Nerven gegangen, bis er ja gesagt hat. Und so waren sie zu dritt
mit einem Firmenwagen an den Werbellinsee gefahren worden.
Und wie soll die Gute wieder nach Hause kommen? Üppel hatte
ja nur ein Motorrad! Und auf dem saß ja auch schon Uwe.
Außerdem konnte sie hochschwanger, wie sie ja war, unmöglich
auf dem Motorrad mitfahren! Daran hatte sie natürlich noch
keinen Gedanken verschwendet. Nach einen kurzen Telefonat
wollten Üppels Eltern diesen Job erledigen.
Nachdem alles geregelt war konnten sie eine kleine Party
starten. Uwe kam sich etwas verlassen vor und Üppel mußte
sich auch erst wieder daran gewöhnen, das seine Lady Chatterly
mit anwesend war. Am Sonntag ging es dann endgültig wieder
nach Hause. Üppels Eltern kamen pünktlich und brausten mit
Bettina davon. So bestiegen auch Üppel und Uwe die gute alte
„Emma" und ab gings! Sie lagen wieder mehr als sie saßen, und
überholten Üppels Eltern schnell. Kurz vor Dresden legten sie
noch eine kurze Pause ein. Hätten sie das lieber nicht getan.
Beim ausmachen der Maschine lief diese fest. Ständig Vollgas
und das vollbepackt waren halt zu viel für das gute alte Mädchen
gewesen. Ohne Pause wäre nichts passiert. Denn Üppels MZ
war, wie alle, luftgekühlt. Was nun? Handys wie heute gab es ja
noch nicht! Ach, wir müssen ja nur warten bis meine Eltern
vorbei kommen und uns dann bemerkbar machen, sagte Üppel
zu Uwe. Aber die kamen nicht, oder sie hatten sie übersehen.

Von einem freundlichen Herrn bekamen unsere zwei Fernfahrer schließlich einen Schluck Super-Öl, den sie direkt in den Zylinder schütteten. „Emma" ging kurz an, aber auch gleich wieder fest. So ging das jedenfalls nicht. Sie brauchten eine Fahrgelegenheit, auch für das Motorrad. Nach Stunden fand sich dann endlich ein netter Mensch, der sie und „Emma" in seinen Kleintransporter Marke Uralt für fünfzig Mark bis vor Üppels Haustür fuhr. Glück gehabt! Daheim! Aber keine Eltern geschweige denn Bettina weit und breit! Was war hier los? Erst Stunden später kamen sie. Nachdem Üppel nicht da war ist sein Vater fast bis nach Berlin zurückgefahren um ihn zu suchen. Und natürlich dementsprechend sauer. Aber jetzt waren ja alle wieder zu Hause!

In den darauf folgenden Wochen wurde „Emma" in einer Werkstatt wieder flott gemacht und fuhr danach wieder genauso gut wie vorher. Auch Gigo und Gabi waren inzwischen wieder vom Werbellinsee zurück. Bei Üppel war wieder mal sturmfrei und so fand am zweiten Juli die nächste kleine Fete statt. Diesmal waren sie nur zu viert, Gigo, Gabi, Bettina und Üppel. Bettinas Bauch war schon mächtig gewachsen, aber es sollten ja noch cirka vier Wochen bis zur Entbindung sein. Dementsprechend war die Party etwas ruhiger als sonst üblich. Auch nach dem Urlaub wollten unsere Jungs ihre Skatabende weiter fortführen. An diesem achten Juli gingen sie natürlich auch danach wieder ins Irkutsk. Spät in der Nacht erschien Üppel dann bei Bettina zu Hause und wollte zu ihr ins Bett. Doch was mußte er erfahren, sie war vor kurzen in die Frauenklinik eingeliefert worden, die Geburt stand kurz bevor! So trollte er sich früh gegen drei Uhr wieder nach Hause. An diesen Abend war Gabi bei Bettina gewesen, als am frühen Abend die ersten Wehen einsetzten. Aber sie wollte noch nicht in die Klinik, vielleicht kommt ja Üppel noch. Der kam aber nicht, und gegen zwei Uhr in der Früh hielt sie es nicht mehr aus und rief einen Krankenwagen. So kam in dieser Nacht, den neunten Juli, kurz nach drei Uhr Üppels Tochter Nicole zur Welt. Fast vier Wochen zu früh. Sie war ganze zweiundvierzig Zentimeter klein und wog nur eintausendachthundertvierzig Gramm. Sie kam sofort in einen Brutkasten. Die Überlebungschancen standen in den ersten Tagen fünfzig zu fünfzig. Das waren die Nachrichten die Üppel am Morgen telefonisch aus dem Krankenhaus erhielt.

Am selben Tag sah er sich das kleine Stück Mensch an, das Bettina da zur Welt gebracht hatte. Nicole mußte vorerst im Krankenhaus bleiben, bis sie nicht mehr künstlich ernährt werden mußte und ein Gewicht von zweitausendfünfhundert Gramm erreicht hatte. Und das konnte mindestens einen Monat dauern. Also kam Bettina erst einmal ohne Kind nach Hause, und war dementsprechend am Boden zerstört. Es sollte noch ganze zwei Monate dauern bis sie aus dem Krankenhaus kam. Diese lange Zeit war natürlich nicht gut um eine normale Bindung zwischen Mutter und Kind zu schaffen. Da sind besonders die ersten Wochen entscheidend. Bettina schaffte es auch später nie ganz eine normale Beziehung zu ihrer Tochter aufzubauen. Und Üppel? Der war auch nicht viel besser, vorerst änderte sich für ihn ja wenig. Außer Krankenhausbesuchen blieb vorerst alles beim Alten. Eigentlich waren die zwei noch viel zu unreif für ein eigenes Kind. Aber nun war es da und sie mussten sich damit arrangieren. Dann doch lieber zur Abwechslung mal eine kleine Party! Üppels Eltern waren wieder mal am Wochenende verreißt, so konnte die Action ja starten. Gigo und Gabi waren an diesem Abend verhindert, sie hatten Stress miteinander. So kam nur Uwe, der seine verblichene Flamme Bärbel irgendwo wieder getroffen hatte und gleich mitbrachte. Also waren sie zu viert und es wurde eine Feier ohne besondere Vorkommnisse.
Hier müsste mal wieder etwas Größeres über die Bühne gehen, dachte sich Üppel. Mitte September war es dann soweit. Vor kurzen war Nicole endlich aus der Klinik nach Hause gekommen, und das war für Üppel Anlass genug bei nächster Gelegenheit eine große Party zu schmeißen. Ein Glück das seine Eltern im Sommer oft an den Wochenenden mit ihren Wohnwagen unterwegs waren. So bevölkerten wieder mal zehn Mann das kleine Kinderzimmer von Üppel.
Uwe war wieder mit seiner Bärbel erschienen. Und Gigo? Der kam doch tatsächlich mit einer neuen Frau! Sie hieß praktischer weise auch Gaby. Und wo war die andere Gabi? Die Beziehung zu ihr war kurzzeitig unterbrochen, was immer dies bedeuten sollte, na egal. Des Weiteren erschien noch Steffen, der vor zwei Jahren in Hohenstein Ernstal für Judy eingesprungen war. Auch er war natürlich in weiblicher Begleitung. Und schließlich kam noch Andreas, bei dem Üppel und Gigo vor zwei Jahren in den Resten seines alten Bauernhofes auch schon mal ein paar

Partys gefeiert hatten. Selbstverständlich kam Andreas nicht allein, sondern auch mit Frau. Na das war ja eine illustre Gesellschaft! Endlich wieder einmal Stimmung in Üppels Musicquelle! Es wurde viel getanzt und gesoffen, und bei all dem Lärm lag Nicole friedlich in ihrem Bett und schlummerte nebenan im elterlichen Schlafzimmer. Obwohl sie alle erschienenen Frauen natürlich auch sehen wollten! Ach wie niedlich!

Uwe hatte wahrscheinlich zu tief ins Glas geschaut, denn ihn warf es schon beizeiten aus dem Rennen. Aber alle anderen hielten durch und es wurde wieder mal ein toller Abend! Obwohl alle merkten, jetzt war es anders. Irgendwie war abzusehen, dass es so nicht weiter gehen konnte. Üppel und Bettina hatten jetzt ein Kind und brauchten eigentlich eine eigene Wohnung. Nur Wohnungen waren in der DDR absolute Mangelware. Tja wenn sie verheiratet gewesen wären, hätten sie vielleicht eine Chance gehabt, aber so... Wegen Kind und Wohnung heiraten, das kam für Üppel aber überhaupt nicht in Frage. Also hieß es improvisieren.

Bei Bettinas Eltern war noch ein Zimmer in ihrer Altbauwohnung frei. Das heißt mehr oder weniger frei, eigentlich war es eine Rumpelkammer. Sie entrümpelten die Bude und ein alter Ofen kam zum Vorschein, das war früher mal eine Küche gewesen! Schnell noch etwas Farbe und fertig war ein Mehrzweckzimmer. So hatte Bettina neben ihrem Kinderzimmer noch diese nette kleine Räumlichkeit und fürs erste ging es. Üppel gefiel das alles aber nicht sonderlich, soll's dass jetzt gewesen sein? Keine Partys mehr und keine anderen Frauen? Vorerst versuchte er sich zu arrangieren, aber es kam wie es kommen mußte.

Nach dem ersten großen Streit verließ Üppel spät abends Bettina und wollte noch ins Forsthaus. Fast hätte er es nicht geschafft, denn sie verfolgte ihn noch bis zur Straßenbahnhaltestelle. Und das im Schlafanzug! Aber Üppel fuhr trotzdem ab. So voll Wut griff sich Üppel die erst erste Frau die ihm im Forsthaus vor die Füße lief. Es war Katrin die praktischer Weise ganz in der Nähe wohnte. Katrin war die Schwester von Jörg, und Üppel schon länger bekannt. Eine besondere Schönheit war sie nicht, aber für eine Nacht, egal. Nach ein paar obskuren Nummern in ihren im Bett, floh Üppel dann auch lieber schnell nach Hause. Von all dem mußte Bettina ja nichts erfahren. Da fiel Gigo, ein seinen Geburtstag nachzufeiern. Die Wogen hatten sich geglättet und Gaby war wieder gegen Gabi ausgetauscht worden. Und diese neue alte Frau mußte natürlich mit einer zünftigen Party wieder eingeführt werden! Also auf ins BB! An diesen Abend war außer den üblichen Verdächtigen, Üppel, Bettina, Gabi und Gigo noch Jörg mit einer neuen Flamme anwesend. Jörg hatten unsere Zwei etwas aus den Augen verloren, seitdem Gigo eine eigene Wohnung hatte. Besser wäre es gewesen sie hätten es damit bewenden lassen. Aber nachdem ihn Üppel letztens im Forsthaus wieder traf, lud er ihn mit zu Gigo ein. Jörg hatte irgendein Problem, das wurde allen schnell klar. Er fing an zu randalieren und so schmiss ihn Gigo kurzerhand aus der Bude raus. Draußen im Treppenhaus gab er aber auch noch nicht Ruhe, sondern zerschlug noch ein Fenster. So jetzt reicht es! Gigo lief zur nächsten Telefonzelle, rief bei den Bullen an und erklärte die Vorkommnisse. Die kamen aber nicht, sondern ein Krankenwagen. Dort wurde Jörg laut um sich schlagend festgeschnallt und abtransportiert. Seine Freundin fuhr mit. Was war nur aus ihm geworden! Später luden sie Jörg nie mehr zu sich ein und sahen ihn auch nur noch sehr selten wieder. Die Party war jedenfalls gründlich verdorben, und alle trollten sich beizeiten nach Hause.

Die Neue Deutsche Welle war schon wieder leicht am verebben, da erschienen in der Zone auch die ersten LPs dieser Art. So zum Beispiel die von Pankow, Kille Kille. Vor allem der Werkstattsong aus dem Rockspektakel Paule Panke gefiel unseren Jungs sehr. „Ich feile wie `ne Eule auf dieser dicken Eisenbeule, Uhu! Wann kommt endlich mal `ne Pause, ich hab solchen Durst auf eine gelbe Brause!" Oder die wundersame Geschichte von Gabi, logisch das Gabi dies immer zu hören bekam. Die LP war zwar schon letztes Jahr erschienen, kam aber jetzt erst bei Üppel und Gigo so richtig an. Thomas, ein Typ den sie im Forsthaus kennen gelernt hatten, schleppte diese Scheibe eines Tages mit zu Gigo. Von da ab lief sie ständig und verdrängte alle andere Musik zeitweise aus ihren Köpfen. Ganze Textzeilen aus diesem grandiosen Werk wurden für sie zu stehenden Begriffen. Für Außenstehende war es immer etwas unverständlich, wenn sie sich so die Bälle zuwarfen. Einfach toll! Von neuesten Hits aus der DDR bekamen Üppel und Gigo ansonsten nicht so viel mit, denn im RIAS und auf BAYERN

DREI lief halt andere Musik. Wer hörte schon DDR Radiosender? Außer vielleicht Duett Musik für den Rekorder. Da wurde jede Woche einmal eine ganze LP, meist NSW Künstler zum Mitschneiden gespielt. So kam Üppel auch zu seiner Aufnahme von Pink Floyds The Wall, und zwar komplett! Aber ansonsten war es recht schwierig an Musik aus dem Westen zu kommen. Es gab zwar Wunschsendungen zum Beispiel im RIAS Treffpunkt am Samstag, wo man aufnehmen konnte, und die Schlager der Woche am Freitag in BAYERN DREI wo die neusten Hits liefen. Dennoch befriedigten diese das Bedürfnis nach guter Musik nur mehr schlecht als recht.

Von Amiga gab es zwar auch ab und zu Importplatten, nur diese zu ergattern war schon mitunter ein harter Kampf. Nicht selten reihte sich Üppel, meistens freitags, in die Schlange vor dem Plattengeschäft ein, ohne zu wissen was es heute wieder geben könnte. Das war aber egal, wenn es einen nicht gefiel, konnte man es immer noch tauschen oder verkaufen. In Ungarn war es da schon bedeutend besser, hier gab es viele Westplatten, die hatten dann aber natürlich auch ihren Preis. Hundert Mark und mehr, waren keine Seltenheit. Und nicht jeder konnte wegen ein paar Schallplatten mal kurz nach Ungarn fahren! Ein Glück das es noch Oma gab! Bei ihren jährlichen Westbesuchen musste sie für Üppel stets ein paar heiß begehrte Scheiben mitbringen. Seine Deep Purple Sammlung wuchs so langsam aber sicher. Von heute aus betrachtet ist das eigentlich alles unvorstellbar. Aber so war es halt und alle DDR Bürger kannten es auch nicht anders. Der Mangel regierte in allen möglichen Ecken der Wirtschaft. Was es heute ständig gab, konnte morgen schon ein Engpass sein. Hoch lebe die Planwirtschaft! Es gab sogar Zeiten, da war das Toilettenpapier ein Engpass! Obwohl man eigentliche eher hätte Toilettenpappe sagen müssen, so hart war es. Der Witz ist nur, trotz des allgegenwärtigen Mangels hatten die meisten DDR Bürger stets alles was sie brauchten. Im Sozialismus war über Jahrzehnte ein reger Tauschhandel entstanden, Beziehungen waren alles. Die Vetternwirtschaft blühte.

Bei Üppel dagegen ging es dagegen langsam aber sicher bergab. Das Verhältnis zu Bettina entwickelte sich immer mehr zum Tanz auf dem Vulkan. Mit dieser Frau wehte ihm zu viel Wind um die Nase, und ihr Dasein wirkte wie Niespulver.

Gewöhnen konnte sich Üppel an die knisternde Atmosphäre nie, und für sein geschundenes Nervensystem gab es auch keine Versicherungspolice. Vielleicht lag es daran, dass er als Fische-Mann selbst Schuld an seiner seelischen Abrüstung war. Denn Bettina war Zwillings-Frau. Diese Beziehung, und spätere Ehe, war wie die hoffnungslose Liebe des himmelnden Holunderstrauchs zur Nachbarin, der Telegrafenstange, die zwar immer so anmutig summte, aber niemals duftete oder blühte. Doch das alles war Üppel damals so noch nicht ganz klar. Lieber mal wieder ein neues Abenteuer!

Im Haus wo Gigo wohnte gab es eine Etage höher noch einen jungen Typen, namens Tom. Nach ersten scheuen Kontakten, er sagte sie zu Gigo! Taute er doch recht schnell auf. Langsam aber sicher gehörte Tom zum inneren Kreis einfach dazu, obwohl er erst siebzehn Jahre alt war. Bei einem Strickbaubesuch traf Üppel doch eines Tages tatsächlich Birgit wieder. Warum also bei ihr nicht einmal nachschauen, ob das Jungfernhäutchen wieder nachgewachsen ist? Das Problem war nur, dass Bettina auch mit anwesend war. Kurzerhand wurde Tom verpflichtet sich heute Abend um sie zu kümmern, Dancing und so weiter, und Üppel verschwand schon beizeiten mit Birgit zu Gigo. Dort angekommen befriedigte er die schon duftend tropfende Maid wieder mal nach allen Regeln der Kunst. Gigo sagte, Üppel das gibt wieder Ärger! Aber nein Bettina ist heute Abend vertan, entgegnete Üppel. Er dachte ja auch, Tom bleibt mit ihr noch bis zum Schluss im Strickbau, und Üppel hätte so noch über eine Stunde Zeit, aber weit gefehlt…Da hatte sich Tom doch von Bettina bezirzen lassen und wollte sie nun bei sich zu Hause vernaschen! Wohlgemerkt seine Wohnung lag über der von Gigo. Leise schlich er sich mit ihr ein, doch seine Mutter roch den Braten und schmiss Bettina kurzerhand raus. Und die klingelte dann natürlich bei Gigo.

Ein Glück das Üppel mit seinen Liebespiel schon fertig war, dennoch war Bettina klar was hier gelaufen war. Wie sich jeder vorstellen kann waren nun wieder rießen Palaver und Stress angesagt. Ihre Beziehung war hier eigentlich schon lange gescheitert, aber weder Bettina noch Üppel wollten sich dies eingestehen, und so dauerte der gegenseitige Kampf noch unvorstellbare achtzehn Jahre! Doch der Reihe nach. So weit ist es noch nicht. Vorerst klebte sie noch an Üppel und wollte ihn unbedingt für immer haben. Schon damals bildete sich ihr feines Gespür für wilde Intrigen heraus. Es war manchmal haarsträubend. Und in all diesen feinen Klima wuchs Nicole heran. An den Wochenenden wurde sie zum Glück meistens von ihren Großeltern betreut, und Üppel und Bettina genossen weiterhin das Nachtleben in vollen Zügen.

Und Gigo? Der war immer noch mit Gabi zusammen, obwohl es eigentlich auch mit ihr nicht mehr ganz so toll war. Die Pankow Ära ging ebenfalls abrupt zu Ende. Der Grund war, Gigos Oma brachte aus dem Westen doch glatt eine bessere Scheibe mit. Viel besser! Es handelte sich um Spliffs Meisterwerk 85555. „Ich kenne ein Land wo alte Männer regiern, da kann man nicht bleiben, weil da darf nichts passiern. Da sitzen die Tyrannen fett auf den Thron, und träumen vom Ruhm. Da brauchen wir nicht traurig zu sein, da gibt's noch was anderes das zieh´n wir uns rein. Die Welt ist so groß und diese Dinge sind klein, hat eh keinen Sinn so einsam zu sein. Wir reiten nach Jerusalem mit der lila leie lila Lailailaio! Keine Zeit! Sie lieben die Kanonen und fliegen öfters zum Mond, die Spitzenwichser ohne Schädelkraft, machen hier einfach was keiner mehr macht." Einfach Spitze! Oder: „Verkehr am Morgen verkehrter Verkehr, sie liebt nur deinen Namen doch dein Gewehr ist leer, sie hält dich so fest, du denkst dich weit weg, willst keinen mehr fragen, hat eh keinen Zweck." Diese Texte passten natürlich zu unseren Beiden wie die Faust aufs Auge. Sie waren begeistert. Und dann gab es noch Lieder wie Carbonara, oder Deja Vu. Die LP war insgesamt wie aus einem Guss und um Klassen besser als die von Pankow. Logisch, das ab jetzt auf jeder Party immer nur noch Spliff lief. Duett komplett im roten Kadett! Doch nicht mal den hatten sie. Arme Zonenkinder!

Das Jahr neigte sich langsam wieder dem Ende zu. Einmal konnte Üppel noch eine neue Frau beglücken. Sie bekam ihren Freudenstoß natürlich bei Gigo verpasst. Das geschah Wochentags nach einem Forsthausbesuch. Doch ansonsten war aus diesen Jahr die Luft heraus. Silvester fand wieder die obligatorische Party bei Gigo statt, und allgemeine Unzufriedenheit mit dem derzeitigen Gemütszustand kennzeichnete diese. Sie dachten sich, da kann es ja nächstes Jahr nur besser werden, und stießen darauf an. Prost! Doch es blieb alles beim Alten. Die wilden Zeiten waren, so schien es, langsam vorbei. Die Partys wurden seltener und der Zusammenhalt zwischen Gigo und Üppel bekam auch langsam aber sicher Risse. Bettina war nicht unschuldig daran, denn sie lies nichts unversucht um dies zu beschleunigen. Ein letztes Mal betätigte sich Üppel noch als rasender Reporter, und interviewte seine Gäste bei einer Party in Üppels Spühlhölle. Das war Ende Mai. Neben Bettina waren noch Gigo und Gabi anwesend. Wie immer also.

Im Juni ging es schließlich wieder an die Ostsee. Prerow rief und Üppel kam! Nicole blieb die zwei Wochen über bei Oma, denn sie war noch viel zu klein für eine Reise, und so konnte dieses Mal auch Bettina mitfahren. Dieser Sommer war spitze, und sie kamen braun wie die Neger nach zwei Wochen wieder nach Hause. Die gute alte „Emma" hatte sie sicher und schnell wieder hin und her gebracht.

Bald ging es erneut auf eine kleine Reise. Diesmal nach Berlin. Üppel und Bettina verbrachten ein Wochenende bei Bekannten seiner Eltern. Üppel stand vor dem Brandenburger Tor und dachte darüber nach, wie man am besten da rüber käme. Ihm war damals schon klar, dass seine Zukunft nicht mehr in der DDR lag. Vor allem zur NVA wollte er auf keinen Fall, hier mußte man sich irgendwas einfallen lassen. Kommt Zeit, kommt Rat und vorerst fuhren sie zurück nach Chemnitz. Denn Gigo hatte zur Geburttagsparty eingeladen, und dies wollte Üppel sich keineswegs entgehen lassen. Es wurde endlich wieder mal eine größere Action. Neben der Viererbande kamen noch Gigos alter Schulfreund Kirsche mit seiner Kerstin, sowie Silvio mit Annett. Gigo flirtete doch tatsächlich heftig mit Kirsches Braut, was natürlich zu Verstimmungen mit Gabi und Kirsche führte. Kerstin schien von Gigos Avancen auch nicht abgeneigt zu sein. Die Wogen glätteten sich vorerst aber wieder und es wurde doch noch ein ganz dufter Abend. Außer, dass Kirsche mal kurz aus Gigos Fenster im ersten Stock gesprungen war. Zum Glück überstand er diese Aktion unverletzt. Man haben alle dumm geschaut, als er plötzlich an der Tür klingelte! Ja, ja der Alkohol… Flirten war Gigo natürlich zu wenig gewesen, und so vernaschte er Kirsches Kerstin wenig später noch gepflegt bei sich zu Hause. Wenn nur Gabi davon nichts mitbekommen hat, dachte sich Gigo, aber eigentlich war ihm das schon völlig egal. Nicht Gabi, sondern Kirsche bekam von der Sache Wind. Er hatte sich die ganze Zeit über, wo seine Kerstin bei Gigo war, hinter Autos versteckt und so alles mitgekriegt. Ein rießen Spektakel war die Folge, und Gigo hatte alle Mühe die Gemüter wieder zu beruhigen. Das war aber alles noch nicht mit dem zu vergleichen, was Üppel kurz darauf erlebte.

Eines Samstags im Strickbau erschien Uwe doch tatsächlich wieder mal mit einer neuen Frau. Sie hieß Susanne und sah umwerfend aus! Wie macht er das nur immer, dachte sich Üppel. Sofort war sein Interesse geweckt. Das war schon komisch, dies war schon die zweite Frau von Uwe, die Üppel ganz kirre machte. Einige Wochen später im Spinnbau sah Üppel dann seine Chance gekommen. Susanne und Uwe hatten fürchterlichen Krach miteinander und Uwe verschwand nach Hause. Jetzt oder nie! An der Bar kamen sich Üppel und Susanne schnell näher. Bettina sah es noch gelassen, auch als sie langsam tanzten und sich heiß abknutschten. Was war denn das? Doch um Üppel war es geschehen, diese Frau mußte er haben, koste es was es wolle! Nur heute Abend noch nicht, und er ging brav mit Bettina nach Hause. Denn sie wollten gemeinsam im Oktober für ein paar Tage nach Russland fahren, dies war schon lange geplant. Und Üppel mochte das natürlich nicht gefährden.

Kurz vorher wurde noch eine zünftige Party bei ihm gefeiert. Neben Gigo und Gabi waren noch Silvio und Annett anwesend. Hier kam es zum Showdown zwischen Gabi und Gigo. Erst machte sie ihm eine rießen Szene, zerkratzte ihn, und dann war sie weg! Wer hat denn der ins Gehirn geschissen! Das war's, diese Frau war für ihn Geschichte. Doch Gigo trug es mit Fassung. Üppel dagegen war ständig in Gedanken bei Susanne. Kurz vor der Abreise nach Moskau schrieb er ihr noch einen heißen Liebesbrief. Wie der wohl bei ihr ankommen würde? Bei seiner Rückkehr wollte Üppel mit Bettina Schluss machen und mit Susanne eine neue Beziehung beginnen. So war der Plan. Üppel wusste natürlich noch nicht wie sie reagieren würde. Aber in Gedanken war schon alles perfekt. Na mal sehen.

Erst mal ab nach Russland! Das war nicht die erste Reise von Üppel dorthin. Vor vier Jahren war er schon einmal in Moskau gewesen. Jetzt war außer Moskau noch Leningrad mit auf der Reiseroute. Mit dem Reisebüro Jugendtourist waren solcherart Reisen in den Ostblock zu erschwinglichen Preisen möglich. Das

Problem war nur, logisch, an solche Fahrten heranzukommen. Auch hier mußte man wieder das berühmte Vitamin B wie Beziehungen haben. Um die Preise halten zu können, war nur die Hinreise nach Moskau mit Flugzeug. Dort angekommen waren sie in einen Hotel untergebracht, welches erst vor drei Jahren zur Olympiade erbaut worden war. Dennoch wimmelte es hier schon vor Kakerlaken. Na das war ja lustig! Üppel und Bettina mussten erst mal die Betten beiseite schieben und auf Kakerlakenjagd gehen. Und schön in alle Taschen und Beutel schauen, nur um ja kein lebendes Souvenir mit nach Hause zu bringen! Aber Lenin, der war geschniegelt und gebügelt und wurde dazu auch noch gut bewacht. So war das halt im Mutterland des Kommunismus. Aber eine geile U-Bahn gab es da, und für fünf Kopeken konnte man den ganzen Tag lang damit fahren, und sich die zum Teil tollen U-Bahnhöfe anschauen. Manche protzten nur so vor Marmor. Noch vor vier Jahren hätte Üppel doch glatt auf der Straße seine alten Wrangler Jeans verkaufen können. Er tat dies damals nur nicht, weil er keine anderen Hosen mithatte. Zweihundert Rubel wurden ihm dafür geboten! Unvorstellbar. Aber jetzt gab es sogar schon manchmal echte Jeans im Kaufhaus GUM zu kaufen, wie sie es selbst sahen. So ändern sich die Zeiten. Von Moskau nach Lenigrad fuhren sie eine Nacht im Zug. Das ging ja noch, aber die Rückreise von Leningrad nach Berlin streckte sich dann über drei Tage! Drei Tage zu viert in einen Schlafwagenabteil! An der Grenze von Russland nach Polen, mussten die Drehgestelle gewechselt werden, weil man in Russland auf breiterer Spur fuhr als im Rest von Europa. Diese Aktion dauerte mehrere Stunden. Sie hatten natürlich auch noch das Glück, das ihr Abteil logischer Weise über einer Achse lag. So erschien mehrmals ein Bahnmitarbeiter, bewaffnet mit einem großen Hammer, um Splinte zu lösen und dann wieder festzumachen. In Polen wurde dann noch der Speisewagen abgehangen, und ein Verpflegungsbeutel mußte bis Berlin reichen, herrlich! Heute würde man sagen, Erlebnisurlaub pur. Irgendwann kamen sie aber dann doch zu Hause an. Außerdem hatte Üppel ganz anderes im Kopf.

Der Tag für das brieflich vereinbarte Date mit Susanne bei Gigo stand kurz bevor, ob sie auch kommt? Er war ganz nervös, so was gab es ja noch nie bei ihm! Sie kam, und Üppel stürzte sich mit ihr in ein wildes Abenteuer. Was für eine Frau! Man ist doch nur zum Glück auf der Welt, dachte sich Üppel. Bettina dagegen war total geschockt, als Üppel ihr verkündete, das jetzt Schluss sei. Am Abend bei ihr eskalierte dann die Situation, und am nächsten Morgen lagen sämtliches Bettzeug, diverse Pflanzen, andere Utensilien und der Zimmerschlüssel hinter dem Haus im Gras! Diese Frau brachte einen einfach zum verrückt werden! Das dumme war nur, die Zimmertür war zugesperrt! Ein rießen Spektakel war die Folge, denn das dies Bettinas Eltern mitkriegten war ja klar. Und Nicole, die schon weinte, wie kommt die jetzt ins Zimmer? Ein Glück das die Tür ein Oberlicht hatte. Also wurde dieses herausgenommen, und auf der einen Seite hob Bettinas Mutter Nicole hoch und Üppel nahm sie auf der anderen wieder ab. Das arme Kind, aber sie hat es überlebt! Etwas später stieg Üppel dann auch noch durch die Luke und suchte im Hof den Schlüssel. Er fand ihn auch und brachte ihn mit all dem anderen Zeug wieder nach oben. Jetzt wollte er eigentlich gehen, aber Bettina war anderer Meinung und ließ ihn nicht. Was soll das nur noch werden! Energisch mußte sich Üppel schließlich den Weg aus dem Zimmer bahnen, und versprach noch, sich selbstverständlich weiter um Nicole zu kümmern. Aber das dies nicht das letzte Wort von Bettina war, war ihm natürlich klar.

Susanne! Auf geht's! Bei Gigo gab Üppel ihr den ersten Liebesstoß, und war hin und weg. Diese Lady war einfach heiß! So etwas hatte Üppel noch nicht erlebt, und er kannte, wie ja alle mittlerweile wissen, schon mehr als eine Frau! Auch Gigo war inzwischen nicht untätig gewesen, und hatte sich eine neue Frau zugelegt. Es war praktischer Weise Josefine, die Schwester von Birgit, welch ein Zufall! Dem Zufall hatte natürlich Bettina kräftig nachgeholfen, und die zwei verkuppelt. Denn Josefine und Bettina waren alte Freundinnen.

Eines Samstags in der Buma, waren Susanne und Üppel so heiß aufeinander, das sie zwischendurch mal zu Üppel auf ein kurzes Stößchen verschwanden. Er hatte wieder mal sturmfrei, wollte aber dieses mal keine Party feiern, sondern nur Susanne für sich alleine. Ihr Musikgeschmack war auch fast derselbe. Susanne fand Udo Lindenberg ebenfalls so toll wie Üppel, und spielte dazu auch noch Cello! Wahnsinn! Sie fühlten sich genauso wie in Udos gegen die Strömung, gegen den Wind. Nur ob es auch ein

Happy End geben würde, stand noch in den Sternen. Es war offensichtlich, das Üppel seit langen wieder mal so richtig verliebt war. Das er so was noch erleben durfte. Es war einfach gigantisch, wenn da nur nicht dauernd Bettina gewesen wäre. Fast täglich rief sie bei Üppel an und belaberte ihn stundenlang. Sie lud ihn zum Essen zu sich nach Hause ein, und ließ ihn dann nicht mehr weg. Gut Üppel hätte da ja nicht hingehen brauchen, aber so sah er Nicole auch mal wieder. Sie brachte heimlich Kaffee und Brote zu Üppel auf Arbeit, um die treu sorgende Hausfrau zu geben. Üppel und sein Vater renovierten gerade ein Treppenhaus, und zur Pause ging es da immer ins Waschhaus. Sie schauten nicht schlecht, als da plötzlich eine Brotzeit stand. Auch wurde Nicole immer öfter von Bettina als Druckmittel benutzt. Kurzum für Üppel war es nervenaufreibend wie nie zuvor. Trotzdem gelang es ihm, sich immer öfter mit Susanne zu treffen. In dieser Beziehung war Feuer, das war klar, und Üppel fühlte sich wie im siebten Himmel. Eigentlich war es zu schön um wahr zu sein.

Bei Gigo gab es auch mal wieder eine Party. Es waren Josefine, Susanne und Üppel dabei. An Gigos Haus stand damals ein Gerüst, irgendwelche Arbeiten am Dach. Plötzlich klopfte es ans Fenster. Bettina stand davor und wollte herein! Spinnt die jetzt total! Die hat doch ein Rad ab, die Alte! Gigo ließ sie natürlich nicht rein, nur wie kriegen sie die Frau jetzt wieder vom Gerüst herunter? Er hielt Pornobilder an die Scheibe, und sagte, ja das machen wir alles noch heute Abend! Dies schien zu wirken, schließlich ging sie. Üppel scheute wieder mal den klaren Schnitt und so ging das Spiel munter weiter. Susanne missfiel dies natürlich gewaltig, sie hatte es ja eigentlich auch nicht nötig sich so zum Affen machen zu lassen. Doch die Gefühle spielten Achterbahn, und Üppel griff wie oft in solchen Situationen zum Kugelschreiber und verfasste ein Gedicht, wie rührend, hier ist es:

Gefall ich dir, gefällst du mir,
so fängt es immer an.
Eines Nachts, da bist du hier,
und ich steh voll in deinen Bann.
Die Welt ist hart, wie jeder weiß,
und niemand sah uns gerne gehn.
Jede Liebe hat ihren Preis,

auch wenn wir uns so gut verstehn.
Wies bei Shakespeare einst da war,
so ähnlich ist es bei uns auch.
Und doch ist mir wie nie so klar,
das ich dich lieb und brauch.
Wir müssen stark sein, jetzt vor allem,
und ehrlich zueinander stehn.
Auch wenn's wird vielen nicht gefallen,
Überallhin will ich mit dir gehn!

Schöne Worte, aber die Taten ließen bei Üppel doch zu wünschen übrig. Statt schöne Worte zu schreiben, hätte er lieber mal ein klares Wort mit Bettina reden sollen!

Einmal mitten in der Woche schliefen Üppel und Susanne nach dem Liebespiel, bei ihm zu Hause, doch tatsächlich ein und erwachten erst am nächsten Morgen, als es zur Arbeit gehen sollte. Normalerweise verlies Susanne Üppel immer schon kurz nach der letzten heißen Nummer. Aber diesmal…Ein Glück das Üppels Mutter sie still und leise gehen ließ, denn sie war ja immer nur heimlich bei Üppel zu Gast. Seine Eltern wollten ja aus bekannten Gründen, auch lieber wieder Bettina bei ihm sehen. Also bekam Üppel Druck von allen Seiten. Wie sollte man das nur aushalten?

Es kam wie es kommen mußte, die Sache mit Susanne ging langsam zu Ende, noch bevor sie richtig begann. Als eines Abends Üppel mal wieder nicht zum vereinbarten Rendezvous mit ihr bei Gigo erschien, weil er bei Bettina festklebte, lies sich Gigo die Gelegenheit natürlich nicht entgehen und vernaschte Susanne mal kurz nebenbei. Genauso wie er es letztes Jahr schon mit Margitta getan hatte. Ein feiner Kumpel, dachte sich Üppel als er es später von ihm erfuhr. Doch Üppel war ja selber schuld an der Misere. Hätte er sich klar zu Susanne bekannt, wären solche Sachen auch nicht passiert. Aber immer nur diese Ausreden und Hinhaltetaktik. Und keine klaren und endgültigen Entscheidungen. Das macht natürlich keine Frau auf Dauer mit. So kam es auch, dass sie jetzt ebenfalls nicht mehr immer zu vereinbarten Treffen kam. Wie sollte das bloß noch weiter gehen? Die Situation wurde immer skurriler. Susanne hatte eine Freundin, Sonja Sonnenschein, die auch mal dringend einen Mann brauchte. Das wäre doch was für Tom, dachte sich Üppel, und machte die beiden bekannt. Dieser war auch nicht abgeneigt, und wie es der Zufall so wollte, ergab sich schon bald dazu eine Gelegenheit. Toms Oma war wieder mal auf Westreise, also war dort die Bude frei! Warum da nicht gleich eine Party feiern? Gesagt getan. Da sie es intim halten wollten, begingen sie diese nur zu viert. Für Tom ging in der Nacht die Sonne auf, und Üppel kam endlich wieder bei Susanne zum Schuss. Er hing noch sehr an ihr und wollte sie keineswegs aufgeben. Fürs Erste sah es wieder so aus, als wäre Licht am Ende des Tunnels zu sehen. Fürs Erste.

Aber alles schien schief zu laufen. Sogar die Eltern von Susanne waren gegen ihre Beziehung, weil sie dachten ihre Tochter hätte eine kleine Familie zerstört! So ein Käse, in Wahrheit war es doch Üppel gewesen, der die Sache angefangen hatte. Einzig zu ihren Brüdern konnte Üppel eine Art Verhältnis aufbauen. Sie war das einzige Mädchen unter drei Brüdern. Dazu kam auch noch, dass Susanne noch nicht volljährig war, und so manchmal nicht von zu Hause weg durfte. Das hatte sie vor allem ihren strengen Vater zu verdanken. Doch im November war es dann soweit, Susanne wurde achtzehn Jahre alt! Halleluja! Ab jetzt wird alles anders, dachten sie zumindest. Aber wer kennt nicht den Spruch, der sagt, solange du deine Füße unter meinen Tisch steckst, wird gemacht was ich sage! So war es dann auch. Das sind die Probleme der Jugend!

Üppels Omas achtzigster Geburtstag stand ebenfalls vor der Tür. Dieser wurde gebührend in einer Gaststätte gefeiert. Sie wollte natürlich ihr Urenkel sehen. Deshalb wurde Bettina mit eingeladen, und Üppel machte gute Miene zum bösen Spiel. Eine prima Veranstaltung war das! Zum Glück wollte Susanne abends noch kommen und in der Gaststube warten. So geschah es dann auch, und Üppel verschwand mit ihr nach der Feier noch zu Gigo, um sich dort weiter gepflegt um sein Zimsel kümmern zu können. Natürlich lies Susanne dort bei Üppel wieder seine Glocken läuten, aber er merkte, hier mußte endlich eine Entscheidung her! Sie setzte ihn jetzt immer mehr unter Druck. Sie oder Bettina, Üppel entscheide dich! In dieser Zeit bekam er sicher seine ersten grauen Haare, so schwer fiel ihm diese Wahl. Dabei liebte er Susanne so sehr das es schon wehtat. Und wusste, dass er solch eine Frau sicher nicht noch einmal bekam.

Aber dennoch kehrte Üppel zu Bettina zurück. Den Ausschlag gab schließlich seine kleine Nicole. Hoch lebe die tote Beziehung! Von heute aus betrachtet der reine Wahnsinn, aber so war es damals. Mit dem Ende der heißen und intensiven Affäre zu Susanne starb bei Üppel etwas im inneren ab, das auch nie mehr nachwuchs. Nur die Zeit verdeckte nach und nach die brodelnde Gefühlsküche etwas. Und die Mauer um ihn wuchs höher und höher. Wenigstens war jetzt Bettina zufrieden und genoss ihren Triumph in vollen Zügen. Nach und nach geriet Üppel jetzt immer mehr unter ihren Pantoffel. Denn eines mußte man ihr zugestehen, sie verstand es ihren Sieg auszukosten.

Na gut. Josefine war inzwischen, zusammen mit ihren kleinen Sohn bei Gigo eingezogen. Der war nur einen Monat älter als Nicole, und bei Gigo ging es ihm zum ersten Mal in seinen Leben so richtig gut. Eines mußte man Gigo lassen, mit Kindern konnte er gut umgehen, obwohl er noch keine eigenen wollte. So kam er quasi über Nacht zu einer kleinen Familie. Was das nun wieder sollte, dachte sich Üppel. Familie auf Probe, oder was sollte man davon halten?

Auch Carina hatte inzwischen einen Freund gefunden, und war hin und weg von ihm. Wer hätte das gedacht, bei ihrer doch etwas zugeknöpften Art. Machen die jetzt alle auf Familie, oder was? Erst fass mich nicht an und dann gleich eine feste Beziehung. Vielleicht musste auch erst nur der Richtige kommen. Er hieß Steffen, und sollte eines Tages Bettinas Vater vom Frühschoppen sicher nach Hause geleiten. Steffen kam schließlich auch, aber alleine und auf allen vieren! Was war geschehen? En wollte doch tatsächlich mit Bettinas Vater um die Wette saufen! Das konnte er natürlich nur verlieren. So schaffte er es gerade noch so nach Hause, und Üppel wurde jetzt losgeschickt um Schwiegerpapa endlich vom Tresen loszureißen. Doch auch Üppel tappte in die Wettsauffalle, und kam ebenfalls ziemlich ramponiert, aber wenigstens zusammen mit Schwiegerpapa, wieder zu Hause an. Und dieser amüsierte sich königlich. Was für Weicheier, diese Jugend! Danach wurden sie nie mehr von Schwiegermutti losgeschickt, um ihn zu holen. Denn gleich drei Besoffene auf einmal, das waren ihr dann doch zu viel des Guten. Peinlich, peinlich, und das bei meinem Training, dachte sich Üppel. Aber man kann halt nicht immer gewinnen.

Lieber wieder ab in vertraute Gefilde, also Strickbau oder Quelle. Doch in der Quelle gingen bald die Lichter für immer aus. Jahrelang war von der Staatsmacht schon vergeblich versucht worden, das unliebsame Etablissement zu schließen. Und jetzt hatte man endlich einen Grund dazu gefunden. Es wurde Alkohol an Minderjährige ausgeschenkt, und beschissen wurde auch noch! Beides stimmte zwar, aber es war schon für viele ein Schock, als die bei der Jugend beliebte Kneipe geschlossen wurde. Außerdem war es fast überall üblich, dass zu vorgerückter Stunde die Cola-Wodkas immer dünner wurden, bis es schließlich nur noch pure Cola war. Stammgäste, wie Üppel und Gigo, bekamen dann die Getränke immer von einem extra Tablett serviert. Und nach dem Ausweis wurde beim bestellen auch nirgends gefragt. In Diskos, wie der Quelle, wurde immer so viel gesoffen, dass zum Beispiel der Cola-Wodka schon vorher Tablettweise abgefüllt wurde. Das alles in blauen Plastikbechern, die eigentlich Zahnputzbecher waren. So sah man die Kellner oft mit großen Türmen gestapelter leerer Becher durch die Kneipe laufen. Das war immer ein Anblick! Köstlich! Doch das war jetzt alles vorbei. Ein letztes Mal ging noch richtig die Post ab und dann war Schluss auf dem Highway to Hell. Kein Versteckspielen mehr mit anderen Frauen und keine heißen Klänge mehr bei „Reinhards Musikmühle", eine Ära ging zu Ende. Alles dies passte irgendwie zu diesem Jahr, sagte sich Üppel und trank noch, tief in Gedanken versunken, einen letzten großen Schluck am Quelle-Tresen. Prost!

5.

Exodus

Üppel wollte doch jetzt nicht etwa erwachsen werden? Nein, nein keine Angst jetzt noch nicht. Nur ganz langsam. Natürlich gab es auch ein Leben nach der Quelle, und noch viel Neues zu berichten. Zum Beispiel was wurde aus der Freundschaft zwischen Gigo und Üppel? Und was mit Bettina und Nicole? Doch der Reihe nach...

Zuerst lief alles seinen gewohnten Gang. Das heißt triste Wochen auf Arbeit und feuchtfröhliche Wochenenden, zumeist im Strickbau. Doch schon bald kamen neue Herausforderungen auf Üppel zu. Er konnte doch tatsächlich damit beginnen seinen Autoführerschein zu machen! Unvorstellbar! Und das schon vier Jahre nach der Anmeldung, in der einzigen staatlichen Fahrschule der Stadt! Wie war das im „real existierenden Sozialismus" möglich? Üppels Vater hatte jährlich Eingaben geschrieben, um den Beginn der Fahrschule zu beschleunigen. Begründung: Üppel brauche dringend seine Fahrerlaubnis für Fahrten in der Firma des Vaters. Und siehe da, es klappte! Gigo, der sich einst am selben Tag wie Üppel für die Fahrerlaubnis angemeldet hatte, durfte dann auch noch volle zwei Jahre warten, bis auch er endlich in den Genuss seines Führerscheins kam. Dieses waren jedoch nicht die einzigen Neuerungen die auf Üppel zukamen. Er konnte ebenfalls mit seiner Meisterschule beginnen! Und das mit zweiundzwanzig Jahren! Diese würde dann zwei Jahre dauern und er wäre somit im Alter von vierundzwanzig Malermeister, nicht schlecht. Doch wie sollte man dies alles bewältigen? Dachte sich Üppel als er all diese Neuigkeiten erfuhr. Ein bisschen Spaß will man ja schließlich auch noch haben! Eines war jedenfalls klar, irgendwie musste es gehen und ein Rückzieher kam nicht in Frage. Wäre ja gelacht! Schließlich konnte nicht jeder einfach so auf die Meisterschule gehen, sondern nur mit „Delegierung des Betriebes"! Dazu musste Üppels Vater logischer weise ebenfalls aktiv werden und erst bei der Handwerkskammer intervenieren, was er auch getan hatte. Sogar mit Erfolg wie sich nun herausstellte. Meisterschule und in einem privaten Handwerksbetrieb tätig, das war alles gar nicht so einfach. Probleme hatten die!

Aber es klappte und jetzt alles auf einmal. Zum Glück begann die Fahrschule einen Monat früher als die Meisterausbildung. So war der Einstieg in den „Lernstress" etwas gleitend. Mit dem Beginn der Meisterschule hatte Üppel dann auch schon seine

theoretische Prüfung für die Fahrschule in der Tasche und absolvierte bereits seine ersten Fahrstunden, auf einen alten mit Propangas betriebenen Moskwitsch. Das war ein Geschoß! Der fuhr ungefähr so spritzig wie ein Traktor, aber egal Hauptsache Führerschein! Und überhaupt... was Üppel später einmal für einen fahrbaren Untersatz bewegen sollte, stand noch total in den Sternen. In einen Land wo zehn Jahre alte Autos noch zu Neupreisen verkauft wurden, eigentlich klar. Und das auch alles nur wenn man Beziehungen hatte und an ein solches Teil überhaupt herankam! Von neuen Autos mal ganz zu schweigen. Auf diese wartete man mindestens zwölf Jahre, wenn nicht noch länger! Deshalb auch die hohen Preise für Uraltautos. Jeder DDR Bürger der achtzehn wurde, musste sofort ein Auto bestellen, damit man mit ca. dreißig Jahren endlich seinen neuen fahrbaren Untersatz bewegen konnte. So hatte man aber wenigstens genug Zeit um auf sein Auto zu sparen (Kleiner Scherz am Rande). Die Mangelwirtschaft trieb wieder mal die seltsamsten Blüten. Vorerst gab es für Üppel ja zum Glück noch „Emma". Und die wurde so eben ab und zu zu dritt gefahren, die kleine Nicole in der Mitte. Einmal verlor sie während der Fahrt einen ihrer Stiefel, was aber zum Glück ohne Konsequenzen blieb. Zurückgefahren, Stiefel gefunden und aufgehoben, Basta! Erlaubt war das alles natürlich nicht, aber wen interessierte das schon. Nicole war ja auch noch so winzig, das sie sowieso kaum jemand sah wenn sie mit auf dem Motorrad saß. Gefallen scheint es ihr auch immer zu haben, denn es gab nie Gezeter von ihr.
Doch zurück zum Beginn der Meisterschule. Diese startete doch ganz anders als eigentlich geplant. In der Nacht vor dem Schulbeginn hatten Üppel und Bettina wieder einmal mächtig Stress miteinander. Das war ja nun schon so nichts Neues mehr. Natürlich nur wieder wegen irgendwelcher sinnlosen Kleinigkeiten. Die zwei hatten sich gegenseitig erneut so hochgeschaukelt das die Fetzen flogen. So konnte Üppel die ganze Nacht kein Auge zumachen und ging am nächsten Tag dementsprechend ramponiert den ersten Tag in die Schule. Na das kann ja heiter werden! Als erste Aktion musste dort jeder eine Blume zu Papier bringen, Üppel dachte er hört nicht richtig, aber na gut... Was sollte denn das? Offenbar sollte die künstlerische Begabung eines jeden Einzelnen getestet werden. Und das nach der Nacht! Wie sich jeder vorstellen kann sah

Üppels Blume auch dementsprechend aus. Eher wie eine verdörrte Distel. Na das war wieder mal ein Einstieg nach Maß. Nur nicht so wie ihn sich Üppel eigentlich vorgestellt hatte. Wo sollte das bloß noch alles hinführen? Nach dem doch etwas missglückten Start lief die Aktion Malermeister später immer besser, und Üppel konnte tatsächlich hoffen es eines Tages zu schaffen. Wenigstens was. Bloß Blumen malte Üppel danach nie wieder. Zum Glück gab es ja noch jede Menge andere Motive zum abbilden.

Ein Monat verging und Üppel konnte ganz stolz seinen Autoführerschein in den Händen halten. Geschafft, zumindest die erste Lernaktion, da wird das doch wohl mit der zweiten auch noch klappen! Aber die dauerte ja zum Glück noch ein ganzes Stück. So Führerschein haben wir und was jetzt? Was wird nun mit einen Auto? Praktischer Weise hatten Üppels Eltern gerade jetzt, nach jahrelanger Wartezeit, ein neues Gefährt erhalten. Sogar eine „Edelkarosse" des Ostens, einen Lada 1500s. Somit konnte der alte Wartburg gegen einen fast Gleichalten Trabbi Kombi getauscht werden. Dieser wurde das „Malerauto" und Üppel konnte ihn auch so noch nutzen. Klasse! Bettinas Meinung dazu: dann verkauf doch „Emma" und von dem Geld holen wir uns eine Schrankwand. Punkt! Die spinnt wohl, mein Motorrad wird keine Schrankwand! Dachte sich Üppel, wir haben ja noch nicht mal eine Wohnung, was wollen wir da schon mit einen Wohnzimmermöbel! Bei meinen Eltern im Haus, im Erdgeschoß, ist ein Zimmer leer, dort könnten wir sie ja so lange einlagern bis wir eine Wohnung haben, entgegnete Bettina ungerührt. Logischer weise gab es gute Möbelstücke auch nur selten zu erstehen, und man musste sie kaufen wenn es welche gab und nicht wenn man sie brauchte. Na klasse, Üppel blieb standhaft, zumindest eine Weile. Doch Tom hatte schon länger an „Emma" großes Interesse gezeigt und würde sie sofort nehmen. So kam es dann auch, und Üppel gab sein gutes Stück schweren Herzens an ihn ab. Zumindest kam sie da in gute Hände! Er packte wehmütig seinen schwarzen Kunstlederoverall weg, verstaute Handschuhe und Nierengurt und die Motorradzeiten waren Geschichte. Den Vollhelm, ein knallgelbes Teil aus dem „Intershop", bekam Tom noch als Extra dazu. Kurz darauf, gab es dann auch tatsächlich noch ein Wohnzimmermöbel das gefiel. Und so geschah es, das aus Üppels guter alter „Emma" wirklich und wahrhaftig eine Schrankwand wurde! Unglaublich! Um aber ehrlich zu sein, der Fahrtkomfort war mit einen Auto doch besser als mit dem Motorrad. Und wenn es nur ein Trabbi war. Was heißt hier nur, sie kannten ja schließlich nichts anderes! Der Belastungstest für den Trabbi lies folglich dann auch nicht mehr lange auf sich warten. Es gab da einen neuen Jugendklub, das Flussbad. Da war es auch nicht schlecht. Und so wurden eines Samstags doch tatsächlich acht Personen im Trabbi dorthin befördert. Eigentlich war der Weg nicht weit, aber wie sagt schon das alte Sprichwort: besser schlecht gefahren, als gut gelaufen! Souverän, aber doch etwas ächzend absolvierte Üppels Gefährt diese Aktion unbeschadet. An eine Wiederholung einer solchen dachte er dennoch nicht. Man soll halt sein Schicksal nicht unnötig herausfordern!

Gigo indes zog weiter sein „Familienleben" mit Josefine und ihren Sohn konsequent durch. Wenn man an den Wochenenden nicht mit ihm zusammen fort gegangen wäre, hätte man denken können sie wären ein altes Ehepaar! Auch Üppel machte jetzt sein Ding ausschließlich mit Bettina. Obwohl er noch oft an Susanne dachte, aber das war Schnee von gestern. Gleich bei Gigo um die Ecke wohnte noch ein junges Paar, und zwar Würze und Annett mit ihrem kleinen Sohn. Zwar kannten sich alle schon länger, aber erst jetzt verbrachten sie des Öfteren gemeinsame Stunden. Sogar ein gemeinsamer Tierparkbesuch mit den lieben Kleinen fand statt. Meistens traf man sich jedoch zu kleinen gepflegten Partys, abwechselnd bei Gigo oder Würze. Bei einer dieser Feten, bei ihm, kam es zu einem Riesenkrach zwischen Würze und Annett. Sie fand seine Kiss Platten wieder mal nicht so prickelnd und wollte sie zum Fenster hinauswerfen. Die wertvollen Westplatten, ein Affront! Im letzten Moment konnte Würze ihr sie aber noch entreißen, und ihr mit seinem großen Zweihandschwert, welches an der Wand hing, gefährlich vor der Nase herumfuchteln. Stopp! So geht das natürlich nicht! Ihm wurde das Schwert abgenommen und er dann im Wohnzimmer eingeschlossen. In der Hoffnung dass er sich beruhigt. Ruhig wurde es auch, und dann klingelte es. Vor der Tür stand Würze. Er war mal schnell aus dem Fenster gesprungen, sie wohnten in der ersten Etage, das Treppenhaus wieder nach oben gestürmt und rief: Wo sind meine Platten? Ja sind denn jetzt alle verrückt? Erst im letzten Jahr sprang Kirsche bei Gigo aus dem Fenster

und nun Würze. Wollen die alle zu Olympia, oder was? Nein er wollte doch nur seine Platten wieder haben, aber Annett war schneller. Sie schnappte sich die Teile und schloss sich damit im Schlafzimmer ein. Und dort blieb sie dann auch. Stundenlang. Da half auch kein Gezeter von ihm. Nachdem sich die Lage langsam wieder etwas zu beruhigen schien, zogen es Üppel, Gigo nebst Frauen dann doch lieber vor, die Party vorzeitig zu verlassen. Später erfuhren unsere zwei, dass Annett tatsächlich bis zum nächsten Tag zusammen mit den Kiss Platten im Schlafzimmer blieb. Den Scheiben ist nichts passiert, sie existieren heute noch, nur Annett und Würze sind natürlich heute nicht mehr zusammen. Ja woanders gibt's auch Stress, dachte sich Üppel, es muss halt manchmal so sein (was für eine Logik). Der nächste Krach lies nicht lange auf sich warten. Bei einer der nächsten Partys, bei Gigo, kamen sich doch tatsächlich unsere zwei in die Haare. Den Grund lieferte wieder mal Bettina. Sie machte sich schamlos an Gigo heran, was dieser natürlich geschehen lies. Mal sehen wie weit die geht. Für Üppel war das natürlich alles nichts. Er sah rot und es kam zu einer wilden Schlägerei, bei der sämtliche Blumentöpfe durch die Bude flogen. Das schaute vielleicht aus! War's das jetzt? Es sah bald so aus. Das Verhältnis zwischen Gigo und Üppel kühlte doch etwas ab und wurde nie mehr so wie vorher. Obwohl sie immer noch gute Kumpels waren. Wieder ein Punkt für Bettina! Ihr Plan, die zwei zu trennen, schien langsam aufzugehen.
Die Zeit verging und Silvester verbrachten Üppel und Gigo das erste Mal nicht mehr gemeinsam. Üppel ging mit Bettina, zusammen mit einem Meisterschüler seiner Klasse nebst Frau, lieber zum Silvesterdancing in das Hotel am Schlachthof. Während Gigo daheim mit Josefine Party machte. Auch das neue Jahr begann mit keinen guten Nachrichten für Gigo. Er musste zur Armee. Das dies mal passieren würde war zwar allen klar, dennoch war es nun für unsere zwei ein Schock. Was wird nun mit Josefine? Sie wohnte ja schon seit längerem bei Gigo. Kann man sie da alleine lassen wenn Gigo nicht mehr da ist? Er hatte da schon leise Zweifel, ließ sie aber dann doch mit Stanley bei sich zurück. Und ab gings zur Asche. Da Gigo noch ledig war, wurde er auch sehr weit weg verfrachtet. Und zwar an die Ostsee! Allein die Anreise dorthin dauerte fast zwei Tage. X Mal umsteigen bis man am Ziel war. Üppel wurde zusehends

nervöser. Das stand ihm ja auch alles noch bevor, oder nicht? Und was kann man dagegen tun? Vorerst wurde er aber noch verschont und konnte für den Sommer planen. Diesmal sollte es das erste Mal mit dem Trabbi an die Ostsee gehen, natürlich wieder nach Prerow.

Gigos Ahnungen über Josefine wurden bestätigt. Kaum war er weg, zog eine Freundin bei ihr ein und es wurden wilde Partys gefeiert. Ebenfalls wurde Gigos altes ehrwürdiges Bett einfach abgesägt, das ist halt modern, nur gefragt hatte Josefine ihn natürlich nicht. Von all dem bekamen Üppel und Würze natürlich einiges mit. Was sollte man tun? Gigo einen Brief schreiben, und alles erklären, oder nichts sagen? Nach der Vereidigung, nach sechs Wochen, bekam Gigo das erste Mal ein paar Tage Urlaub und kam nach Hause. Was nun? Na gut, erst mal wurde nichts gesagt, vielleicht kriegt sich Josefine ja noch ein. Über sein abgesägtes Bett schaute Gigo zwar etwas komisch, aber ansonsten war es wie immer. Dass während des Urlaubs Josefines Freundin nicht mehr in der Wohnung war, braucht natürlich nicht extra erwähnt zu werden. Üppel fuhr dann auch noch Gigo und seine Dame mit dem Trabbi nach Leipzig, um wenigsten ein Umsteigen für ihn zu sparen. Unterwegs haben die zwei sich fast vernascht und hochprozentiges wurde in rauen Mengen zu sich genommen. Nur Üppel blieb freudestrahlend auf den Trockenen sitzen. Auf der Rückfahrt bekniete Josefine Üppel, doch bitte auch weiter nichts zu sagen. Das alles gefiel ihm gar nicht. Demnach sollte jetzt alles wieder so weiter gehen wie vor dem Urlaub. Hier musste dringend etwas geschehen! Doch konnte man Gigo das antun? Egal, er hatte schließlich ein Recht darauf die Wahrheit zu erfahren. Dafür waren sie ja Kumpels. Bei seinem nächsten Urlaub platzte dann die Bombe. Josefine flog danach hochkantig raus und Gigo war wieder alleine zu Hause. Aber während der Armeezeit war dies alles gar nicht so schlecht, so hatte man wenigstens keinen Stress mit Frauen. Und Üppel wurde immer nervöser...

Ein Glück das jetzt erstmal Urlaub war, etwas Abwechslung konnte ihm nur gut tun. Die Zeit war wie immer viel zu schnell vorbei und los gings ins entscheidende zweite Jahr der Meisterschule. Das erste Jahr war dagegen nur Vorgeplänkel gewesen, jetzt kam das Eingemachte. Doch Üppel schritt frohen Mutes an die Sache heran.

Bettinas Bruder Uwe hatte auch wieder eine neue Freundin. Diesmal bestand auch keine Gefahr, dass Üppel auf sie scharf war. Denn sie war nicht sein Typ und er konnte sie so ganz für sich alleine haben. Da Uwe im Haus seiner Eltern eine kleine Wohnung besaß, sah man sich aber dennoch öfters. So weit so gut. Doch eines sonntags vormittags plötzlich ein rießen Gezeter. Und diesmal war es nicht die Schwiegermutter, wie sonst, wenn Schwiegervater vom Frühschoppen kam. Was war hier los? Uwe hatte sich im Klo, eine halbe Treppe tiefer, eingeschlossen, schrie wie wild herum, und drohte damit sich die Pulsadern aufzuschneiden. Spinnt der jetzt total? Steffen, der natürlich bei Carina war, und Üppel versuchten gemeinsam ihn aus dem stillen Örtchen herauszulocken. Doch ohne Erfolg. Hier half nur noch rohe Gewalt. Also brachen die zwei entschlossen die Klotüre auf und zerrten ihn heraus. Danach wurde er unter Bewachung ins Bett geschafft. Warum hatte er das nur getan? Nach Befragung seiner Dame, die ja auch anwesend war, stellte sich heraus, dass sie nach einen heftigen Streit heute Nacht Schluss gemacht hatte. Seitdem drohte Uwe sich etwas anzutun. Der Alkohol tat sicher auch sein Übriges. Er hatte es offenbar nicht verkraftet, was geschehen war, und ist total ausgerastet. Dennoch schien sich die Lage nun langsam wieder zu beruhigen. Die Beziehung zwischen den Beiden bestand danach zwar noch einige Jahre, doch letztendlich ging sie in die Brüche. Das waren Sonntagserlebnisse! Musste man aber nicht unbedingt haben. Bettinas Elternhaus stand seit längeren schon zum Abriss bereit, und so geschah es, dass ihr als allein erziehende Mutter eine Neubauwohnung angeboten wurde. Zwar nur eine kleine ganze achtunddreißig Quadratmeter messende, aber immerhin. Das war ja fast wie ein Fünfer im Lotto! Und so zogen Üppel, Bettina und Nicole kurz vor Weihnachten fünfundachtzig in ihr erstes eigenes „Arbeiterschließfach" ins Chemnitzer Heckert-Gebiet. Zum Glück passte die schon fast ein Jahr vorhandene Schrankwand gut mit in das neue Domizil. Schnell merkte Üppel, dass sich etwas für ihn verändert hatte. Jetzt war er bei Bettina mit eingezogen und hatte nicht mehr so das sagen wie früher, wo sie bei ihm war. Zu guter Letzt setzte sie Üppel auch noch ein Ultimatum. Bis nächstes Jahr sind wir verheiratet, oder du kannst deine Koffer packen und wieder ausziehen! Ne, ne, ne sollte das wirklich so werden, Üppel als

Ehemann, eigentlich unvorstellbar. Er sträubte sich dagegen mit Händen und Füßen, und so manche Nacht wurde wieder heftig darüber debattiert. Üppels Argument: Ich mach erst meinen Malermeister und dann sehen wir weiter! Zog inzwischen bei Bettina auch nicht mehr. Doch trotzdem versuchte er vorerst weiter auf Zeit zu spielen. Da Üppel nun stolzer Mitinhaber einer „Rennpappe" war, brachte er von nun an immer seine kleine Nicole in den Kindergarten, welcher in der Nähe seines Elternhauses lag. Denn mit der Straßenbahn war es dorthin schon ein etwas beschwerlicher Weg. Bei einer dieser Fahrten, bei Schnee und Eis, verlor Üppel auf gerader Strecke die Kontrolle über den kleinen Trabbi. Sicherlich war er in seinem jugendlichen Leichtsinn viel zu schnell unterwegs gewesen. Der Trabbi drehte sich einmal um sich selbst und kam danach gerade noch so zum Stehen. Zum Glück nichts weiter passiert! Dachte sich Üppel, und fuhr kreidebleich langsam weiter. Mein lieber Mann, das war aber knapp gewesen. Glücklicher Weise war zu diesen Zeitpunkt wenig Verkehr auf der Straße. Unvorstellbar er wäre in den Gegenverkehr geknallt. Aber na gut.

Als das Jahr zur Neige ging, wurde das erste Mal im neuen Domizil von Üppel und Bettina eine zünftige Silvesterparty gefeiert. Gigo konnte erneut nicht dabei sein, denn er war ja immer noch bei der Armee. Deshalb feierten diesmal Carina und Steffen zusammen mit Üppel und Bettina. Sozusagen ganz in Familie! Die zwei hatten inzwischen auch ein Kind, einen Sohn, und waren unzertrennlich geworden. Üppel und Steffen wollten an diesem Abend offenbar einen neuen Rekord im Trinken aufstellen, denn schon kurz vor Mitternacht konnten sie kaum noch auf den eigenen Beinen stehen. Es kam zu mehreren kleineren Unfällen im Bad. Doch sie hielten weiter tapfer durch, bis zum bitteren Ende. Deutsche Eiche, Prost!

Steffen besaß einen alten P70, welchen er selber hergerichtet hatte. Dieser fuhr mehr schlecht als recht, und so stand er eines Tages dann auch total verschmiert vor Üppels Tür. Sein Auto war unterwegs liegen geblieben, und er hoffte Üppel könnte ihm helfen, dieses wieder nach Hause zu holen. Und so schleppte Üppel, mit seinen Trabbi, den viel schwereren P70 über verschlungene Wege zurück zu Steffens Garage. Noch nie hatte Üppel ein Auto abgeschleppt, und war deshalb schon etwas

schweißgebadet. Aber er konnte diese Aktion dennoch erfolgreich über die Bühne bringen. Und wieder was gelernt! Endlich gab es wieder mal ein Musikereignis erster Klasse. Karat kamen in der Stadt. Da müsste man eigentlich auch mal hingehen! Sagte sich Üppel. Die Texte vieler Lieder kannte er ja schon seit dem Silvestersingen bei Gigo. Glückliche Weise hatte er, in letzter Minute, noch vier Karten für dieses Konzert organisieren können. Also ging es zusammen mit Bettina, sowie Steffen und Carina ab in die Stadthalle. Der P70 war auch wieder flott, und so fuhren sie mit diesem. Auf dem Rückweg vom Konzert, kamen sie aber prompt in eine Polizeikontrolle. Pikanter Weise direkt vor dem Polizeirevier in Altchemnitz. Steffen musste dort ins Röhrchen pusten, und es schlug tatsächlich an! Auch das noch. Ein Glas Bier vor zwei Stunden, na prima! In der DDR galt ja absolutes Alkoholverbot am Steuer. Die Fahrt war somit hier zu Ende, und er wurde mitgenommen, zur Blutabnahme in ein Krankenhaus. Üppel, Bettina und Carina durften inzwischen solange vor dem Revier warten. Üppel kochte und äußerte dies auch lautstark. Dummer Weise im Vorraum des Polizeireviers. Prompt ertönte eine Stimme aus dem Lautsprecher, und sagte: wir hören hier alles mit, ich würde ihnen empfehlen sich etwas zurück zu halten, sonst können wir auch anders! Ja was glauben sie denn wo wir hier sind! Wahrscheinlich im Irrenhaus, dachte Üppel und verzog sich mit den beiden Damen dann lieber hinaus ins Freie, und ließ dort weiter ungestört Dampf ab. Nach ungefähr zwei Stunden wurde Steffen endlich zurück gebracht und nun konnten die vier den restlichen Weg zu Fuß zurücklegen. An eine Weiterfahrt war nämlich nicht zu denken, denn der Führerschein wurde ihm sofort abgenommen. Und Üppel hatte auch etwas getrunken, folglich fiel er für diese ebenfalls aus. Wenige Tage später, stellte sich heraus, dass bei der Blutabnahme kein Alkohol mehr nachzuweisen war. Steffen bekam anstandslos seinen Führerschein zurück, und versuchte noch rechtlich gegen so viel Willkür vorzugehen. Natürlich erfolglos, wie es aber eigentlich auch zu erwarten war.
Kurze Zeit später. Üppel kam gerade abends von der Meisterschule und bog in die heimatliche Straße ein. Komisch fast alle Fenster im Haus waren offen und Teppiche und dergleichen hingen zum Trocknen heraus. Was war denn hier los? Ist im ganzen Haus plötzlich Großwaschtag? Nein bei irgend

so einem Depp ist wahrscheinlich ein Wasserschaden, ist doch klar. Nur das dieser Depp Üppel war, konnte er da ja noch nicht wissen. Da war doch tatsächlich der Druckschlauch von der Waschmaschine, nur einen minimalen Zentimeter, eingerissen und hatte Üppels gesamte Wohnung und noch drei Wohnungen darunter unter Wasser gesetzt! Bettina war schon fleißig am aufwischen und dementsprechend total genervt. Üppel wäre am liebsten mit dem Auto sofort wieder umgekehrt, aber es half nichts, da musste er nun durch. Man, man, man so viel Wasser und alle im Haus schauten so komisch. Zum Glück entdeckten die herbeigerufenen Mitarbeiter der Wohnungsgenossenschaft den kaputten Schlauch nicht, sie dachten irgendein Ventil sei der Übeltäter für die Überschwemmung. Ganz schnell wechselte Üppel den Schlauch aus, man weis ja nie, vielleicht kommt ja noch eine Überprüfung! Doch so konnte alles über die Versicherung abgewickelt werden und bald darauf waren alle im Haus wieder glücklich und zufrieden.

Die Angriffe auf Üppels Gesundheit und Nervenkostüm waren aber noch nicht vorbei, es sollte noch viel schlimmer kommen. Eines Samstags, endlich ging es wieder mal in den Strickbau. Nicole wurde mit eine kleinen Zettel bewaffnet zu den nahe wohnenden Großeltern geschickt. Diese hatten nämlich auch eine kleine Neubauwohnung bekommen, wegen des auf Abriss stehenden Hauses. Welches witzigerweise heute noch steht!

Auf dem Zettel an Oma stand, ob sie nicht heute Nacht bei ihr bleiben könne. Wenn nicht solle sie bis siebzehn Uhr zurück sein. Was, wie fast jedes Wochenende, natürlich nicht geschah. Klasse, also auf in den Strickbau und ein Hoch auf alle Omas und Opas in der Welt! Da Gigo immer noch bei der Asche war, ging Üppel allein mit seiner Lady Chatterly dorthin. Der Abend verlief wie immer, da stand plötzlich Susanne vor Üppel. Sofort waren die fast schon verblassten Gefühlswallungen mit aller Kraft wieder da. Üppel war hin und her gerissen, und Bettina kochte vor Wut. Wie sollte man hier nun die Kurve kriegen? Doch Susanne nahm Üppel wieder mal die Entscheidung ab, und verschwand nach etwas Smalltalk mit ihm recht schnell wieder. Sie wollte sich scheinbar nicht noch mal so zum Affen machen, wie vor zwei Jahren. Da kam es beim letzten Zusammentreffen zwischen Bettina und Susanne zu einer heftigen Prügelei vor dem Tanzsaal. Und da flogen richtig die Fetzen! Frauencatchen im Winter, oder so ähnlich. Das war noch in der Hochphase der heißen Affäre zwischen Susanne und Üppel. Doch die war ja bekanntlich schon lange vorbei, aber einen Versuch wäre es noch mal wert gewesen!

Für Üppel war der Abend jetzt natürlich gründlich versaut, und er lies sich an der Bar nieder, wo er auch bis zum Schluss des Abends verblieb. Dementsprechend angesäuselt ging es dann mit Bettina nach Hause. Doch Üppel kam nicht weit. Vor den Toren des Strickbaus kam eine Bierflasche aus den tiefen dunklen Weiten des Raumes angesegelt und zerschlug voll auf Üppels Kopf. Krach! Die Flasche splitterte in tausend Teile, und sein Kopf blutete wie die Sau. Wo kam denn jetzt hier eine Flasche her? Ein Rätsel. Wahrscheinlich hatten irgendwelche Jugendliche Rotzlöffel Flaschenweitwerfen gespielt, oder so ähnlich. Üppel konnte vor Blut gar nichts mehr sehen und wurde eilig zurück in den Saal gebracht. Nachdem der Notarzt gerufen war, wurde er notdürftig verbunden. Eines stand fest, im Kopf war eine klaffende Wunde. Doch wie tief und gefährlich sie war, wusste natürlich keiner. Na prima, auch das noch! Dann auf, mit den Krankenwagen in die Notaufnahme. Eines musste man Bettina lassen, sie ließ Üppel jetzt nicht im Stich und kam mit. Im Krankenhaus wurde Üppel dann die Wunde mit sieben Stichen genäht, das ganze ohne Betäubung, denn wegen des Alkoholkonsums war dies nicht mehr möglich. Doch er merkte sowieso kaum noch was, denn sein Schädel brummte ja wie blöd. Auch geröntgt wurde noch schnell, zum Glück war nichts gebrochen. Dann noch einen schönen Turban um den Kopf gewickelt und Tschüß! Ja wirklich, wie Bettina und Üppel jetzt nach Hause kommen sollten, war anscheinend allen im Krankenhaus egal. An ein Taxi war natürlich um diese Zeit überhaupt nicht mehr zu denken. Man war ja noch in der tiefsten DDR! Also blieb ihnen nichts weiter übrig als zu Fuß zu gehen. Üppel kochte. Ein Weg vom Bezirkskrankenhaus bis ins Heckert Gebiet, das waren gut acht Kilometer! So was kann doch nicht wahr sein. Und das mit dem Brummschädel! Da machen wir jetzt noch einen Abstecher zu den Bullen, sagte Üppel, schließlich muss man ja Anzeige erstatten. Gesagt getan. Doch dort war anscheinend auch keiner mehr da, oder warum reagierte niemand auf sein Klingeln? Also noch mal richtig an die Tür klopfen und ein bisschen rum krakeelen, vielleicht tut sich ja

noch was. Es war ja schließlich erst zwei Uhr nachts! Ja endlich kam jemand. Bürger was soll das? Was soll der Lärm? Sollen wir sie in Gewahrsam nehmen? Üppel war erst mal sprachlos. Doch nicht lange. Nachdem er seine ganze Geschichte erläutert hatte, wurde ihm mitgeteilt, dass er da schon nächste Woche tagsüber kommen müsse um Anzeige zu erstatten. Das wurde ja immer schöner, ja wo leben wir denn? Üppels schon etwas zerrütteter Glaube an die DDR wurde in dieser Nacht nun endgültig zerstört. Na die können mich kennen lernen, da komme ich eben montags wieder! Dachte sich Üppel und trollte sich mit Bettina nach Hause. Als der Morgen graute, fielen die zwei endlich total kaputt ins Bett. Na das war eine Nacht gewesen! Ans Schlafen war bei Üppel jetzt natürlich trotzdem nicht zu denken, der Brummschädel und dann noch der Verband! Tatsächlich ging er am darauf folgenden Montag wieder zur Polizei, und erstattete nun ordnungsgemäß Anzeige gegen Unbekannt. Jetzt konnte alles seinen sozialistischen Gang gehen. Wie sich jeder denken kann, kam bei der Sache nicht viel dabei heraus. Nach einem Jahr wurden dann auch die Ermittlungen eingestellt und Üppel hat seitdem eine schöne Narbe mehr. Außerdem kann er behaupten, dass sein Kopf härter ist als jede Bierflasche, Prost! Vielleicht lag es ja an dem Schlag auf den Kopf, denn Üppel willigte schließlich und endlich ein, seine Bettina zu ehelichen. Doch vorher kam noch die Meisterprüfung. Er dachte erst an einen schlechten Scherz, denn der praktische Teil bestand für ihn ausgerechnet darin, das Büro eines Parteisekretärs auszugestalten! Das kann nur ein schlechter Witz sein! Mit Wandschablonen und allen Pi Pa Po! Eines stand für Üppel jedenfalls fest, das Parteiabzeichen, die sich reichenden Hände, kommt keinesfalls an die Wand! So geschah es dann auch. Das Motiv war sehr neutral und erinnerte keineswegs an irgendwelche roten Parolen. Grüne und ziegelrote Halbkreise, zu einen Band verbunden. Sicherlich auch deshalb bekam Üppel für den praktischen Teil nur ein ausreichend. Aber das war ihm egal, er hatte sich nicht verbogen und trotzdem den Meisterbrief in der Tasche! Juchhe!
Gigos Armeezeit war seit Kurzem auch vorbei und er war wieder zurück in der Heimat. Jetzt musste er nur noch eine neue Frau finden, aber dies erwies sich als nicht so schwierig. Ein paar kurze Besuche später im Strickbau konnte Gigo, Üppel seine

neueste Errungenschaft, Jenny, vorstellen. Sie sah ganz schnuckelig aus und war erst süße sechzehn Jahre alt. Na Toll, da kann sie ja bei der nächsten Party gleich richtig mit eingeführt werden. Diese Gelegenheit kam auch bald, die Geburtstagsparty von Bettina. Vier Tage später wollten Üppel und Bettina heiraten. Deshalb sollte die Party nicht so ausartend werden. Welch ein frommer Wunsch! Gegen elf Uhr waren die alkoholischen Vorräte schon fast aufgebraucht, Bettina freute sich schon und dachte jetzt wird es langsam ruhiger werden und alle Gäste sich nach Hause verziehen. Denn die Bude war voll und außer Gigo und Jenny waren noch Würze und Annett anwesend.

Doch Bettina hatte ihre Rechnung ohne die anwesenden durstigen Kehlen gemacht. Üppel und Gigo zogen los und besorgten aus irgendwelchen trüben Quellen noch reichlich Nachschub. Bei ihrer Rückkehr machte sie Üppel erst mal eine rießen Szene. Es kam zu einen Handgemenge und Bettina holte sich von Üppel ein Veilchen. Er war geschockt. Bettina: die Hochzeit wird abgesagt! Vier Tage vorher? Er bekam weiche Knie. Das können wir doch jetzt nicht machen! Sagte Üppel, überleg es dir doch noch mal gut! Und er trank erst mal zur Beruhigung einen großen Schluck. Eigentlich hätte es ja nie so weit kommen sollen, das Üppel und Bettina heiraten. Zumindest von Üppels Seite her betrachtet. Und auch jeder neutrale Beobachter kam zu diesem Schluss. Feuer und Wasser passen halt nicht zusammen. Doch jetzt so kurz vorher alles abblasen? Das kam dann aber auch nicht in die Tüte. Wenn schon scheitern dann aber richtig! Sagte sich Üppel und bekniete Bettina weiter, nachdem alle Gäste den Ort des Geschehens verlassen hatten.

Des Wahnsinns fette Beute! Was soll man sagen, es wurde wirklich geheiratet! Bettina mit reichlich Make Up auf dem Auge, und Üppel leicht irritiert. Auf was hatte er sich da nur eingelassen. Und er rutschte tiefer und tiefer in den Pantoffel von Bettina hinein. Polterabend gab es nicht, dafür ging es zwei Wochen ab nach Ungarn. Quasi Hochzeitsreise light, denn sie waren zusammen mit Üppels Eltern im neuen Wohnwagen unterwegs. Egal, Hauptsache Nicole schien es sehr zu gefallen. Bettina stichelte laufend: wenn wir zurück sind lasse ich mich sofort wieder scheiden! Sie tat es dann aber doch nicht.

Üppel und Bettina begannen ihre Katastrophen Ehe genauso wie sie es bis jetzt in ihrer Beziehung gehalten hatten. Himmelhochjauchzend und zu Tode betrübt. Und immer jede Menge Action! Da brauchte man ein gesundes Nervenkostüm.

Der Herbst kam, und Post vom Wehrkreiskommando. Und jetzt war auch Üppel dran. Er sollte zur Einberufungsuntersuchung erscheinen, also baldigst zur Armee. Nun wurde die Lage mit einem Mal akut. Was sollte man tun? Diesen Staat noch mit der Waffe unterstützen? Niemals! Auf diesen Schock hin verbrannte Üppel erst einmal feierlich seinen Wehrdienstausweis im Wohnzimmer. Das war schon mal ein gutes Gefühl. Und er fasste einen wilden Plan, wie er der ganzen Sache entgehen, oder teilweise entgehen könnte. Üppel wusste, das man bei der Einberufung seinen Personalausweis abgeben musste, und erst bei der Entlassung wieder erhielt. Man konnte also nirgendwo mehr hin und war dann selbst in der DDR ein Bürger zweiter Klasse. Folglich meldete er seinen Ausweis erst einmal als verloren, damit er im Notfall noch einen hatte. Man könnte zum Beispiel im ersten Urlaub verschwinden. Die wildesten Fluchtgedanken spukten ihm durch den Kopf. Über die CSSR, oder Ungarn, ab in den Westen? Und was wird aus Nicole und Bettina? Üppel schob diese Gedanken jedoch schnell beiseite und ging anders vor. Für ihn stand fest, zum festgesetzten Termin der Untersuchung wird er keinesfalls erscheinen. Mal sehen was passiert. Das Essen wurde auch ab sofort umgestellt. Immer schön Butterbrötchen mit viel Salz darauf, das trieb den Blutdruck in die Höhe. Der Tag des Termins verstrich, ohne irgendwelche Vorkommnisse. Und auch das Wochenende. Dann am Montag früh halb drei Uhr klingelte es Sturm und die Jungs in Grün standen vor der Tür. Warum sind sie nicht im Wehrkreiskommando erschienen? Üppel tat ganz verwundert. Warum sollte ich denn? Sagen sie bloß sie haben keine Karte von uns erhalten! Genau, habe ich nicht, entgegnete er. Denn er wusste das dies normale Post war und kein Einschreiben. Erst der Einberufungsbefehl war ein Einschreiben. Was, das gibt's ja gar nicht, aber egal. Ziehen sie sich an, holen sie Personalausweis und Wehrdienstausweis und dann kommen sie mit! Schmetterte man ihm siegessicher entgegen. Tja.. Moment mal, also meinen Personalausweis habe ich vor zwei Wochen verloren, dies ist aber ordentlich gemeldet, hier ist das entsprechende Dokument, bitte schön! Sie schauten sich den vorläufigen Ausweis an, und entgegneten: und der Wehrdienstausweis? Muss man den haben? Das sagte Üppel aber lieber nicht laut, sondern: ich glaube der ging beim Umzug vor einen halben Jahr verloren und ich vergaß dies leider bisher zu melden! Jetzt hätte man die Gesichter der drei anwesenden Bullen mal sehen sollen, war es Freude oder Sprachlosigkeit über so viel Unverfrorenheit. Üppel konnte es nicht so recht deuten. Aber eigentlich ging ihn gewaltig die Muffe und sein Puls war auf hundertachtzig.

Die drei Gesandten der Staatsmacht schienen sich wieder unter Kontrolle zu haben, und sagten: na gut dann kommen sie eben so mit! So stieg Üppel früh um kurz nach halb drei in ein Polizeiauto und man brauste mit ihm davon. Wohin werden sie mich jetzt wohl bringen? Ging es ihm durch den Kopf. Erst einmal ins nahe gelegene Polizeirevier. Dort erfuhr Üppel, dass er dort bis ca. acht Uhr warten müsse, denn erst dann öffnete das Wehrkreiskommando. Warum haben sie ihn dann schon Stunden vorher aus dem Bett geholt? Aber dies war alles Zermürbungstaktik. Zum Glück gab es bei den Bullen auch einen Kaffeeautomaten, und rauchen konnte man ebenfalls. Also zog sich Üppel mehrere Kaffee rein und rauchte Kette. Und der Puls raste immer mehr.

Kurz vor acht ging es dann ab ins Wehrkreiskommando auf den Kaßberg. Zuerst einmal zur Untersuchung. Erstens: Blutdruckmessung. Die Schwester schaute etwas verstört und meinte: Na gut wir machen erst mal alle anderen Untersuchungen und dann messen wir den Blutdruck noch einmal. Gesagt getan. Zweitens: Test des Sehvermögens. Was sehen sie? Nichts, entgegnete Üppel. Und jetzt? Immer noch nichts, war seine Antwort. Sie haben doch bestimmt einen Führerschein, oder? Als Üppel dies bejahte, meinte die freundliche Schwester ungerührt: also wenn sie das nicht sehen können, müssen wir ihnen diesen ja sofort wieder entziehen! Denn Blinde dürfen nicht Auto fahren, nicht mal im Sozialismus! Na lassen sie mich bitte noch mal schauen, sagte darauf Üppel, man, man jetzt nur nichts übertreiben! So lies er den Rest der Untersuchung über sich ergehen, mit halbwegs gerade noch tauglichen Werten. Zu guter Letzt noch einmal zum Blutdruck messen. Dann wurde er in einen Art Warteraum verfrachtet, und harrte der Dinge die da noch kommen sollten. Endlose Minuten später wurde er dann vor die Musterungskommission zitiert. Dort wurde ihm mit Bedauern eröffnet, dass er, wegen des viel zu hohen Blutdruckes, jetzt leider nicht wehrdiensttauglich sei. Üppel müsse sich umgehend in eine ärztliche Behandlung begeben und werde zu gegebener Zeit wieder vorgeladen. Des Weiteren habe er schnellstens neue Passbilder machen zu lassen, damit ein neuer Wehrdienstausweis erstellt werden könne. Und auf diesen sollte er doch bitte schön besser acht geben, schließlich ist dies ein staatliches Dokument! Alles Gute und auf Wiedersehen!

Üppel konnte sich das Lachen kaum noch verkneifen. Nur raus hier! Draußen, in gebührender Entfernung zum Wehrkreiskommando, bekam er dann einen regelrechten Lachkrampf. Alles fiel vom ihm ab, der ganze Stress der letzten Stunden und Tage. Waren die wirklich so blöd, oder taten die nur so? Eines war klar, Felix Krull war ein Scheißdreck gegen Üppel! Spitze! Ein paar Monate gewonnen, und die NVA musste leider noch auf ihn verzichten. Das war aber sicher kein Verlust. Bettina schaute auch etwas verdutzt, als Üppel schon wieder am selben Tag zu Hause erschien. Alle dachten sie, er wäre eine Weile weg vom Fenster. Zur vorgeschriebenen Behandlung, wegen des zu hohen Blutruckes, erschien Üppel dann auch immer schön regelmäßig. Die verschriebenen Tropfen nahm er aber nie, er setzte nur seine „Salzbrötchen" ab und schon sank der Blutdruck etwas. Und die Ärztin freute sich über ihren Therapieerfolg. Bloß noch mal konnte er solch eine Nummer nicht bringen, das war ihm klar. Also blieb ihm eigentlich nur noch einen Ausreiseantrag zu stellen, und das Land zu verlassen, statt zur Armee zu gehen. Doch noch war Üppel dazu nicht bereit. Die Entscheidung hierzu wurde also erst einmal vertagt.

Erneut war ein Jahr vorbei und endlich konnten Üppel und Gigo wieder Silvester, gemeinsam mit ihren Damen, zusammen verbringen. Üppel war begeistert. Doch die Chemie zwischen Bettina und Jenny stimmte nicht richtig, das war schon länger klar. Folglich wurden die Zusammenkünfte der zwei ehemals unzertrennlichen Freunde danach immer seltener. Häufig sahen sie sich nur noch bei gemeinsamen Diskobesuchen. Und jeder machte immer mehr sein eigenes Ding. Üppel fand das alles schon etwas traurig und seine sonst immer so gute Laune verfinsterte sich etwas. Doch nur vorübergehend, denn dazu war er ein viel zu optimistischer Mensch.

Zu Walli, Gigos längst verflossener Dame, hatte Üppel, die ganzen Jahre über, regen Briefverkehr gehabt. Sie wohnte jetzt in Weißwasser und lag praktischer Weise derzeit in Scheidung. Gerne wollte sie wieder mal nach Chemnitz kommen. Denn ihren Gigo hatte sie immer noch nicht ganz vergessen. So kam es dann auch. Walli erschien bei Bettina und Üppel, und gemeinsam ging es ab in den Strickbau. Wie zu erwarten trafen sie dort auf Gigo und Jenny. Er war schon etwas überrascht Walli wieder zu sehen, doch nicht unangenehm. Üppel wollte wohl wieder mal den Kuppler spielen? Vielleicht, denn Jenny passte ja auch Üppels Meinung nach, nicht so recht zu Gigo. Wegen der Chemie und so. Da wäre doch Walli viel besser, oder? Doch Gigo tat ihm leider nicht den Gefallen und blieb seiner Dame an diesen Abend treu. Obwohl er auch Walli wohlwollend beobachtete. Vielleicht geht ja später mal noch was, dachte sich Üppel. Auch Walli machte sich ein wenig Hoffnung. Aber es war endlich wieder mal ein gelungener Abstecher in den Strickbau gewesen, und alle Beteiligten gingen mehr oder weniger zufrieden ins Bett. Diesmal auch niemand ohne irgendwelche Blessuren, von fliegenden Bierflaschen und dergleichen.

Nachdem bis zum nächsten Tag bei Üppel sämtliche Milchvorräte aufgebraucht worden waren, fuhr Walli wieder zurück in Richtung Weißwasser, versprach aber baldigst zurück zu kommen. Ihr schien es offenbar in Üppels neuer Residenz gut gefallen zu haben. Sie kam dann auch noch einmal, aber auch diesmal klappte es mit Gigo nicht so recht. Vielleicht musste er sich ja auch erst mal mit seiner Jenny richtig in die Haare bekommen, um wieder Interesse an ihr zu zeigen. Das dachte sich Walli zumindest. Sie lag damit auch nicht so ganz falsch, doch bis es so weit war, sollten noch einige Jahre vergehen.

Reinhard, der DJ, aus der Quelle, wohnte nicht weit von Üppel entfernt. Zusammen mit seiner Frau, Karin, war er von nun an öfters bei Üppel und Bettina zu Gast. Auch umgedreht besuchten sie die zwei ab und zu. Reinhard wollte gerne die DDR verlassen, Karin nicht. Deshalb ließen die zwei sich auch scheiden, wohnten aber noch zusammen. Üppels Interesse war geweckt. Wie will er das nur bewerkstelligen? Er wollte tatsächlich direkt über die Mauer Richtung Westen verschwinden. Nicht in Berlin, sondern in der Nähe von Salzwedel, wo Reinhard auch herstammte. Na der hatte Nerven. Und Vertrauen. Denn das Üppel und Bettina davon Kenntnis hatten, war ein großer Vertrauensbeweis. Sie wussten zwar nicht genau wie er es machen wollte, aber dass sie überhaupt wussten, dass er dies plante war schon stark. Denn eigentlich erzählte man so etwas niemanden, man weiß ja nie, der Stasi hatte seine Spitzel nämlich überall. Dann sagte Reinhard: dieses Wochenende versuch ich es, und weg war er. Doch am späten Sonntagabend war er wieder da, die Gelegenheit war nicht günstig gewesen, so kehrte er zurück. Der hat ja Nerven wie Drahtseile, dachte sich Üppel und war von seinen Mut stark beeindruckt. Schon ein zwei Wochenenden später, war er wieder weg.

Wie jeden Samstag, hörte Üppel nachmittags den RIAS Treffpunkt. Da kam einfach die geilste Musik. In den Nachrichten kam dann eine kurze Meldung, dass es vergangene Nacht wieder zwei jungen Männern gelungen war, die Sperranlagen an der Grenze zu überwinden, und in die Bundesrepublik zu gelangen. Und zwar in der Nähe von Salzwedel. Üppel musste sich erst mal setzen, Reinhard, der alte Schlingel, da hatte er es doch tatsächlich geschafft! Denn das es sich um ihn handelte, war Üppel klar, so viele Zufälle kann es gar nicht geben. Außerdem wusste er, dass Reinhard diesmal die Flucht zusammen mit einem Kumpel wagen wollte. Und dann bei Salzwedel... Schleunigst begab sich Üppel zu Karin, um ihr diese Neuigkeiten zu überbringen. Doch die glaubte zuerst einmal kein Wort. Erst als ein paar Tage später immer noch kein Reinhard wieder zu Hause auftauchte, dämmerte es ihr langsam. Dafür kamen aber dann der Stasi zu ihr, und das uneingeladen. Obwohl sie ja geschieden waren, musste sie den netten Herren von „Horch und Guck" doch erst glaubhaft versichern, nichts von Reinhards Fluchtplänen gewusst zu haben. Ob sie es glaubten oder nicht, egal, sie ließen Karin zumindest des Weiteren in Ruhe.

Na das war ein Ding, Reinhard im Westen, unvorstellbar! Was der kann, das können wir doch auch, dachte sich Üppel. Doch direkt ab über die Mauer, das war ihm dann doch zu heikel. Also

blieb, wie schon länger in Überlegung, so nur noch ein Ausreiseantrag übrig. Dann ergaben sich jedoch neue Aspekte. Bettina war von ihrer Cousine, aus Leverkusen, zu ihrer Hochzeit eingeladen worden. Da könnte man ja mal hierzu einen Antrag bei den Behörden stellen. Gesagt getan. Gespannt warteten sie auf einen Bescheid. Doch da gab es unerwartete Neuigkeiten. "Steffen fährt morgen nach München, seine Mutter liegt im Sterben!" Sagte Carina bei einem Blitzbesuch bei Üppel und Bettina. Sie war völlig aufgelöst. Das gibt's doch gar nicht! Wie das? Seine Mutter wohnte doch in Chemnitz, zumindest bis letzte Woche war dies noch so. Carina: ja sie ist auf Besuchsreise in den Westen gefahren und dort lebensgefährlich erkrankt, ein ärztliches Attest liegt vor! Sehr mysteriös, dachte Üppel, das roch doch sehr nach Fluchtplan. Aber die Reise von Steffen war genehmigt worden, folglich musste das Attest echt sein. Jedoch war auch Carina davon überzeugt, dass er nicht wieder kommen wird und das ganze nur ein abgekartetes Spiel war. Aber sie schwieg hierzu, schaffte Steffen sogar noch schweren Herzens zum Bahnhof und verabschiedete sich.
So kam es, dass er, ohne verheiratet zu sein, offiziell mit dem Zug in Richtung Westen düsen durfte. Eigentlich unglaublich. Vielleicht reichte ja den staatlichen Stellen, dass er ein Kind hatte. Dass er nicht wiedergekommen ist, braucht natürlich nicht noch extra erwähnt zu werden. Diese ganze Aktion war schon sehr clever eingefädelt worden. Seine Mutter war selbstverständlich auch nicht erkrankt. Das Attest verschaffte ihr ein ehemaliger Schulfreund, der heute Arzt im Münchener Klinikum Großhadern war. So waren innerhalb von kurzer Zeit zwei gute Bekannte in den Westen verschwunden. Sollen wir denn hier als letzte das Licht ausmachen? Dachte sich Üppel. Carina wollte nun unverzüglich einen Ausreiseantrag stellen, doch Bettina konnte ihr mit Mühe und Not gerade noch eine Frist bis zu ihrem eigenen Westreisebescheid abringen. Der wäre ja sonst niemals genehmigt worden. Und wird er das überhaupt? Tage bangen Wartens folgten. Dann plötzlich ein Brief, bitte mit zwei Passbildern bei der Meldestelle der Volkspolizei erscheinen! Mensch es klappt! Das sind die Fotos, die für den Reisepass benötigt werden, das war klar. Na jetzt kommt die Sache ja ins Rollen. Geplant war natürlich, dass Bettina ebenfalls im Westen bleiben sollte. Und Üppel musste dann einen Ausreiseantrag auf

„Familienzusammenführung" stellen. Soweit der Plan. In den ganzen Trubel hinein wollte Üppel noch einen kleinen aber feinen Extracoup starten. Seit längeren besaß er schon eine Postkarte von Köln. Diese schrieb er nun an Gigo. Sind in Köln Ist sehr schön hier. Viele Grüße Üppel, Bettina und Nicole. Dann sollte Bettina die Karte mit rüber nehmen und dort in den Briefkasten stecken. Mal sehen wie Gigo schaut, wenn er diese bekommt! Der denkt doch dann glatt Üppel und Family sind nun auch weg. Wieder mal typisch für ihn, als wenn sie keine andere Probleme hätten!

Dann kam der Tag von Bettinas Abreise. Sie war ganz schön nervös, und Üppel hatte seine liebe Not sie etwas zu beruhigen. Also merke dir, sagte er, wenn du drüben bist, rufe Reinhard oder Steffen an, die können dir sicherlich helfen! Die waren zwar auch erst gerade rüber, aber die eigene Verwandtschaft wollten sie keinesfalls bemühen. Dann doch lieber so. Reinhard war in Hof gelandet und Steffen in Utting am Ammersee. Beides in Bayern. Bettina fuhr aber nach Leverkusen. Wie sie dann nach Bayern kommen sollte, ohne Geld, war den beiden natürlich nicht klar. Na Hauptsache erst mal rüber, für alles andere finden wir dann schon eine Lösung, sagte Üppel und schob Bettina in den Zug hinein. So, die war erst mal weg. Und Üppel Strohwitwer. Ich bin ja gespannt, ob alles so laufen wird, wie geplant, dachte er sich und fuhr, tief in Gedanken versunken, zurück zu seinen Betonbunker ins Heckert-Gebiet. Plötzlich war er mit seiner kleinen Tochter alleine. Das war schon ein komisches Gefühl.

Bestimmt ging es Carina ganz genau so, denn schon tags darauf stand sie vor Üppels Tür. Oh lala, was geht denn hier ab? Auf einmal suchte Carina Üppels Nähe. Das musste natürlich ausgenutzt werden. Und so stürzten sich die zwei „Verlassenen" in eine kurze aber feine Affäre. Auch Üppel besuchte sie jetzt des Öfteren und wusch ihr so auch mal zärtlich den Rücken. Abends kurz darauf, Nicole war praktischer Weise bei Oma, kam Carina wieder zu Üppel. Gerade wollten sie es sich so richtig gemütlich machen, als es plötzlich an der Tür klingelte. Ach du Scheiße, Schwiegermutter stand davor und wollte noch irgendwas für Nicole holen. Was machen wir nun? Fragten sich Üppel und Carina bestürzt. Üppel mit einer anderen Frau zu Hause, und dann ausgerechnet noch Carina, na das wäre auf jeden Fall zu viel für sie gewesen. Also verhielten sich die zwei

Mucksmäuschen still und warteten bis Schwiegermama wieder abzog. Gerade noch mal Glück gehabt, wo waren wir stehen geblieben? Richtig! Austausch von Körperflüssigkeiten. Doch schon eine halbe Stunde später stand sie wieder vor der Tür! Die ist ja hartnäckig! Sie rief: mach auf, ich weiß doch das du da bist! Offenbar hatte sie die Musik gehört. Also Musik aus und Ruhe! War die Devise, und abwarten. Endlose Minuten später ging Schwiegermama dann aber zum Glück wieder, und kehrte danach auch nicht mehr zurück. Boah! Das war knapp gewesen! Üppel und Carina beschlossen daher, sich nicht mehr zu treffen. Das ganze hatte sowieso keine Zukunft und war nur aus der Not heraus geboren worden. Ihre Beziehungen wollten sie ja keinesfalls aufs Spiel setzen. Doch Schwiegermutter ahnte immer, das Üppel an diesen Abend nicht alleine zu Hause war. Aber beweisen konnte sie es nie. So hatte sie zum Glück auch nie erfahren, dass es Carina war, die an diesem Abend mit bei ihm war. Die Tage vergingen, ob alles klappt wie geplant? Bleibt Bettina jetzt drüben, oder kommt sie wieder? Üppel wurde zusehends nervöser, und reagierte sich damit etwas ab, indem er wie oft in solchen Ausnahmesituationen zu Zettel und Bleistift griff, um seine Gefühle zu Papier zu bringen. So entstand das einzige Werk dieser Art für Bettina. Wir wollen es dem geneigten Leser nicht vorenthalten, bitte schön:

Ich steh in der Schlange, und warte auf Bier.
Ich häng in der Zone und sehn mich nach dir.
Die Schlange ist endlos, denn nichts gibt es hier,
und du bist im Westen nur ich stehe hier.
Alle Leute im Osten beneiden dich sehr,
denn viele woll'n rüber und nichts hält sie hier.
Genauso hab ich auch jetzt nur noch ein Ziel,
ich möchte zu dir hin und kostets auch viel.
Auch unsere Tochter spricht viel von dir.
Sie möchte dich küssen, doch wir hängen hier.
Ich pack schon die Koffer, für die Reise zu dir,
weil wir dich lieben bleiben wir nicht hier!

Erst mit der Schwester in die Kiste und dann so ein Werk? Das war ja wieder typisch für Üppel! Aber hauptsächlich wollte er ja nur rüber in den Westen, und da war es schon besser dort nicht ganz alleine zu beginnen. Vorerst war Üppel jedoch noch in Chemnitz. Der Tag von Bettinas Reiseende kam. Die Anspannung erreichte langsam ihren Höhepunkt. Als Üppel, zusammen mit seiner kleinen Nicole, von der Arbeit kam, traf ihn dann fast der Schlag. Bettina war wieder da. Sie hatte es nicht übers Herz gebracht alleine drüben zu bleiben. Wie nobel! Bei ihrer Heimreise war sie beim Umsteigen auch noch unter den Zug geraten, konnte sich aber gerade noch rechtzeitig aus ihrer misslichen Lage befreien, bevor sich dieser wieder in Bewegung setzte. Und keiner der anderen Fahrgäste kam ihr zu Hilfe! Der ganze Stress war ihr eben sichtlich zu viel geworden. Üppel war erstmal sprachlos. Na gut, dann muss eben Plan B zum Zuge kommen. Unverzüglich begann er damit einen Ausreiseantrag zu formulieren. Mit Bezug auf die Schlussakte von Helsinki und so weiter. Am nächsten Tag schon ab in die Post. Mal sehen, ob und, was nun passiert. Also abwarten und Bier trinken. Prost!

Die ersten Wochen geschah erst mal gar nichts. Außer einem... Zwei Tage nachdem Bettina wieder auf Arbeit war, kam dort ein Anruf von der Polizei. Diese erkundigte sich, ob denn Frau R. wieder zurück auf Arbeit sei. Bettina hatte doch glatt versäumt, ihren Reisepass zu den Behörden zurück zu bringen, und trug diesen immer noch bei sich. Das war natürlich in der DDR nicht jeden normalen Bürger erlaubt. Bei Rückkehr von einer Westreise hatte man seinen Reisepass unverzüglich wieder abzugeben. Dafür bekam man dort seinen hinterlegten Personalausweis zurück. Die Jungs in Grün waren nun sichtlich erfreut, das Bettina wieder da war. Am selben Tag gab sie ihren Pass wieder ab. Ordnung muss sein, wenn die wüssten, dass wir schon einen Ausreiseantrag gestellt haben! Dachte sich Üppel als er von der ganzen Geschichte erfuhr.

Nach etwa vier Wochen wurde dieser zum ersten Mal abgelehnt. Damit hatten Üppel und Bettina aber schon gerechnet, also das gleiche Spiel noch einmal, neuer Antrag mit gleichem Text und ab damit! Jetzt musste man halt nur die Nerven behalten und sich nicht verrückt machen lassen. Gehen wir doch lieber wieder mal weg, sagte sich Üppel. Gesagt, getan und so zerrte er dann auch seine Dame in den Strickbau. Dort trafen sei auf Gigo und Jenny. Die lebten auch noch und es wurde wieder mal ein ganz annehmbarer Abend. Danach wurden Üppel und Bettina noch zu einem kleinen Umtrunk zu Gigo eingeladen. Schon bald traten aber die alten Diskrepanzen zwischen Jenny und Bettina wieder zu Tage, und so verlies Üppels Lady beizeiten den Ort des Geschehens. Üppel nicht, denn er hatte noch großen Durst. Und außerdem sagte er sich: wer weiß wie oft wir noch zusammen kommen können, bis die Ausreise erfolgt. Also hoch die Tassen und noch ein paar leckere alte Juwel dazu inhalieren! Wie immer halt. Aber diesmal war es wahrscheinlich zu viel des Guten, denn plötzlich wurde es Üppel schlecht. Er schaffte es auch nicht mehr bis aufs Klo, und bröselte so seinen gesamten Mageninhalt auf Gigos Tisch! Na Mahlzeit! Zum Glück war der aus Glas, aber dennoch war es eine rießen Sauerei! Dementsprechend sauer waren auch die beiden. Nachdem wieder alles so halbwegs gereinigt war, verlies Üppel dann lieber schleunigst die heiligen Hallen des BB, und trollte sich nach Hause. Aber etwas Gutes hatte dieser „Unfall" trotzdem, seitdem konnte Üppel keine Zigarette mehr anfassen und wurde zum eisernen Nichtraucher.

Das es ihm so schlecht wurde, lag sicherlich auch daran, das Gigo ihm eröffnete demnächst seine Jenny zu ehelichen. Üppel dachte erst, er hört nicht richtig, Gigo und heiraten, na das kann ja was werden! Aber schließlich hatte Üppel dies ja auch schon getan und lebte noch. Na gut, soll er doch machen was er will! Außerdem hatte er ja andere Sorgen. So kam es auch, das Gigo und Üppel Silvester erneut nicht zusammen verbrachten. Die Interessen schienen sich langsam verschoben zu haben, und da war es besser sich mehr und mehr aus dem Weg zu gehen.

Im neuen Jahr, 1988, kam auf den zweiten Ausreiseantrag hin das erste Mal eine Vorladung, in die Abteilung Inneres, in der Chemnitzer Kantstraße. Das sollte später noch zur lieben Gewohnheit werden. Fast jeden Monat durften Üppel und Bettina dann dort einmal erscheinen. Dort wurde unter anderen solches sinnloses Zeug gefragt, wie: wissen sie denn überhaupt was eine Bockwurst im Westen kostet? Ja, zwei Mark fünfzig, aber mit Brötchen, war darauf Bettinas prompte Antwort. Da sie schon mal drüben war, kannte sie diesen Preis. Damit hatten die „lieben Genossen" natürlich wieder mal nicht gerechnet, und wechselten schnell das Thema. Wahrscheinlich hatten sie schlecht recherchiert. So eine Blamage aber auch!

Unter Ausreisewilligen kursierten schon seit einiger Zeit Gerüchte, das immer dienstags achtzehn Uhr vor dem Rathaus in Chemnitz eine stille Demo stattfinden solle. Logischer Weise wollten dies Üppel und Bettina auf ihren Wahrheitsgehalt hin überprüfen. Und tatsächlich, es stimmte. Eine recht ansehnliche Schar Menschen stand, mehr oder weniger, vor dem Rathaus und sprach miteinander. Natürlich sah man kein einziges Plakat. Man traf sogar Typen, die man kannte. Da hinter den Gardinen tat sich etwas. Und da, Fotoapparate! Und alle Menschen auf dem Platz wurden fotografiert.

Kurz darauf die nächste Vorladung. Sie haben an einer unerlaubten Demonstration teilgenommen! Wissen sie nicht, dass so etwas bei uns verboten ist? Wurde Üppel und Bettina ins Gesicht geschmettert. Moment einmal, sagte Bettina, man wird doch wohl noch abends vor dem Rathaus spazieren gehen können! Oder ist das etwa auch schon verboten? Mit so viel Frechheit hatten die Jungs vom Amt dann wohl nicht gerechnet, und unsere zwei konnten die Amtstuben wieder ungeschoren verlassen. Denn jedes Mal wenn man in der Kantstraße erschien, musste man seinen Personalausweis beim Einlass abgeben, und wusste deshalb nie so genau, ob man ihn auch wieder erhielt, um als freier Mann die Räume verlassen zu können.

Als nächste Reaktion auf den Ausreiseantrag wurde Bettina der Job gekündigt. Doch damit hatte sie schon gerechnet. Bei Üppel ging das ja nicht, denn er war ja, wie bereits erwähnt, bei seinem Vater angestellt. Witziger Weise blieb Bettina höchstens zwei Wochen zu Hause, dann wurde sie wieder auf Arbeit geholt. Eigentlich unvorstellbar, aber in der DDR herrschte ja großer Arbeitskräftemangel, und deshalb hatte ihr Chef durchgesetzt, dass sie wieder kommen konnte. Üppel bekam dafür wieder Post von der NVA. Eine erneute Wehrdiensttauglichkeitsuntersuchung stand an. Diesmal erschien er auch ordnungsgemäß. Es war keine Überraschung, dass er wieder voll diensttauglich war. Wahrscheinlich musste er wirklich erst noch in den sauren Apfel beißen, und zur Truppe einrücken. Doch vielleicht auch nicht, wer weiß? Dieses Jahr jedoch noch nicht. So lies sich Üppel dann auch nicht seine gute Laune vermiesen und plante lieber den nächsten Urlaub.

Im Sommer sollte es mal wieder nach Ungarn gehen. Diesmal alleine mit dem Trabbi, Zelten am Velence See. Der lag genau zwischen Balaton und Budapest. Gigos Hochzeit stand auch bevor, und Üppel wünschte seinen alten Kumpel noch schnell alles Gute, indem er ihm eine Trauerkarte schickte. Eben schwarzer Humor! Was Üppel nicht wusste, war, dass Jennys Vater gerade gestorben war. Das Timing war so also nicht gerade perfekt, aber egal. Ändern konnte Üppel dies nun sowieso nicht mehr. Ab in den Urlaub! Auf den Rückweg wollten sie sich in Prag noch mit Steffen treffen. Doch fast hätten sie es nicht geschafft. Denn kurz nach Bratislava ging erst mal die Frontscheibe des Trabbis zu Bruch. Auch das noch! Es war schon mit größeren Problemen verbunden, eine neue aufzutreiben. Als „gelernte" DDR Bürger gelang es ihnen schließlich. Aber ein ganzer Tag verloren! Hoffentlich wartet Steffen in Prag. Tags darauf kamen Üppel, Bettina und Nicole auch endlich dort an. Nachdem das Zelt stand, begab sich Üppel, mit einem Stadtplan bewaffnet, auf die Suche nach dem vereinbarten Treffpunkt. Ah, da ist es, na mal sehen. So in seine Karte vertieft, wäre er fast in ein Auto gelaufen. Und wer saß darin? Richtig, Steffen! Na das war ja ein Zufall! Jetzt musste nur noch Carina abgeholt werden, die heute mit dem Zug aus Chemnitz anreisen wollte. Aber auch das klappte reibungslos. Nachdem Steffen und Carina eine Campinghütte auf den gleichen Zeltplatz, wo Üppel und Bettina nächtigten, gefunden hatten, konnte die erste Zusammenkunft nach seiner Flucht ja steigen! Viel gab es zu erzählen. Und so wurde gebührend gefeiert, mit blauen Bohls und Orangensaft, auch grüne Witwe genannt, vermischt mit tschechischen Bier. Diese fremdartigen Genüsse war Üppel aber nicht so gewöhnt, und so kam es auch, dass es ihm innerhalb von kurzer Zeit schon wieder übel wurde. Eine Kotzerei war das aber auch! Am nächsten Tag war er so etwas geschwächt, dennoch musste die Heimreise angetreten werden. Carina stieg mit in den Trabbi ein, und ab ging es nach Hause. Vorher wurde noch vereinbart, sich dieses Jahr noch einmal in der CSSR zu treffen, und zwar zum Motorrad Grand Prix in Brünn. Diesmal auch mit Carinas Sohn. Sie hatte inzwischen auch einen Ausreiseantrag gestellt, und hoffte bald für immer zu ihrem Steffen fahren zu können.

Zurück in Chemnitz (was damals logische Weise noch Karl-Marx-Stadt hieß) stellten Üppel und Bettina dann fast jeden Abend eine Kerze ins Fenster. Dies war ein vereinbartes Zeichen unter allen Ausreisewilligen, ebenso wie ein Band an der Autoantenne. Man wusste so genau wer weg wollte, und das waren viele. Die

Zeit verging und der Motorrad GP in Brünn stand vor der Tür. Üppel packte den Trabbi voll und ab gings! Steffen erschien zum ersten Mal mit seinem eigenen Auto. Letztens in Prag hatte er sich eins gemietet, weil seines noch nicht fertig war. Doch nun war sein aufgemotzter C-Kadett fertig, vorerst zumindest. Als alter Schrauber war er natürlich nie richtig mit dem Ergebnis zufrieden. Üppel testete den Opel dann ausgiebig auf den tschechischen Landstraßen. Sein Urteil, perfekt! Duett komplett im roten Kadett! Das er das noch erleben durfte!

In der Gegend von Brünn gab es einige Weingüter. Also erschienen dort, mit leeren Wasserkanistern bewaffnet, Üppel nebst Anhang und ließen sie sich voll Wein machen. Und das nicht nur einmal! Auf der Heimreise leerten dann Bettina und Carina das letzte Fass, während Üppel Mühe hatte den Trabbi einigermaßen gerade auf der Straße zu halten. Und gestunken hat es, wie in einer alten Taverne! Trotzdem kamen sie gut zu Hause an. Nach so viel Reisestress ging es das nächste Wochenende lieber wieder mal gemütlich fort. Und zwar in den Jugendklub Flussbad. Dort traf Üppel auf Gigo und Jenny, aber auch Tom und seine neue Flamme Annett, waren anwesend. Ein komisches Gefühl lag in der Luft. Üppel wurde zugetragen, dass Tom ein Spitzel der Stasi sei. Dies konnte er sich natürlich überhaupt nicht vorstellen, dennoch wurde er vorsichtig mit dem was er sagte. Werden wir wirklich bespitzelt? Möglich ist alles, sagte er sich. So hielt unter den ehemals guten Kumpels doch unübersehbar eine kühle Distanz Einzug. Und Üppel dachte sich, hier hilft nur noch eins, hoffentlich wird bald die Ausreise genehmigt. Und man hört und sieht nichts mehr von dem ganzen hier. Die spinnen doch alle!

Dann doch lieber wieder mal wegfahren. So wurde der gute alte Trabbi erneut flott gemacht und auf gings, dieses mal nach Karlsbad. Karin wollte sich dort mit ihrem Reinhard treffen, und so fuhr sie mit ihren zwei Kindern in Üppels „Plastikbomber" mit. Selbstverständlich waren auch Nicole und Bettina mit von der Partie. Der Trabbi war also wieder gut gefüllt. Sie verbrachten ein tolles Wochenende in einen noblen Karlsbader Hotel. Komisch war nur, dass Reinhard immer mal kurz verschwunden war. Später stellte sich heraus, dass zur selben Zeit noch eine zweite Frau mit im Hotel anwesend war. Die hatte sich Reinhard praktischer Weise gleich mit eingeladen. Und da er sich so um zwei Damen gleichzeitig kümmern musste, war er halt ab und zu verschwunden. Reinhard, der alte Schwerenöter! Doch zu diesem Zeitpunkt wussten dies weder Üppel noch sonst jemand. Zurück in Sachsen ging erst mal alles seinen gewohnten Gang. Jeden Vormittag, gegen elf Uhr, schaute Üppel daheim in den Briefkasten, ob wichtige Post, die Ausreise betreffend, da war. Lange Zeit geschah nichts, bis eines Tages Anfang September. Plötzlich ein Brief. Und der war anders als die vorherigen. Vorladung zu einen klärenden Gespräch. Üppel wurde ganz hibbelig, jetzt wird es doch wohl nicht langsam Ernst werden mit der Ausreise? Dementsprechend aufgeregt erschienen Bettina und Üppel in der Chemnitzer Kantstraße. Und dort wurde ihnen eröffnet, dass jetzt ihre Ausreise genehmigt sei. Sie erhielten ihren so genannten Laufzettel, auf dem sie bei allen Behörden und Kreditinstituten ihre Schuldenfreiheit nachweisen sollten. Der Termin zur endgültigen Ausreise wird danach bekannt gegeben. In der Regel in zwei bis acht Wochen. Juchhe! Es geht los! Zum Abschied wünschte eine der verknöcherten Damen vom Amt, doch tatsächlich den Beiden noch alles Gute im Westen! Merkten die etwa schon, dass es langsam zu Ende mit ihnen ging? Wer weiß.

Der Nachweis bei den Banken ging schnell, denn Üppel und Bettina hatten keine Schulden, bis auf einen Rest von ihren Ehekredit, welchen sie aber schleunigst bezahlten. Einige Tage später konnten sie so ihren Laufzettel, vollständig ausgefüllt, wieder bei den Behörden abgeben. Und jetzt hieß es warten. Was haben die gesagt? Zwei bis acht Wochen kann das noch dauern? Na Klasse, die schikanieren wirklich bis zum Schluss, dachte sich Üppel. Und was nehmen sie an Möbeln und dergleichen eigentlich mit rüber? Darüber hatten sie sich natürlich noch gar keinen Kopf gemacht. Eines war klar, viel wird es nicht werden, denn der Transport war aufwendig und teuer. Also musste langsam damit begonnen werden Gutes von weniger Guten zu trennen. Die Wohnung leerte sich langsam. Die Schrankwand, die mal die gute alte „Emma" war, konnte sogar noch verkauft werden. Der Rest wurde mehr oder weniger verschenkt. Da kamen Leute in die Wohnung, die Üppel noch nie zuvor gesehen hatte! Ein Kommen und Gehen war das aber auch! Und alle nahmen irgendwas mit. Nach ein paar Tagen war die Bude fast leer. Bis auf Betten, Fernseher, Geschirr und

Kleinigkeiten, war alles weg. Nun konnten sich Üppel und Bettina an das Erstellen ihrer Listen für den Möbeltransport machen. Da sie nur einen Möbelwagenmeter in Anspruch nehmen wollten, war dies nicht so viel, doch trotzdem musste alles in fünffacher Ausführung erstellt werden! Auch der Inhalt jeder Kiste! Dann mit den ganzen Schriftkram zur Deutrans, der Spedition, die mit der im Westen zusammen arbeitete. Dort wurde alles durchgesehen. Ob man auch alles auf den Listen ausführen durfte und so weiter. Letztendlich alles abstempeln, natürlich fünffach! Logisch! Ja so ist sie, die deutsche Gründlichkeit. Doch schließlich war alles erledigt, und jetzt hieß es nur noch auf den Marschbefehl zu warten.

Vier, fünf Wochen vergingen, nichts geschah, und das Leben in der leeren Wohnung nervte zusehends. So gingen unsere Auswanderer wieder mal weg, diesmal ins Modul, einen Betrieb in Chemnitz mit samstäglichem Jugendtanz. Der Abend verlief bis zum Schluss eigentlich wie immer, doch dann war plötzlich Üppels Jacke vom Garderobenhaken verschwunden. Da flippte er aus, griff sich den Garderobierentypen, und schickte ihn erst mal zu Boden. Das für die verschwundene Jacke, und zack! Um sich die Wut etwas hinunter zu spülen ging Üppel wieder nach oben, in den Saal, und trank dort seelenruhig an der Bar einen letzten Schluck. Doch nicht lange, da erschien der Garderobentyp wutentbrannt im Saal. Eine wilde Schlägerei, mitten auf der Tanzfläche, war die Folge. Schlussendlich wurde Üppel des Saales verwiesen und eine Anzeige drohte. Das Dumme war nur, dass er schon den Laufzettel für die Ausreise hatte. Da hätte eine Anzeige unweigerlich zu einer Bestrafung geführt. Natürlich wäre ebenfalls die Ausreise gestorben. Und das alles wegen einer Jacke! Die am selben Abend wieder auftauchte, sie war nämlich nur an einen verkehrten Haken gehängt worden. Prima!

Eine Anzeige folgte nicht, sondern nur ein Termin bei der Ordnungsgruppe. Dort entschuldigte sich Üppel in aller Form, auch der Gardeobenmensch gab sein Versehen zu, und alles war wieder gut. Sehr komisch, warum kam Üppel so glimpflich davon? Hier stimmte etwas nicht! Zuerst war er natürlich mal froh, dass es für ihn so gelaufen war, aber trotzdem…Fragen wir doch mal bei Bettina nach, sagte sich Üppel. Und siehe da, sie kannte einen von der Ordnungsgruppe näher! Das kann doch nicht wahr sein! Da war sie doch tatsächlich fremdgegangen! Und auch noch zum Glück! Wie sich Üppel leider eingestehen musste! Das Leben ist halt manchmal hart. Aber schwamm drüber, es ging ja schließlich um viel mehr.

Es brach wirklich die achte Woche an. Dann endlich der lang ersehnte Brief. Die zwei gingen den nächsten Morgen ins Amt und holten dort alle notwenigen Papiere ab. Sie waren jetzt offiziell aus der DDR Staatsbürgerschaft entlassen worden und staatenlos. Natürlich festgehalten in einer ordentlichen Urkunde. Zur Ausweisung besaßen sie nur noch eine so genannte Identitätsbescheinigung. Diese berechtigte zur einmaligen Ausreise in die BRD.

Innerhalb von vierundzwanzig Stunden hatten sie nun die DDR zu verlassen. Geschafft! Und zur Armee musste er nun, Gott sei Dank, auch nicht mehr. Üppel beschlich ein Gefühl des Glücks und zu gleich der Unsicherheit. Was wird die Zukunft bringen? Egal, heute wird erst noch mal richtig gefeiert! Es wurde eine richtig tolle Abschiedsfete und der Alkohol floss in Strömen. Ein Problem war nur, dass in der Nacht ein Eisregen niederging. Auf dem Nachhauseweg hatten so viele ihre Probleme aufrecht zu stehen, und das nicht nur wegen des Alkohols. Am nächsten Morgen, den zweiten Dezember 1988 war es dann so weit. Bepackt mit drei Koffern, und eines Rucksackes für Nicole, ging es los. Üppels Eltern brachten die drei „Ausreißer" noch bis zum Hauptbahnhof nach Leipzig. Doch wegen des Eisregens in der Nacht, konnte der Zug erst mit zweistündiger Verspätung losfahren. So zogen sich die Abschiedszeremonien unnötig in die Länge. Wird man sich je wieder sehen, und wenn ja wann? Nach einem doch sehr traurigen Abschied, ging es dann endlich los. Der Zug war ein normaler Interzonenzug, so waren auch viele Rentner auf Westreise mit an Bord. Und noch eine Gruppe erspähte Üppel. Fünf bis zehn Personen, einige davon mit kurzen Hosen, im Dezember! Was hatte dies zu bedeuten? Vorerst siegte jedoch noch die Anspannung über die Neugier, denn noch war man ja in der DDR. Dann endlich kam der Grenzübertritt, und Üppel sah zum ersten Mal die Scheinwerfer und den Stacheldraht. Grenzer mit Kalaschnikow und scharfen Hunden. Er war geschockt und kam sich vor als würde er ein KZ verlassen, unbeschreiblich! Dieses Gefühl brannte sich so tief bei ihm ein, dass er wusste alles richtig gemacht zu haben. Ebenso das Kommunisten bei ihm nie eine Chance bekommen würden, oder die Linke wie sie sich heute nennen! Der Wolf bleibt ein Wolf, auch wenn er im Schafspelz daherkommt! In so einen Land hatte man also sechsundzwanzig Jahre seines Lebens zugebracht! Was sich absperrt, einigelt und nur die Staatsmeinung als die alleinig wahre ansah. Ein Glück das dies nun vorbei war, es konnte also nur besser werden!

Kaum im Westen, ging ein unbeschreiblicher Jubel durch den Zug. Es waren also mehr Ausreisekandidaten an Bord als man zuerst dachte, aber alle hatten sich bis zum Grenzübertritt doch sehr zurück gehalten. Man konnte ja schließlich, bis dahin, immer noch aus dem Zug gezerrt werden. Doch jetzt holten viele ihre Sektflaschen aus den Taschen und stießen damit an, ein Hoch auf das Leben in Freiheit! Prost! Jetzt hielt es Üppel nicht mehr aus, und fragte einen der Typen mit den kurzen Hosen, ob ihn denn zu warm sei. Doch die Geschichte, die er dann zu hören bekam, war alles andere als lustig. Es stellte sich heraus, dass es sich um Strafgefangene handelte, die der Westen freigekauft hatte. Für Rohdiamanten im Wert von fünfzigtausend D-Mark, pro Person. So viel war den Kommunisten also ein Menschenleben wert. Sie waren im Sommer verhaftet worden, und deshalb mit kurzen Hosen unterwegs.

Durch das Gespräch mit diesen Exgefangenen verging die Zeit recht schnell und schon kamen sie im Bahnhof von Gießen an. Schon war gut, der Zug hatte immerhin drei Stunden Verspätung, wegen der zu späten Abfahrt und vereister Oberleitungen. Deshalb wurde der Tross der Übersiedler auch von der Bahnhofsmission in Empfang genommen. An alle wurden heiße Getränke, sowie an die Kinder Bananen und Orangen, verteilt. Und dann ging es zu Fuß ins Notaufnahmelager Gießen. Das Gepäck wurde auf einen großen Wagen gestapelt, und von allen mehr oder wenig gezogen. Jetzt kam man sich wirklich wie ein Übersiedler vor. Durch die verspätete Ankunft war im Lager nämlich nur noch eine Notbesetzung anwesend. Es war ja immerhin schon zehn Uhr abends! Und dazu freitagabends! Es gab schnell noch etwas zu essen, und dann wurden die Zimmer zugewiesen. Üppel, Bettina und Nicole kamen ins Haus Sachsen-Anhalt, zusammen mit einer anderen Familie, in ein Sechsbettzimmer. Diese hatten auch ein kleines Kind. Alle waren total kaputt, so zog schnell Ruhe ein. Da hatte ihnen die DDR doch noch ein letztes nettes Abschiedsgeschenk gemacht. Weil Wochenende war, konnte die ganze Aufnahmeprozedur erst am Montag beginnen. Den Samstag und Sonntag gammelte man so nur sinnlos im Lager herum. Das wusste man natürlich im Osten, und deshalb fand die Ausreise freitags statt. Letzte Grüße von den Genossen, aber das war jetzt auch allen egal. Da hatte man so lange auf die Ausreise gewartet, da kam es auf ein paar Tage mehr nun wirklich nicht mehr an. Üppel, Bettina und Nicole gingen am Samstag erst einmal in die Innenstadt von Gießen, zum Schaufensterbummel, und waren überwältigt. Obwohl sie vorher von Bettina noch gewarnt wurden, sie kannte ja alles schon von ihren Besuch in Leverkusen. Solche vollen und überladenen Schaufenster hatte Üppel ja noch nie gesehen! Noch dazu war Vorweihnachtszeit, und deshalb alles noch bunter als gewöhnlich. Faszinierend! Nicole bekam auch ganz große Augen.

Sonntags, dann eine Überraschung. Üppels Onkel und Tante, aus Düsseldorf, waren erschienen und luden die drei „Ausreißer" erst einmal gepflegt zum Essen ein. Willkommen im Westen! Eine nette Geste. Als sie sich wieder auf den Heimweg machten, ließen sie auch noch einen kleinen Obolus zurück. Am Montag begann dann der Behördenmarathon. Zuerst bekam jeder sein Begrüßungsgeld. Fünfzehn D-Mark. Dann gings ab in die Kleiderkammer. Für jede Person ein Stück. Üppel nahm sich einen Freizeitanzug, Bettina einen Anorak, und Nicole bekam einen Pullover. Die Jungs aus dem Gefängnis erhielten logischer Weise eine Kompletteinkleidung, das war ja auch das Mindeste! Dann Meldestelle, haben sie gedient? Wurde Üppel unter anderen gefragt. Nein Wehrdienst verweigert! Kam seine prompte Antwort. Schließlich mussten die ja nicht alles wissen! Ab ins nächste Büro, dort waren die Jungs vom BND und der CIA. Aber mit Geheimnisen über die DDR, die denen nicht schon bekannt sein dürften, damit konnte Üppel leider nicht dienen. Auch mit dem Arbeitsamt machten sie nun das erste Mal Bekanntschaft. Schließlich waren sie jetzt erst mal arbeitslos. Für seinen Meisterbrief benötigte Üppel allerdings eine Anerkennung von einer Handwerkskammer der Bundesrepublik. Man sagte ihm, dies wäre aber kein Problem. Im zukünftigen Wohnort könne er seinen Meisterbrief bei der zuständigen Handwerkskammer anerkennen lassen. Bis dahin würde er vorerst nur Arbeitslosengeld als Geselle erhalten. Bei Anerkennung würde dann selbstverständlich alles rückwirkend nachgezahlt. Und Üppel schwante da schon eines, die Bürokratie ist hier vielleicht noch schlimmer als in der DDR! Die deutsche Gründlichkeit war anscheinend grenzüberschreitend. Und abstempeln!

Das war es für den Montag. Am nächsten Tag ging es weiter. Aber nur noch kurz. Da gab es noch für jeden zweihundert D-Mark Startgeld und den amtlichen Aufnahmeschein. Dieser war bis zur Erstellung neuer Personaldokumente jetzt das wichtigste Dokument für unsere drei. Nach vier Tagen konnten sie so nun endlich das Notaufnahmelager Gießen verlassen. Normaler Weise wären Sie jetzt von den Behörden in ein Übergangsheim verfrachtet worden. Sehr wahrscheinlich im Norden, in Bremen oder Hamburg. Üppel zog es aber mehr in den Süden, nach Bayern. Doch da wollten viele hin, wegen der besseren wirtschaftlichen Situation. Deshalb war das bayerische Kontingent auch ständig ausgeschöpft, das heißt hier wurden nur sehr wenige hingeschickt. Aber Üppel hatte ja zum Glück die Adresse von Steffen. Und dieser war bereit sie vorübergehend aufzunehmen. Doch damit fielen Üppel und Family aus dem Raster des Einbürgerungsprozesses, also wenn sie einmal bei einer Privatadresse wohnten, gab es auch kein Zurück mehr in ein Übergangswohnheim. Für Üppel war das Risiko aber überschaubar, und so hieß es, auf zu Steffen! Um Arbeit für Üppel wollte er sich ebenfalls kümmern, na mal sehen. Es ging also mit dem Zug von Gießen, über Frankfurt, nach München. Dort wollte Steffen sie abholen. Bis Frankfurt war noch einer der Exgefangenen mit an Bord, und zum Abschied wünschten sie sich gegenseitig viel Glück in der neuen Heimat.

So jetzt umsteigen, und weiter gings, der bayerischen Metropole entgegen. Dort kamen sie auch wohlbehalten an, aber auf den Bahnsteig war kein Steffen weit und breit zu sehen. Auch das noch! Es hieß sich also in Geduld zu üben, und endlose fünfzehn Minuten später kam er dann auch endlich. Na Gott Sei Dank! Die Begrüßung war herzlich, und nun sollte es eigentlich mit dem Auto weiter in Richtung Utting gehen. Doch statt mit dem Auto ging es mit der S-Bahn weiter. Was hatte denn das zu bedeuten? Egal, also die Koffer rein in die S-Bahn und ab gings. Die Fahrt dauerte noch mal fast eine Stunde, und unterwegs gab es auch eine Erklärung dafür, warum Steffen nicht mit dem Auto gekommen war. Ihm war doch tatsächlich letzte Woche der Führerschein abgenommen worden! Das kann doch nicht wahr sein! Wegen angeblicher Fahrerflucht, durfte er nun einen Monat zu Fuß gehen. Am späten Abend kamen sie wohlbehalten in Utting am Ammersee an. Sie waren völlig fertig und so ging es auch sofort zu Bett. Steffen schlief im Wohnzimmer, und Üppel, Bettina und Nicole auf einen extra von ihm besorgten Luftbett im Schlafzimmer. Seine Wohnung war zum Glück noch nicht komplett eingerichtet, so war genügend Platz für die drei.

Dann der erste Morgen in Bayern. Die Glocken läuteten, und Üppel sah sich erst einmal etwas um. Ein idyllischer Ort, doch man war ja nicht zum Urlaub machen hier! Am selben Abend war er dann schon das erste Mal mit Steffen auf einer seiner „Zweitbaustellen" zu Gange, und verdiente sich seine ersten D-Mark! Wenigstens was. Mit eine festen Job für Üppel wurde es logischer Weise dieses Jahr nichts mehr, es war ja schon fast Mitte Dezember. Anfang nächsten Jahres könnte er aber in der Münchener Baufirma beginnen, in der auch Steffen beschäftigt war. Das waren ja recht gute Aussichten! Als nächstes mussten eine Wohnung her, und das baldigst. Denn irgendwann stand nämlich Carina mit ihrem Sohn vor der Tür, und da wollten Üppel und Co unbedingt schon raus sein. Also nahm Üppel einen Zirkel zur Hand und zog damit auf einer Landkarte einen Kreis von fünfzig Kilometer um München. In diesem Umkreis wollten sie sich eine Wohnung suchen. Doch das war gar nicht so einfach. Eine bezahlbare Wohnung mit einen kleinen Kind zu finden, stellte sich als eine große Herausforderung heraus.

Viele Annoncen wurden studiert, und dann mit dem Auto angefahren. Praktischer Weise konnte Üppel das Auto von Steffen benutzen, denn der durfte es ja aus bekannten Gründen derzeit nicht. Und der Kadett wurde über die Straßen geheizt. Doch das passende war nicht zu finden. Das wird schon noch werden, sagte sich Üppel. Nur nichts überstürzen. Die Tage vergingen und Weihnachten stand vor der Tür. Der Möbeltransport sollte erst am einundzwanzigsten Januar kommen, aber auch nur nachdem Steffen bestätigte, die Kosten dafür übernehmen zu können. Es handelte sich immerhin um siebenhundert D-Mark! Das Geld hatte Üppel zwar selber zusammen, aber die wollten halt ihre Bestätigung. Sollen sie nur.

Später konnte man sich Teile der Summe dann von den Ämtern zurückholen, aber erst musste man in Vorkasse gehen. Die Möbel sollten zu Steffen gehen, denn eine andere Adresse hatte Üppel ja noch nicht. Ein Glück dass es nicht viel war, und er noch Platz in der Bude hatte. Bis dahin hieß es also weiter Camping!

Im Rathaus von Utting meldeten sich unsere „Auswanderer" dann auch noch ordnungsgemäß an. Üppel konnte es kaum erwarten, endlich seinen bundesdeutschen Reisepass in den Händen zu halten. Erst dann fühlte er sich als „richtiger" Bundesbürger. Ein gutes Gefühl. Weihnachten verzog sich Steffen dann zu seiner Mutter, die jetzt in der Nähe von Passau wohnte. Und unsere drei waren alleine. Das war doch sehr trostlos, aber da mussten sie jetzt durch, sie hatten es ja schließlich so gewollt! Kurz vor dem Jahresende kam er zurück, und Silvester wurde zusammen mit ihm verbracht, aber dieses Mal ungewöhnlich ruhig. Was war das nur für ein verrücktes Jahr gewesen! Und was wird die Zukunft erst bringen? Eines war klar, es würde für alle großen Umwälzungen geben. Doch sie waren noch jung und stellten sich den großen Aufgaben, mehr oder weniger. Ein Kapitel war zu Ende, und jetzt wurden ganz neue Seiten im Buch des Lebens aufgeschlagen. Der Exodus war vollzogen. Die DDR, und alles was damit verbunden war, lagen weit hinter ihnen. Zum Abschied dafür hier noch ein paar Zeilen:

Denkst du auch darüber nach, über unser Vaterland?
Über alles Weh und Ach, das sich einst damit verband?
Heute gibt es zwei davon, und jeder will der Beste sein.
Eines frei das andere Rot, Rot bringt Not und alle wollen frei
sein!
Freiheit die wohl jeder mag, gibt es hier nur klitzeklein.
Man spürt es bald jeden Tag, so wie jetzt darf es nie mehr sein.
Doch der Staat mit seiner Macht, hält die Zügel straff wie eh.
Denn er weiß gibt er jetzt nach, wird es bald zu Ende mit ihm
sein.
Denkst du auch darüber nach, über unser Vaterland?
Eines frei das andere Rot, Rot bringt Not und alle wollen frei
sein!

6.

Alles auf Anfang

Üppel und Family waren also in Bayern angekommen. Und das nur ein Jahr vor dem Ende der Mauer. Dass dies bevorstand, wusste aber zum Glück damals noch niemand. Alle dachten die Trennung zu den „Zurückgebliebenen" sei endgültig. Zumindest für eine lange Zeit. Dementsprechend fühlte und handelte man auch. Asyl im eigenen Land, oder was! Das war schon verrückt. Obwohl wie das eigene Land kam es einen eigentlich gar nicht vor, doch eher sehr fremd. Doch genug mit der Gefühlsduselei und auf zu neuen Abenteuern!

Diese bestanden aber jetzt immer noch hauptsächlich darin, sich Wohnungen anzuschauen. Die Arbeit in Steffens Firma konnte erst im Februar beginnen, das war aber gar nicht so schlecht, denn so hatte Üppel genug Zeit sich intensiv um das „Wohnungsproblem" zu kümmern. Wäre doch gelacht! Aber dies war schon frustrierend. Hätten Sie einen kleinen Hund gehabt wäre eine bezahlbare Wohnung sicher kein solches Problem gewesen, wie mit einem kleinen Kind! So viel zur Kinderfreundlichkeit in der Bundesrepublik.

Dann doch lieber zwischendurch zur Abwechslung mal was anderes. Zum Beispiel Öl- und Holztransport im Opel Kadett! Steffen hatte in seiner Firma in München einige hundert Liter Heizöl, und auf einer Baustelle etliches Abfallholz liegen, welches Üppel nun Stück für Stück bzw. Liter für Liter abtransportierte. Es musste extra dafür in den Kofferraum des Kadetts ein kleiner Öltank angebracht werden, welcher immer wieder aufgefüllt wurde, und dann ab nach Utting und zurück. Und gestunken hat das ganze! Mein lieber Mann! Mit dem Holz war es auch nicht besser…Das wurde auf die hintere Sitzbank geschlichtet, so das der Kadett gleich noch tiefer lag. Eine Krümelei war das, unvorstellbar. Aber Üppel hatte ja Zeit und außerdem war das ja Steffens Auto. Die ganze Aktion dauerte dann auch mehrere Tage. Nachdem die Karre wieder gereinigt war, konnte man sie auch wieder als PKW erkennen, nur der stechende Geruch nach Heizöl blieb noch eine ganze Weile an ihr haften.

Wieder stand seine Wohnungsbesichtigung an. Diesmal in Jetzendorf in der schönen Holledau, gut achtzig Kilometer von Utting weg. Das war zwar ganz schön weit, aber die Wohnung war nicht schlecht. Leider war kein Kinderzimmer vorhanden. Wie Üppel erfuhr gab es natürlich, wie zu erwarten war, noch andere Interessenten. Auch die Malerarbeiten an Decken und Wänden wären noch zu erledigen, aber das war für ihn als Maler natürlich überhaupt kein Problem. Die Miete mit fünfhundert Mark wäre ebenso akzeptabel. Na mal sehen. Als nächstes musste daran gedacht werden, ein Auto zu kaufen. Denn wenn Üppel eine Wohnung und Arbeit bekommt, braucht er unbedingt eines. Also auf nach München zu einen Cousin von Üppels Vater. Der war bereit ihm zweitausend Mark für zwei Jahre zinslos zu leihen. Na das war doch mal eine gute Nachricht! So konnte zur Wohnungssuche noch die Suche nach einen halbwegs tauglichen, bis zu zweitausend Mark teuren, Auto begonnen werden. Das dies keine Luxuskarosse werden würde war natürlich klar. Üppel hatte großen Gefallen an Steffens C-Kadett gefunden, und so beschloss er sich ebenso einen solchen zu besorgen. So ein ungefähr zehn Jahre alter Opel musste doch aufzutreiben sein! Man war das ein Stress!

Dann eine neue Überraschung, die Möbel aus Chemnitz kamen doch tatsächlich einen Tag früher als vereinbart! Ein Glück das Üppel und Anhang gerade bei Stefan zu Hause waren, und nicht wieder auf Wohnungsbesichtigungstour! Steffens kleine Wohnung wurde so doch ganz schön eng für den ganzen Kram. Wenn man doch endlich eine eigene Wohnung hätte! Aber wenigstens konnte Üppel wieder in seinem eigenen Bett schlafen. Am nächsten Tag kam erneut eine Absage für eine Wohnung, diesmal für die in Jetzendorf. Schade das wär's gewesen! Also weitersuchen! Üppel brauchte dringend etwas Entspannung, also erstand er in dieser Zeit auch seine erste eigene CD, Gänsehaut von Udo Lindenberg, der Beginn einer großen Sammelleidenschaft. Endlich konnte man all die Musik kaufen, die einem schon immer gefiel! Üppel fühlte sich wie im siebten Himmel. Er hatte zwar noch keinen eigenen CD-Spieler, aber wenigstens schon mal eine erste CD. Das war mal wieder typisch für ihn.

Doch vorerst genug damit, dafür war später ja noch Zeit, jetzt gab es erst mal andere Probleme. Steffens Vermieter machte nämlich Ärger. Er hatte spitz bekommen, dass jetzt vier Personen in seiner Wohnung wohnten, obwohl Steffen Untervermietung, laut Mietvertrag, nicht erlaubt war. Was ja eigentlich nicht ganz stimmte, denn Üppel und Familie wohnten ja umsonst bei ihm, und waren somit keine Untermieter.

Eigentlich klar, aber das störte den lieben Vermieter trotzdem nicht, und so folgte ein deutlicher Brief, in dem unseren Auswanderern als letzter Termin zum Auszug der achtundzwanzigste Februar nahe gelegt wurde. Eins war klar, bis dahin mussten sie raus sein, sonst drohte größerer Ärger. Diese sturen Bayern aber auch!

Doch noch nicht genug der Überraschungen, Tags darauf kam ein Anruf von Üppels Onkel aus Düsseldorf, und der erzählte ihm unglaubliches. Üppels Eltern waren bei ihm zu Besuch angekommen, er hatte runden Geburtstag, das gibt's doch gar nicht! Sie durften beide fahren, obwohl die im Osten ja wissen mussten, das Üppel und Family erst vor kurzem ausgereist sind! Verstehe das einer! Logischer Weise kündigten Sie nun für die die nächsten Tage ihren gemeinsamen Besuch bei Üppel an. Erst dachten alle, sie sehen sich für eine lange Zeit nicht wieder, und nun kam es schon nach wenigen Wochen zum ersten Zusammentreffen! Das war schon verrückt. Der Tag des Besuches nahte heran, und schon klingelte es. Aber vor der Tür standen nicht Üppels Verwandtschaft, sondern Josefine, Stanley und ihr neuer Freund Jens! Sie war erst Silvester mit ihrem kleinen Sohn nach Bayern gekommen. Ihr neuer Freund, stammte auch aus Chemnitz, war aber schon im Herbst vorigen Jahres aus der DDR ausgereist. Da Josefine von Jens schwanger war, konnte sie Familienzusammenführung als Grund für ihre Ausreise angeben. Das es dann aber doch so schnell ging war schon erstaunlich. Üppel kannte Jens zwar noch nicht, aber sofort war Sympathie auf beiden Seiten zu erkennen. Und wie war es mit Josefine? Na gut das mit Gigo war ja schon ein paar Jahre her, geben wir der Frau also noch eine Chance, dachte sich Üppel und Prost!

Kurz darauf kamen auch Üppels Onkel und Tante mit seinen Eltern. Es wurde ein lustiges Wiedersehen. Jens war mit seinem neuen Auto da, ein Ford Escort, den Üppels Vater unbedingt einmal fahren wollte. Kein Problem, sagte er, und so drehte Üppels Vater in Utting ein paar Runden. Das war ja eigentlich nichts besonderes, nur dass der Ford zum damaligen Zeitpunkt noch gar nicht angemeldet war, wusste da natürlich niemand. Jens hatte bloß mit Filzstift das zerkratzte Wappen von München nachgemalt, und ab gings! Ebenso wenig besaß er schon einen Führerschein, er war aber immerhin dabei ihn zu machen! Na das war ja ein lustiges Kerlchen! Mit dem kann man sicher noch viel Spaß haben! Als er wenige Wochen später seine Josefine zur Entbindung ins Krankenhaus fahren wollte, passierte auch prompt ein kleiner Unfall. Und dies ohne Führerschein! Wenigstens war das Auto jetzt angemeldet. Jens konnte sich zum Glück auf einen Notfall berufen, wegen seiner Josefine, und so durfte er seinen Führerschein trotzdem weiter machen. Eines war damals schon klar, Katastrophen zog dieser Mensch magisch an! Aber es entwickelte sich auch ein neues Feeling füreinander, mal sehen was daraus alles noch wird, dachte sich Üppel. Man darf also gespannt sein!

Die Überraschungen nahmen einfach kein Ende. Anfang Februar erhielten Üppel und Co einen seltsamen Anruf. Es war die Gemeinde Utting am Apparat, und die gaben ihm eine Telefonnummer, und zwar die von der Familie in Jetzendorf, bei welcher sie im Januar die Wohnung besichtigt hatten. Was sollte denn das bedeuten? Natürlich rief Üppel diese Nummer sofort an und er hörte unglaubliches. Der Mieter der ursprünglich die Wohnung in Jetzendorf haben wollte, sei kurzfristig abgesprungen, und jetzt könnten, wenn sie wollten, Üppel und Family die Wohnung doch noch haben! Fantastisch! Und da die Jetzendorfer keine Telefonnummer von Üppel hatten, sondern nur wussten dass sie zurzeit in Utting gemeldet waren, riefen sie halt dort bei der Gemeinde an! Was hatten sie doch für ein Glück! Später stellte sich heraus, dass Üppels Vermieter Verwandte im Osten hatte, und wo? Na klar in Chemnitz! Das war bestimmt der ausschlaggebende Punkt dafür gewesen sich für unsere Auswanderer zu entscheiden. Denen war das aber jetzt total egal, denn sie hatten endlich eine Wohnung gefunden und konnten nun richtig mit dem neuen Leben beginnen!

Ebenfalls startete Üppel seine Arbeit in der Münchener Baufirma, bei welcher auch Steffen war. Schon eine Woche später wurde in Jetzendorf der Mietvertrag unterzeichnet, Mietbeginn erster März 1989. Die Schlüssel erhielt er aber schon jetzt, denn es mussten ja noch Tapezierarbeiten in der Wohnung durchgeführt werden. Nächstes Wochenende wollten Steffen und Üppel die Sache in Angriff nehmen. Es ging jetzt wirklich Schlag auf Schlag. Ein Auto kaufte sich Üppel auch, endlich hatte er den passenden C-Kadett gefunden. Der war zwar nicht mehr ganz so taufrisch, aber egal fürs erste musste er reichen! Das Wochenende kam und unsere Zwei fuhren, bepackt mit Tapeten und Farben, nach Jetzendorf. Und los gings. Am Abend überkam sie aber auf einmal der Wunsch heute abends in die Disco zu gehen. Wo gibt's denn hier so was in der Art? Fragten sie beim Sohn von Üppels Vermieter nach. Aha der Tanzboden in Ilmmünster, na das klang ja komisch. Aber egal, also nichts wie hin! Wer fährt? Auch Wurst, wir trinken halt nichts weiter, welch frommer Wunsch. Angekommen in der Dorfdisko wurden unsere Zwei wie Exoten bestaunt. Ihr kommt aus dem Osten? Das gibt's doch gar nicht! Die hatten tatsächlich noch nie einen von dort zu sehen bekommen. Ein Jahr später sollte sich dies schlagartig ändern. Wo wollte Üppel da bloß hinziehen, in den Arsch der Welt, oder was?! Und wie ist das so im Osten, erzählt doch mal, wurden sie bedrängt. Und jedes Mal bekamen sie reichlich alkoholischen Nachschub gereicht. Was soll man sagen, gegen Mitternacht waren alle beide total besoffen, und wer fährt jetzt zurück? Egal schlafen wir halt kurz im Auto. Für Üppel war das aber nichts. Schon nach kurzer Zeit versuchte er sich an den Weg zurück nach Jetzendorf zu erinnern, und fuhr los. Komisch alles doppelt zu sehen, was konnte man da tun? Also kniff sich Üppel einfach ein Auge zu und fuhr so zurück nach Jetzendorf. Zumindest dachte er das, denn in Wirklichkeit waren sie fast in München angekommen. Also wenden und zurück. Verdammt, wenn man sich bloß noch erinnern könnte! Schon nüchtern wäre es nicht so einfach gewesen, den Weg in einer fremden Umgebung zu finden, aber so erst… Schließlich kamen sie gegen Morgen aber doch noch wohlbehalten in Jetzendorf an. Und Üppel schwor sich nie wieder so Auto zu fahren, man das hätte richtig ins Auge gehen können! Mal sehen ob er sich auch wirklich daran halten wird.

Am nächsten Tag wollten sie eigentlich weiter tapezieren, aber daraus wurde nichts so recht. Denn Steffen lag total fertig im Bett und schaffte es nur ab und zu zum kotzen aufs Clo. Whisky war er eben nicht gewöhnt. Üppel ging es auch nicht viel besser, aber er riss sich zusammen und schaffte so wenigstens noch einen Teil der Arbeit. Also musste der Rest in der Woche erledigt werden, denn am nächsten Wochenende wollten sie umziehen, koste es was es wolle. Bettina war indes auch nicht untätig gewesen. Wie sich herausstellte hatte sie immer noch brieflichen Kontakt zu dem Ordnungsgruppentypen aus dem Modul! Der war inzwischen auch aus der DDR ausgereist, und machte sich nun Hoffnungen. Üppel war geschockt. Was jetzt, Hopp oder Top? Doch eine genaue Antwort konnte er von ihr nicht erwarten, und vorerst blieb alles beim Alten. Als ob sie nicht schon genug Probleme hätten!

Schließlich kam das Wochenende und der Umzug fand planmäßig statt. Üppel hatte sogar von seinem neuen Arbeitgeber einen VW T3 geliehen bekommen, so konnte der ganze Kram in zwei Fuhren von Utting nach Jetzendorf geschafft werden. Geschafft! Sie hatten zwei Tage vor Ende des Ultimatums, von Steffens Vermieter, das Feld geräumt, das war schon knapp gewesen! Das Steffen die drei fast acht Wochen bei sich aufnahm, würde Üppel ihn nie vergessen, vielen Dank nochmals!

Eine Wohnung hatten sie nun also, sie musste nur noch mit Möbeln gefüllt werden. Und dazu brauchte man natürlich etwas Kleingeld. Als Übersiedler konnte man einen Kredit bei der Deutschen Ausgleichsbank beantragen, aber erst nachdem man eine Wohnung hatte. Dies war bei unseren drei ja nun der Fall, also wurde schnellstens der Antrag gestellt. Vorerst hieß es aber immer noch „Camping", nun wenigstens in der eigenen Wohnung. Denn bis der Kredit genehmigt wurde, dauerte es noch eine Weile. Auf seiner neuen Arbeitstelle gewöhnte sich Üppel auch verhältnismäßig schnell ein. Obwohl er jeden Tag mindestens zwei Stunden im Auto saß. Die Entfernung dorthin betrug nämlich etwas mehr als fünfzig Kilometer. Die Fahrerei war zwar etwas nervig, aber unterwegs konnte er so immer seine Musik hören, und die Zeit verging dann wie im Fluge. Damals hatte er gerade das letzte Werk von Udo Lindenberg, Casanova, für sich entdeckt und schmetterte die Lieder lautstark im Auto mit. So viel Klavierlehrerinnen und Vopos auf allen Airports der Welt aber auch! Eines war für Üppel aber unglaublich. Zwei mal pro Woche kam ein großer Biertransporter auf den Bauhof der Firma gefahren und belieferte, den Lageristen, die Elektroabteilung usw. mit Bier. Unvorstellbar, und das offiziell! In Bayern gehört Bier zu den Grundnahrungsmitteln und so war es auch während der Arbeitszeiten nicht verboten. Ja, ja die Bayern und ihr Bier, das war schon eine Sache!

Sie wohnten noch nicht lange in der fast leeren Wohnung, als es plötzlich abends klingelte. Wer könnte das denn sein? Hier kannten sie doch noch niemanden weiter. Was soll man sagen, vor der Tür stand der Pfarrer, und der wollte mal nach den neuen Schäflein sehn. Auch das noch! Eigentlich hätte er ja wissen müssen, dass unsere drei nichts mit der Kirche am Hut hatten, aber er versuchte es trotzdem. Nach etwas Smalltalk ließ Üppel ihn dann auch ganz schnell wieder abflattern. Im Osten erst die Kommunisten und nun geht einen schon wieder jemand auf die Nerven! Aber daran mussten sie sich gewöhnen, sie waren ja schließlich im katholischen Bayern!

Zur Korrektheit halber muss man aber sagen, dass sie danach nie wieder belästigt wurden. Im Gegenteil, in der Nachbarschaft wurde ihnen große Hilfe zuteil. So hatten sie in kurzer Zeit einen gebrauchten Elektroherd und eine ebensolche Sitzecke für die Küche geschenkt bekommen. Ein paar alte Küchenmöbel organisierte Üppel auch noch von einer „Zweitbaustelle" mit Steffen. Mit diesem improvisierten Zeug konnte man am Anfang ganz gut leben, und so war wenigstens ein Zimmer in der Wohnung halbwegs eingeräumt. Ebenso fand Nicole schnell zu einigen Kindern im Ort Anschluss. Na das ließ sich doch ganz gut an, für den Anfang! Auch konnte, sehr zur Freude von Bettina, eine Waschmaschine angeschafft werden. Seit dem Umzug nach Jetzendorf musste sie nämlich alles mit der Hand waschen, und war nun froh dass dies endlich vorbei war.

Zu Ostern besuchten unsere drei Auswanderer Josefine und Jens. Sie wohnten zurzeit in einem Übergangswohnheim in Niederbayern. Ihr Kind war inzwischen geboren, es war ein Mädchen und hieß Desiree, wurde aber von allen nur Pippi genannt. Bei einem kleinen Spaziergang beschloss man sich in Zukunft öfters zu sehen. Nach dem Motto, wir Auswanderer müssen halt gut zusammenhalten! Da fühlte man sich doch gleich viel besser in der Fremde. Zu Üppels Überraschung hatte Jens ein neues Auto, diesmal einen Ford Sierra. Warum denn das? Der Ford Escort existierte schon nicht mehr, nach einem erneuten Unfall war er leider nicht mehr zu gebrauchen! Natürlich war der Unfall unverschuldet, aber selbstverständlich! Üppel war sprachlos, Man oh man hatte der gute Jens einen Verschleiß an Autos! So hatte halt jeder ein anderes Hobby um sein Geld auszugeben.

Am einunddreißigsten März war es soweit, Carina kam mit Sohn in Bayern an. Sie hatte die Ausreise erhalten, und konnte nun endlich zu ihren Steffen fahren. Siebzehn Uhr dreißig sollte der Zug in München ankommen. Üppel und Steffen waren, wie so oft, nach der Arbeit in ihre eigenen Baustellen vertieft. Deshalb versäumten sie es auch, rechtzeitig auf dem Bahnhof zu erscheinen. Im Gegenteil, Üppel wurde sogar allein losgeschickt, um Carina abzuholen, da die Arbeit noch nicht fertig war! Die schaute auch nicht schlecht Üppel auf dem Bahnsteig zu sehen, und kein Steffen weit und breit! Dementsprechend sauer war sie auch. Doch die Krönung folgte noch. Carina wurde erst, zusammen mit Sohnemann, auf die Baustelle gebracht. Dort musste sie, bepackt wie sie war, noch warten bis unsere zwei Helden endlich ihre Arbeit fertig hatten! Und das dauerte! Danach fuhr Üppel noch alle nach Utting, denn Steffen hatte seinen Führerschein immer noch nicht wieder. Na das war ja wieder mal eine Aktion!

Das Wiedersehen musste natürlich gebührend gefeiert werden. Also ging es ein Wochenende später zusammen in eine Uttinger Musikkneipe. Bettina verspürte an diesen Abend aber wieder mal solchen Durst, dass sie zu später Stunde nicht mehr auf den eigenen Beinen stehen konnte. Üppel fand dies alles nicht so prickelnd, und so musste dann auch Steffen die total besoffene Lady alleine zu sich nach Hause tragen! Na Prima, wenn das so weitergeht! Zu der Zeit bekam Bettina fast jede Woche ein Paket aus der DDR. Und was war drin? Richtig, Schnaps und Zigaretten! Eine zurückgebliebene Freundin erledigte für sie diesen Paketsendedienst. Dafür wurden logischer Weise auch öfters mal Pakete in Richtung Osten geschickt, zur Bezahlung sozusagen! Langsam entwickelte sich Üppels Lady zu einer richtigen Schnapsdrossel! Und was tat er dagegen? Nichts, denn er hatte ja selber öfters mal Durst. Dafür war auch schon bald wieder ein Anlass gegeben. Carina und Steffen heirateten! Üppel und Bettina durften die Trauzeugen spielen. Danach gab es noch einen kleinen Umtrunk, diesmal aber ohne besondere Vorkommnisse. Prost! Und zur Abwechslung mal nur ein kleiner Schluck!

Der Kredit bei der Ausgleichbank war inzwischen auch bewillig worden, und endlich konnten die ersten Möbel angeschafft werden. Die Klamotten kamen nach vier Monaten aus den Koffern heraus und in einen richtigen Schrank hinein! Das war ein unbeschreibliches Gefühl. Auch das Wohnzimmer füllte sich langsam mit Möbeln. Und so wurden aus den Auswanderern Stück für Stück „richtige" Bundesbürger!

Trotz ihrer schwierigen Beziehung machte sich bei Üppel und Bettina eine gewisse Aufbruchstimmung breit. Sie hatte inzwischen sogar den Kontakt zu ihren Ordnungsgruppentypen abgebrochen und gab offensichtlich ihrer Ehe noch eine Chance. Kurz darauf bekam Üppel einen überraschenden Anruf. Gigo war am Apparat und sagte er sei mit seiner Schwester Judy in Geislingen, zu Besuch bei einer Tante. Das kann doch nicht wahr sein! Natürlich wollten sie sich am darauf folgenden Wochenende treffen. Zu der Zeit lackierte Üppel schon eine Weile einen riesengroßen Liebherrkran in der Firma. Einmal pro Woche wurden ihm zwei große Segmente in die Lackierkabine gebracht, die er dann dreimal spritzen durfte. Die waren zwar schon entrostet, aber trotzdem war es eine schwere Arbeit, vor allem wegen der Geruchsbelästigung. Natürlich trug Üppel eine Atemschutzmaske, aber die Lösungsmittel machten ihm trotzdem ganz schön zu schaffen. Eines war ihm klar, Lackierer war auf die Dauer nichts für ihn. Deshalb sah Üppel zu der Zeit auch etwas mitgenommen aus, aber dennoch ging es freitags abends nach Geislingen. Schließlich wartete dort sein alter Kumpel! Sie trafen sich in einer kleinen Kneipe. Bei einigen gepflegten Bieren begossen sie ihr Wiedersehen. Nie hätten sie damit gerechnet dass dies so schnell geschehen würde. Schon bald kam das Gespräch darauf, ob Gigo nun im Westen bleibt oder nicht. Doch er konnte oder wollte nicht bleiben, denn Jenny war ja noch in der Zone. Ebenso war Gigo inzwischen Vater geworden. Und das waren schon gute Gründe um zurückzukehren. Judy war inzwischen auch verheiratet, und wahrscheinlich durften die beiden auch nur deshalb gemeinsam in die BRD fahren. Das war wieder mal typisch für die Genossen im Osten! Und so musste man sich leider schweren Herzens wieder verabschieden, in der Hoffnung, dass es bis zum nächsten Zusammentreffen nicht so lange dauern wird. Dass manches schon in Bewegung geraten war, konnte ja keiner ahnen.

Schon stand der nächste Reisetermin an. Eine Fahrerei war das aber auch! Über den ersten Mai ging es nach Pilsen, und dort trafen sich unsere drei „Neubayern" mit Üppels Eltern. Damals musste man als Bundesbürger noch VISA beantragen, um in die

CSSR oder Ungarn zu fahren. Diese wurden aber problemlos erteilt. In die DDR konnte man als „Ausgereister" nicht so einfach wieder einreisen. Meist dauerte es mehrere Jahre, bis Genehmigungen erteilt wurden. Also trafen sich viele in der CSSR. So auch Üppel. Nachdem sein Kofferraum randvoll mit diversen Sachen, wie z.B. Geschirr und seiner geliebten Mosaiksammlung, gefüllt war, ging es zurück in Richtung Bayern. Ebenso hatte Üppel seine Musikkassettensammlung erhalten, und konnte so endlich wieder „seine" Musik hören. Hoffentlich gibt es an der Grenze keinen Ärger! Aber es lief alles glatt, und unsere drei kamen wieder wohlbehalten in Jetzendorf an. An der Tschechisch/Deutschen Grenze waren die Kontrollen für Bundesbürger halt nicht so straff, wie an der Deutsch/Deutschen Grenze.

Nach so viel Fahrerei musste Üppel dringend etwas entspannen, so wollten sie am kommenden Wochenende zusammen mit Carina und Steffen zur Disko. Das war eigentlich übertrieben, denn sie fuhren wieder zum Tanzboden nach Ilmmünster! Was anderes kannten sie ja noch nicht. Nachdem die beiden Kleinen friedlich schlummerten ging es los. Zu allem Übel musste Üppel auch noch selber fahren. Obwohl er gerade davon die Nase voll hatte. Das konnte eigentlich nur schief gehen…Logischer Weise trank er das eine oder andere Bierchen, so fuhr er dementsprechend „angesäuselt" in der Nacht zurück nach Jetzendorf. Ein Glück das die Straßen um diese Zeit leer waren, und er den Weg inzwischen kannte! So kamen sie wenigstens diesmal nicht fast in München an. Endlich lag die Hofeinfahrt vor ihnen. Geschafft! Alle sagten, Üppel las das Auto doch draußen stehen! Aber er wollte es unbedingt noch in die Garage fahren. Leider war das Garagentor an diesen Abend zu klein, und Üppels Auto zu groß. Krach! Und schöne Grüße vom Kotflügel! Na Prima! Zu spät erinnerte sich Üppel an seinen Schwur, nie mehr besoffen Auto zu fahren. Diesmal war es ihm aber Lehre genug, denn wie heißt es doch so schön? Aus Schaden wird man klug! Ein Glück das nicht mehr passiert war, als ein demolierter Kotflügel.

Es dauerte nicht lange und es kündigte sich wieder mal Besuch an. Diesmal kam Üppels Oma, die wollte auch mal sehen wie ihre Enkel jetzt lebten. Als Rentnerin konnte sie ja jederzeit in den Westen fahren. Offenbar schien ihr es sehr zu gefallen, jedoch nach ein paar Tagen schaffte Üppel sie wieder auf den Bahnhof. Gerne wäre sie noch länger geblieben, aber das ging nicht, weil unsere drei Bayern in den Urlaub fahren wollten. Sie hatten sich ein Visum für Ungarn besorgt, um sich dort erneut mit Üppels Eltern zu treffen. Also wurde der C-Kadett gepackt und auf gings! Es gab nämlich noch genug Sachen für unsere drei, die Üppels Eltern mit dorthin bringen wollten. Sie fuhren aber nicht, wie viele, an den Balaton, sondern an den Velence See. Dieser lag ziemlich genau in der Mitte zwischen Budapest und Balaton. Aber dort war es wesentlich ruhiger als am Plattensee. Üppel merkte schnell einen Unterschied zu früheren Reisen nach Ungarn. Als DDR Bürger musste man mit den Forint immer knausern um über die Runden zu kommen, und jetzt? Erstens konnte man als „Wessi" so viel Geld tauschen wie man wollte, und zweitens war es unsagbar billig! So billig, das Üppel seine Eltern jeden Tag zum Essen einladen konnte. Ebenso bezahlte er noch die kompletten Campinggebühren. Er kam sich vor wie Gott in Frankreich!

Seit längeren hatte Üppel schon den Spruch parat: wir sind erst richtig verheiratet, wenn wir einmal in Venedig gewesen sind! Früher utopisch, konnte diese These jetzt in die Realität umgesetzt werden. Und so ging es von Ungarn aus, über Österreich, nach Italien. Kurz vor der italienischen Grenze, in der Nähe von Villach, übernachteten unsere drei Späthochzeitsreisenden noch einmal. Der kleine Ort hieß Arnoldstein. Mitten in der Nacht auf einmal ein lautes Klirren. Üppel dachte sich nichts dabei und schlief friedlich weiter. Am nächsten Morgen sah er dann die Bescherung. Die Frontscheibe des Kadetts war hinüber! Jemand hatte sie in der Nacht eingeschlagen. Auch das noch! Also hieß es zurück zur nächsten größeren Stadt und sich eine neue Scheibe besorgen! In Klagenfurt fanden sie zum Glück alles nötige, und gegen Mittag konnte die Reise fortgesetzt werden. Gott sei Dank war Üppel Mitglied des ADAC, sonst hätte die Reparatur schon ein Loch in die Reisekasse gerissen. Mit dem ADAC Schutzbrief wurden aber die Kosten erst einmal vorgeschossen. Das war beruhigend.

Italien! Auf einmal war es unerträglich warm. Und wo wollten sie überhaupt schlafen? Darüber hatten sie sich natürlich noch keine Gedanken gemacht. Der letzte Ort vor der Lagune war Mestre, hier mussten sie was zum Übernachten finden. Im Gegensatz zu Ungarn waren in Italien die Preise gepfeffert. Nach längerer Sucherei wurde schließlich das Passende gefunden. Bloß noch das Auto ausladen...Knall! Da war doch tatsächlich von hinten einer auf Üppels Opel gefahren! Offensichtlich war dies nicht sein Tag. Erst die Scheibe und nun das! Doch damit nicht genug, der Unfallverursacher gab Gas und weg war er! Üppel war sprachlos. Und ein Riesen Palaver auf der Straße. Wer Italiener kennt, weiß wie es da zuging. Üppel wollte eigentlich die Polizei holen, doch das war gar nicht so einfach. Statt der Polizei wollte man ihm das Auto in eine Werkstatt zerren. Und alle umstehenden Leute redeten durcheinander mit Händen und Füßen. Capito? Was sollte das!? Also keine Polizei. Nachdem er den Opel begutachtet hatte, stellte Üppel fest, so schlimm war es nicht, nur die Kofferraumklappe klemmte etwas. Also gut, vergessen wir es.

Die Italiener merkten, dass sie mit Üppel kein Geschäft machen konnten und trollten sich von dannen. Auf keinen Fall wollte er hier noch unnötige Fahrten mit dem Auto unternehmen. Zum Glück gab es ja noch den Bus. Und so fuhren unsere drei Italienreisenden, am Abend, mit dem Linienbus von Mestre bis zum Bahnhof von Venedig. Weiter wären sie mit dem Auto auch nicht gekommen, denn Venedig hat ja bekanntlich keine Straßen, sondern nur Kanäle. Das Wetter war spitze, es schien alles zu passen. War ja auch genug Stress heute. Üppel in Venedig! Unglaublich! Sein Wissen über die Stadt beschränkte sich eigentlich nur auf das, was er als Kind im Mosaik gelesen hatte. Die Realität war tausendmal besser. Hinter jeder Hausecke tat sich Neues auf. Nur Ritter Runkel und die Digedags hat Üppel leider nicht gesehen! In dem Gewirr von Gassen und Brücken konnte man sich leicht verlaufen, und unsere drei hatten Mühe den Markusplatz zu finden. Doch schließlich waren Sie da. Es war unbeschreiblich, Üppel hätte vor Freude heulen können. Schon dafür hatte sich die Ausreise aus der DDR gelohnt! Nur die vielen Tauben störten die Idylle etwas. Es waren hunderte. Damit nicht genug, man konnte sogar noch Futter für sie kaufen. Natürlich flatterten da immer mehr herum, und Üppel hatte Angst von oben „bekleckert" zu werden. Aber, was soll's. Es wurde trotzdem ein einzigartiger Abend. Zum krönenden Abschluss gingen sie noch Spagetti essen. Natürlich direkt am Markusplatz.

Als die Rechnung kam, war Üppel leicht geschockt. Man oh man, die nahmen es aber von den Lebenden! Das hätte er sich eigentlich denken können, dass am Markusplatz mitten in Venedig alles extra teuer ist. Der Abend war es wert. Punkt! Auf dem Rückweg war es schon stockdunkel, und jetzt wurde es erst richtig romantisch. Überall sah man beleuchtete Gondeln, auf denen mitunter musiziert und gesungen wurde. Genauso wie die Klischees von Venedig waren, so erlebten es unserer drei jetzt life. Es wurde ein unvergleichliches Erlebnis, was man nicht so schnell vergaß. Venedig bei Nacht, traumhaft! Und Üppel war nun also „richtig" verheiratet. Das fühlte sich aber auch nicht anders an als vorher. Am nächsten Tag fuhren sie noch einmal in die Stadt, zum Shopping. Aber der Zauber des letzten Abends wollte sich nicht noch einmal einstellen. Dann hieß es Abschied nehmen. Drei Tage Venedig waren zwar genauso teuer gewesen, wie elf Tage Ungarn, aber dennoch war es die Sache wert. Auf der Rückfahrt nach Jetzendorf machten sie noch einen kleinen Abstecher nach Südtirol. Abseits der Autobahn ging es über verschlungene Pfade von Tal zu Tal. Dann über den Brenner zurück nach Österreich und schlussendlich in die Heimat. Alles in allem war es eine tolle Reise gewesen. Doch jeder Urlaub ist einmal zu Ende, und der graue Alltagstrott übernahm wieder die Regie.

Erstaunliches gab es in den Zeitungen zu lesen. Die Ungarn hatten ihren Stacheldrahtzaun zu Österreich bei Hegyeshalom zerschnitten! Damit nicht genug, sie wollten auch aus dem Warschauer Pakt austreten und freie Wahlen durchführen! Üppel glaubte nicht, was er da las. Man, wir waren doch erst in Ungarn, aber davon haben wir gar nichts bemerkt! Sagte er sich, wie kann das nur sein? Die Russen sahen zum Glück all dem Treiben tatenlos zu. Gorbatschow sei Dank. Nicht so in der DDR. Dort war man entsetzt und kündigte an, die Visumpflicht für Ungarnreisen wieder einzuführen. Die SED war eben das Schlusslicht des Fortschritts im Osten. Leider. Überall in Europa öffneten sich Grenzen, nur die Genossen in Berlin waren mit Blindheit geschlagen. Ebenso wurde die ständige Vertretung der Bundesrepublik in Ostberlin von einer nicht gekannten Welle von ausreisewilligen DDR Bürgern überrollt. Na hier kam ja richtig was in Gang, sicher wird das noch spannend!

Üppel hatte vorerst andere Probleme. Nachdem Steffen aus der Münchener Baufirma ausgeschieden war, hatte auch er kein großes Verlangen mehr dort zu bleiben. Schließlich war er ja Maler, und wollte wieder als solcher tätig werden! Also suchte er sich eine neue Anstellung. Anfang August fing Üppel bei einem Münchener Malermeister an zu arbeiten. Dieser stammte aus Südtirol. Wie er schnell merkte wurde dort auch nur mit Wasser gekocht, und er kam ganz gut zurecht.

Josefine und Jens erschienen eines Samstag wieder mal zu Besuch. Sie wohnten jetzt in Landshut und entdeckten unterwegs eine „richtige" Diskothek! Sie hieß Jok's Disco und befand sich in Allershausen. Das war ungefähr in der Mitte der Strecke Landshut-Jetzendorf. Einstimmig wurde beschlossen, dieser Lokalität mal einen Besuch abzustatten. Zum Glück brauchte Üppel nicht selber Auto zu fahren, denn diesen Job übernahm Josefine. Sie hatte ihren Führerschein neu und war noch so richtig fahrgeil. Also auf geht's! Sie waren angenehm überrascht. Im Gegensatz zum Tanzboden von Ilmmünster war hier richtig was los! Auch ein neues Getränk entdeckten unsere Diskogänger. Es war Bacardi-Kirsch und sollte in Zukunft von ihnen noch Hektoliterweise vertilgt werden. Nicht von Bettina, die fand ihr eigenes Gebräu, was auf den lustigen Namen „Rüscherl" hörte. Und was war das? Man nehme einen Konjakschwenker Chantre` und fülle diesen mit Cola auf. Das war schon alles. Im Prinzip ein extra starker Cola- Weinbrand, genau das richtige für sie. Bettina liebte diese Mixtur und später wurde sie sogar von den Kumpels auf den Namen „Chantrea" getauft! Alle waren zufrieden, und beschlossen hier baldigst wieder zu erscheinen.

In der DDR waren die Leute hingegen immer weniger zufrieden. Die Meldungen aus dem Osten wurden immer dramatischer. Inzwischen hatten sich hunderte DDR Bürger in den Botschaften der Bundesrepublik von Prag und Budapest einquartiert, und wollten diese unter gar keinen Umständen wieder in Richtung Osten verlassen. Ebenso flüchteten täglich etwa fünfzig Menschen über Ungarn nach Österreich. Nach dem Abbau der Grenzsicherungen war dies einfacher geworden, auch schauten die ungarischen Grenzer immer öfters weg und ließen sie gewähren. Am neunzehnten August gelang sogar über sechshundert DDR-Bürgern auf einmal die Flucht nach Österreich. Beim so genannten „paneuropäischen Picknick" schlüpften alle ungeschoren über die Grenze. Der Druck auf Ostberlin wuchs also, aber die Betonköpfe blieben hart, noch. Aus hunderten wurden tausende. In der Budapester Botschaft waren schließlich über sechstausend Menschen zusammengepfercht! Auch in Prag bahnte sich ein ähnliches Flüchtlingsdrama an. Wo sollte das noch hinführen? Und vor allem, wer machte dann aus letzter in der DDR das Licht aus? Fragen über Fragen aber Üppel hatte keine Antwort darauf. Eines wusste er jedoch sicher, es ging wieder mal auf eine kleine Reise. Diesmal ins Ruhrgebiet. Nicole sollte die nächsten zwei Wochen in Düsseldorf, bei Üppels Onkel, verbringen. Danach würden sie zusammen mit ihr nach Jetzendorf kommen, denn Nicole hatte Schulanfang. Also fuhren unsere drei dorthin. Am Abend statteten sie der bekannten Düsseldorfer Altstadt einen Besuch ab. Da war ganz schön was los, nur Bettina fühlte sich nicht so toll, vielleicht weil es hier keine „Rüscherl" gab? Na gut, es gab bessere Getränke als Altbier. Aber das Ambiente war hier Spitze! Zurück in Jetzendorf liefen die Vorbereitungen für den Schulanfang an. Offiziell wurden Üppels Eltern, die Schwiegermutter und Schwägerin, eingeladen. Mal sehen ob sie alle kommen dürfen, in diesen verrückten Zeiten. Dann könnte es ganz schön eng werden in der Wohnung! So kam es auch. Alle Reiseanträge wurden genehmigt und am Wochenende vor dem Schulanfang war die Bude voll. Zusammen mit Üppels Onkel kam, außer Nicole, auch noch seine Oma mit. Jetzt war es so eng in der Wohnung, das man kaum noch eine Stecknadel zu Boden fallen hören konnte. Zum Glück schliefen Üppels Onkel und Tante in einer Pension, aber auch so musste genug improvisiert werden, um allen eine Schlafgelegenheit zu bieten! Trotzdem schien es ihnen zu gefallen. Am Montag vor der Einschulung hatte Üppel erst noch was Großes mit seinem Vater vor. Er nahm ihn mit auf eine Baustelle in München. Mit Absprache seines Chefs konnte Üppels Vater einen Tag zusammen mit ihm arbeiten und sich so einen ersten Eindruck von den Verhältnissen im Westen machen. Denn wer weiß, vielleicht wären diese Kenntnisse im Osten schon bald von Bedeutung für ihn! Der Tag des Schulanfangs kam und Üppel stellte überrascht fest, keiner schien ihn hier so zu feiern wie unsere „Neubayern". Meist erschien nur ein Elternteil mit in der Schule und das war's! Schnell wurde er aufgeklärt. Die

Einschulung wurde hier nicht so groß zelebriert wie in der DDR. Logisch! Das sah er ja! Zur Kommunion war das dann schon etwas anderes. In allen katholischen Gegenden wurde diese ausgiebig gefeiert. Das war aber ungefähr erst nach ein zwei Jahren Schulzeit. Aha, aber warum machte man dann um die Einschulung kein Federlesens weiter? Ein zwei Jahre waren doch schließlich eine lange Zeit. Verstehe einer die Bayern! Üppel erschloss sich das alles nicht so ganz.

An diesem zwölften September sahen Üppel und seine Gäste abends im Fernsehen unglaubliches. Die Ungarn ließen tatsächlich alle DDR Bürger, die in der bundesdeutschen Botschaft ausharrten, ausreisen! Das waren fast zehntausend! Es war der größte Flüchtlingstreck seit Ende des Krieges! Keiner konnte richtig glauben, was er da sah und allen stand das Wasser in den Augen. Das war ja die Bankrotterklärung des Sozialismus! Man war wie in einen Taumel, was war hier noch alles möglich? Es wurde noch lange und heiß diskutiert. Dennoch kehrten am kommenden Wochenende alle Schulanfangsbesucher zurück in die DDR, und unsere drei „Exilanten" waren wieder alleine.

Eine Woche später fand schon die nächste Feierlichkeit statt. Josefine und Jens wollten heiraten! Natürlich waren da Üppel und Co anwesend. An diesem Abend entdeckte Üppel wieder mal ein neues Getränk für sich. Was es im Westen aber auch alles zu sehen gab! Es handelte sich um Batida de Coco, ein Likör aus Kokosnüssen. Der sah aus wie Milch, schmeckte nur besser. Josefine hatte vorsorglich gleich mehrere Flaschen dieses feinen Destillats besorgt. Nachdem die beiden heimlich zwei Flaschen geleert hatten, fand Üppel das alles nicht mehr so lustig. Denn ihm wurde es wieder mal schlecht. Zum Glück schaffte er es noch bis zum Clo. Und Brüll! Auch Josefine war etwas unpässlich. Der Liebe zu Batida de Coco tat dies alles aber keinen Abbruch, und genüsslich machten sich die beiden danach noch über die dritte Flasche her! Leider mussten sie die Aktion irgendwann abbrechen, denn sie schiefen ein! Na das war doch wieder mal eine Feier nach Maß! Dachte sich Üppel als sie am nächsten Tag nach Hause fuhren. Zum Glück gab es genug Chantre`, so war auch Bettina ganz zufrieden.

Das restliche Wochenende wollten die beiden eigentlich ruhig und ungestört verbringen, doch es sollte wieder mal ganz anders

kommen. Es klingelte an der Tür und ein alter Kumpel aus Chemnitz stand davor. Frank war vor ein paar Tagen die Flucht in Ungarn über den Neusiedler See nach Österreich gelungen. Er wollte weiter nach Frankfurt, und auf den Weg dorthin mal unsere Zwei besuchen. Zwei Tage hatte er an den Ufern der sumpfigen Gewässer des Sees ausgeharrt, ehe ihm endlich die Flucht gelang. Offenbar war es doch noch nicht so einfach abzuhauen, wie Üppel dachte. Und was macht man nun mit dem angebrochenen Nachmittag? Wie wär's denn mal nach München zu fahren und dem Oktoberfest einen Besuch abzustatten? Üppel wollte nämlich schon lange mal die großen Bierzelte sehen. Und jetzt war die Gelegenheit dazu. Also fuhren unsere zwei Helden gemeinsam mit Frank auf die Wiesn. Der Anblick der ganzen Bierzelte war auf den ersten Blick beeindruckend, aber die Preise drinnen waren jenseits von Gut und Böse. Trotzdem wollten sich unsere Besucher jeder eine Maß Bier gönnen. Nach längerer Sucherei fanden sie schließlich ein Plätzchen im Armbrustschützenzelt von Paulaner. Na für diesen Preis nehmen wir doch die Maßkrüge gleich mit nach Hause! Sagten sich unsere Helden, und schmuggelten so jeder seinen Krug mit aus dem Bierzelt. Außerhalb der Zelte gab es aber auch noch eine Menge zu sehen, zum Beispiel eine Achterbahn mit Fünferlooping in Anordnung der olympischen Ringe. Diese Bahn musste natürlich ausprobiert werden, koste es was es wolle! Die Loopings waren gar nicht so schlimm, weil man da gleichmäßig in die Sitze gepresst wurde. Schlimmer waren die steilen Abfahrten! Aber auch dies überlebten unsere „Testpiloten" und erreichten am Abend wieder wohlbehalten die ruhigen Gefilde von Jetzendorf. Nachdem Frank wieder abgeflattert war, konnten sie noch etwas entspannen.
Am kommenden Montag gab es schon wieder unerhörte Nachrichten aus der DDR. In Leipzig demonstrierten achttausend Menschen gegen das Unrechtsystem. Das war die größte Demonstration seit dem Aufstand am siebzehnten Juni 1953! Diese Montagsdemos gab es schon ein paar Wochen, sie fanden immer nach den Friedensgebeten in der Leipziger Nikolaikirche statt. Und Woche für Woche wurden es mehr Leute, die auf die Straße gingen. Trotz Stasi! Eine Oppositionsbewegung war im Entstehen, die immer lauter ihre Forderungen rief. Zum Beispiel: wir bleiben hier! In der Prager Botschaft wurde die Situation

indes immer mehr zur Qual. Ungefähr Zweitausendfünfhundert Menschen drängten sich in dem Gebäude und auf dem Grundstück der Botschaft. Darunter rund dreihundert Kinder! Und täglich kamen neue Menschen hinzu. Die sanitären Verhältnisse waren menschenunwürdig. Für alle gab es kaum Duschen und nur vier Toiletten. Der Botschaftsgarten wurde zum Morast. Doch noch immer war keine politische Lösung in Sicht. Viele der Flüchtlinge hofften, dass Außenminister Genscher nach Prag reist und sich ihrer Sache annimmt.

Da hatte es Üppel schon deutlich besser. Bei ihm fand am dreißigsten September eine kleine Party statt. Neben Josefine und Jens, waren noch Carina, Steffen, Andreas und Angela, sowie alle Kinder, anwesend. Andreas und Angela stammten ebenfalls aus Chemnitz und stießen in Bayern zur Gruppe der „Exilsachsen". Klein war die Party eigentlich nicht, im Gegenteil, denn es wurde laut und ausdauernd gefeiert. Das sollte später noch zum Markenzeichen für Üppels Partys in Jetzendorf werden. Neun Monate nach der Ankunft im Westen waren sie offensichtlich in der neuen Heimat angekommen. Ein gutes Gefühl.

Zwei Tage später in Prag. Genscher war tatsächlich erschienen, und was er 18 Uhr 52 im Scheinwerferlicht auf dem Balkon der deutschen Botschaft vor viertausend Menschen im Schlamm verkündete, war ergreifend. Genscher um Fassung bemüht: Wir sind zu ihnen gekommen, um ihnen mitzuteilen, dass heute ihre Ausreise... Weiter kam er nicht. Ein Jubelsturm brauste auf, ein einziger Aufschrei der Erlösung. Bis zu acht Wochen hatten manche DDR Flüchtlinge auf dem Botschaftsgelände ausgeharrt. Unter unvorstellbaren Bedingungen. Und jetzt durften sie endlich ausreisen! Üppel und Bettina sahen sich das ganze sprachlos im Fernsehen an. Die Emotionen schlugen hoch. Der Haken an der Sache war aber, dass alle Züge mit den Flüchtlingen über DDR Gebiet in die Bundesrepublik fahren sollten. Dabei war es vielen sehr unwohl. Eine letzte Aktion der Genossen in Berlin, sozusagen um ihr Gesicht zu wahren. Und so fuhren dann auch sechs Sonderzüge von Prag aus, über Dresden, Chemnitz, Reichenbach, Plauen nach Hof. Mit über sechstausend Menschen an Bord! Schnell stellte sich heraus, dass die Idee die Züge über DDR Gebiet fahren zu lassen, alles andere als gut war. Denn überall auf den Bahnhöfen und auch auf freier

Strecke, an der die Züge vorbeirollten, kam es zu Menschenaufläufen. Viele wollten noch auf die Wagen aufspringen, andere jubelten nur einfach den Leuten in den Abteilen zu. In Dresden kam es sogar zu größeren Zusammenstößen mit der Polizei. Gibt es jetzt die ersten Toten? Zum Glück nein, aber viel fehlte nicht in dieser Nacht.

Am nächsten Tag bekam Üppel dann einen Anruf. Jana und Tilo waren am Apparat. Es waren alte Bekannte aus Chemnitz, die jetzt ebenfalls mit den Flüchtlingszügen aus Prag in Hof gelandet waren. Am Abend holte Üppel dann die beiden in München vom Bahnhof ab und nahm sie erst mal mit nach Jetzendorf. Es wurde ein zünftiges Wiedersehen! Eines war aber klar, dies war kein Zustand auf Dauer. Schon ein paar Tage später schaffte er die beiden dann auch ins nächste Aufnahmelager, nach Deggendorf in Niederbayern. Dort blieben sie jedoch nicht lange, denn nur eine Woche später waren die beiden bei einem SPD-Politiker in Mindelheim untergekommen. Üppel, Bettina und Nicole besuchten sie auch kurz darauf in ihrer vorübergehenden Unterkunft. Da die Fahrt von Jetzendorf nach Mindelheim etwas länger war, blieben sie dort über Nacht. Und was musste Üppel da sehen? Tilo hatte doch tatsächlich Üppels Schlafanzug an, das gibt's doch gar nicht! Offenbar hatten sich die beiden damals bei der „Haushaltsauflösung" unserer drei Auswanderer ausgiebig bedient. Später stellte sich heraus, dass sie noch mehr Dinge von ihnen besaßen, wie zum Beispiel deren Obstschalen! Dagegen war ja grundsätzlich nichts einzuwenden, schließlich wurde damals alles verschenkt. Aber es jetzt bei ihnen wieder zu entdecken, war schon ein eigenartiges Gefühl. Etwas mehr Taktgefühl wäre schon angesagt gewesen! Nach diesem Deja vu wollte Üppel am nächsten Tag nur noch schnell nach Hause. Das sie sich danach nicht so oft wieder sahen, leuchtet wohl jedem ein.

In Leipzig hatten die Menschen zur selben Zeit ganz andere Sorgen…Es war wieder Montag und diesmal waren schon fünfundzwanzigtausend Leute auf der Straße! Die Zahl der Demonstranten hatte sich so in einer Woche verdreifacht! Und sie riefen: Gorbi, Gorbi, Wir bleiben hier! Keine Gewalt! Und dann sangen sie noch die Internationale. Unglaublich, das war ja eine Revolution! Üppel konnte nicht glauben, was er da sah. Nicht nur in Leipzig gab es Montagsdemos, sondern in fast jeder größeren Stadt der DDR. Auch in Üppels alter Heimat Chemnitz gingen jetzt die Menschen auf die Straße, und riefen sich lautstark ihren Frust von der Seele. In Gedanken war er bei den Demonstranten und wünschte ihnen von ganzen Herzen Erfolg für ihre Sache. Dann zum „Republikgeburtstag" am siebten Oktober gab es auch große Demonstrationen in Ostberlin. Vor dem Palast der Republik, wo die ganzen Bonzen mit ihren Gästen, unter ihnen auch Gorbatschow, feierten, skandierten die Leute lautstark ihre Meinung. Es kam zu etlichen Zusammenstößen mit der Staatsmacht. Wie hatte Gorbatschow noch am Vortag sinnbildlich einem Journalisten gesagt? Wer zu spät kommt den bestraft das Leben! Offenbar begriffen dies die „Betonköpfe" im Politbüro immer noch nicht.

Am kommenden Montag, den neunten Oktober, in Leipzig, gab es natürlich wieder eine Demo. Diesmal waren es unglaubliche siebzigtausend Menschen, die auf der Straße waren! Eine Entscheidung lag in der Luft. Die Staatsmacht wollte an diesen denkwürdigen Tag ihre Macht demonstrieren. Überall waren Volkspolizei, Staatssicherheit, Betriebskampfgruppen, sowie Armee und standen bei Fuß! Sie griffen jedoch nicht ein. Die Menschenmassen hatten friedlich gesiegt! Am darauf folgenden Montag wälzten sich dann hundertfünfzigtausend Leute durch die Innenstadt. Leipzig hatte eine friedliche Revolution losgetreten. Das war nicht mehr zu stoppen! Honeckers Tage als Staatschef waren gezählt, und am achtzehnten Oktober hatte er im Politbüro seinen letzten Auftritt. Die Schlagzeile des Tages: Honecker tritt von allen Ämtern zurück, aus „gesundheitlichen" Gründen, wie es hieß. Das stimmte dieses Mal sogar, den Honecker hatte Krebs. Eine Ära ging zu Ende, Gott sei Dank! Und was wird jetzt? Der Druck von der Straße war nach wie vor da, und so hatte auch sein Nachfolger Egon Krenz kaum Chancen. Das ganze Kommunistenpack gehörte eben in die Mülltonne der Geschichte! Auch wenn sie sich vorerst noch dagegen sträubten. Nach so vielen erfreulichen Nachrichten aus der DDR fand bei Üppel erst mal wieder eine gepflegte Party statt. Josefine und Jens waren nach Jetzendorf gekommen und man gönnte sich zusammen ein paar gepflegte Tropfen. Üppels neue Stereoanlage wurde eingeweiht, und getestet wie laut man sie spielen kann. Nicht schlecht, nur mit den Bässen war er nicht so recht zufrieden. Jedoch fürs erste gings. Seine CD Sammlung war schon etwas angewachsen, doch die meisten Klänge kamen noch von der guten alten Musikkassette. Und davon hatte Üppel ja genug. Denn immer noch wurden jeden Freitag die Neueinsteiger der Schlager der Woche auf BAYERN DREI mitgeschnitten. So war er musikalisch immer auf den neuesten Stand. Die Alkoholreserven gingen auch nicht zur Neige, es wurde also ein ganz annehmbarer Abend. Man verabredete sich in zwei Wochen in Landshut zur Fortsetzung der Feierlichkeiten. Dann wollten auch Carina und Steffen zu unseren vier „Alkoholtestern" noch dazustoßen. Na dann Prost!

In der DDR geschahen inzwischen fast täglich ungeheuerliche Dinge. Margot Honecker war als Bildungsministerin zurück getreten, ebenso Harry Tisch als Chef des FDGB. Es schien als löse sich der Staat nun von innen heraus langsam auf. Und kurz darauf folgte auch Karl Eduard von Schnitzler, „Sudelede" der große Hetzer vom „Schwarzen Kanal". Endlich war auch diese Fratze vom Bildschirm der Geschichte verschwunden! In Ostberlin fand eine riesengroße Demonstration statt. Fast eine halbe Million Menschen waren zur Schlusskundgebung auf dem Alexanderplatz erschienen. Als Rednertribüne diente ein LKW. Viele Prominente sprachen. Manche wurden ausgebuht, wie Günter Schabowski, andere wurden bejubelt, wie zum Beispiel Stefan Heym. Und überall Plakate. An Egon Krenz gewand: Wer die Wahl fälscht, hat die Qual der Wahl. Herr Krenz wir haben nichts vergessen! Damit war klar, auch seine Tage als Staatschef waren gezählt. Seine unrühmliche Rolle bei der Kommunalwahl im Frühjahr brach ihm jetzt das Genick. Obwohl er ankündigte es werde fieberhaft an einem neuen Reisegesetz gearbeitet, wurde Egon Krenz nur noch ausgelacht. Eine Diktatur brach zusammen, und man war life dabei!

Die Party in Landshut begann auch life, aber erstmal ohne Carina und Steffen. Warum wusste niemand, Handys gab es ja schließlich noch nicht! Aber so waren die Vorräte an Trinkbaren wenigstens ausreichend. Gegen Mitternacht klingelte es an der Tür, und die beiden standen davor. Steffen hatte sich vor kurzem einen alten VW T2 zugelegt, und dieser hatte auf der Fahrt hierher leider vorübergehend den Geist aufgegeben. Denn sein Kadett wurde gerade wieder mal umgebaut, und war so nicht fahrbereit. Nach dem Motto tiefer, breiter, schneller! Yeah!

„Leicht" verschmutzt doch trotzdem durstig kam die Sause so nach Mitternacht erst richtig in Fahrt. Ein Hoch auf den Lambada! Die Fluchtwelle von DDR Bürgen schwoll indes immer mehr zu einem gigantischen Flüchtlingsstrom an. Fast täglich kamen nun tausende über die CSSR nach Bayern. Sie alle glaubten den Reformankündigungen von SED Chef Egon Krenz nicht. Die Folge, am siebten November trat die Regierung unter Ministerpräsident Willy Stoph zurück. Krenz selbst war politisch auch schon am Ende. Dann am neunten November Pressekonferenz in Ostberlin... Günter Schabowski, Mitglied des Politbüros, antwortet auf Nachfrage eines Reporters, das Ausreisen ab sofort über Grenzübergangsstellen der DDR möglich sind. Die Bedeutung dieses lapidar hingeworfenen Satzes war im Moment niemand so recht klar. Nachfrage des Reporters. Und ab wann gilt diese Regelung? Schabowski: Also meiner Meinung nach tritt dies sofort in Kraft! Bums! Ein Paukenschlag! Dies würde ja bedeuten die Mauer wäre ab sofort offen! Natürlich testeten dies tausende DDR Bürger unverzüglich aus. Sollte das unmögliche tatsächlich Wirklichkeit geworden sein? Der Druck auf die Grenze, vor allem in Berlin, wuchs von Minute zu Minute. Noch waren die Grenzbäume zu. Denn von den Grenzbeamten wusste keiner von einer sofortigen Öffnung der Sperranlagen. Das Chaos schien perfekt. Gegen Mitternacht wurden schließlich die Tore geöffnet und Menschenmassen strömten nach Westberlin! Die Mauer war Geschichte! Unbeschreiblicher Szenen spielten sich ab. Auf der Mauer, auf der Mauer tanzt ne kleine Wanze! Nur das die kleine Wanze tausende jubelnde Menschen waren. Das war die Nacht der Deutschen! Deutschland umarmte sich in Einigkeit und Recht und Freiheit!

Üppel saß vorm Fernseher und heulte Rotz und Wasser. Zum Glück war der nächste Tag ein Freitag, denn zum Arbeiten war ihm eigentlich gar nicht zumute! Die Mauer war weg, das gibt's doch gar nicht! Vielleicht kommt es nun ja sogar noch zur Wiedervereinigung der beiden deutschen Staaten! Unübersehbar wehte ein Hauch der Geschichte in diesen Tagen und Wochen durch Deutschland. Als dann kurz darauf in der Volkskammer der ehemals allmächtige Stasichef Erich Mielke stammelte: „Ich liebe euch doch alle, ich liebe alle Menschen" wurde er nur noch ausgelacht. Und dann Mülleimer der Geschichte auf und rein,

Zack, weg war er! Genauso das Politbüro, geschlossen verabschiedete es sich in die ewigen Jagdgründe.

Bei Üppel verabschiedete sich indes niemand, im Gegenteil acht Tage nach dem Mauerfall kam der erste Besuch aus dem Osten. Seine Eltern hatten ihre Jungfernfahrt mit ihrem eigenen Auto natürlich nach Bayern gemacht. Sie warteten extra noch ein Wochenende damit, in der Hoffnung der große Run Richtung Westen lässt etwas nach. Doch weit gefehlt, schon über acht Millionen DDR Bürger hatten sich ein West-Visum besorgt und alle grenznahen Straßen und Städte waren hoffnungslos verstopft. Man hatte den Eindruck die halbe DDR kam rüber. Tatsächlich war es ja auch so. Da Üppels Eltern im Januar schon einmal im Westen waren, fanden sie das nicht mehr so überwältigend, wie andere Leute die dies alles zum ersten Mal sahen.

In Berlin entstand indes ein neuer Beruf, der des „Mauerspechts". Hunderte dieser seltsamen Vögel hackten die Mauer klein und verkauften sie für eine Mark das Stück. Englische Reiseveranstalter boten sogar schon Tagesreisen für dreihundert Mark inklusive Mauerklopfen an! Die Amis setzten natürlich noch einen drauf. Ein amerikanischer Geschäftsmann aus Chicago orderte in Ostberlin gleich über zehn Tonnen original Berliner Mauer, Reste vom Durchbruch an der Bernauer Straße. Pro Tonne hatte er symbolisch einen Dollar bezahlt. Verpackt in neunzehn Kisten ging der historische Bauschutt per Luftfracht dann in die Staaten! Na, wenn das so weitergeht ist von der ganzen Mauer ja bald nichts mehr übrig! Dieser Tatsache weinte in Deutschland verständlicher Weise niemand eine Träne nach. Denn überall herrschte ein Hochgefühl, ...noch.

Ein Jahr war inzwischen vergangen, als Üppel und Family nach Bayern gekommen waren. Und was war seitdem alles passiert! Zum Jahrestag der Ausreise gab es bei Üppel eine gepflegte Party, mit den üblichen Verdächtigen: Josefine, Jens sowie Carina und Steffen. Selbstverständlich hatten auch alle ihre Kinder mit, welche mehr oder weniger gut nebenan im Schlafzimmer zu schlafen versuchten. Immer wenn bei Üppel Samstags die Gäste mit dem Auto anrollten, verzog sich die Mutter von Üppels Vermieter, die im Erdgeschoß wohnte, schnell zu ihrer Tochter. Diese hatte ein Haus gegenüber und bot vorübergehendes Asyl an. Oma nahm das alles aber nicht so krumm. Wenn die Jugend halt öfters mal feiern will, dann soll sie doch! Überhaupt hatte es Üppel mit seinem Vermieter recht gut getroffen. Von Andreas und Steffen hatte er schon ganz andere Dinge gehört. Am nächsten Tag wurde er sogar noch zum Geburtstagsessen zu Oma eingeladen. Sie wurde achtzig, und der Besuch aus Chemnitz war gekommen. So lernte Üppel die Leute kennen, welchen er letztendlich seine Wohnung in Jetzendorf zu verdanken hatte. Es wurde ein lustiger Abend und man entdeckte viele Gemeinsamkeiten aus der alten Heimat.

Anfang Dezember wurde Üppels Schwiegermutter fünfzig. Da die Grenze nun offen war konnten unsere drei „Neubundesbürger" einen Einreiseantrag stellen. Dieser wurde auch zügig genehmigt, und zusammen mit Carina und Sohn ging es das erste Mal zurück nach Chemnitz, o.k. es hieß damals immer noch Karl-Marx-Stadt, aber nicht mehr lange! Steffen war nicht mit dabei, denn er war ja „illegal" über die Grenze marschiert und eine Amnestie dafür hatte es noch nicht gegeben. Um unnötigen Stress zu vermeiden, blieb er halt in Bayern zurück. Also wurde wieder der alte C-Kadett beladen und auf gings! Schon die Hinreise hatte es in sich. Nach jeder Rast ging die Scheißkarre nicht mehr an, und die beiden Ladys mussten Üppel immer erst anschieben, damit es überhaupt weiterging. Irgendetwas mit der Schwimmernadel des Vergasers war nicht in Ordnung.

Auf dem Rasthof Fürth bei Nürnberg hätte Üppel beinah während des Anschiebevorganges noch parkende Autos beschädigt. Na das war ja gerade noch mal gut gegangen! Und dann sahen sie auch die gewaltigen Staus in Richtung Westen. Die A 72 war noch bei Pirk zu Ende und bis zur alten Grenze mussten sich alle über hoffnungslos verstopfte Straßen quälen. Beim Ausbruch des zweiten Weltkrieges war die Autobahn halt nicht weiter gebaut worden, und so gab es sie jetzt eben auch noch nicht. Logischer Weise hatte die DDR, die ganzen Jahre über, auch kein Interesse gehabt noch eine Autobahn in Richtung Westen zu schaffen. Nur gewaltige halbfertige Brückenpfeiler überspannten ein Tal bei Pirk. Beim späteren Ausbau der Strecke konnten diese sogar noch verwendet werden, und bis heute rasen täglich tausende Autos darüber. Das war eben noch deutsche Wertarbeit!

Doch zurück zu unseren „Ostbesuchern". Die Geburtstagsfeier fand sonntags statt, also konnten Üppel und Anhang am

Samstag noch zur Disko gehen. Auf ins Modul! Als sie mit ihrem uralten C-Kadett dort vorfuhren, war die Aufregung groß. Oh, geile Karre, zeig mal her, lass mich auch mal fahren usw. Üppel dachte er ist im falschen Film. Aber damals konnte man im Osten eben wirklich noch den allerletzten Schrott von Autos zu gutem Geld machen. Dieses Geschäft kam dann ja auch recht schnell in Gang, und überall entstanden Autohändler über Autohändler. Nachdem sich der Pulk vor Üppels Auto etwas gelegt hatte, wurde es noch ein ganz annehmbarer Abend. Geld hatten sie genug, denn noch mussten sie als „Wessis" täglich fünfundzwanzig Mark pro Person an Zwangsumtausch hinblättern. Diese Regelung fiel erst zu Weihnachten weg, und sie waren halt zwei Wochen zu früh dran.

Beim Geldumtausch, in der Bank, war auch ein ungeheueres Gedränge. Alle wollten ihre bescheidenen Devisen für ihre Westreise abholen. Erst als die freundlichen Frauen hinter dem Schalter bemerkten, dass dies bei unseren dreien nicht der Fall war, wurden sie ganz schnell bedient. So zeigte sich schon damals ein Unterschied zwischen Ost und West. Der Abend der Geburtstagsfeier kam, und die ganze Verwandtschaft war erschienen. Auch Bettinas Bruder Uwe. Lange hatte man sich nicht mehr gesehen. Und Prost! Es war ein Raum in einer Konsum Gaststätte gemietet worden. Für die musikalische Unterhaltung sorgte ein Schwager. Alles in allem lief es ganz gut, bis zu dem Moment als gegen zweiundzwanzig Uhr die Kellner kurzerhand den Strom abstellten. Ganz rabiat. Was sollte denn das? „Ja... jetzt ist Feierabend, heute ist Sonntag und da wird halt zehn Uhr geschlossen!" Punkt! Wo lebten denn die Jungs? Wahrscheinlich noch in der tiefsten DDR, oder so ähnlich. Die neuen Zeiten waren hier offensichtlich noch nicht angekommen. Auch nach langer Diskussion waren sie nicht dazu zu bewegen heute mal eine Ausnahme zu machen, und etwas länger offen zu lassen. Wenn viele so eine Einstellung hatten, war es kein Wunder das der Konsum bald Pleite ging! Aber es half alles nichts, die Feier war zu Ende und alle trollten sich freudestrahlend nach Hause. Ja solche Idioten, aber auch! Zum Glück ging es am Montag zurück nach Bayern.

In Ostberlin war man da schon weiter. Erich Honecker hatte inzwischen Hausarrest, alle Büros der ehemaligen Mitglieder des Politbüros wurden versiegelt, sogar das von Egon Krenz.

Ebenfalls wurde nach dem abgetauchten Devisenbeschaffer der SED Prominenz Alexander Schalck-Golodkowski gefahndet. Am neunzehnten Dezember kam Helmut Kohl nach Dresden, und wurde dort frenetisch gefeiert. Die Massen riefen: Deutschland einig Vaterland! Kohls Kommentar zu einem Vertrauten: Die Sache ist gelaufen! Nur die vier Siegermächte des zweiten Weltkrieges, allen voran Russland, mussten noch zustimmen. Das könnte noch mal schwierig werden! Am einundzwanzigsten Dezember wurde in Berlin das Brandenburger Tor, das Symbol der Teilung, geöffnet. Die Grenze war zwar nun schon anderthalb Monate offen, doch erst jetzt war das für die ganze Welt richtig sichtbar. Noch vor zwei Jahren hatte an dieser Stelle der damalige US-Präsident Reagan gesagt: Mr. Gorbatschow öffnen sie dieses Tor und reißen sie die Mauer nieder! Und jetzt war es offen, doch nicht Mr. Gorbatschow hat es geöffnet, sondern dies hatte das Volk der DDR ganz alleine geschafft! Darauf konnte man schon stolz sein.

Üppel musste indes einen Dämpfer hinnehmen. Ihm wurde witterungsbedingt gekündigt. Das war eigentlich auf dem Bau im Winter normal, nur er war halt so etwas noch nicht gewöhnt. Da ihm aber in letzter Zeit die Arbeit bei seinem Südtiroler Malermeister sowieso nicht mehr richtig zusagte, wollte er die Gelegenheit dazu benutzen um sich nach einer anderen Firma umzusehen. Doch erst mal stand Weihnachten vor der Tür. Üppels Eltern kamen zusammen mit seiner Oma nach Jetzendorf und man verbrachte dort gemeinsam die Feiertage.

Und Zack! Wieder war ein Jahr vorbei! Und was für eins! Die größten politischen Umwälzungen seit dem Ende des zweiten Weltkrieges waren im vollen Gange. Zum damaligen Zeitpunkt wusste aber noch keiner genau wohin die Reise letztendlich führen sollte. Obwohl für viele die deutsche Einheit eine längst beschlossene Sache war. Dementsprechend hoffnungsvoll blickte man auch in die Zukunft. Silvester ließ man es im wiedervereinten Berlin dann ordentlich krachen. Das alterwürdige Brandenburger Tor wurde gestürmt, und auf der Quadriga getanzt. Es wurde alles so sehr in Mitleidenschaft gezogen, dass schon kurz darauf Restaurierungsarbeiten nötig waren.

Für Üppel und Family fand die Silvesterfete etwas ruhiger in Landshut, bei Josefine und Jens statt. Und wer saß bei ihnen da auf dem Sofa? Würze aus Chemnitz! Zusammen mit einem

Freund hatte er sich im Trabbi auf die Fahrt nach Landshut gemacht, um seine alten Kumpels mal zu besuchen. Vor kurzen noch unvorstellbar, und jetzt schon fast normal. Das Wiedersehen wurde dann auch zünftig begossen, und mit was? Richtig! Batida de Coco! Mit Annett war Würze inzwischen nicht mehr zusammen. Das war besser für seine Schallplattensammlung und für Annettes Gemütszustand. Na dann Prosit Neujahr!

7.

Die wilden Jahre in Bayern

Mit dem ersten Januar hatten, Überraschung! Die neunziger Jahre begonnen. Üppel war indes immer noch auf der Suche nach einer neuen Stelle. Er hatte aber wieder einen Termin für ein Vorstellungsgespräch, bei einem Münchener Malermeister. Vorher ging es noch mal kurz nach Chemnitz zurück, denn sein Vater wurde sechzig. Jetzt schon ohne irgendwelche Formularitäten. Wie schnell sich doch die Zeiten änderten! Dieses Mal wurde zu Hause gefeiert, so konnte auch niemand zu zeitig den Strom abstellen. Auch wollte Üppel endlich seinen alten Kumpel Gigo besuchen, den er im Dezember sträflicher Weise leider total vergessen hatte! Doch was musste er von ihm erfahren, Jenny war zusammen mit Kind und Kegel vorige Woche verschwunden, wahrscheinlich in Richtung Westen! Und das alles während Gigo auf Arbeit war! Er stand vor den Trümmern seiner Ehe. Man sah ihm an, dass der Schock tief saß. Logischer Weise versuchte Üppel Gigo so gut es geht aufzumuntern, und versprach sich seiner anzunehmen. Wäre doch gelacht für ihn keine neue Frau zu finden! Doch dies musste Gigo erst mal selbst wollen, vorerst war daran noch nicht zu denken. Kommt Zeit, kommt Rat sagte Üppel dann auch bei der Verabschiedung, und lies einen doch etwas ratlosen Freund zurück. Mann oh Mann!

Zurück in Bayern kam der Tag des Vorstellungsgespräches. Üppel konnte seinen neuen Chef überzeugen und Mitte Januar war er wieder in Lohn und Brot. Na Gott sei Dank! So konnte die finanzielle Gesundung fortgesetzt werden. Es ging weiter aufwärts! Nur ein Problem tat sich auf. Der gute alte C-Kadett war am Ende. Der Rost tat sein unermüdliches Werk, und von den Bremsen war auch nicht mehr viel übrig. Nach einem Jahr und vielen Kilometern war der Tag des Abschiedes nahe. Denn alles wieder herzurichten wäre viel zu teuer. Also musste ein neues Auto her. Zum Glück wollte gerade jetzt ein ehemaliger Arbeitskollege aus der Münchener Baufirma, wo Üppel mal arbeitete, seine Opel Ascona verkaufen. Und das zu einem vertretbaren Preis. Er war acht Jahre alt und noch ganz gut in Schuss. Schon wieder ein Opel! Dachte sich Üppel, aber na gut. Nachdem Steffen noch alle für ihn interessanten Teile aus dem Kadett ausgebaut hatte, wurde dieser dann verschrottet. Üppels Geburtstag war nahe und er hatte sich halt selbst mal ein Geschenk gemacht, Punkt! Aha, Geburtstag, also feiern wir doch mal wieder eine kleine Party! Es erschien wieder eine illustre Schar an Gästen, Jens, Josefine, Angela und Andreas, Carina und Steffen, sowie Besuch aus der DDR. Uwe hatte sich auf den Weg nach Bayern gemacht, um mit Üppel mal wieder richtig zu feiern. Na mal sehen. Die Bude war also wieder voll. Dann noch die richtigen Klänge aus den Boxen, so kam die Party recht schnell in Gange. Die Stimmung war Klasse und Üppel wollte gerade eine neue CD einlegen, als Bettina mit der Schere, schnipp schnapp, das Lautsprecherkabel einer Lautsprecherbox durchschnitt. Sie hatte wieder mal zu tief ins Glas geschaut und kam so auf irrsinnige Ideen. Eine Riesen Szene vor allen Kumpels folgte. Schließlich konnten sie Üppel etwas beruhigen, und dieser holte danach flugs einen Lötkolben und lötete das Kabel wieder zusammen. Obwohl auch er schon etwas angesäuselt war. So geschafft! Um die Stimmung noch zu retten kam Bettina jetzt erneut auf totalen Unsinn. Sie holte zwei Lippenstifte, die sie von einem Versandhaus geschenkt bekommen hatte, und begann sich damit anzumalen, besser anzuschmieren. Schnell wurden ihr die Stifte entwendet und nun begannen Üppel und Andreas sich seinerseits anzumalen. Doch nicht nur den Mund…Nein, Hose runter und das gute Stück bekam eine rote Kappe! Und auf den Tisch damit! Zack! Das war Uwe dann doch zuviel, und er verlies zusammen mit Carina und Steffen fluchtartig den Ort des Geschehens. Eigentlich wollte er ja bei Üppel schlafen, doch jetzt hatte er Angst hier noch „verunstaltet" zu werden. Andreas und Üppel störte das aber nicht weiter, und den ganzen restlichen Abend bzw. die restliche Nacht liefen sie noch stolz mit ihren „gezeichneten" Körperteilen herum. Alkohol macht Birne hohl! Stimmt! Am nächsten Tag stellte Üppel mit Schrecken fest, das das Zeug auch noch beschissen wieder ab ging. Wo sollte das bloß noch alles hinführen!

Im Osten wusste man da schon eher wo alles hinführen sollte. Nämlich zur Einheit Deutschlands. Vor allem im Westen wurde der Einigungsprozess jetzt forciert. Die so genannten zwei plus vier Verhandlungen hatten begonnen, wo Ost und West zusammen mit den Siegermächten des zweiten Weltkrieges am Verhandlungstisch saßen. Am liebsten wollten Genscher und Kohl das vereinte Deutschland in der Nato sehen, statt neutral zu werden, aber diese Pille musste Gorbatschow erst gewillt sein zu schlucken. Auch in London war man über ein vereintes Deutschland nicht so begeistert, um nicht zu sagen schockiert. Die eiserne Lady Thatcher war „not amused" und äußerte sarkastisch: Sie liebe Deutschland so sehr, das sie gerne weiter zwei davon hätte. Der französische Präsident Mitterand hielt sich auch noch sehr bedeckt. Nur der amerikanische Präsident George Bush Senior stand voll hinter den Plänen aus Bonn. Das war ein Pluspunkt. Es gab also noch viel zu reden. Den Leuten im Osten dauerte das alles viel zu lange und vermehrt erschallte jetzt der Ruf: Kommt die D-Mark nicht zu uns, so kommen wir zur D-Mark! Es musste etwas geschehen, und zwar recht schnell. Als erster Schritt zur Einheit war eine Wirtschafts- und Währungsunion in Planung. Die Entwicklung gewann derart an Eigendynamik, es war atemberaubend. Die ersten freien Wahlen in der DDR brachten dann einen Erdrutschsieg der konservativen „Allianz für Deutschland". Die Regierung unter Lothar de Maiziere wurde so die erste und gleichzeitig auch die letzte frei gewählte Administration ihrer Art in der DDR. Denn als ihr Hauptziel betrachtete sie den Beitritt der DDR zur BRD nach Artikel 23 Grundgesetz.

In Bayern ging bei Üppel und Family zur gleichen Zeit alles seinen gewohnten Gang. Die letzten Lippenstiftreste waren endlich entfernt worden und, so man konnte sich wieder neuen Herausforderungen stellen. Üppel wollte dieses Jahr unbedingt auch einmal nach Berlin fahren, um mit eigenen Augen zu sehen, was dort so alles abging. Den nächsten Besuch in Chemnitz nutzten dann auch unsere drei für einen Kurztrip nach Berlin. Nur ein halbes Jahr nach der Grenzöffnung war von der Mauer schon nicht mehr viel zu sehen. An einigen wenigen Stellen fanden sie noch „angeknabberte" Reste vor. Natürlich betätigten sich unsere drei dort auch als „Mauerspechte" und sicherten sich ihre eigenen Krümel vom ehemals undurchdringlichen „antifaschistischen Schutzwall".

Rund um das Brandenburger Tor herrschte geschäftiges Treiben. Hunderte von kleinen Händlern boten Ware aus der untergehenden DDR an, wie Armeekleidung, Orden usw. Der Ausverkauf des Sozialismus war in vollem Gange, stellte Üppel schmunzelnd fest. Nach einem kleinen Bummel auf dem Kurfürstendamm und dem Besuch des Olympiastadions, ging es zurück nach Chemnitz. Denn Üppel hatte noch einen Termin bei seinem alten Kumpel Gigo. Sein Gemütszustand schien sich langsam etwas zu bessern, hoffentlich suchte er sich bald eine neue Frau. Darauf stießen sie noch kräftig an und verabschiedeten sich bis demnächst. Vielleicht kommt Gigo ja auch mal nach Bayern, um sich selber anzusehen, wie Üppel jetzt lebte. Na mal sehen.

In der DDR ging es im Eiltempo auf die deutsche Einheit zu. Es wurde ein Staatsvertrag zwischen den Regierungen von Ost und West geschlossen und am 2. Juli trat die Wirtschafts-und Währungsunion in Kraft. Das heißt ab zu diesem Zeitpunkt gab es im Osten die D-Mark! Nur damit waren alle Ostbetriebe schlagartig der Marktwirtschaft ausgesetzt und hatten keinen Vorteil des Billiganbieters mehr. Außerdem war die Lage vieler Betriebe, verursacht durch jahrelange Misswirtschaft, äußerst prekär. Es begann sich die Spreu vom Weizen zu trennen. Befeuert wurde diese Entwicklung auch noch durch die vielen "Heuschrecken" die aus Richtung Westen einfielen und die noch wenigen funktionierenden Betriebe kaputt wirtschafteten. Teils aus Geldgier, teils aus Konkurrenzdenken. Nach der Einheit bekam das Übel einen Namen: Treuhandanstalt. Ebenfalls im Juli wurde nach einer Volksabstimmung Karl-Marx-Stadt wieder in Chemnitz umbenannt. 37 Jahre nach der erzwungenen Namensänderung hieß die Stadt nun endlich wieder so wie schon Jahrhunderte lang.

Und dann am 3. Oktober war es soweit: Deutschland war wiedervereint! Es war unglaublich! Niemand hätte das für möglich gehalten! Die Verhandlungen zum deutsch-deutschen Einigungsvertrag und ebenso die "Zwei-plus-vier" Gespräche mit der Sowjetunion, den USA, Großbritannien und Frankreich waren zügig verlaufen. 45 Jahre nach dem Ende des zweiten Weltkrieges hatten Diese langwierige Friedensverhandlungen mit allen früheren Kriegsgegnern ersetzt. Somit war die Nachkriegszeit nun zu Ende. Die Chance, die sich durch den Umsturz in der DDR auftat, war von einigen Politikern West, allen voran Kohl und Genscher, konsequent genutzt worden. Sie hatten den "Zipfel" der Geschichte erfasst und nicht mehr losgelassen. Aber ohne Gorbatschow in Moskau wäre dies alles sicher nicht möglich gewesen. Obwohl der nun selbst im eigenen Land um seine weitere Herrschaft bangen musste und auch kurz

darauf die Macht verlor. Zum Glück erst nach dem 3.Oktober...
Wer weiß wie sonst alles verlaufen wäre.
Deutschland einig Vaterland! Und was kommt jetzt?
Erst einmal wenig oder keine Arbeit für Üppels Vater in
Chemnitz. Die neuen D-Mark Scheine klebten noch fest, aber
zum Glück konnte Üppel aushelfen. So trat Daddy Üppel im
Herbst seine Tätigkeit in München an. Einen ganzen Block in
München-Schwabing Fensteranstrich von außen, hatte er von
Üppels Chef als Auftrag erhalten. So schlug er seine Zelte bzw.
seinen Wohnwagen vorübergehend in Jetzendorf auf. Als alter
Camper kein Problem. Es war wieder Herbst und so ging es
dieses mal erneut zur "Wiesn". Jetzt kam Üppels Vater in den
Genuss eines Besuches. Die Bierpreise waren wie jedes Jahr
wieder gestiegen. Für eine Maß zahlte man jetzt schon fast zehn
D-Mark. Gut heute zahlt man schon zehn Euro, aber dies nur
nebenbei.
Ein Auffahrunfall in München verhalf Üppel zu einer neuen
Stereoanlage. Der Schaden wurde nur notdürftig kaschiert und
das Geld der Versicherung für eine neue Anlage ausgegeben.
Üppel war zufrieden, denn dieses Mal wummerten die Bässe
ordentlich. Jeder Statiker sollte sich so ein Teil zulegen, denn so
kann man testen ob die Bausubstanz eines Hauses noch in
Ordnung ist! Die arme Oma, sie verschwand nun noch öfter zu
ihrer Tochter gegenüber.
Die neue Stereoanlage hatte Üppel sich gerade zur rechten Zeit
zugelegt, denn dieses Jahr sollte die Silvesterparty in Jetzendorf
stattfinden. Es kamen die üblichen Verdächtigen. Josefine mit
Jens, Andreas und Angela sowie noch zwei Pärchen im
Schlepptau von Jens. Es wurde ein wilder Abend. Der Hof sah
nach der Knallerei aus wie ein Schlachtfeld und in der Wohnung
war es auch nicht besser. Sogar Brandflecken in den Stühlen.
Am nächsten Tag musste dann noch mit vollem Brummschädel
der Hof gesäubert werden. Für Üppel stand fest, so was muss
man nicht noch einmal haben und ab jetzt wird Silvester immer in
einer Lokalität gefeiert. Doch zunächst musste erst einmal wieder
auf Arbeit gegangen werden.
Mit der Einheit Deutschlands ergaben sich auf einmal ganz neue
Möglichkeiten. Jetzt konnte man einen Antrag auf Akteneinsicht
in seine Stasiakte stellen. Üppel stellte natürlich einen solchen,
denn er wollte nun genau wissen ob und wer ihn bespitzelte.

Schon nach kurzer Zeit wurde ihm mitgeteilt, dass es eine Stasiakte über ihn gab. Aber bei einer solchen Masse von Anträgen, konnte es noch eine Weile bis zur Akteneinsicht dauern. Aber egal... Was macht eigentlich Gigo? Hat er eine neue Frau? Leider nein, was war nur los? Bettina, seit kurzem in der örtlichen Schuhfabrik Lowa beschäftigt, hatte eine Idee. Eine ihrer Arbeitskolleginnen war ohne Mann und das musste geändert werden! Also wurde Gigo nach Jetzendorf eingeladen und ein Treffen organisiert. So fand nach langer Zeit wieder mal eine Party zu viert statt. Es war ein toller Abend, wie in alten Zeiten. Die Musik war laut, die Stimmung heiß und die Getränke kalt. Nur dieses Mal lies Üppel die Dame für Gigo in Ruhe, obwohl er grundsätzlich nicht abgeneigt war. Aber es gab andere Prioritäten, Gigo brauchte endlich mal wieder eine Frau. Und siehe da, es klappte. Die Nacht verbrachte er schon mit ihr zusammen. Na das waren ja Aussichten!

Als Gigo sonntags wieder abflatterte wurde ein Termin in Chemnitz ausgemacht um die Sache zu vertiefen. Schon zwei Wochen später war es soweit. Üppel fuhr zusammen mit Gigos neuer Flamme, Bettina und Nicole in seine Heimatstadt. So traf man sich im BB und nahm erstmal einen kräftigen Schluck. Doch Gigo wollte seine neue Errungenschaft in das Nachtleben von Chemnitz einführen. Straßenbahn für keine mehr, also rein in den Trabbi und ab in die City, in die Kosmos Bar. Beim Einparken riss Üppel die Tür derart schnell auf, das Gigo einen Schreck bekam und rückwärts fuhr. Leider blieb die geöffnete Tür am Nachbarauto hängen und Krach war eine unschöne Beule drin. Ach du Schreck, Gigo war ja nicht nüchtern. Hat das jemand gesehen? Hoffentlich nicht. Also still und leise das Auto auf einen anderen Parkplatz stellen. Gesagt getan. Mein lieber Mann! Die ganze Aktion blieb zum Glück ohne Folgen, nur die Tür im Trabbi ging jetzt neunzig Grad zu öffnen. Aber das Auto hatte seine besten Tage ohnehin schon hinter sich. Der Abend in der Kosmos Bar wurde dann doch noch ganz annehmlich. Den Weg zurück fuhren unsere vier dann lieber mit dem Taxi. Diese Aufregungen waren offensichtlich nichts für die zarte Frau aus Bayern. Die neue Liebe löste sich schon kurz danach in Luft auf, doch Gigo war wieder auf den Geschmack gekommen. Nur Alkohol ist auch keine Lösung!

Es war Sommer und die diesjährige Urlaubsreise sollte Üppel nach Holland führen. Bei einer seiner letzten Trips nach Chemnitz hatte er sich ein gebrauchtes Steilwandzelt zugelegt, welches nun auf Herz und Nieren geprüft werden sollte. Also die Holzpantoffeln gesattelt und auf ins Land des Edamers! Dann an der Nordsee war Üppel doch etwas enttäuscht. Der Unterschied von Ebbe zu Flut, die Tide, war kaum zu bemerken. Eigentlich logisch, denn in Holland gab es ja kein Wattenmeer mit flach abfallendem Ufer. Aber das wusste Üppel zu diesem Zeitpunkt natürlich noch nicht. Na gut dann eben Sightseeing und auf nach Amsterdam! Eine tolle Stadt, sie waren begeistert. Vor allem zog es Üppel natürlich in CD Geschäfte und tatsächlich wurde er fündig. Eine seltene Scheibe von Deep Purple durfte er von nun an sein Eigen nennen. Aus den vielen Coffeeshops zog so ein süßlicher Duft und Läden voller schräger und frecher Postkarten gab es da! Eine solche, ein erigierter Penis an dem ein Holzpantoffel hing, wurde zur lieben Schwiegermutter nach Chemnitz geschickt. Na das wird wieder für Gesprächsstoff sorgen, dachte sich Üppel der kleine Schelm. Vertieft in die Regalreihen wäre er fast mit jemand zusammengestoßen. Potz Blitz das war doch Uwe aus Euba! Das gibt's doch gar nicht! Man hatte sich jahrelang nicht gesehen und lief sich nun hier in einen kleinen Laden in Amsterdam über den Weg. Die Welt ist manchmal eben ein Dorf. Natürlich wurde das Wiedersehen mit einem kleinen Schluck begossen, ehe es wieder zurück an die Nordsee ging. Auf der Strecke zurück zum Parkplatz verlor Üppel dann noch etwas die Orientierung und landete in dem Stadtviertel mit den roten Laternen und großen Fenstern, dem Rotlichtviertel von Amsterdam. Oder war er etwa absichtlich hier her gelaufen? Sicher nicht, denn Nicole stand ja neben ihm. Und die war erst neun Jahre alt! Ein Glück das am Tage nicht so viel los war wie in der Nacht. Bloß schnell raus hier, endlich da war ja das Auto. Tür zu und fort!

Das Strandleben wurde Üppel auf die Dauer zu langweilig und so beschlossen unsere drei hier die Zelte abzubrechen und ein anderes Reiseziel ins Auge zu fassen. Paris! Aber der Weg dahin war ganz schön weit. Was soll's, auf geht's! Die Fahrt führte über Belgien ins schöne Frankreich. Das Zelt sollte in dort im Kofferraum bleiben, denn sie wollten sich ein Hotelzimmer suchen. So einfach war dies aber nicht, doch schließlich wurde

ein passendes gefunden. Die Preise waren natürlich königlich, aber für zwei Nächte dürfte die Kohle schon reichen. Der Opel wurde abgestellt, denn hier Auto zu fahren erforderte starke Nerven. Und wozu gab es schließlich die Metro! Paris! Die Stadt der Liebe! So ein Blödsinn, deswegen war Üppel sicher nicht hier her gekommen. Aber beeindruckend war es hier schon. Selbstverständlich wurde der Eiffelturm erklommen und Notre-Dame besichtigt. Diese Kathedrale war schon gigantisch und Üppel hoffte jeden Moment die hübsche Esmeralda käme um die Ecke. Schön wär's gewesen, aber vielleicht kam ja nur Quasimodo? Doch keiner von beiden erschien, na gut. Und weiter ging's die Champs-Elysèes entlang. Die gigantische Prachtstraße im Herzen von Paris. Dort wollten sie, genau wie zwei Jahre zuvor in Venedig, etwas Essen. Das dies nicht billig wird war allen klar. Doch gegen Venedig war Paris schon eine andere Hausnummer. Zur Abkühlung der Gemüter ging es danach noch in den Invalidendom um Napoleons Grab zu besichtigen. Alles klar? Natürlich gab es in dieser Stadt noch sehr viel mehr zu sehen, zum Beispiel Versailles oder den Louvre. Aber unsere Touris waren völlig fertig und hatten die Nase voll. Am nächsten Tag ging es wieder zurück ins beschauliche Jetzendorf. Die fast tausend Kilometer lange Strecke fuhr Üppel an einem Stück und war dementsprechend erledigt als er die Tür in Bayern aufschloss. Und das nennt sich nun Urlaub!
Richtige Ruhe wollte nicht einkehren, denn schon ein paar Wochenenden später ging es wieder nach Chemnitz. Diesmal wollten sie, zusammen mit Gigo, eine neue Gastlichkeit aufsuchen. Er war schon ein paar Mal dort und hatte Üppel den Laden schmackhaft gemacht. Obwohl so neu war er nicht, früher war es das Irkutsk neben der Stadthalle, welches nun nach einigen Umbauten Calypso-Bar hieß. Bei Üppel kamen Erinnerungen hoch...Also nichts wie hin. Der Abend entwickelte sich dann auch ganz schnuckelig. Wie immer hatte Bettina Durst und Gigo konnte ein paar neue Bekanntschaften mit dem weiblichen Geschlecht suchen. Auch Üppel hatte seinen Spaß. Doch plötzlich, nach dem vierten Weinbrand, fiel Bettina vom Barhocker. Das war ungewöhnlich, denn eigentlich machten ihr solche „geringen" Mengen Alkohol nichts aus. Was war geschehen? Während Gigo und Üppel sich mit einigen Frauen

unterhielten, war sie auch nicht untätig gewesen. Sie hatte irgendwelche Typen angelabert und die dachten sicher, die Frau greifen wir uns! Als sie dann kurz aufs Klo verschwand schütteten sie ihr bestimmt was ins Glas um später leichtes Spiel zu haben. Und das setzte die Gute nun außer Gefecht. Tja was nun? Man konnte sie ja schlecht so liegen lassen, obwohl... nein lieber nicht. Der Abend war also gelaufen. Unsere zwei Helden klemmten die Frau unter und verließen „freudestrahlend" den Ort des Geschehens. Und wie jetzt weiter? Ein Taxi, gute Idee! Aber alle Taxifahrer die vorbei fuhren winkten dankend ab, nachdem sie die „Alkoholleiche" sahen. Na das kann ja heiter werden! Doch schließlich erbarmte sich einer und Bettina wurde auf die Rückbank gezerrt und ab ging's. Dort verblieb sie jedoch nicht lange, denn schon drei vier Kreuzungen weiter riss sie bei Rot die Autotür auf und brüllte der Straße mal so richtig ihre Meinung. Unsere drei waren kurz davor aus dem Taxi zu fliegen, jetzt nur keine Ausfälle mehr! Also alles schön abputzen, die Frau hinsetzen, weiter fahren und hoffen das sie bis nach Hause durchhält. Sie hielt durch, aber es war schon knapp gewesen. Was lernt man daraus? Lasse dein Glas nie allein und unbeobachtet stehen, wenn man irgendwo auf der Piste ist. Nach diesem nervenaufreibenden Erlebnis war es eine richtige Erholung wieder auf Arbeit zu gehen. Und Pinsel eintauchen!

Vor kurzem hatte sich Üppel eine Videokamera zugelegt und bald sollte er Gelegenheit bekommen, diese ausgiebig zu testen. Am Samstag wollten sie Jok's Disco in Allershausen wieder einmal einen Besuch abstatten. Dazu wurden Passenderweise Josefine und Jens eingeladen. Doch ihre Ankunft lies auf sich warten. Üppel spielte mit der Kamera herum und kam so auf die Idee wieder einmal Interviews mit den anwesenden Gästen zu führen. Genauso wie er es früher schon mit Tonbandaufnahmen getan hatte. Das wird bestimmt lustig, dachte er sich, als es klingelte. Josefine und Jens standen ganz blass vor der Tür. Was war geschehen? Nach einem Werkstattbesuch mit ihren Ford Sierra wollten sie direkt zu Üppel kommen. Doch bei Tempo hundertfünfzig auf der Autobahn schlug plötzlich die Motorhaube auf und die zwei standen buchstäblich im Dunkeln. Zu Glück gelang es Jens sein Auto kontrolliert zum Stehen zu bringen. Dann wurde ein Spanngurt um die Motorhaube gebunden und weiter ging's. In der Werkstatt war der Deckel nicht richtig geschlossen worden und so durch den Fahrtwind aufgegangen. Es schien als ob er das Unglück magisch anzog. Nach einem kleinen Schluck hielt ihm dies aber trotzdem nicht davon ab mit der ganzen Truppe noch nach Allershausen zu fahren. Es wurde ein gelungener Abend.

Auf dem Rückweg nach Jetzendorf fuhr dann lieber Josefine den "Unfallford". Und jetzt wurde gefilmt! Vier fröhliche Menschen, die bei lauter Musik, früh gegen drei Uhr durch die Bude sprangen. Und wie ist die Meinung der Besucher heute? Klare Antworten bekam Üppel aber nicht mehr zu hören. Als Jens sich leicht bekleidet zum posieren in die Küche stellte, merkte er, dass beim bieseln sein „Jogi" kaum noch zu sehen war. Skandalös! Der Gute hatte im „goldenen Westen" offenbar ein paar Pfunde zugelegt. Es war köstlich. Dann fiel ihm ein, allen Anwesenden seine letzte Verletzung zu zeigen. Jens hatte sich auf Arbeit einen Span eingetreten, seht nur hier! Und hielt jedem seine nackten Füße ins Gesicht. Denn er wusste nicht mehr genau welche seiner beiden Füße in Mitleidenschaft gezogen worden war. Sie konnten sich vor Lachen kaum noch halten. Da Alkohol bekanntlich sehr hungrig macht, wurden jetzt in der Mikrowelle die letzten Essensreste warm gemacht. Obwohl der gute Bohneneintopf noch halb gefroren war, egal alles wurde aufgegessen. Danach ebbte die Stimmung merklich ab, und gegen fünf Uhr morgens legten sich unsere vier Akteure friedlich schlafen. Wie so oft war der Sonntag damit gelaufen. Die illustre Gesellschaft verabschiedete sich „Früh" gegen fünfzehn Uhr voneinander und versprach sich demnächst bald wieder zu treffen. Hollatrio!

Zur gleichen Zeit versprach Kanzler Kohl den Ostdeutschen blühende Landschaften und Friede Freude Eierkuchen. Doch es kam vieles ganz anders und die "Neu-Bundesbürger" mussten Erfahrungen ganz anderer Art machen. Die Schlangen in den Arbeitsämtern wurden länger und länger. In Bayern merkte Üppel davon nichts, hier ging alles seinen gewohnten Gang. Er kam auch nicht zur Ruhe, denn die nächste Action stand schon an.

Diesmal ging es nach Utting an den schönen Ammersee. Steffen und Carina hatten eine neue Wohnung bezogen und das musste natürlich gebührend gefeiert werden. Selbstverständlich erschienen auch Josefine und Jens. Nach einem kleinen Umtrunk fuhren sie erst einmal in eine nahe gelegene Diskothek, das Holiday in Landsberg am Lech. Üppel hatte an diesem Abend großen Durst, und die Barcadi-Colas konnten kaum schnell genug nachgeordert werden, schon waren sie wieder alle! Bettina war auch nicht auf dem Trockenen sitzen geblieben, also konnten Komplikationen mit den beiden auftreten. Um diese zu verhindern ging es schon gegen zwei Uhr wieder zurück nach Utting. So konnte eine Eskalation gerade noch einmal vermieden werden. Aber damit war der Abend selbstverständlich noch nicht beendet. Es wurde eine lange Nacht, nur Steffen verzog sich ins Bett. Diesmal war es schon gegen sechs Uhr früh, ehe daran gedacht wurde die Nachtlager herzurichten. Auch deshalb weil sich Bettina und Jens noch eine längere Kissenschlacht lieferten und auch sonst wie wild in der Bude umhertobten. Wie immer fanden sie kein Ende. Während dessen zog sich Üppel Peters Pop Show rein, welche er heute bei Steffen aufgenommen hatte. Wind of Change volles Rohr sechs Uhr früh! Die armen Kinder, sie schliefen alle in einen Zimmer nebenan. Offenbar tief und fest, denn da rührte sich nichts. Nur von unten klopfte es. Hört nun auf, jetzt ist aber Schluss! skandierte Josefine, die auch endlich schlafen wollte. Also gute Nacht!

Nach so vielen Aufregungen hätten sie fast Silvester vergessen. Ein Glück das Gigo Karten für das Starlight in Chemnitz besorgt hatte. Das Starlight lag direkt neben der Calypso-Bar im Stadthallenkomplex. Klar das Josefine und Jens mit dabei waren. Und wo schliefen sie? Richtig bei Gigo, hatte der doch mit seiner verflossenen Dame Frieden geschlossen und sie sogar mit Jens bei sich nächtigen lassen. Harmonie pur oder was? Unglaubliches hörte Üppel von Gigo. Er hatte wieder Kontakt zu Walli aufgenommen und wollte sie sogar demnächst in Weißwasser besuchen. Das gibt's doch gar nicht! Na mal sehen wie das noch weitergeht. Für Üppel und Anhang ging es vorerst wieder zurück ins Asyl nach Oberbayern.

Doch schon Mitte Januar fuhren sie nach Niederaichbach in Niederbayern. Dort hatten sich Josefine und Jens jetzt niedergelassen. Die Einzugsparty stand an. Auch Carina und Steffen waren gekommen. Ebenso ein neuer Gast, Rene' . Dieser stammte ebenfalls aus Chemnitz. Üppel war er schon von früher bekannt, doch erst jetzt bekam er Kontakt zum "inneren Kreis". Er war frisch geschieden und nun wieder auf der Suche nach dem Sinn des Lebens. Seinen Einstand gab Rene` mit

einen zünftigen Handstand im Wohnzimmer. Na dann los! Die Party begann wie immer, das heißt es wurden erst einmal Unmengen an Alkohol zu sich genommen. Als dieser zu wirken begann, ging es dann richtig los. Schon bald kümmerte sich Üppel um die richtige "Beschallung. Unterdessen kochte Jens in der Küche sein Süppchen, das heißt Gulasch, der für den nächsten Tag bestimmt war. Denn Eltern und Schwiegereltern hatten sich angekündigt. Allzu viel blieb aber nicht übrig, denn ständig erschien jemand zum Kosten. Also wurde diese Aktion bald wegen "fehlenden Inhaltes" abgebrochen. Dann doch lieber Barcadi-Cola. Und Dancing! Plumps, da fiel Üppel doch im Eifer des Gefechts ein Blumentopf zu Boden. Aber die "Bundesdeutsche Hausfrau" Josefine beseitigte die Sauerei vorbildlich. Und weiter! Kurz darauf erschien der verschlafene Sohnemann von Carina im Wohnzimmer und sagte das Klo sei verstopft. Auch das noch! Mit vereinten Kräften wurde diese Misere schließlich gemeistert. Prost und Dancing!
Rene` war Feiern solcher Art noch nicht wieder gewöhnt und fiel so beizeiten aus. An diesem Abend wurden Jens und Josefine umgetauft. Von jetzt an hießen sie der Bläsertoni und die Mundelvroni aus Niederaichbach! Und dies kam so. Schon gegen drei Uhr sollten die Schlafstätten gebaut werden. Ein großes Luftbett musste aufgeblasen werden. Gesagt getan. Voller Inbrunst blies Jens in die noch schlaffe Luftmatratze hinein. Eine halbe Stunde lang, doch sie wurde nicht voll. Steffen merkte an, dass da noch eine andere Öffnung sei, für den Anschluss eines Föns. Quatsch! Tönte Jens und blies weiter. Auch Josefine wollte wissen, wann das Bett endlich fertig wird. Doch nichts geschah. Schließlich merkten sie, dass diese andere Öffnung gar nicht verschlossen war, was für ein Gelächter! Irgendjemand wollte die Luftmatratze mit dem Fön aufblasen, hatte es aber dann doch nicht getan. Und das Ventil war nicht wieder angeschraubt worden. Im Alkoholdunst war dies niemanden gleich aufgefallen. So konnte das natürlich nichts werden. Durch das ganze Tohuwabohu war auch Rene` wieder munter geworden. Aber nur kurz, denn als das Luftbett endlich voll war kehrte Ruhe ein. Die Nacht wurde nur kurz, schon gegen elf Uhr verließen alle Beteiligten den Ort des Geschehens. Denn, wie gesagt, zum Mittag hatten sich ja Eltern und Schwiegereltern

angekündigt. Nur was die essen wollten... Diese Fichten aber auch!
Es ging wirklich Schlag auf Schlag. Üppel wurde dreißig und da stand natürlich eine größere Festivität an. Da sich eine beträchtliche Schar Gäste angekündigt hatte, fanden die Feierlichkeiten dieses Mal in einer Jetzendorfer Gaststätte statt. Trotzdem war bei Üppel die Bude voll. Gigo erschien zusammen mit...Walli! Was für ein Wiedersehen! So wurde am Freitag vor der großen Sause schon mal kräftig gefeiert. Elli Pyrelli bei Üppel in Bayern! Da hatte Gigo, der alte Schlingel, doch tatsächlich seine alte Liebe wieder aufgetan! Ob das mal gut geht. Auch Schwager und Schwägerin, zusammen mit ihren Kindern, waren gekommen. Und in Jetzendorf steppte wieder der Bär. Nur langsam, die richtige Party folgt doch erst noch!
Zu einer richtigen Feier gehört auch Musik, logisch. Üppel war ein genialer Coup gelungen. Reinhard der DJ, aus frühen Quelle Tagen, der jetzt bei Hof lebte, konnte gewonnen werden. Gerne kam er nach Jetzendorf und kümmerte sich um die Beschallung. Inzwischen war er geschieden und brachte seine neue Flamme mit. Der Witz an der Sache war aber, dass Karin, seine Exfrau, ebenfalls eingeladen war. Sie kam mit ihrem neuen Lebensabschnittspartner, Eric dem Wikinger. Logischerweise hieß der nicht so, aber egal. Alle vier verstanden sich aber gut und gerieten nicht aneinander. Zum ersten Mal hatte Üppel auch Roland, einen Arbeitskollegen aus München dabei. Er wollte ihm mal zeigen wie die Sachsen in Bayern so feiern! Jens kam mit Krücken zur Feier, denn vor kurzem war er beim Ball spielen verunglückt und hatte sich sein Bein gebrochen. Wieder mal typisch, macht einmal Sport und dann gleich so was! Er konnte zwar so nicht tanzen, aber zum Glück sein Glas halten. Prost! Insgesamt waren so rund zwanzig Personen erschienen, um Üppel zum Geburtstag zu gratulieren. Der Abend begann ganz gepflegt, und dann startete Reinhard seine "Musikmühle". Nur was war das? Sind wir im falschen Film, oder was?! Schlager, ausschließlich Schlager! Üppel wurde dreißig und nicht sechzig! Welcher Hafer hatte denn Reinhard gestochen? Das musste natürlich schleunigst geändert werden. Zum Glück gab es da in Jetzendorf noch ein Lager mit guter Musik. Also ab nach Hause und CDs holen. Praktischer Weise hatte sich Jens wieder mal ein neues Auto zugelegt, und dieses konnte jetzt gleich mal getestet

werden. Ein Mercedes E 300 Automatik. Den konnte man auch mit Gipsfuß fahren. Nachdem die Musikmischung stimmte, begann die Feier nun richtig. Die Stimmung stieg und erreichte einen Höhepunkt, als Üppel und seine Chantrea einen Sirtaki aufs Parkett legten. Griechisches Schwein, oh Yeah! Als dann zu späterer Stunde noch alle Gäste "Sing mei Sachse sing" aus voller Kehle schmetterten, schauten die anwesenden Bayern nicht schlecht. Tja, so geht das liebe Freunde! Nach Mitternacht wurde kräftig auf Walli angestoßen, die nun ebenfalls ihren dreißigsten Geburtstag hatte. Da die Feier diesmal in einer Kneipe stattfand, konnte sie nicht endlos ausgedehnt werden. Aber auch so waren alle Gäste zufrieden und verabschiedeten sich bis später. Zu Hause in der Johannesstraße wurde dann mit Gigo noch das eine oder andere Gläschen geleert. Ein Abschiedstrunk in kleiner Runde sozusagen. Man war das alles anstrengend! Deshalb sollte die nächste große Geburtstagsfeier erst zum fünfzigsten stattfinden. Üppel war dreißig! Natürlich ging das Leben weiter. Logisch! Eine Woche später folgte noch die Feier mit Eltern und Schwiegermutter. Die wollte Üppel letzte Woche nicht dabei haben, aus Angst vor Ausschweifungen. Welche zwar zum Glück ausgeblieben waren, aber das wusste ja keiner vorher.

Der Alltag kam wieder, oder nicht? Nur ganz kurz, denn schon ein paar Wochen später fand die nächste Party statt. Wieder in Jetzendorf. Es sollte diesmal alles besonders gepflegt werden, das perfekte Dinner sozusagen! Als Gäste erschienen Josefine und Jens, Roland und Rene´, welcher aber noch auf sich warten ließ. Das Essen verlief zunächst sehr zivilisiert, aber danach fiel das Niveau doch recht schnell ab. Als Rene` gegen elf Uhr zur Feier stieß, war schon wieder ein wirres Durcheinander. Damit niemand auf dem Trockenen sitzen musste, brachte er eine Literflasche Barcadi mit. Spitze! Zum Glück hatte Üppel noch Colavorräte im Keller. Bettina und Jens fochten in der Küche schon wieder wilde Kämpfe aus. Das war Üppel und Rene` zu viel, sie verzogen sich in Richtung Wohnzimmer, wo sie sich in Ruhe über den Barcadi hermachen konnten. Und außerdem gab's da noch gepflegte Musik. Da vom Essen nicht mehr viel übrig war, entschloss sich Bettina schließlich noch Spaghetti zu machen, damit Rene` auch etwas feste Nahrung zu sich nehmen konnte. Na das wurde ein Ding! Wer anfing ist nicht mehr richtig nachzuvollziehen, wahrscheinlich war Roland der Provozierer. Jedenfalls flogen auf einmal die fertigen Spaghetti durch die Küche. Und Zack! Jens wurde getroffen gab aber prompt eine Retourkutsche zu Bettina. Diese wiederum beschoss Josefine, die wiederum postwendend zurückschlug. Und noch eine Ladung! Peng! Durch das laute Gezeter und Gelächter wurde Üppel neugierig und schaute mal in der Küche nach. Dort traf ihn fast der Schlag. Überall lagen Spaghetti auf dem Fußboden. Sogar an der Küchenlampe baumelten sie herum. Spinnen die jetzt total? Und Deckung, fast hätte es Üppel noch getroffen! Moment mal..., die Spaghetti sind doch für Rene`, also alle auflesen schön auf einen Teller drapieren und servieren! Nein das konnte doch alles nicht war sein! Zum Glück blieb ihm diese "Mahlzeit" erspart, und der Fraß landete im Müll. Noch Wochen später wurden Spaghetti in der Küche gefunden. So erhielt diese Party dann auch ihren Namen als "Spaghetti-Party".

Nach diesem "Gemetzel" verzogen sich alle Beteiligten ins Wohnzimmer und versuchten ganz normal weiterzufeiern. Nicht lange, denn als Nutbush City Limits von Ike & Tina Turner lief, sprang Bettina plötzlich auf den Tisch und begann sich auszuziehen. Striptease in Jetzendorf, Yeah! Ganz zog sie es dann aber doch nicht durch, sondern nur die Lightversion. Trotzdem war eine Höllenstimmung in der Bude. Wo sollte das alles bloß noch hinführen? Erleichtert atmete Üppel dann auch auf, als am Sonntagabend endlich alle den Ort des Geschehens verlassen hatten. Mein lieber Mann!

In Jetzendorf hatte Üppels Vermieter schon letztes Jahr mit diversen Umbauten begonnen. Es sollte an das vorhandene Haus ein Neubau angebracht, und im Altbau noch eine Etage hinzugefügt werden. Deshalb war auch in Üppels Küche ein Fenster versetzt worden. Des Weiteren bekamen unsere "Neubayern" jetzt in allen Räumen neue Fenster und eine Heizungsanlage wurde ebenfalls installiert. Zeitweise lebten sie wie auf einer Baustelle, aber sie waren jung und ertrugen das Chaos. Das mit diesen Umbauten die Miete erheblich steigen würde, war ihnen damals so noch nicht klar. Lieber wieder etwas Spaß!

In nächster Nähe gab es eine uralte Kneipe, den Prielwirt. In zwei bis fünf Minuten war man da. Noch dazu war dort jetzt ein neuer Wirt tätig. Er kam aus Ungarn und seine Freundin aus

Dresden. Logisch das dies unseren "Asylanten" nicht entgangen war. Warum nicht einmal Poolbillard und Darts spielen? Passenderweise wurden dazu Jens und Josefine eingeladen und ab ging's. In einem separaten Raum der Kneipe befanden sich das Poolbillard, ein Dartspiel und diverse Spielautomaten. Nie zuvor hatte Üppel Poolbillard und geschweige denn Dart gespielt. Aber Jens war darin sehr bewandert und lernte unsere Greenhorns an. Nach und nach wurden sie besser, bis Bettina wieder einmal ihr Limit überschritten hatte. Plötzlich lag sie, statt der Kugeln, auf dem Billardtisch und lallte nur noch sinnlos rum. Ein volles Bier, was auf dem Rand stand, ergoss sich in vollen Strömen auf den grünen Stoff. Platsch! Na das kann ja wieder mal heiter werden! Ein Glück, dass der Wirt von all dem nichts mitbekommen hatte. Es wurde aber noch schlimmer. Da Bettina kaum noch stehen konnte, versuchte sie nun im liegen die Dartpfeile in Richtung des Automaten zu werfen. Dies gelang ihr aber nur ganz selten und meistens prasselten die Pfeile zu Boden. Das störte wiederum Jens, den alten Spieler, sehr. Mensch ziele doch besser, du alte Fichte! Herrschte er sie an. Als Antwort bekam er von ihr einen Dartpfeil ins Gesicht. Au Backe! Natürlich griff er sich Bettina, schmiss sie auf den Billardtisch und traktierte sie nun auch mit Dartpfeilen. Und Pieks! Die einzigen, die noch halbwegs einen Durchblick hatten, waren Josefine und Üppel. Sie zogen dann auch die beiden Streithähne auseinander, drapierten Bettina halbwegs sitzend auf einen Stuhl und beschäftigten Jens mit einer neuen Runde Pool. Puh Geschafft! Während Bettina auf ihren Sitz so vor sich hindöste, konnten unsere drei noch einige Runden Billard halbwegs über die Bühne bringen. Der Wirt erschien und fragte, ob noch jemand Durst hätte. Von dem ganzen Durcheinander hatte er immer noch nichts mitgekriegt, Gott sei Dank! Nachdem er wieder verschwunden war, und unsere drei gerade weiter spielen wollten, auf einmal Plumps! Bettina fiel vom Stuhl. Wie kann man nur so saufen! Üppel war doch sehr genervt, also ab nach Hause. Nach fast einer halben Stunde hatten sie es endlich geschafft und saßen in der heimatlichen Küche. Bis endlich Ruhe einkehrte dauerte es aber noch eine ganze Weile, wie immer halt. Katastrophe, Katastrophe!
Hier hilft nur eins, am besten auf Arbeit flüchten! Zum Glück hatte Üppels Chef gerade großes vor. Er hatte sich in Königsee,

bei Berchtesgaden, ein Ferienhaus bauen lassen und dort standen nun die Malerarbeiten an. Auf in die Alpen! Die gesamte Firma, also Roland und Üppel, fuhren zusammen mit ihrem Chef in Richtung Berge. Dort erledigten sie in einer Woche die gesamten Arbeiten. Sie übernachteten bei einer Schwester ihres Bosses, welche wie fast jeder dort Zimmer vermietete. Auch dieser stammte aus der Gegend und kannte sich so bestens aus. Fast jeden Abend brausten sie im VW T4 über die engen Straßen und machten etwas Sightseeing. So kamen sie auch auf den Obersalzberg. Dort erzählte er unter anderen, dass seine Großmutter noch für den Berghof die Wäsche gewaschen hätte! Die gesamte Gegend des Obersalzberges war ja zu Zeiten des dritten Reiches Sperrgebiet, wo Nazigrößen wie Göring, Speer, Bormann und natürlich Adolf Hitler wohnten. So stand auch der Berghof des "Führers" in dieser herrlichen Gegend. Zum Ende des Krieges wurde dieser total zerstört, nur noch einige Bunkeranlagen waren heute zu besichtigen. Wo früher die Wachmannschaften der SS ihre Kasernen hatten, befand sich jetzt ein Hospital der Amerikaner. Doch mit der deutschen Einheit mussten sich die Amis nun bald von diesem Kleinod verabschieden, denn sie zogen ab in ihre Heimat. Danach wurden die Kasernen abgerissen. Ja die Herren und Mächtigen wussten schon immer wo man schön leben konnte! Auch Üppel hatte diese Gegend verzaubert. Hier musste er unbedingt noch einmal herkommen, denn es gab noch viel zu sehen. Doch vorerst ging es zurück nach München und von dort nach Jetzendorf. Holadiho!
Erneut hörte Üppel, dass Tom für die Stasi gearbeitet haben soll. Das Gerücht kursierte schon einige Zeit unter den Kumpels. Inzwischen wohnte er, nicht weit von Jetzendorf entfernt, in Beilngries. Um der Sache endlich einmal auf den Grund zu gehen, besorgte sich Üppel Toms Telefonnummer und rief ihn an. Doch was musste er hören, tatsächlich stimmte alles! Tom gab unumwunden zu, nach einem berufsbedingten Aufenthalt in Berlin zur Mitarbeit "bewegt" worden zu sein. Klar dass dieses alles nicht freiwillig geschehen war, denn dazu kannte Üppel Tom gut genug. Diese Schweinepriester! Heute weiß man zu welchen Methoden der ostdeutsche Geheimdienst fähig war. Nach einigen Monaten, gespickt mit unergiebigen Auskünften, hatten die Jungs von Horch und Guck aber wieder von ihm

abgelassen. Das kann doch alles nicht wahr sein! Üppel lies erst mal Dampf am Telefon ab, und Tom hörte sich alles geduldig an anstatt aufzulegen. Hatten sie doch früher bei Gigo oft zusammen gefeiert, und jetzt soll er ein Zuträger der Stasi gewesen sein? Für ihn sprach, dass er alles zugab und gerne mal nach Jetzendorf käme um alles genauer zu erläutern. Also gut, und so kam Tom das nächste Wochenende allein zu Üppel. Dort versuchte er ihm alles zu erklären. Er habe nie jemanden verraten und nur unwichtige Dinge weitergegeben. Nach einigen Bierchen beschlossen sie darunter einen Schlussstrich zu ziehen. Heute ist Tom schon lange wieder ein sehr guter Freund von Üppel. Da sieht man erneut einmal, wie in einer Diktatur die Menschen manipuliert werden können! Pfui Teufel! Ein Glück das es solch eine Institution wie die Gauckbehörde (heute der Bundesbeauftragte für die Unterlagen des Staatssicherheitsdienstes der ehemaligen Deutschen Demokratischen Republik) gab und bis heute gibt. Hoffentlich auch noch eine lange Zeit, denn immer wieder kommen so manchmal neue Details dieses menschenverachtenden Regimes zu Tage.

In Üppels Ehe ging es indes steil bergab. Die Streitereien nahmen rasant zu und nur selten herrschte noch Einigkeit. Sicherlich trug auch der steigende Alkoholkonsum, aller Beteiligten, nicht gerade dazu bei die Lage zu verbessern. So kam es auch, dass Üppel nicht mit zu einer geplanten Zusammenkunft in Chemnitz erschien. Samstagabend gegen achtzehn Uhr lag er in der Badewanne und dachte gerade darüber nach, wie jetzt Josefine, Jens, Rene` und sogar Roland in Chemnitz bei Gigo waren. Es sollte wieder einmal ins Starlight gehen, und Üppel lag blubbernd in Jetzendorf in der Wanne! Kurz entschlossen sprang er aus dieser und fragte Bettina was sie denn davon halten würde, jetzt mal noch mal schnell nach Chemnitz zu fahren. Was soll man sagen, sie war Feuer und Flamme! In solchen Dingen waren die zwei sich offensichtlich noch immer einig. Nicole schlief in dieser Nacht bei einer Freundin im Dorf, also geföhnt, gestylt und auf nach Chemnitz! Der gute alte Opel Ascona glühte in dieser Nacht, so heizte Üppel über die Autobahn. Um diese Zeit war auch wenig Verkehr auf den Straßen und so erschienen sie gegen halb zwölf in der Starlight Disco in Chemnitz. Da schauten die anwesenden

Kumpels nicht schlecht, wollte Üppel doch eigentlich dieses Wochenende nicht schon wieder versacken und nun stand er vor ihnen! Und Prost! Es wurde ein gelungener Abend, sogar ohne Streitereien. Da alle bei Gigo schliefen, war bei ihm die Bude dementsprechend voll. Fast wie in alten Zeiten, dachte sich Üppel, nur wo war Walli? Ihm war erst jetzt aufgefallen, dass sie nicht mit dabei war. Gigo wird doch nicht... tatsächlich die Sache war schon wieder zu Ende. Eigentlich logisch, was vor Jahren schon nicht gut ging, konnte auch jetzt nicht klappen. Schade, für Üppel war Walli immer eine gute Freundin gewesen. Und wie hatte er sich in der Vergangenheit oft bemüht die zwei wieder zusammen zu bringen! Aber was nicht sein soll darf auch nicht sein. Punkt!

Zurück von dem Überraschungsbesuch in Chemnitz ging es in Jetzendorf erst einmal seinen gewohnten Gang. Bis eines Morgens auf der Fahrt nach München ein Hirsch den Weg von Üppels Opel kreuzte. War ihm doch auf der Fahrt zur Arbeit tatsächlich so ein Vieh ins Auto gerannt! Zum Glück passierte Üppel nichts, nur das Auto war Schrott. Die Versicherung zahlte prompt und schon am selben Abend holte ein Schrotthändler, den arg lädierten, aber noch fahrbereiten guten alten Opel Ascona C ab. Und Tschüß! Zufälliger Weise arbeitete er zu diesem Zeitpunkt in einem Autohaus in München, wo Malerarbeiten anstanden. Und dort fand er auch recht schnell einen neuen fahrbaren Untersatz. Einen BMW 318i, sechs Jahre alt und noch sehr gut in Schuss! Ein Traumauto für Üppel, und mit dem sollte er jetzt täglich so viele Kilometer schruppen? Denn der Weg zur Arbeit war bekanntlich weit. Aber Üppels Chef hatte Einsehen und machte ein super Angebot. Er kaufte für ihn einen alten Renault R4, welchen er ab jetzt für die Fahrten zur Arbeit nutzen konnte. Das war zwar eine üble Kiste, aber sie erfüllte ihren Zweck. Die Schaltung war der des Trabbis sehr ähnlich, und die Federung butterweich. In jeder Kurve, die man zu etwas zu schnell erwischte, hatte man Angst nicht umzukippen, so neigte sich das Gefährt! Nachdem noch die Rücksitzbank ausgebaut wurde, konnte man die Karre sogar als Malerauto verwenden. Mit dem feuerroten Spielmobil bei hundertzehn auf der Autobahn! Yeah! Trotzdem war Üppel erleichtert. Eine tolle Geste! So wurde sein neuer BMW nicht sehr viel bewegt und blieb öfters in der Garage stehen. Trotzdem lies er es sich natürlich nicht nehmen, seinen neuen Wagen auf der Autobahn auf Herz und Nieren zu testen. Einmal kurz von Pfaffenhofen nach Allershausen und zurück. Mann fast zweihundert Kmh zeigte der Tacho! Üppel fühlte sich wie Niki Lauda, und zisch! Bloß keine Ohren verbrennen!

In Jetzendorf zog ein Paar in die Nähe, welches auch aus dem Osten kam. Logisch, das Üppel und Bettina schnell Kontakt zu ihnen aufnahmen. Es handelte sich um Geli und Andre`, die aus Zwönitz im schönen Erzgebirge stammten. Schon bald fand die erste Party mit den zweien in Üppels Residenz statt. Man fand Gefallen aneinander und stattete so auch gemeinsam dem Prielwirt hin und wieder einen Besuch ab. Die Billard- und Dartspiele wurden besser, das lag vielleicht auch daran, dass niemand mehr auf dem Billardtisch lag oder im Liegen Dart spielte.

Samstags, bei einer dieser Partys, klingelte es bei Üppel an der Tür und Josefine stand allein davor. Nanu, wo war denn Jens geblieben? Üppel erfuhr, dass der gute Mercedes wohl Schrott sei, nachdem ihn ein Kumpel von ihm, um eine Litfasssäule gewickelt hatte. Was?! Ja richtig, Jens hatte seinen alten Kumpel aus Chemnitz mit dem Auto fahren lassen, nachdem er selbst alkoholbedingt dazu nicht mehr in der Lage gewesen war. Das hätte er mal lieber sein gelassen! Und so war wieder ein Auto von ihm hin. Klar das so der Haussegen schief hing und sich Josefine lieber still und leise zu Üppel verdrückte, als den zweien weiter beim Saufen zuzuschauen. Ihr Worte "so lange die Ratten bei mir zu Hause sind bleibe ich hier!" zeigten auch an, dass dieser Kumpel nicht so ihr Geschmack war. Um es mal höflich auszudrücken. Na Prima!

Trotzdem wurde es noch ein ganz annehmbarer Abend, ohne besondere Vorkommnisse. Sonntagabend war bei Josefine die Bude wieder frei und sie verabschiedete sich fürs erste aus Jetzendorf. Na wenn das mal noch gut geht, dachte sich Üppel. Erneut kamen ihm seine eigenen Probleme mit Bettina in den Sinn, doch ehe er noch zu Depressionen neigte, legte er sich lieber gepflegte Musik auf und ging wieder auf Arbeit.

Das Jahr war bald wieder zu Ende, und dieses Mal sollte am ersten Advent bei Üppel eine kleine Party stattfinden. Es waren Josefine, Jens, Andreas und Angela eingeladen. Bei Kaffee und Stollen sollte es richtig weihnachtlich werden. Dumm war nur,

181

dass einen Tag vorher ein Termin in Utting anstand. Carina und Steffen hatten eingeladen. Logisch dass da die Viererbande erschien und es ordentlich krachen lies. Josefine und Jens hatten ihr Kriegsbeil fürs Erste begraben und auch Üppel und Bettina wollten natürlich keine Gelegenheit auslassen um zu feiern. So hatten sie am Sonntag auch Probleme rechtzeitig in Jetzendorf zu erscheinen, Angela und Andreas warteten sicher schon! Und die Autos wurden wieder über die Straßen geheizt. Puh! Gerade noch geschafft! Doch alle waren etwas lädiert. Und von Weihnachtsstimmung war auch nichts zu spüren. Ein Glück das wenigstens Andreas topfit war. Er veranstaltete allerhand Unfug, steckte sich so zum Beispiel qualmende Zigaretten in die Ohren. "Das sind meine letzten Zigaretten!" tönte Josefine sichtlich genervt. "Die rauchst du jetzt aber auch alle!" Also gut und Qualm. Wenn man nur nicht so müde wäre, dachte sich Üppel. Und er holte etwas Lektüre aus dem Schrank. Hier, was ist das denn? Aha ein Beate Uhse Katalog. Und das Heft ging von Hand zu Hand. "Josefine schau mal hier der Imperator, meiner ist aber größer, oder"? Wollte Jens gerade wissen, als Andreas, gekleidet in Üppels Malerhosen, im Wohnzimmer erschien. Das Gelächter war groß. Zum Glück hatte er den Stahlhelm und die Gasmaske nicht gefunden, welche Üppel seit Jahren sein Eigen nannte. Als Lehrling fand er diese Teile in einer Fleischerei in Chemnitz. Es handelte sich um Helm und Maske vom Luftschutz aus dem zweiten Weltkrieg. Und seitdem hütete er die Sachen. Bei etlichen Partys waren diese Utensilien schon zum Einsatz gekommen.

Einmal hatte Steffen Helm und Gasmaske übergezogen, und ging so in die Küche, wo Carina weilte. "Hallo Schatzi", rief er, sie fiel vor Schreck fast vom Stuhl, als sie Steffen so "verunstaltet" sah, köstlich! Zum Glück blieb ihnen das dieses Mal erspart und gegen zwanzig Uhr verabschiedeten sich Angela und Andreas. Da der Rest der Truppe Hunger verspürte, ging es zum Abschluss noch zu einem nahe gelegenen Griechen. Einen Ouzo noch, dann ist aber gut! Prost!

Silvester stand vor der Tür und erneut sollte es in das Starlight nach Chemnitz gehen. Gigo hatte wieder die Eintrittskarten besorgt, so konnte die Party ja steigen. Das erste Mal waren neben Josefine, Jens und Rene` auch Tom und Annett erschienen. Sie gehörten wieder dazu und dieses schien ihnen

auch gut zu gefallen. Nur was mussten sie vor dem Laden erfahren, es waren keine Plätze reserviert worden! Das kann doch nicht wahr sein! Gigo hatte sich doch um alles gekümmert, oder nicht? Hatte er, nur waren wegen Kommunikationsproblemen die Karten nicht zurückgelegt worden. Der herbeigerufene Chef entschuldigte sich, bot einen neuen Tisch an und als Entschädigung noch ein Likörchen. Na das war doch eine nette Geste! Da konnte der Abend ja starten. Zu späterer Stunde gab es eine Striptease Show, diesmal auch bis zum Schluss. Profis halt, und keine solche Laien wie Bettina! Es handelte sich um ein Pärchen, und als die Dame nackt war, sollte sie von ihren Begleiter mit Sekt berieselt werden. Dazu stand eine geöffnete Flasche auf dem Fußboden. Nicht lange, denn Tom griff sich diese und verteilte den Blubbersaft am Tisch. Na das war ja ein Gag! Der Eintänzer bemerkte inzwischen das Fehlen seiner "Berieselungsmaschine", aber geistesgegenwärtig griff er sich vom nächstgelegenen Tisch eine Bierflasche und schüttete diese, statt Sekt, seiner Flamme über den heißen Körper. Ausziehen, ausziehen! Bettina gab an diesen Abend noch eine Schwangere, indem sie sich einen Luftballon unter schob, und so an die Bar ging. Ringsum schauten alle doch etwas komisch, schwanger und so saufen! Eines war klar, nächstes Jahr konnten sie, nach diesen Aktionen, nicht wieder ins Starlight gehen. Aber das wollte auch niemand. Jetzt wurde jedenfalls erst mal richtig gefeiert! Wenn richtig, dann richtig! Man waren sie eine Chaotentruppe!
Zurück in Jetzendorf blieb ihnen aber nicht viel Zeit sich von all den Strapazen zu erholen. Ende Januar hatte Tom nach Beilngries eingeladen. Und so wurde dort die erste Party gefeiert. Nach dem Motto "Wir machen Musik da geht uns der Hut hoch, wir machen Musik da geht uns der Bart ab!" Alte Spliff Platten wurden aufgelegt und in nostalgischen Erinnerungen geschwelgt. Ein richtiges Deja Vu eben. Neben Üppel und Bettina war auch Rene` mit dabei. Er war kürzlich ebenfalls nach Beilngries gezogen, weil ihm der Weg zu den wilden Partys auf die Dauer doch ein wenig zu weit geworden war. Denn vorher lebte er in Hessen. Als alle Spliff Platten durchgehört und durchgesungen waren, gingen die "Fischerchöre" ins Bett. Nach einem zünftigen Frühschoppen verabschiedete man sich bis zu späteren "Chorproben". Nie war der Horizont so öde wie damals! Nie

standen wir alle so nackt da wie damals! Wir waren die letzten von hundertzehn, und warten bis die Zeit vergeht!

Zwischendurch musste man aber wieder auf Arbeit gehen. Natürlich verdiente sich Üppel hier und da noch eine Mark dazu. So kam es auch, dass er eines Samstags mit seinem "feuerroten Spielmobil" nach München unterwegs war. In der Nacht hatte es frisch geschneit, und die Straßen waren dementsprechend glatt. Auf einmal, kurz vor Fahrenzhausen, verlor er in einer Langestreckten Kurve die Kontrolle über seinen R4. Die Karre drehte sich, schoss von der Straße auf ein Feld und blieb auf dem Dach liegen. Peng! Nach einem kurzen Schockmoment kroch Üppel raus und begutachte sich und das Auto. Er war unverletzt, und die Blechkarosse? Bis auf einen verlorenen Außenspiegel und eine Delle im Dach schien alles in Ordnung zu sein. Aber der Eimer mit dem Tapetenleim hatte sich geöffnet und alles versaut. Na Prima! Der Pfusch war gelaufen, jetzt hieß es nur noch, die Karre wieder flott zu bekommen. Leichter gesagt als getan. Alleine konnte er sie keinesfalls umdrehen. Zur Polizei wollte er logischer Weise auch nicht, denn das bedeutete sicher nur noch mehr Ärger. Also was tun? In der Nähe befand sich ein Bauernhof, und dort erhoffte sich Üppel Hilfe. Tatsächlich schaffte es der freundliche Landwirt, mit seinem Traktor, das Auto wieder auf die Räder zu stellen. Spitze! Aber der Motor wollte nicht anspringen. Zu viel Öl und Benzin waren während des "Kopfstandes" ausgelaufen und mussten erst nachgefüllt werden. Also lief Üppel erst einmal zu einer nahe gelegenen Tankstelle und kaufte etwas davon. Zurück am Ort des Geschehens sprang der Motor endlich an. Dann zu Hause in Jetzendorf, musste er das Ganze doch erst mal in Ruhe verdauen. Eines war klar, dies war knapp gewesen! Am folgenden Montag erfuhr dann sein Chef von Üppels "Ungeschick". Die Delle im Dach wurde wieder rausgedrückt und ein neuer Außenspiegel besorgt. Später merkte Üppel aber, dass noch etwas nicht stimmte. Das Auto fuhr nicht mehr richtig geradeaus. Wahrscheinlich hatte sich bei dem Unfall der Rahmen verzogen. Das war dann auch das Todesurteil für den roten R4. So folgte auf dem roten ein weißer Renault R4. Üppels Chef lies es sich nicht nehmen, diesen wiederum für ihn zu finanzieren. Manchmal ist man eben nur zum Glück auf der Welt! Bloß kcinc Expcrimcntc mchr!

Zu dieser Zeit wurde eine neue Tradition begründet. Sie entdeckten das Kegeln für sich! In Dingolfing hieß es von nun an regelmäßig "alle Neune". Jens und Josefine waren auf diese Idee gekommen. Selbstverständlich war der Rest der Truppe begeistert, und so kam es des Öfteren zu wilden Kegelorgien. Die Kümmerling Runden waren berüchtigt, und einmal fand Rene` fast nicht mehr den Weg vom Klo zurück zur Kegelbahn. Durch den plötzlich auftretenden "Nebel" im Lokal, hatte er den Ausgang nicht mehr gesehen. Kann ja mal passieren! Auch Üppel schaffte es schon einmal, wegen besagten "Nebels", die Kugel auf die benachbarte Bahn zu werfen. Aber ein Gutes hatte diese Aktion doch, so kam man wenigstens mit dem Nachbartisch ins Gespräch! Es stellte sich heraus, dass die Meisten von denen aus dem Osten stammten und jetzt hier bei BMW arbeiteten. Und seitdem kegelte die eine Truppe gegen die andere. Nach diesen Abenden konnte natürlich keiner mehr richtig Auto fahren. Oft schafften sie es gerade noch bis nach Niederaichbach, Carina und Josefine sei Dank. Und so rückte früh um drei eine tobende Masse zum Party machen bei Josefine und Jens ein. Nachdem Üppel erst einmal die richtige Musik aufgelegt hatte, zogen sich diese Zusammenkünfte manchmal bis zum Morgengrauen hin. Dancing und Prost! Wie immer halt. Ihre Energie schien unerschöpflich zu sein.

Im Osten brauchten die Menschen ebenfalls viel Energie, denn für viele verschlechterte sich ihre finanzielle Situation zusehends. Mit der Neuerlangten Freiheit ergaben sich auch neue Probleme, mit denen viele "gelernte DDR Bürger" nicht zu Recht kamen. Vierzig Jahre Kommunismus hatten eben ihre Spuren hinterlassen. Erich Honecker dagegen war inzwischen nach Chile ausgewandert, nachdem sein Strafverfahren wegen seiner schweren Erkrankung eingestellt worden war. Er hatte Leberkrebs. Zuvor hatte er hundertneunundsechzig Tage in Untersuchungshaft gesessen, na wenigstens etwas. Bei seiner Freilassung kam es zu Protesten von Opfern des DDR-Regimes. Denn ob sich dieses Regime in einer ähnlichen Situation genauso verhalten hätte, darf doch sehr bezweifelt werden. Die Welt ist eben ungerecht. Aber nun lasst den alten Mann in Ruhe, denn ein Jahr später löste sich dieses Problem ohnehin, Honecker starb. Amen!

Üppel dagegen dachte noch lange nicht ans Sterben, obwohl er sich manche Sonntage schon "Scheintot" fühlte. Es war März geworden, und so stand wieder seine Geburtstagsparty an. Neben Josefine, Jens, Andreas, Angela und Rene` waren auch Tom und Annett gekommen. Die Bude war wieder ordentlich gefüllt. Tom skandierte treffend: Schieb ein du Hirsch! Und Prost! Andreas machte wieder seine üblichen Spielchen, dieses Mal entdeckte er sogar den Stahlhelm und die Gasmaske für sich. Auch das noch! Towarisch Brodacki still gestanden! Kurz darauf griff sich Tom die Teile und nach einen kleinen "Gasalarm" konnte wieder zur Tagesordnung übergegangen werden. Noch ein Schluck von der gelben Brause, dem guten Urbanus Urtyp Hell, und weiter geht's! So jung kommt man schließlich nicht wieder zusammen!

In Jetzendorf gab es, wie in fast jedem Dorf in Bayern, über das Jahr verteilt etliche Feierlichkeiten. Die vielen Brauereien im Freistaat brauchten schließlich Umsatz. Eine davon war das so genannte Kellerfest. Das Üppel und Bettina dort regelmäßig anwesend waren, braucht natürlich nicht extra erwähnt zu werden. Bei einem dieser Feste ging es im Prielwirt hoch her. Nachdem Üppel das Musikproblem mit ein paar eigenen Scheiben gelöst hatte, kippte plötzlich die Stimmung und es kam zu einer wüsten Schlägerei mit der anwesenden einheimischen Jugend. Jens selbstverständlich mit von der Partie, sprang Üppel sofort zur Seite. Doch zu zweit konnten sie nicht viel ausrichten, und mussten so den Kürzeren ziehen. Üppel wurde aus der Kneipe geschmissen, Jens durfte bleiben. Auf dem Weg zurück ins traute Heim, fiel ihm plötzlich ein, dass seine CDs noch in der Kneipe waren. Skandal! Todesmutig kehrte Üppel um und holte sich seine Lieblinge zurück. Logischer Weise kam es wieder zu Tumulten, und Jens hatte nach einem Tritt in sein Gemächt noch wochenlang ein Andenken an diesem Abend. Aber egal, Hauptsache die CDs waren da! Das war schon verrückt. Wochen später wurde Üppel von seinem Vermieter auf dieses Ereignis hin angesprochen. "Letztens war wohl eine Firmung im Prielwirt?" wollte er wissen. Was will denn der? Dachte sich Üppel. Es stellte sich heraus, dass dieser Ausdruck für die wüste Prügelei gemeint war. Üppels Vermieter schien sich darüber köstlich zu amüsieren. Jetzt gehörten sie offenbar "richtig" zur Dorfgemeinschaft. Verstehe einer die Bayern!

Also am Besten gleich weiterfeiern! Schon im Juni ergab sich dafür die nächste Gelegenheit. Bettinas Geburtstag stand an. Neben den üblichen Verdächtigen war dieses Mal auch Gigo erschienen. Und das mit einer neuen Frau! Sie hieß Uta und erlebte das erste Mal eine Festivität bei Üppel. Offenbar war sie in ihren Leben schon so einiges gewöhnt, denn es kamen darüber keine schlechten Worte über ihre Zunge. Na das passt doch prima! Vielleicht hatte ja Gigo mit dieser Lady endlich einmal Glück. Das Wohnzimmer war wieder gut gefüllt, und Rene` stellte gerade fest, er sei ein elektrischer Tauchsieder. Was hatte denn der zu sich genommen? Das Bier war nicht Schuld daran, davon hatte sich Üppel schon ausgiebig überzeugen können. Die Vorräte gingen aber zur Neige und mussten dringend aufgefüllt werden. Also auf in den Keller. Plötzlich sprang Geli, die natürlich mit ihrem Andre` auch anwesend war, auf und wollte Üppel unbedingt dorthin begleiten. Haben die keinen Keller, oder was!? Also gut! Angekommen bei den Biervorräten wurde Üppel schließlich gepackt und fast vergewaltigt. Olala, was sollte denn das? Üppel wusste nicht wie ihm geschah. Er spürte ihren zarten Körper auf seinen und wäre fast schwach geworden. Nach einer wilden Knutscherei konnte er sich gerade noch so von ihr befreien und flitzend den Keller verlassen. Jahre später, als Üppel wusste wie oft Bettina ihn betrogen hatte, bereute er diese Reaktion noch auf das Heftigste. Aber damals glaubte er noch an ein Happy End, irgendwie... Von heute aus betrachtet ist das Ganze schon schwer verständlich. Indes ging die Party ihren gewohnten Lauf. Das Gigo mit da war, merkte man daran, dass viel getanzt wurde. Die Gasmaske blieb auch im Schrank, denn man brauchte schließlich seinen ganzen Atem zum Tanzen. He Jo Aloha He und Prost Rippchen!
Leber und Nerven brauchten dringend Entspannung, also auf in den Urlaub! Dieses Mal fuhren sie erneut nach Ungarn. Aber am Velence See war es Üppel auf die Dauer zu langweilig. Er erinnerte sich an seinen Aufenthalt in Berchtesgaden, und daran noch einmal dorthin zu fahren. So wurde das Zelt eingepackt und ab ging die Reise. Angekommen in der herrlichen Bergwelt gönnten sich unsere drei erst einmal eine Schifffahrt auf dem Königsee. Vorbei an der Kapelle St. Bartholomä stiegen sie am Ende des Sees aus und erkundeten die Gegend. Über

verwunschene Wege gelangten sie schließlich zum Obersee. Am anderen Ufer stand eine einsame Hütte aus deren Schornstein es qualmte. Quasi Idylle pur. Leider reichte die Zeit nicht aus um dorthin zu wandern, denn das letzte Schiff fuhr bald. Und wenn man das nicht bekam, na dann gute Nacht! Also mussten sie sich damit begnügen in der Gaststätte am hiesigen Ufer einzukehren. Diese war auch nicht schlecht, vor allem wegen der herrlichen Aussicht. Zurück durch den "Märchenwald" schafften es Üppel und Anhang dann tatsächlich zum letzten Schiff. Wieder mal typisch. Ach ja, eine Übernachtung musste noch her! Aber auch dieses Problem wurde gelöst. Am nächsten Tag wollte Üppel unbedingt auf den Kehlstein. Die Fahrt dorthin war schon etwas abenteuerlich. Mit dem eigenen Auto durfte man nicht fahren, nur Busse verkehrten. Die Straße war kurvig und eng, und gleich daneben ging es hunderte Meter steil bergab. Schließlich kamen sie zum Ende der Strecke. Von hier aus führte ein Stollen direkt in den Berg, an dessen Ende ein Fahrstuhl war. Unglaublich! Dieser war komplett aus Messing und ziemlich groß, man gelangte so direkt in das Kehlsteinhaus, welches sich auf dem Berg befand. Wozu war das alles nur erbaut worden? Die Lösung: Nazibonze Bormann hatte das Ganze einst zum fünfzigsten Geburtstag des "Führers" errichten lassen. Als Teehaus! Doch Hitler soll angeblich nur ein oder zwei Mal auf dem Kehlstein gewesen sein, er vertrug die Höhenluft nicht. Also ein krasses Beispiel für Geldverschwendung, schon damals! Im Krieg wurde es nicht zerstört, so hatten und haben heute wenigstens viele Menschen etwas von diesem doch grandiosen Bau. Auch wenn keine reinrassigen "Arier" dabei sind. Hitler würde im Grab rotieren, wenn er das wüsste. Im Kehlsteinhaus befindet sich heute eine Gaststätte mit großer Freiterrasse. Dort kann man die großartige Bergwelt genießen. Auch Üppel tat dies. Dazu noch ein kühles "Blondes" und die Welt war für ihn in Ordnung. Lustig war, dass der Kellner welcher Üppel bediente, ein echter Sachse war! Die trifft man halt überall, denn "der Sachse liebt das Reisen sehr", wie schon Jürgen Hart einst sang. Üppel wollte jedoch nicht singen und zurück in Berchtesgaden erkundeten die drei "Exilsachsen" dann den Obersalzberg.

Im Hotel zum Türken gelangte man in die noch vorhandenen Bunkeranlagen. Die Häuser von Hitler, Göring und Bormann waren einst unterirdisch verbunden. Ebenso führte ein Bunker in die Kasernen der SS. Heute waren nur noch Teile davon zu besichtigen, aber auch das genügte schon um sich davon einen Eindruck zu verschaffen. Jetzt wollte es Üppel aber ganz genau wissen. Wo war nun eigentlich der Berghof früher gewesen? Er strich durchs Unterholz und fand tatsächlich Mauerreste, welche sich als Überbleibsel der riesigen Terrasse des Berghofes entpuppten. Natürlich wurde dies alles mit der Kamera festgehalten. Üppel war als "rasender Reporter" wieder voll in seinem Element. Mit Mühe und Not konnte Bettina ihn endlich von seinen "geschichtlichen Studien" losreisen, denn sie mussten wieder nach Hause. Der Urlaub war schon wieder zu Ende. Also gut!

Zurück in Jetzendorf gab es erneut bald einen Grund zum Feiern. Immer am fünfzehnten August war in Bayern Feiertag, Maria Himmelfahrt, in Jetzendorf Frautag genannt. Natürlich wurden deshalb wieder kleine Bierzelte aufgebaut, dazu gab es noch ein großes Markttreiben, welches fast die gesamte Hauptstraße entlang führte. Da war im Dorf mal richtig was los! Selbstverständlich lies Üppel sich solch eine Festivität nicht entgehen. Rene` war erschienen und so stürzten sie sich dieses Mal zu dritt ins Festgetümmel. Nicht lange und die alten Diskrepanzen zwischen Bettina und Üppel kamen wieder deutlich zum Vorschein. Das heißt es krachte mächtig zwischen ihnen, und Bettina verlies vorzeitig den Ort des Geschehens. Das hielt Üppel und Rene` nicht davon ab alleine weiter zu feiern. Sie trafen Geli und Andre` und es wurde noch ein recht netter Abend. Das der Alkohol wieder in Strömen floss, braucht natürlich nicht extra erwähnt zu werden. Auf eine Party danach, bei ihm zu Hause, hatte Üppel dennoch heute keine Lust. Denn wer weiß was ihn dort erwartete. Also trabten er und Rene` irgendwann gegen Morgen in die heimatlichen Gefilde zurück und wollten sich zur Ruhe begeben. Bettina hatte sich währenddessen dort mächtig die "Kante" gegeben und war in "Bombenstimmung". Sie schmiss sich Rene` derart an den Hals, dass es Üppel schlecht wurde und er es vorzog ins Bett zu verschwinden. Die Alte ist einfach zum Kotzen! Dachte er sich und versuchte zu schlafen.

Vieles ging ihm durch den Kopf. Vor kurzem hatten in der Lowa Schuhfabrik, wo Bettina arbeitete, junge Praktikanten aus Irland angefangen. Sie blieben vier Wochen da. Üppel war sich fast sicher, dass sie mit einem dieser Kerle ein Techtelmechtel angefangen hatte. Was sollte man tun? Eigentlich war ihre Ehe, die nie eine richtige war, schon lange zu Ende. Es wäre an der Zeit gewesen daraus die richtigen Konsequenzen zu ziehen, aber nicht Üppel. Noch so in Gedanken versunken, kamen Bettina und Rene` ins Zimmer und legten sich neben ihm ins Ehebett. Das war bei Partys ja nichts außergewöhnliches, auch Josefine und Jens taten dies regelmäßig, wenn sie bei Üppel zu Gast waren. Doch dieses Mal war es anders. Die zwei befummelten sich ungeniert. Und was tat Üppel? Nichts! Und stellte sich schlafend. Am nächsten Morgen war Rene` das ganze auch sichtlich peinlich und er hoffte Üppel hätte von all dem nichts mitgekriegt. Er tat ihm den Gefallen und die ganze Sache wurde unter "Alkoholunfall" verbucht. Aber ein schaler Nachgeschmack blieb dennoch hängen.

Zum Glück ging es jetzt erst mal wieder auf Arbeit, und da waren wenigstens klare Verhältnisse. Zu dieser Zeit hatte Üppels Chef des Öfteren Baustellen im Rathaus von Grünwald bei München. Ebenso in der dortigen Grundschule. Viele bekannte Schauspieler wohnten hier. Jeden Morgen wurden die Kinder von einigen, wie zum Beispiel die von Uschi Glas und Horst Janson, mit Polizeieskorte zur Schule gebracht und ebenso wieder abgeholt. Fast wie in Hollywood! Üppel dachte er spinnt, aber dort war das alles ganz normal und schien niemanden zu stören. Kurze Zeit später arbeiteten sie in Geiselgasteig, einen Stadtbezirk von München. Da befanden sich bekanntlich die Bavaria Studios. Direkt gegenüber hatte sich ein Münchener Bauunternehmer eine Villa errichtet und dort waren Üppel und Co jetzt tätig. Unvorstellbar, sogar ein atomsicherer Bunker befand sich auf dem Areal! Was war denn das für ein Typ! Die Krönung war aber, im Bunker musste eine himmelblaue Decke gestrichen werden. Damit im Ernstfall die armen Insassen noch etwas blauen Himmel in ihren Betongrab hatten. Ja wenn die weiter keine Probleme hatten!

Im September ging es wieder mal nach Beilngries. Tom hatte zu seiner Geburtstagsparty eingeladen. Neben Üppel und Bettina waren auch Gigo und Uta erschienen. Ebenso Rene`. Dieser hatte eine neue Freundin mitgebracht, sie hieß Ute. Die hatte er erst vor kurzem kennen gelernt, und wollte sie nun bei den

Kumpels einführen. Tom wohnte in einem alten Haus im Hinterhof im ersten Stock. Der Rest des Baues war leer. Im Erdgeschoß gab es noch einige Räume, und so war genug Platz für alle da. Und vor allem jeder konnte für sich alleine schlafen. Vorerst hatte Üppel aus verständlichen Gründen kein Bedürfnis sein Bett mit irgendjemand Fremden zu teilen. Da konnte die Fete ja starten! Im Hinterhof befand sich eine alte Schreinerei und dort starteten sie zu Beginn erst einmal eine zünftige Grillparty. Es wurde ein ganz annehmbarer Abend, auch Üppel und Bettina blieben friedlich. Am nächsten Tag unternahmen sie eine Fahrt mit dem Schiff auf dem Altmühlkanal. Dort stießen noch Josefine und Jens zur Crew. Am Freitag hatten sie es nicht mehr schaffen können, denn Jens hatte sich wieder mal ein neues Auto zugelegt. Einen gebrauchten Mercedes SL500. Ist bei dem jetzt der Wohlstand ausgebrochen, oder was?! Wenn das mal gut geht, bei seinem Fahrstil. Wir werden ja sehen. Die Schifffahrt ließ sich ziemlich toll an und sie beschlossen so etwas noch des Öfteren zu unternehmen. Praktischer Weise fand zur selben Zeit in Beilngries das alljährliche Herbstfest statt. Auf dem Volksfestplatz stand ein großes Bierzelt mit allerlei Rummel rings herum. Logisch dass unsere Truppe am Abend dort erschien und es wieder mal ordentlich krachen lies. Es wurde auf den Tischen getanzt und eins, zwei, drei g`suffen! Ein Prosit, ein Prosit auf die Gemütlichkeit! Nach dem offiziellen Ende gab Tom auf der Bühne noch ein Solo. Und sang aus voller Kehle: Sierra, Sierra Madre! Na das war doch mal ein Abgesang!

Apropos Abgesang. Im Oktober fand in der Münchener Olympiahalle ein Konzert von Deep Purple statt. In der Mark II Besetzung: Ritchie Blackmore, Jon Lord, Ian Gilan, Ian Paice und Roger Glover! Üppel war begeistert, seine Helden endlich einmal life zu sehen. Wie lange hatte er darauf schon warten müssen! Und dann noch in der, seiner Meinung nach, einzig waren Besetzung! Phantastisch! Steffen teilte seine Begeisterung und so erschienen sie zu zweit zu diesem Event. Die Show war gigantisch, die Lautstärke auch. Auf der Battle Rages On World Tour 93/94 schmetterte Ian Gilan zum letzten Mal Child In Time und schrie sich fast die Seele aus dem Leib. Seine Stimme schaffte die hohen Töne nicht mehr so gut wie früher, das Alter forderte halt seinen Tribut. Highway Star, Perfect Strangers, Knocking at Your Back Door, Speed King,

Black Night, Woman from Tokyo, Space Truckin` und natürlich das unverwüstliche Smoke on the Water wurden ebenfalls dargeboten. Zusammen mit einigen Titeln der aktuellen CD. Schon einige Konzerte später stieg Ritchie Blackmore bekanntlich aus, und dieses Mal für immer. Doch Üppel hatte seine Idole noch zusammen life gesehen! Es wurde für ihn ein unvergesslicher Abend. Wie oft hatten Gigo und Üppel früher gesponnen und gesagt, diese Woche spielen Deep Purple im Strickbau. In der DDR natürlich eine Utopie. Und jetzt sah sie Üppel tatsächlich life vor sich spielen! Und was tat Steffen während dessen? Friedlich schlummerte er neben ihm, während Üppel fast die Ohren abfielen. Unvorstellbar! Wie konnte man da nur schlafen! Aber jeder genießt halt anders. Noch Stunden nach dem Konzert dröhnte Üppel der Kopf. Doch mit dem Gefühl etwas Großen beigewohnt zu haben, ertrug er dies alles und schwebte auf Wolke sieben.

Der Rest des Jahres verflog im Nu und schon wieder war Silvester. Auch dieses Mal sollte sich Gigo wieder um die Karten kümmern. Da sie aus besagten Gründen nicht mehr ins Starlight gehen wollten, musste eine Alternative her. Aber wohin nur? Gigo kam auf die glorreiche Idee dieses Jahr der Tanzschule Emmerling einen Besuch abzustatten. Spinnt der jetzt total, sie wollten doch keine Tanzstunden absolvieren! Doch Gigo versicherte, dem wäre nicht so, es handelte sich schließlich um eine ganz normale Silvesterfeier. Dies wurde ihm zumindest so gesagt. Na wenn das mal stimmt. Üppel konnte nicht schon zu Weihnachten nach Chemnitz kommen, denn seine Eltern waren bei ihm in Jetzendorf. Der Grund war, bei ihnen zu Hause fanden Umbauten größeren Ausmaßes statt. Die Wohnungsgenossenschaft "Einheit" sanierte das ganze Viertel. Ihre Wohnung bekam eine komplett neue Elektrik, Heizung, neue Fenster und neue Bäder. Und das alles im bewohnten Zustand! Heute unvorstellbar. Aber kurz nach der Wende konnte man mit den Leuten im Osten halt noch so umspringen. Silvester kam Üppel selbst in den Genuss auf dieser Baustelle zu übernachten. Die Arbeiten gingen ja erst im neuen Jahr weiter und so hatte das Bad halt noch keine Fliesen, dass Waschbecken und WC waren nur provisorisch angeschlossen. Zum Glück, denn zeitweise mussten alle Mieter auf ein "Dixi" Klo im Hof gehen. Die Wände waren für die neue Elektrik aufgefräst worden und trotz Abdeckungen Staub überall. Also Chaos pur. Aber als alte Camper ertrugen Üppels Eltern das Ganze mehr oder weniger gelassen. Am dreißigsten Dezember fand bei Gigo eine kleine Zusammenkunft statt. Wie in alten Zeiten wurde im BB eine gepflegte Party gefeiert. Mit Uta hatte Gigo einen Glücksgriff getan, denn sie schien perfekt zu ihm zu passen. Annett und Tom, sowie Rene` und Ute waren natürlich ebenfalls dabei. Und Bettina blieb an diesen Abend friedlich, was will man also mehr. Die Stimmung war gut, nur die Karat Schallplatten blieben im Schrank. Üppel blühte förmlich auf, vielleicht kommt er ja ganz zurück nach Chemnitz? Sein Vater wird in einen Jahr Rentner und da musste sowieso eine Entscheidung her. Will Üppel die Firma weiterführen, oder nicht? Diese Sache wurde aber vorerst vertagt, denn heute wird erst einmal gefeiert!

Zurück auf der elterlichen Baustelle hielt es Üppel aber nicht lange, schon Silvester Vormittag zog es ihn in die "Puppenstube", eine kleine Gartenkneipe in der Nähe. Dort fand ein Frühschoppen mit "Exilsachsen" statt. Es war schon erstaunlich wie viele ehemalige Chemnitzer Silvester in der alten Heimat verbrachten. Und dann kam der Silvesterabend... Schon beim Einlass beschlich alle so ein seltsames Gefühl. Die meisten Männer im Anzug, die Frauen in feinen Kleidern, und ihre ganze Truppe alle in Jeans und Turnschuhen! Na das kann ja heiter werden! Gigo trafen die ersten strafenden Blicke. Doch der war noch voller Hoffnung. Als dann aber der Tanzabend begann, musste allen klar sein, dass diese sich nicht erfüllte. Was für ein Desaster! In jungen Jahren hatte Üppel die Tanzschule gemieden, wie der Teufel das Weihwasser, und jetzt das! Aber nun waren sie einmal da und mussten das Beste daraus machen. Und Tanz im Wiener Walzer Schritt! Eins, zwei, drei, vier! Eins, zwei, drei, vier! Zum Glück spielte der DJ am späteren Abend noch andere, zurzeit angesagte, Musik. Doch er schien bloß eine CD mit solcher dabei zu haben, denn die Lieder wiederholten sich des Öfteren. Glücklicherweise waren da die meisten nicht mehr ganz nüchtern und bekamen dies alles kaum noch mit. Üppel schon, und er beschloss sich ab jetzt selber um kommende Silvesterfeiern zu kümmern. Zur Ehre von Gigo muss man allerdings sagen, dass er selbst geschockt war und sich das alles ganz anders vorgestellt hatte. Prosit Neujahr!

Für Üppel war der Aufenthalt in Chemnitz auch nach Silvester noch nicht beendet, denn er arbeitete im Januar für zwei Wochen bei seinem Vater in der Firma. Ein größerer Auftrag musste abgearbeitet werden, und außerdem ging es ja noch um Üppels Zukunft. Die Weichen stellten sich für ihn langsam aber sicher auf eine Rückkehr in die sächsische Heimat. Indessen fuhren Bettina und Nicole mit Rene` zurück nach Jetzendorf.

Nachdem Üppel auch wieder dort eingetrudelt war, ging erst mal alles seinen gewohnten Gang. Auf die Frage von ihm hin, was denn Bettina von einer Rückkehr nach Chemnitz halten würde, bekam er aber keine eindeutige Antwort von ihr. Eins war klar, sie wollte lieber in Bayern bleiben. Dann eben lieber Mal wieder zu Besuch nach Chemnitz! Die Gelegenheit ergab sich auch schon bald, denn es stand der alljährliche Besuch beim ersten FCC an, dem Karnevalsverein, den Üppel schon seit 1981 die Treue hielt. Außer 1989 und 90 war er jedes Jahr da gewesen. Dieses Mal waren auch Annett und Tom, Josefine und Jens, Uta und Gigo, Rene` und Ute, sowie Roland mit von der Partie. Also wieder eine größere Truppe die die Festsäle in Chemnitz unsicher machte. Darauf ein dreifaches Kucki Roll!

Kurz darauf fand in Jetzendorf die nächste größere Action statt. Üppel hatte Geburtstag und so war die Bude beim ihm wieder voll. Der Abend begann wie immer, und bald verzogen sich die anwesenden Frauen in die Küche. Denn die Herren der Schöpfung hörten sich gepflegte Musik an. Nach den üblichen Spliff-Scheiben holte Üppel einen Konzertmitschnitt von Pink Floyd aus seinem Lager. Delicate Sound of Thunder in Jetzendorf! Und das als Video! Yeah! Steffen mutierte zum Drummer, Gigo zum Gitaristen der Bierkästen stemmte, Üppel und Rene` sangen aus voller Kehle mit. Tom schaute sich das ganze erst mal in Ruhe an. One Of These Days und natürlich Time, die Wände wackelten. Carina kam schon ins Zimmer und brüllte "Leiser!", aber dies interessierte natürlich keinen. Darauf erst einmal ein neues Bier und Prost! Logisch, dass so kurz nach Mitternacht die Luft raus war und unsere "Gesangshelden" friedlich schlummerten. So weit so gut. Doch dieses Mal war alles anders. Bis auf Gigo, der mit Uta in der Küche sein Nachtlager aufgeschlagen hatte, sowie Carina und Steffen die, statt in der Badewanne zu nächtigen, lieber nach Hause gefahren waren, lagen die restlichen "Helden", Tom, Rene` und

Üppel im Wohnzimmer herum. Dort wurden sie von den lieben Frauen geweckt und dann zum weiterfeiern animiert.

Die Party nahm am Sonntag früh gegen viertel sieben wieder mächtig Fahrt auf. Helge Schneiders Operette für eine kleine Katze sorgte für einen Brüller nach dem anderen und sein "Katzenklo" sangen schon wieder alle mit. Zur damaligen Zeit war Helge Schneider Kult, besonders bei Tom, und fast alle Texte konnten unsere Jungs mühelos auswendig aufsagen. Was für eine Wurst, what a Würst! Mein Herz weitete sich zu einem saftigen Steak! Die Katze hatte ein Schildchen um, auf dem stand sein Name: Orang Utan Klaus! Das ist doch kein Name für eine Katze! Ich gab ihr einen Katzennamen: Telefonmann! Die Farbe gefiel mir nicht, ich lackierte es um, mit einer Lösung und das schien dem Kätzchen nicht gut zu tun. Leider ist es so verschieden. Köstlich, doch genug. Die Biervorräte befanden sich dieses Mal bei Üppel auf dem Balkon. Als Tom wieder einmal "nachtanken" wollte, liefen draußen gerade Leute vorbei. "Na ihr Bayern, geht's ihr in die Kirche?" rief er laut vom Balkon. Irritiert gingen die Eingeborenen weiter. Sie hatten offenbar am Sonntagmorgen noch nie so einen verrückten Typen, mit Pistole und Lederhut, gesehen der solche Fragen stellte. Nach Üppels Stahlhelm wurden nämlich auch sein Lederhut und sein Faschingscolt nun als Utensilien entdeckt. Den Helm hatte Rene` schon auf, so blieb für Tom heute nur der Hut. Nun waren alle endgültig munter, also konnte ja wieder Musik aufgelegt werden! Culture Beat: Mr. Vain. Tom erfand einen neuen Tanzstil, Wäsche waschen! Wäsche waschen! Dann noch Rhythm is a Dancer von Snap, der ganze damals angesagte Eurodance halt. Danach kamen die NDW Hits dran. Es war mehr Stimmung als letzten Abend. Alle tobten wie wild in der Bude herum. Üppels und Toms Töchter, die nebenan versucht hatten zu schlafen, waren inzwischen munter und mischten jetzt auch noch mit. Nur Gigo und Uta schlummerten in der Küche friedlich weiter. Erst gegen neun Uhr früh zog endlich Ruhe ein, und alle fielen in einen komatösen Zustand. Diese Feierlichkeit wurde später unter den Namen "Big Party" bekannt. Allen war klar, dies war nicht mehr zu toppen. Dass von all dem Videoaufnahmen existieren, braucht natürlich nicht extra erwähnt zu werden. Logisch! Wie sangen die Flirts? Richtig, Passion!

Nach diesem Event dauerte es einige Tage, bis sich Üppel davon erholen konnte. Mein lieber Mann! Man war halt nicht mehr der Jüngste. Doch bald funktionierte er wieder und es konnte weiter gehen. Inzwischen stand fest, dass Üppel und Family im nächsten Jahr nach Chemnitz zurückkehren werden. Bettina hatte schließlich zugestimmt. Sie waren schon auf der Suche nach einer geeigneten Wohnung. Ihre Zustimmung hatte sie aber davon abhängig gemacht, endlich den Führerschein machen zu können. Schließlich hatten Josefine und Carina längst ihren Lappen in der Tasche. Also gut. Und so begann das Drama... Die theoretische Prüfung schaffte sie immerhin im zweiten Anlauf, aber die Praxis. Nach der dritten vermasselten Prüfung wurde Üppel doch etwas stutzig. Beruhigungstropfen führten dazu, dass ihr auch beim vierten Mal kein Erfolg beschieden war. Und das kostete jedes Mal richtig Geld! Üppel war mit den Nerven am Ende. Na gut noch ein Versuch! Nach jeder vermasselten Prüfung musste eine Sperrfrist eingehalten werden, bis man es erneut versuchen konnte. So war es schon Sommer geworden, sogar der Urlaub fiel deswegen dieses Jahr ins Wasser. Was soll man sagen, auch die fünfte und sechste Prüfung waren ein Desaster! Entnervt beschloss Üppel die Aktion Führerschein abzubrechen und erst in Chemnitz wieder in Angriff zu nehmen, denn sonst wäre ja bald kein Geld mehr für den Umzug vorhanden! So geht das ja nicht!

Üppel brauchte erst mal Balsam für seine Seele. Die beste Gelegenheit dazu war, am vierten August spielten Pink Floyd im Münchener Olympiastadion. Nachdem er bei seiner "Big Party" sich schon reichlich Pink Floyd reingezogen hatte, wollte er sich dieses Ereignis auf keinen Fall entgehen lassen. Nachdem Karten besorgt worden waren, konnte die Sache ja steigen! Steffen kam auch wieder mit, will der wieder schlafen oder was? Doch dieses Mal blieb er munter. "Es wurde der spannendste Sonnenuntergang des Jahres. Über 75000 Menschen, die Zuschauer auf dem Olympiaberg mit eingerechnet, warteten im Olympiastadion, bis die Dunkelheit hereinbrach. Um einundzwanzig Uhr neun vibrierte die Luft, die gigantische Bühnenmuschel flammte auf, und die Megashow des Jahres begann so fantastisch, wie die Landung eines Ufos". So schrieb die bekannte Zeitung mit den vier großen Buchstaben am nächsten Tag. Tatsächlich war das alles ein noch nie gesehenes

Spektakel. So etwas hatte Üppel noch nicht erlebt. David Gilmour, Rick Wright und Nick Mason zeigten wieder einmal ihre Klasse. Das Wetter war perfekt, kurzum eine gelungene Performance. Roger Waters war damals nicht mit dabei, es herrschte zu der Zeit ja noch Funkstille zwischen den ehemaligen Bandkollegen. Man traf sich höchstens vor Gericht. Erst zu Live Aid im Jahre 2005 kam es zur letzten und einzigen kompletten Reunion der vier Londoner. Leider konnte Üppel da nicht mit dabei sein. Schade! Inzwischen ist Rick Wright verstorben und die Geschichte von Pink Floyd somit endgültig zu Ende. Aber die Musik bleibt. Und das ist mehr als von den meisten Menschen bleibt. Amen!

In Beilngries gab es, wie in Jetzendorf auch, jedes Jahr mehrere Festivitäten um den Bierkonsum anzukurbeln. Eine solche war das Altstadtfest. Selbstverständlich fanden sich Üppel und Co zu dieser Feierlichkeit ein. Beilngries war im Gegensatz zu Jetzendorf eine Stadt, so waren diese Aktivitäten in größeren Rahmen, als in dem beschaulichen Dorf in der Holledau. In der Altstadt befanden praktisch Kneipe an Kneipe. Und jeder Wirt hatte Tisch und Stühle im Freien aufgestellt. Na da lies es sich ja prima feiern! Üppel war begeistert. Zu späterer Stunde wurden wieder die Tische geentert und lautstark gegrölt, zum Beispiel: Wir wollen die Stones hören! Doch leider pustete da nur irgendeine Blaskapelle ins Horn. Diesen Joke mit den Stones brachte Tom noch jahrelang. Und jedes Mal war das Gelächter groß. Kicher, kicher aber auch.

Auch in Jetzendorf gab es noch Partys... Eine davon war schon wieder mal etwas besonders. Eingeladen waren Andreas und Angela. Eine kleine Runde, doch die hatte es in sich. Üppel wollte am nächsten Tag eigentlich auf einer seiner Privatbaustellen arbeiten, so sollte es heute nicht arg so spät werden. Doch das Bier schmeckte wieder einmal besonders gut. Gegen dreiundzwanzig Uhr verzog sich Andreas endlich nach Hause, denn sein kleiner Sohn musste ins Bett. Angela machte aber keine Anstalten ihren Göttergatten zu folgen. So blieb sie dann auch da. Üppel war dies alles zu blöd, er ging ebenfalls zu Bett. Er hörte es noch blubbern, gehen die zwei Weiber jetzt zusammen baden, oder was? Und dann schlief er ein. Aber nicht lange, denn schon bald wurde er von zwei aufgegeilten Frauenzimmern wieder aufgeweckt. Was hatten denn die in der

Wanne getrieben? Angela griff sich Üppels bestes Stück und begann sich daran zu reiben. Olala, Üppel war nun schlagartig munter. Seine Bettina lag natürlich ebenfalls mit im Bett und fummelte abwechselnd an Üppel und Angela rum. Was geht denn hier ab? Schließlich entwickelte sich das Ganze zu einem wilden Dreier. Eine ganz neue Erfahrung. Zusammen mit Gigo hatte er dies schon früher versucht, es aber nie so recht geschafft. Die Frauen spielten nicht richtig mit. Doch jetzt...Üppel wusste nicht genau was er davon zu halten hatte. Er war begeistert und gleichzeitig geschockt. So etwas hatte er seiner Frau und Angela ja niemals zugetraut. Da kennt man die Gute schon dreizehn Jahre lang und dann so was! Wer weiß was die Alte sonst alles noch so trieb, wenn Üppel auf Arbeit war. Denn ihre Stelle in der Schuhfabrik hatte Bettina schon länger aufgegeben und ging jetzt nur für ein paar Stunden zu einer Heilpraktikerin putzen. Wer weiß, wer weiß.

Zurück zu besagten Abend. Der Bau der "ägyptischen Pyramiden" zog sich noch eine ganze Weile hin, schon dämmerte der Morgen. Angela verzog sich nun vom Ort des Geschehens, und seitdem brach der Kontakt zu ihr und Andreas ab. Vielleicht war ihr das Ganze doch etwas peinlich gewesen. Bettina nicht. Sie gab auf Nachfrage an, sich nur undeutlich an letzte Nacht erinnern zu können. Das war wieder einmal typisch für sie, erst krachen lassen und dann nicht dazu stehen! Aber egal, Üppel hatte vorerst andere Probleme. Er musste ebenfalls aufstehen, denn sein Pfusch stand an. Mit einigen Schwierigkeiten schaffte er es schließlich doch, die ganze Aktion zur einiger maßenden Zufriedenheit für alle Beteiligten über die Bühne zu bringen. Man, oh man das ging ja auf keine Kuhhaut!

Längere Zeit hatte Üppel schon nichts mehr von Josefine und Jens gehört. Doch jetzt erfuhr er, dass er es doch tatsächlich geschafft hatte seinen Mercedes SL zu Schreddern. Das war eigentlich zu erwarten gewesen, dass es dann aber doch so schnell ging überraschte alle. So war das gute Teil in irgendeinen Straßengraben beerdigt worden. Logisch das wieder einmal der Familiensegen schief hing. Die Ehe von Josefine und Jens hatte schon viele Höhen und Tiefen durchlaufen, hoffentlich überwogen nicht die Tiefen und demnächst stand eine Trennung an. Einiges deutete aber schon in diese Richtung. Aber was sollte denn Üppel zu all dem sagen, bei ihm sah es ja schließlich nicht viel besser aus! Stattdessen stürzte er sich in die Pläne zur Rückkehr nach Chemnitz.

Neuigkeiten gab es auch von Gigo zu berichten. Er wurde doch tatsächlich noch einmal Vater! Im Herbst brachte Uta eine kleine Tochter zur Welt. Na dann herzlichen Glückwunsch! Wenigstens mal etwas Positives zu berichten.

Wieder war ein Jahr vorbei. Zu Weihnachten fanden sich Üppel und Familie in Chemnitz ein. Nach den Feiertagen war es dann soweit. Am 27. Dezember übernahm Üppel den Malerbetrieb seines Vaters. Ein Kapitel seines Lebens war zu Ende und ein neues stand vor ihm. Wieder mal. Irgendwie war ihm die ganze Sache schon etwas mulmig. Wird er das alles meistern, oder kläglich scheitern? Sie hatten noch keine Wohnung in Chemnitz, also musste Üppel vorerst zwischen Chemnitz und Jetzendorf pendeln. Das taten zu der Zeit viele Sachsen, nur Üppel fuhr halt in andere Richtung. Irgendwann im nächsten Sommer wollten sie dann den Umzug über die Bühne bringen. So weit der Plan.

Silvester! Die Party fand im V8 statt, einer Szenekneipe in Chemnitz, nicht weit von Gigos Residenz entfernt. So konnte Uta zwischendurch immer mal nach der kleinen Janine sehen. Annett und Tom, Rene` und Ute waren auch anwesend, nur Üppel nicht richtig. Wehmütig schaute er auf die vergangenen Jahre zurück, und hoffte mit der Rückkehr nach Chemnitz keinen Fehler zu machen. Auch das Bier schmeckte heute nicht so gut wie sonst. Was war nur los mit ihm? Er war total in Gedanken versunken. Dennoch wurde es eine ganz annehmbare Veranstaltung, jedenfalls viel besser als letztes Jahr in der Tanzschule!

Anfang Januar fuhren dann Bettina und Nicole zusammen mit Heiko zurück nach Jetzendorf. Heiko war ein alter Schulfreund von Üppel, der letztes Jahr im Sommer überraschend in Jetzendorf auftauchte. Er wollte ein Klassentreffen organisieren und hatte Üppels Adresse von seinen Eltern erfahren. Da er bundesweit tätig war, konnte er die zwei jetzt mitnehmen. Denn zurzeit arbeitet er in Stuttgart, und da war es nach Jetzendorf kein allzu großer Umweg. Eine nette Geste.

So sparte sich Üppel zwei Fahrten, nämlich einmal Chemnitz - Jetzendorf und zurück. Nun, alle waren weg und wieder musste improvisiert werden. Doch darin hatte Üppel schließlich schon reichlich Erfahrung. Denn bis sie eine Wohnung in Chemnitz fanden, schlief er bei seinen Eltern. Üppel fühlte sich in

Kindheitstage zurückversetzt. Mit fast dreiunddreißig! Ein komisches Gefühl. Die ersten Aufträge wurden abgearbeitet und langsam aber sicher gewöhnte sich Üppel an die neuen Gegebenheiten. Rechnungen und Kostenangebote schreiben usw. An den Wochenenden düste er regelmäßig nach Jetzendorf zurück. Und zwischendurch war Bettina so allein in Bayern. Üppel ahnte, dass sie dies gnadenlos ausnutzen würde. Also warum nicht auch einmal alleine fortgehen? Gesagt getan.

Als erstes fiel ihm ein, doch einmal Rikki, seine alte Liebe, zu besuchen. Was für eine Wahnsinnsidee! Wo wird sie heute leben? Im Telefonbuch las er, wo ihre Eltern jetzt wohnten. Sie waren noch in Chemnitz, in heutigen Zeiten nicht selbstverständlich. So besuchte Üppel diese kurz entschlossen. Dort erfuhr er wo Rikki ihre Zelte aufgeschlagen hatte. Sie hatte die alte elterliche Wohnung übernommen, na das gibt's doch gar nicht! Also nichts wie hin! Er fühlte sich wie ein Teenager, als er an ihrer Tür klingelte. Ganz hibbelig. Schon wollte Üppel wieder gehen, als endlich auf sein Klingeln reagiert wurde und die Tür aufging. Ein mürrischer Typ stand in dieser und fragte was Üppel denn wolle. Scheiße, war das peinlich! Nach ein paar Ausflüchten wollte Üppel eigentlich schnellstens das Weite suchen, als auf einmal eine Frauenstimme aus der Wohnung rief. Es war Rikki, die Üppel an seiner Stimme erkannt hatte. Nun gab es kein zurück mehr. Er musste die Wohnung betreten. Was hatte Üppel auch erwartet, dass Rikki nach all den Jahren sehnsüchtig auf ihn wartete? Also wirklich! So sah er sie nach fast fünfzehn Jahren wieder. Die Zeit war nicht spurlos an ihr vorüber gegangen, aber ansonsten war sie die alte geblieben. Ihr Freund entpuppte sich im Nachhinein auch als ganz nett, trotz der anfänglichen Aversionen. Er stammte aus dem Ruhrgebiet und demnächst wollten beide dorthin ziehen. Nach etwas Smalltalk verabschiedete sich Üppel und wünschte ihnen alles Gute. Rikki, hoffentlich packst du das alles! Und niemals sah er sie wieder. C`est la vie!

So ging dies ja nun alles nicht. Wenn er Frauen kennen lernen wollte, musste Üppel in Chemnitz wieder auf die Piste! Wie konnte er das nur vergessen! Aber mit wem? Gigo fiel aus, der war schließlich in festen Händen und frischgebackener Vater. Wie wäre es dann mit Uwe, Bettinas Bruder? Schließlich war er früher oft dabei, wenn es Üppel und Gigo krachen ließen. Und außerdem war er gerade wieder einmal solo. Uwe war sofort Feuer und Flamme, als Üppel ihn von seinen Plänen unterrichtete. Als erstes wurde beschlossen nur noch alle zwei Wochen nach Jetzendorf zurück zu fahren. So hatten sie immer ein Wochenende zu gemeinsamen Diskobesuchen. Bettina wurde erzählt, die Benzinkosten seien dafür verantwortlich. Sie schluckte dies ohne zu murren. Wahrscheinlich war sie froh so ebenfalls Wochenenden für sich zu haben. Egal. Und was gab es für Läden in Chemnitz, die für solcherlei Aktionen in Frage kämen? Üppel war schließlich hier nicht mehr so auf dem Laufenden. Doch Uwe wusste Rat. Und so verbrachten sie fast jedes zweite Wochenende in einer Disko im Chemnitzer Hauptbahnhof. Der Laden war ganz o.k und vor allem tummelten sich hier nicht nur die Jugend, sondern auch die etwas älteren Semester. Vielleicht sah man hier ja sogar bekannte Gesichter aus vergangenen Zeiten! Was soll man sagen, eines Abends traf Üppel dort tatsächlich Marion wieder! Sie hatte zwischendurch ebenfalls im Westen gelebt, und sich gerade wieder in Chemnitz nieder gelassen. Das ist ja interessant! Sie sah immer noch toll aus, nur ihre langen Haare hatte sie sich abgeschnitten. Sogleich versuchte Üppel seiner ehemaligen Flamme wieder näher zu kommen, aber Marion lies ihn baldigst abflattern. Sie wollte offenbar nicht schon wieder nur das fünfte Rad am Wagen sein, wie damals bei ihrer letzten Begegnung bei Gigo. Na gut, aber einen Versuch war es wert gewesen! Tschau Marion!

Also weiter umschauen! Mein Gott, schließlich war Üppel ja immer noch verheiratet! Aber fühlen tat er sich wie solo. Ein paar Wochen später lief er zu großer Form auf und baggerte eine ganze Truppe Frauen an, die eine Betriebsfeier in die Disko verlegt hatten. Uwe sprang natürlich ebenfalls auf den Zug auf und es wurde ein lustiger Abend. Es handelte sich um Köchinnen und Bedienungen aus einem Laden im Neefepark. An einer Dame fand Üppel großen Gefallen und knutschte wie wild mit ihr herum. Doch die Frau hatte einen Freund und so blieb es bei der wilden Knutscherei. Schade!

Üppel besuchte sie trotzdem noch das eine oder andere Mal im Neefepark. An die Tatsache, dass Bettina bald nach Chemnitz kommen würde, verschwendete Üppel natürlich keinen Gedanken. Warum auch, vielleicht war es ja besser so wie es jetzt war? Ein paar Wochen später funkte es erneut gewaltig.

Und dieses Mal war die Dame sogar willig! Nach einer kurzen nächtlichen Fahrt ins Chemnitzer Heckert-Gebiet sollte es in die Nähe von Rochlitz gehen, wo die Gute wohnte. Voller Vorfreude hatte Üppel schon einen Ständer in der Hose. Im Chemnitzer Plattenviertel wollten sie nur noch schnell eine Freundin absetzen. Gesagt getan. Doch schon auf der Fahrt dorthin passierte es. Auf einmal kam aus einer Seitenstraße ein Auto geschossen und knallte mit voller Wucht in die Front des Autos wo Üppel war. Der saß auf dem Rücksitz und schlug voll mit dem Gesicht auf den Vordersitz. Rumms! Na Klasse, somit war die Sache gelaufen! Denn an Sex war logischer Weise jetzt nicht mehr zu denken. Kurz nachdem die Polizei erschienen war, verabschiedete sich dann auch Üppel und trottete allein nach Hause. Einen Krankenwagen lehnte er dankend ab, bloß kein Aufsehen über seine Eskapaden erregen! Doch sein Kopf brummte wie die Sau. Sicher hatte er sich ein Schleudertrauma zugezogen, aber Üppel ging, statt zum Arzt, lieber am folgenden Montag auf Arbeit. Seine Lippe war auch aufgeschlagen, zum Glück hatte er keine Zähne verloren. So konnte er diese dann auch zusammenbeißen und weitermachen wie gehabt. Totaler Wahnsinn, denn noch heute hat er Beschwerden im Genick, die sicher auf diesen Unfall zurückzuführen sind.

Nach diesem nächtlichen Desaster zog es Üppel vor, erst einmal kürzer zu treten und nicht mehr so oft mit Uwe wegzugehen. Dafür begann er an den Wochenenden mit dem Firmenbus, statt des BMWs nach Jetzendorf zu fahren. Dort wurden langsam die Schränke geleert und alles bei Üppels Eltern im Keller zwischengelagert. Bevor es ans Wohnzimmer ging, wurde noch eine letzte Party in Jetzendorf gefeiert. Geli und Andre` erschienen und sie feierten eine wilde Tanzparty, fast ausschließlich nach den Rhythmen der Spider Murphy Gang. Nach dem Motto: mit Herzklopfen spielte die bayrische Band im Cadillac der Schickeria den Skandal im Sperrbezirk vor. Wer wird denn woana mit`n Frosch im Hois und Schwammerl in de Knia! Da kann man nur sagen: Pfüati Gott Elisabeth! Ich schau dich an, Sch-bum! Es war der richtige Abschluss um Bayern Lebewohl zu sagen.

Doch noch war es nicht ganz so weit. Die Wohnung wurde zwar immer leerer und Üppel fühlte sich an die Anfänge in Bayern erinnert, wo sie auch in einer fast möbellosen Wohnung gelebt hatten. Nur dieses Mal wurde es ein ganz normaler Umzug und keine "Übersiedlung" in ein anderes Gesellschaftssystem mehr. Vor fast sechs Jahren noch unvorstellbar und jetzt schon Normalität. Zum Glück.

Endlich konnte auch das Wohnungsproblem in Chemnitz gelöst werden. In der Nähe der elterlichen Wohnung konnte eine Bleibe gefunden werden. Üppel stürzte sich in die Renovierung und begann schon Kisten zu schleppen. Als er eines Tages am Wochenende zurück nach Jetzendorf kam, traf ihn fast der Schlag. Auf einmal schnurrte ihn eine kleine Katze an! Bettina hatte sich diesen Winzling, eine Perser, letzte Woche besorgt. Sie hörte auf den Namen Lissy und sollte jetzt sozusagen zur Familie gehören! Üppel fühlte sich total überrumpelt, denn eigentlich wollte er so etwas nicht. Doch in der jetzigen Situation war ihm schon alles egal. Also gut, dann eben eine Katze, wenn's schön macht!

In Chemnitz war Üppel, zusammen mit Michael einen Schulfreund, eines Abends gerade bei Fliesenarbeiten in der Küche, als es an der Tür klingelte. Die Polizei stand davor, und sagte sie seien wegen Ruhestörung gerufen worden. Na schön es war schon nach 22 Uhr, aber so viel Krach macht Fliesenlegen ja nun nicht, außer das Schneiden... Michael äußerte seinen Unmut, versprach aber trotzdem nicht mehr lange zu arbeiten. Darauf hin verabschiedeten sich die freundlichen Herren in Grün. Was sollte denn das? Noch nicht mal eingezogen und schon die Bullen am Hals? Na hier scheinen ja nette Leute im Haus zu wohnen! Wie soll das erst werden, wenn Üppel und Family eingezogen sind? Man wird sehen.

Vielleicht hätte er die Pläne für ein eigenes Haus weiter vorantreiben sollen. So wäre es im nahen Adorf fast zu einem Kauf gekommen. Es wurde aber nichts daraus, das war auch gut so, wie sich ein paar Jahre später zeigen sollte.

Noch ein Problem tat sich auf. Der Umzug sollte im August erfolgen, nachdem in Bayern die Sommerferien begonnen hatten. Und Nicole sollte vom neuen Schuljahr an wieder in Sachsen lernen. Nur in Sachsen begann dieses schon Ende August! Für Nicole hieß das, nur rund eine Woche Sommerferien! Das war schon hart. So musste die Kleine auch schon ihre Opfer bringen. Also genehmigten Üppel und Bettina ihrer kleinen Tochter noch eine zünftige Geburtstags-und

Abschiedsparty mit ihren Schulfreunden in Jetzendorf. Eine wilde Horde eroberte das leere Wohnzimmer. Nur die Stereoanlage befand sich noch im Raum, aber das war ja die Hauptsache! Diese Party entwickelte ungeheure Eigendynamik. Fast so, als wenn Üppel und Bettina feierten. Nur noch lauter. Doch in Bayern erschien keine Polizei... Der Hit des Abends war Jesus von den Doofen. "Jesus war ein guter Mann, der hatte einen Umhang an. Jesus war ein flotter Typ, den hatten alle Leute lieb. Jesus hatte langes Haar und braune Augen wunderbar. Jesus hatte Latschen an, wie kein anderer Mann. Jesus, Jesus, du warst echt o.k. Jesus, Jesus everytime fair play!" Und das aus voller Kehle. Köstlich. Zu späterer Stunde wurden Matratzen im Wohnzimmer ausgelegt und versucht zu schlafen, denn die meisten Kids durften von ihren Eltern aus hier nächtigen. Doch erst gegen fünf! Uhr zog endlich Ruhe ein. Schon in den vergangenen Jahren hatte Nicole ihren Geburtstag mit ihren Freunden gefeiert. So hatten sie letztes Jahr im Hof eine Tanzperformance zu Michael Jacksons Black or White hingelegt, die sich gewaschen hatte. Doch diese Party setzte allen eine Krone auf! Was für ein Abgang! Am nächsten Tag flossen dann auch große Tränen, denn für Nicole hieß es als erstes Bayern ade. In Sachsen begann die Schule und so musste die Kleine zu Oma, bis Üppel und Bettina nachkamen.

In Jetzendorf wurde nun noch die Küche abgebaut und die ganze Wohnung neu gestrichen. Zum Abbauen der Möbel war Tom gekommen, um zu helfen. Alles wurde im Isuzu Transporter verstaut. Doch nicht nur deswegen war er da. Die Stones spielten tatsächlich in München, und dies konnte sich Tom natürlich nicht entgehen lassen! Wo er doch immer die Stones hören wollte! Und jetzt hatte er endlich die Gelegenheit dazu. Also fuhren Üppel und Tom nach München ins Olympiastadion. Bei ihrer Voodoo Lounge Tour gastierten die Rolling Stones in der bayrischen Metropole. Die zwei saßen im Stadionrund und warteten gespannt auf den Beginn der Show. Üppel wollte schnell noch etwas Bier besorgen um sich dann ganz den Stones zu widmen. Als er zu Tom zurückkam, merkte er schnell dass irgendetwas nicht stimmte. Was war denn mit dem los? Doch egal. Die Show begann und Mick Jagger tobte wild auf der Bühne herum. Alles in allen nicht schlecht, doch kein Vergleich zu Deep Purple, dachte sich Üppel. Und Tom benahm sich immer seltsamer. Während des ganzen Konzertes wurde es nicht besser. Als es zu Ende war, verloren sie sich auch noch aus den Augen. Üppel wartete eine Ewigkeit bei Toms Auto, bis dieser endlich erschien. Und jetzt erfuhr er von ihm was eigentlich passiert war. Während Üppel Bier holen war, rauchten Typen neben Tom Gras. Und er wollte einmal probieren... Das Ergebnis sah man nun. Tom war Bier, und das in rauen Mengen, gewöhnt, aber keinerlei Drogen. Üppel ebenfalls nicht, aber der hat auch nie welche ausprobiert. Tom war gehörig bedient und schwor niemals wieder schwach zu werden. So musste Üppel Toms Auto auch nach Jetzendorf zurück kutschieren. Nach einem starken Kaffee fuhr er aber dann doch zurück nach Beilngries. Und für Üppel und Bettina begann die letzte Nacht in Jetzendorf. Was hatten sie hier alles erlebt! Gutes und Schlechtes. Ein Aufbruch in eine neue Zeit mit radikal geänderten Verhältnissen. Und doch kamen bald alte Verhaltensmuster wieder zum Tragen. Im Nachhinein betrachtet war es aber alles nicht ganz so schlecht gewesen. Eine Rückkehr nach Chemnitz stand ja ursprünglich nie auf der Agenda, aber die politischen Ereignisse der letzen Jahre hatten dies nun möglich gemacht. Für Üppel lag diese eigentlich auch schon ein halbes Jahr zurück, denn seit er die Firma seines Vaters übernahm, war sein Lebensmittelpunkt längst wieder in Sachsen. Ob Bettina für sich dies auch akzeptieren könnte, würde erst die Zukunft zeigen. Man darf also gespannt sein! Und Üppel rief dem beschaulichen Jetzendorf, in der schönen Holledau, noch einen letzter Gruß zurück,

Servus!

8.

Götter-Dämmerung in Chemnitz

An einem heißen Augustabend 1995 kamen in einen voll bepackten Isuzu Bus Üppel und Bettina, von ihren mehrjährigen Abenteuer in Bayern, zurück nach Chemnitz. Wieder einmal sollte alles von vorn beginnen. Doch zuerst mussten alle Möbel in die Wohnung. Und kistenweise der Inhalt von diesen. Die neue Unterkunft befand sich im 3. Stockwerk, also war dies schon eine recht beschwerliche Prozedur. Auf was noch warten, auf geht's! Sagte sich Üppel und trieb seine geifernde Frau zu Höchstleistungen an. Schon alleine die CDs füllten etliche Kartons! Und noch die riesigen Lautsprecherboxen! Den Mietern im Haus schwante sicher schon, dass es mit der Ruhe in ihrem trauten Heim bald vorbei sein würde. Für das Wohnzimmer sollten neue Möbel angeschafft werden, so begaben sich Bettina und Üppel in das bekannte schwedische Möbelhaus mit den vier gelben Buchstaben. Obwohl hier vieles nicht so nach Üppels Geschmack war, wurden sie dennoch fündig. Und wieder Kartons schleppen! Beim Aufbau der Möbel stellte sich auch noch heraus, dass zwei Glastüren fehlten. Irgendetwas fehlt halt immer. Also erneut ins Möbelhaus! Doch auch dieses Problem wurde schließlich gelöst, und die Regalwand stand endlich. Gott sei Dank! Ein weiteres Dilemma tat sich auf... sechs Jahre nach der Wende war der Anschluss eines Telefons noch mit Wartezeiten verbunden. Es gab halt nicht genügend Leitungen. Bettina kochte, sie und kein Telefon, unmöglich! "Ich fahre sofort zurück nach Bayern!" skandierte sie. Der einzige Ausweg, ein Mobiltelefon! Und so konnte sie ihre Quasselsucht befriedigen und Üppel hatte seine Ruhe. Als nach 6 Wochen endlich der Telefonanschluss gelegt wurde, war Üppel dennoch froh, denn die Tarife für Mobiltelefone waren 1995 noch bedeutend höher als heutzutage. Schließlich wollte er nicht nur für die Telefonkosten auf Arbeit gehen! Soviel dazu.
Nicole ging nun schon ein paar Wochen in ihre neue Schule und musste Erfahrungen ganz anderer Art machen. Sie wurde doch tatsächlich wegen ihres bayrischen Dialekts gemobbt! Lange hielt dies aber nicht an, denn das bayrische Vokabular legte sie dann recht schnell ab. Doch es gab noch ein Problem anderer Art. In Sachsen waren die Lehrpläne straffer gestaltet als die in Bayern. Das heißt hier waren sie schon viel weiter im Stoff, stellte Üppel erstaunt fest. Zum Glück war seine Tochter nicht

auf den Kopf gefallen und biss sich nach und nach durch, bis sie Anschluss gefunden hatte.

Die Aufträge in Üppels Firma plätscherten gerade so lala dahin, da kam ihm ein Angebot seines ehemaligen Chefs aus Bayern gerade recht. Fassadenanstrich in München, ein Wohnblock mit ca. 40 Wohnungen. Nichts wie ran! Natürlich wollte er das alles alleine erledigen, aber bei näheren Betrachten stellte sich doch heraus, dass er Hilfe brauchte. Und Üppel kam auf die glorreiche Idee dafür Bettina herzunehmen. Etwas abkleben und ein bisschen zur Hand gehen wird doch wohl drin sein, oder?! Gesagt getan. So düsten Üppel und Bettina 3 Wochen lang nach München und machten sich an die Aufgabe heran. Fast wäre die Sache noch böse ausgegangen, denn sie fiel durch eine offene Gerüstluke eine Etage tiefer. Zum Glück wog sie nicht viel und es blieb bei ein paar Schürfwunden. Mein lieber Mann!

Zum Dank für dies alles gab es noch Probleme mit der Bezahlung... Eiskalt wurde Üppel eine erhebliche Summe vorenthalten, mit der Begründung, die Anstrichstärke wäre nicht ausreichend! Ein Witz, wusste doch sein Ex-Chef ganz genau wie viele Anstriche die Beiden ausgeführt hatten, weil er jeden Tag auf der Baustelle erschienen war. Das hatte andere Gründe... Bei Übernahme der Firma von seinem Vater wurde Üppel eine Finanzspritze der EU gewährt. War er in 5 Jahren nicht pleite, brauchte er diese auch nicht zurückzuzahlen. Das wusste sein lieber Ex-Chef natürlich, denn genau um diese Summe ging es. So hatte die EU einen "armen" Westhandwerker unterstützt, statt die "blühenden Landschaften" im Osten. Üppel stand schön blöd da. Zuerst versucht er zwar noch an sein Geld zu kommen, so holte er Vertreter der Farbfirma aus Bayern auf die Baustelle. Die konnten aber nicht auffälliges feststellen. Jedoch war Üppels ehemaliger Boss auch noch staatlich geprüfter Techniker. Alles klar? So hakte er schweren Herzens die Summe ab. Wieder eine Erfahrung fürs Leben!

Zum Glück gab es noch freudige Nachrichten. Im Oktober eröffnete doch tatsächlich der ehemalige Strickbau wieder! Er hieß jetzt City-Music-Park und war nun eine richtige Disco und kein Speisesaal eines Betriebes mehr. Selbstverständlich erschienen sie zur Eröffnung. Es gab jetzt einen Hauptsaal, noch zwei kleinere Säle, einen Italiener und einen Mexikaner. Was will man mehr! Hier konnte man sich Wohlfühlen und Üppel fand großen Gefallen an der Sache. Gern wäre er noch länger geblieben, aber im November stand eine größere Reise an. So musste er sich vom Tresen losreisen.

Von der Chemnitzer Handwerkskammer organisiert ging es nach Ägypten. Genauer gesagt nach Kairo. Ein riesiger Moloch mit damals schon 17 Millionen Einwohnern, soviel wie die ganze ehemalige DDR! Dementsprechend sah es dann auch aus. So viel Staub und Dreck hatte Üppel in seinen ganzen Leben noch nicht gesehen! Selbst die Wüste war völlig vermüllt. Bei einem Ausflug in die Oase El Fayum sah er dies mit eigenen Augen. Sogar die Panzer von "Wüstenfuchs" Rommel lagen noch herum und waren nur von Sand bedeckt! Der Reiseleiter fragte einmal: nach was kaufen Sie Auto?... Aha...wir kaufen Auto nach Hupe! So hupte und trötete es auch überall auf den Straßen. Da wird man ja ganz duselig! Doch es gab auch großartige Eindrücke. Das ägyptische Museum, mit ihrer Mumienkammer, war toll, ebenso die große Moschee, aber die Pyramiden von Gizeh toppten doch alles. Zuerst besuchten sie diese bei Tag Die Lichtshow bei Nacht war aber der Höhepunkt der ganzen Reise. Gigantisch! Üppel fühlte sich ganz klein und voller Erfurcht. Am vorletzten Tag der Reise genossen die zwei noch ein Eis in ihrem Hotel, dem Sheraton. Das hätten sie mal lieber nicht getan. Sie wussten, man soll in fernen Ländern nie Wasser aus der Leitung trinken, aber an das Wasser im Eis dachte natürlich niemand. Es kam wie es kommen musste. Am Tag der Heimreise bekam Bettina einen fürchterlichen "flotten Otto". So musste sie Üppel ständig zum Klo schleppen. Auf dem Flughafen verpassten sie noch fast ihren Flieger. Zum Glück ging alles gut und sie kamen wieder wohlbehalten zu Hause an.

Gerade rechtzeitig, denn Silvester stand wieder einmal vor der Tür. Diesmal ging es logischer Weise in den Strickbau, äh City-Music-Park. Die üblichen Verdächtigen fanden sich ein. Gigo mit seiner Uta, Tom mit Annett, Rene` mit seiner Ute, Üppels alter Schulfreund Immi und sogar Uwe erschien mit auf der Bildfläche. Auch die kleine Nicole sollte erstmals mit von der Partie sein. Was heißt hier klein, sie war ja inzwischen schon über 13 Jahre alt. Man traf sich vorher bei Üppel in der Wohnung, welche ja bekanntlich nicht weit weg vom Strickbau lag. Uwe schien das Bier schon besonders gut zu schmecken, denn auf dem Weg zur Lokalität setzte es in derart auf seinen Allerwertesten, dass alle mitgebrachten Silvesterraketen zerbrachen. Großes Gelächter! Dies war aber kein Hinderungsgrund sie um Mitternacht dennoch starten zu lassen. Na das war ein Geblitze und Gezische durch die Leute! Man konnte die Teile natürlich nicht mehr gesteuert loslassen und so flogen sie kreuz und quer. Aber alle hatten ihren Spaß! Logisch!

Ein neues Jahr, aber viel geschah vorerst nicht. Bettina schien sich langsam daran zu gewöhnen wieder in Sachsen zu sein, und Üppel kniete sich voll in seine Firma. An den Wochenenden ging es regelmäßig in den City-Music-Park.

Zu Ostern lief Üppel noch einmal zu alter Form auf. Rene` war zu Besuch, aber alleine, seine Ute war Geschichte. Kein Problem, auf in den Strickbau! Tatsächlich schaffte es Üppel für Rene` eine neue Frau zu besorgen. Am Tresen laberte er erfolgreich 3 Frauen an. Steffi, Kerstin und Andrea, welche sich offensichtlich für Rene` interessierte. Na wer sagt es denn! Ganz uneigennützig tat dies Üppel aber nicht, denn er hatte ein Auge auf Kerstin geworfen, welche er von früher aus der Schule kannte. Sie war die Tochter des Hausmeisters und sah ganz schnuckelig aus. Mal sehen was daraus noch wird. Bettina fand das ganze natürlich nicht so toll, so war endlich mal wieder Streit zwischen den Beiden. Wäre ja auch langweilig so ganz in Harmonie!

Dann lieber was Ernsthafteres. Üppel bekam Post vom "Bundesbeauftragten für die Unterlagen des Staatssicherheitsdienstes der ehemaligen DDR", er konnte seine Stasiakte einsehen! Damit hatte er schon gar nicht mehr gerechnet. Zusammen mit Bettina fand er sich zum festgesetzten Termin in der Jagdschänkenstraße in Chemnitz ein. Na mal sehen was jetzt passiert... Was soll man sagen, die Akte war ziemlich bescheiden, ca. 20 Seiten, aber immerhin! Es stellte sich heraus dass die Spitzel der DDR sogar in den Kindergärten zu finden waren. Bettina hatte sich einmal am 1. März, den Tag der Volksarmee, darüber empört, dass im Kindergarten eine Glasvitrine mit kleinen Spielzeugsoldaten aufgebaut war. Diesen Disput fanden sie nun in ihrer Stasiakte wieder. Ebenso war vermerkt worden, dass sie beim Übertritt an der Grenze von der CSSR "verbotene" Lektüre bei sich hatten, welche konfisziert wurde. Dies war damals als sie sich zusammen mit Karin in Karlsbad mit Reinhard trafen. Die Lektüre war eine Bravo, welche sie absichtlich offen im Auto liegen ließen, damit andere geschmuggelte Sachen unbemerkt die Grenze passieren konnten. Der Plan ging damals auf und diverse Zeitschriften fanden so unbemerkt den Weg in den Osten.

Ebenfalls in den Akten die Begründung der Ausreise. Wir wollen sie dem geneigten Leser nicht vorenthalten:

"Die Familie R. stellte erstmals am 1.9.87 bei den zuständigen örtlichen staatlichen Organen einen Übersiedlungsantrag in die BRD und der Entlassung aus der Staatsbürgerschaft der DDR. Als Motiv führen sie an, dass sie in der DDR keine Meinungsfreiheit besitzen, ständige Preissteigerungen besonders bei hochwertigen Konsumgütern und das negative Verhältnis zwischen niedrigen Löhnen und hohen Preisen in den Exquisit- und Delikatgeschäften. Des Weiteren lehnen sie die eingeschränkten Reisemöglichkeiten ab. Alle bisherigen Aktivitäten seitens der Abteilung Innere Angelegenheiten und des Betriebes der Ehefrau eine Rücknahme zu erreichen, blieben bisher erfolglos. Zur Durchsetzung ihrer Übersiedlungsabsichten stellten sie hartnäckig immer neue Anträge auf Übersiedlung an die Abteilung Innere Angelegenheiten und unterstellten dieser eine Bevormundung ihrer Person. Die Gesellschaftsordnung in der DDR ist für sie unrealistisch und entspreche nicht ihrer Lebensauffassung.

Zur Realisierung ihrer Übersiedlungsabsichten unterhalten sie Verbindungen zu weiteren Antragstellern auf Übersiedlung und ehemaligen DDR Bürgern, mit welchen sie Treffen in der CSSR organisieren. Es liegen Erkenntnisse vor, dass die Familie R. mit Teilnehmern der öffentlichkeitswirksamen Zusammenrottung im Zentrum der Stadt Karl-Marx-Stadt sympathisiert und ähnliche Handlungen in der Öffentlichkeit plant.

Da es sich bei der Familie R. um aktive und sehr hartnäckige Antragsteller auf Übersiedlung handelt, bei denen Handlungen in der Öffentlichkeit nicht auszuschließen sind, wird vorgeschlagen, die Genehmigung der Übersiedlung zu erteilen. Bei Genehmigung der Übersiedlung ist die Entlassung aus der DDR Staatsbürgerschaft zu erwirken. Es sind Fahndungsmaßnahmen gemäß DA 2/82 des Genossen Minister einzuleiten.

Ehrig, Oberst. Karl-Marx-Stadt, den 18.8.1988."

Wunderbar, besser hätte man es nicht schreiben können. Ein Glück das der Spuk nun endgültig vorbei war und die

Kommunisten im Abfalleimer der Geschichte entsorgt worden waren! Und über Tom, was stand da in den Akten? Kein Wort, aber dies war Üppel ja schon klar, seitdem er sich mit ihm ausgesprochen hatte. Nur der Ordnung halber wird es hier nochmals erwähnt. Ebenso stand nichts in den Akten von Üppels Aktion mit der Einberufungsuntersuchung. Eigentlich unvorstellbar, so offensichtlich doch das Ganze damals war. Aber so wichtig waren ihnen Üppels Eskapaden demnach nicht gewesen, oder die "lieben" Genossen waren schlichtweg mit Blindheit geschlagen. Das wird nun ewig im Dunkel der Geschichte bleiben, ist aber auch völlig egal. Und abheften!

Nach so viel Lektüre brauchte Üppel dringend etwas Entspannung. Also ging es in den Urlaub nach Ungarn an den Balaton. In Siofok wollten Üppel und Family ein paar ruhige Tage verbringen. Denkste! Denn Tom, Annett, Rene` und Andrea waren auch mit von der Partie. Die dazugehörigen Kinder natürlich ebenfalls. So kam es, dass die Herren der Schöpfung schon vor Öffnung der örtlichen Lokalitäten sehnsüchtig wartend vor der Tür mit den Hufen scharrten. Statt Erholung wurde es eine sehr anstrengende Woche. Das Bier floss in Strömen und Rene` kam so auf die glorreiche Idee doch mal einen Bungiesprung zu versuchen. Gesagt getan. Kopfüber in den Balaton. Mein lieber Mann, das hätte ihm ja kaum jemand zugetraut! Für Üppel war dies jedoch alles nichts, und er machte sich lieber erstmal ein Bier auf.

Zurück in Chemnitz ergab sich im City-Music-Park für ihn wieder mal eine Gelegenheit mit Kerstin zu flirten. Doch mehr wurde nicht daraus, denn ein verheirateter Mann war nichts für Sie. Wie war denn die drauf?

Nichts wie weg. Passenderweise stand für Üppel noch eine Reise an. Zusammen mit Rene` wollte er für ein Wochenende London erkunden. Andrea brachte die Beiden zum Flughafen nach Leipzig und ab gings! In der quirligen Metropole wollte Üppel sich ordentlich mit neuer Musik eindecken. Bei Tower Records und Virgin wurde dann auch zünftig zugeschlagen. Üppel in der Hauptstadt der Rockmusik! Noch vor Jahren unvorstellbar und jetzt schon das Normalste auf der Welt. So ändern sich halt die Zeiten. Mit der Musik, das war erledigt, was liegt jetzt noch an? Aha ein Besuch in einem Pub, logisch. So fanden sich unsere Zwei auch in einer solchen Lokalität ein. Da

an einem Tisch zwei junge Frauen, also nichts wie dorthin. Ist hier noch frei? Versuchten sich Üppel und Rene` in ihren mehr schlecht als rechtem Englisch verständlich zu machen. Aber bitte! Danke! Der Smalltalk kam nicht so recht in Gang, der Sprache wegen. Als Üppel vom ersten Klobesuch zurück zum Tisch kam, griente ihn Rene` ganz komisch an. Was war geschehen? Die zwei Ladys unterhielten sich während Üppels Besuch auf dem Klo untereinander in reinstem Deutsch. Sie stammten ebenfalls aus Germany, wie unsere zwei. Und versuchten nun wie sie in gebrochenem Englisch ein Gespräch zustande zu bringen. Denn sie dachten unsere zwei Helden seien Engländer! Also Missverständnisse Beiderseits. Köstlich! Es wurde noch ein lustiger Abend, doch endlos konnten sie ihn nicht ausdehnen. Erstens schlug der Wirt Punkt Elf die Glocke und es gab keine frischen Getränke mehr, zweitens hatten unsere beiden Helden am nächsten Tag noch eine Menge vor. Drittens konnten sie es sich nicht erlauben fremde Frauen mit in ihre Herberge zu bringen! Also Tschüß ihr beiden Ladys und Good By! Am nächsten Tag begaben sich unsere zwei auf Stadtrundfahrt und danach ging es noch zu Madam Tussauds ins Wachsfigurenkabinett. Erst in das in der Bakerstreet. Dort befanden sich viele Größen aus der aktuellen Zeitgeschichte, historische Gestalten, sowie Sportler, Schauspieler, Musiker und Politiker. Selbst Adolf Hitler durfte nicht fehlen. Der stand passender Weise am Eingang zum Gruselkabinett. Danach in die Außenstelle am Piccadilly Circus. Dort waren alle großen Pop- und Rockmusiker versammelt. Man bekam Kopfhörer auf die Ohren verpasst, und wenn man vor den entsprechenden Figuren stand erklangen ihre größten Hits. Das war natürlich was für Üppel, er war total begeistert! Zu guter Letzt wurde in einen kleinen Kino, zusammen mit beweglichen Wachsfiguren, die Geschichte der Rockmusik erzählt. Phantastisch! Und schon war die Reise zu Ende. Es gab natürlich in London noch viel mehr zu sehen, aber in drei Tagen war halt nicht mehr drin gewesen. Na das war doch mal ein Wochenende nach Maß, dachte sich Üppel und schloss im Flieger entspannt die Augen.
Letztes Jahr war es Silvester im Strickbau ganz toll gewesen, so fand sich dieselbe illustre Gesellschaft auch dieses Jahr wieder dort ein. Nur Uwe war nicht mit von der Partie, er hatte offenbar

keine Lust mehr sich erneut seine Silvesterraketen demolieren zu lassen. Also gut, wieder ein neues Jahr! Prost!

Nicht so tolle Nachrichten erreichten Üppel aus Bayern. Josefine und Jens wollten sich scheiden lassen. Das es bei den beiden schon des Längeren nicht mehr richtig funktionierte war allen klar, dann doch das endgültige Aus war aber schon ein kleiner Schock. Sie hatten vor sich im Guten zu trennen, was immer dies bedeuten mag. Üppel sinnierte darüber nach wie es um seine eigene Ehe stand und kam zu dem Schluss, viel besser als bei den beiden war es bei ihm auch nicht. Doch Konsequenzen zu ziehen, und sich ebenfalls zu trennen, dafür war er jedoch noch nicht bereit.

Ein Glück das wieder Faschingszeit war, denn so konnte man dem 1.FCC endlich wieder einen Besuch abstatten. Zusammen mit Gigo, Uta, Andrea und Rene` ging es nach Reichenbrand in das Haus des Gastes. Dort residierte der 1.FCC schon einige Jahre. Zuvor war der Verein jahrelang durch viele Gastlichkeiten in Chemnitz gezogen. Das Programm war toll wie immer, doch das besondere Feeling wie früher, zu DDR Zeiten, wollte sich nicht mehr so recht einstellen. Vielleicht lag es daran, heute konnte man alles sagen, dies war nichts Besonderes mehr. Im Gegensatz zu früher, wo es die meisten Gäste diebisch freute wenn verbal wieder einmal ausgeteilt wurde. Dennoch amüsierten sich alle zur vollsten Zufriedenheit. Nur das Üppel und Bettina wieder einmal ordentlich Zoff miteinander bekamen, muss eigentlich nicht noch extra erwähnt werden.

Dann lieber wieder etwas ohne sie unternehmen. Im Mai ergab sich die Gelegenheit noch Leipzig zu fahren und einen KISS Konzert beizuwohnen. Zusammen mit seinem alten Schulfreund Immi fuhr Üppel dann auch dorthin und sah sich das ganze Spektakel an. War schon gigantisch. Vor allem die Zunge von Gene Simmons.

Der nächste Termin stand an. Himmelfahrt! Dieses Jahr sollte es nach Beilngries gehen. Eine illustre Schar fand sich ein. Rene`, Tom, Jens, Jens G. sowie Helmut ohne H also "Elmut" . Zuerst ging es per Schiff von Riedenburg nach Beilngries. Über den Altmühlkanal. So wurde die Truppe von Andrea und Annett nach Riedenburg gefahren, dann hatten die Guten erst einmal ihre Ruhe. Auf dem Kahn spielte eine zünftige bayerische Blaskapelle und das Bier floss in Strömen. Und dazu prasselte die Sonne

erbarmungslos vom Himmel. Jens G. kam auf die glorreiche Idee die Fahne vom Heck des Schiffes zu entern und damit mal ein bisschen herumzuwedeln. Bombenstimmung an Bord! Logischer Weise waren alle schon entsprechend angesäuselt, als sie in Beilngries ankamen. Sie fielen mehr von Bord als sie liefen. Doch jetzt sollte es erst richtig losgehen. Die erste Kneipe im Hafen wurde besetzt und Prost! Jetzt war es Jens G. anscheinend zu warm, denn er sprang erst einmal beherzt in die Fluten. Danach schnappte er sich einen Poller und trug diesen auf der Schulter durch die Gegend. Nachdem ihm die Anderen endlich dazu bewegen konnten sich von dem Teil zu trennen liefen sie es erst einmal zurück zu Toms Residenz. Und dort wurde gepflegte Musik aufgelegt. Nachdem die halbe Straße ordentlich beschallt wurde, ging es weiter. Passender Weise war zur Himmelfahrt ein Volksfest in Beilngries. Und von Toms Wohnung konnte man direkt ins große Bierzelt sehen. Logisch das sich unsere Freunde dort einfanden. Als alle auf dem Tisch tanzten erreichte die Stimmung langsam ihren Höhepunkt. Selbst ein Zusammenbruch des Teiles konnte daran keinen Abbruch mehr tun. Na das war doch wieder mal eine Zusammenkunft!
Da Üppel gerade voll in Fahrt war, ging es gleich weiter. Anfang August spielte Rammstein auf den Elbwiesen in Dresden. Logisch das ihn dies interessierte. Seit längeren fand er die Band schon toll, und sie jetzt live zu sehen, Klasse! Als die letzten Klänge des "Seemannes" verklungen waren und Flake noch über die Massen schipperte, fiel Üppel plötzlich ein, dass er dieses Jahr noch gar keinen Plan für den Sommerurlaub hatte. Und das bei diesem Bombenwetter!
Seit längeren wollte er schon wieder mal an die Ostsee, genauer gesagt nach Prerow, fahren. Reserviert hatte er natürlich nichts, aber trotzdem konnte er Bettina überzeugen. Aber noch ein anderer Grund trieb ihn dazu dieses Jahr möglichst viel Auto zu fahren. Seit kurzen war er Besitzer eines neuen fahrbaren Untersatzes. Und zwar eines BMW 325 i mit 6 Zylindern und stolzen 192 PS! Mein lieber Mann war das ein Geschoß! 250 Kmh waren locker drin, eigentlich noch mehr, wenn der Motor nicht elektronisch abgeriegelt wäre. Und damit eine längere Strecke zu fahren war natürlich Üppels Traum. Gesagt getan. An der Ostsee angekommen, mussten sie jedoch feststellen, dass in Prerow logischer Weise nichts mehr frei war. Außer einem teuren

Luxushotel für 200 DM die Nacht. Was nun? Üppel wäre am liebsten gleich wieder nach Hause gedüst, aber zum Glück fanden sie in einen benachbarten Ort, Born, noch eine Unterkunft. Die sah zwar noch so aus wie zu FDGB Zeiten, aber egal. Das Wetter war toll und man war eh nur zum Schlafen in der Bude. Prerow! Lange nicht da gewesen. Viel hatte sich verändert. Den Zeltplatz gab es noch, nur etwas kleiner und feiner als früher. Die Armee war nicht mehr am Darßer Ort, so konnte man endlich wieder auf den Leuchtturm und die Gegend rundherum erkunden. Ebenso den ehemaligen Hafen der NVA, der nun ein Nothafen war. Was Üppel nicht so gefiel, dass jetzt Nackte und Angezogene zusammen am Strand herumtollten. Er als alter DDR FKK`ler war noch gewöhnt, dass die Strände schön getrennt waren. Aber sei's drum, er hatte nichts zu verbergen und legte seine Chromobrala schön in den Sand.

Zurück in Chemnitz stand schon die nächste Feierlichkeit an. Nicole hatte Jugendweihe und dies musste natürlich gebührend gefeiert werden. Nach dem offiziellen Teil folgte noch eine zünftige Party bei Üppel. Jens war das erste Mal alleine erschienen, nicht ganz, er hatte immerhin seine Tochter Pippi dabei. Die war inzwischen auch schon 8 Jahre alt. Freunde wie die Zeit vergeht! Üppels Nichte Yvonne mit Ihrem Freund Dieter, sowie deren riesengroßer Hund waren ebenfalls anwesend. Spannend wurde, ob der Gute Appetit auf kleine Katzen hatte. Hatte er nicht, und eine der inzwischen 2 Katzen von Üppel, Mogli, wurde sogar noch auf den Hund gesetzt, und der lief so mit ihr in der ganzen Wohnung umher! Eben ein Gemütsmensch dieser Kerl. Die andere Katze, Lissy, verkroch sich lieber irgendwo. Nur Üppel konnte sich nicht verkriechen, denn er musste noch ein neues Fass aufmachen. Ein Prosit auf die Gemütlichkeit!

Aus dem Strickbau/City-Music-Park gab es auch nicht viel Neues zu berichten, außer es dort nicht mehr ganz so voll war. Der Grund dafür, eine neue Disko hatte in Chemnitz eröffnet, das Holiday. Die war jedoch weit weg, und von Üppel aus nur mit dem Auto zu erreichen. So zog er es vorerst vor dem Strickbau weiter die Treue zu halten. Außerdem traf er dort Kerstin des Öfteren wieder, aber es lief nicht so wie früher. Er hatte keine Chance und ergab sich dem Alkohol. So lernte er wenigstens die Barfrauen besser kennen.

Das Jahr neigte sich dem Ende entgegen, und nach Weihnachten füllte sich langsam Üppels Wohnung wieder. Tom war mit seiner Annett gekommen, um bis nach Silvester zu bleiben. Auch Jens hatte sich angekündigt, denn er wollte die Silvesterfeierlichkeiten in Chemnitz auf keinen Fall verpassen. Dieses Mal sollte es in eine neue Lokalität, die Börse(ehemalig Helius), in der Innenstadt gehen. Sie befand sich neben dem Bußbahnhof. Doch zuvor gab es noch die obligatorische Silvestervorparty bei Üppel. Neben den Genannten kamen noch Gigo mit Uta und Rene` mit Andrea. Langsam stieg der Alkoholpegel und als Jens kurz vor Mitternacht zu den Feierlichkeiten stieß, waren alle anderen schon ziemlich angesäuselt. Das war aber für die alte Trinkerseele Jens kein Problem, und nach kurzer "Druckbetankung" hatte er den gleichen Level wie die anderen erreicht. Die Zeit verging. Es war inzwischen schon weit nach 1 Uhr und die Stimmung kochte. Üppel und Gigo zusammen auf einer Party, das gab's ja schon ewig nicht mehr und musste gebührend gefeiert werden! Fast wie in alten Zeiten, dachte sich Üppel als er sich zusammen mit Gigo den kleinen Finger mit Nagellack verschönern lies.
Na das geht ja gut los, Hauptsache andere Körperteile bleiben diesmal verschont! Sie blieben es. Jens war in Plauderlaune und erzählte unglaubliches. Vor Jahren war ihm beim Liebesakt einmal die Vorhaut eingerissen. Das kann jedem Mal passieren und ist an sich nicht so tragisch. Aber anstatt seiner Flamme das Missgeschick zu beichten, tat er total erstaunt. "Du hast bestimmt einen Blutsturz" rief er bestürzt aus, und dachte die Sache hätte sich für ihn damit erledigt. Doch weit gefehlt... Die total geschockte Frau wollte sofort zum Arzt, und was machte Jens? Na gut gehen wir halt zum Arzt! Obwohl er genau wusste, dass er der Verursacher der blutigen Angelegenheit war. Er wartete sogar noch brav im Wartezimmer bis die Gute wieder aus dem Sprechzimmer erschien. "Du Schwein!" Zack, Zack hatte er vor allen Leuten zwei Backpfeifen sitzen und weg war sie. Das war mal wieder typisch für Jens. Keine Gefahr oder abstruse Situation war für ihn zu außergewöhnlich um nicht in sie hineinzugeraten.
Natürlich großes Gelächter bei Üppel und seine Gästen. Was für eine Fichte! Auch wurden an diesen Abend noch der gute alte Stahlhelm und die Ledermütze wieder mal hervorgeholt.

Gasalarm! Gegen 2 Uhr 30 verabschiedeten sich schließlich Gigo, Uta, Rene` und Andrea endlich vom Ort des Geschehens. Auch Tom, Annett und Jens suchten ihre Betten auf, ebenso Üppel und Bettina. Schließlich war Silvester und so stand ja noch eine Feier an!

Da Üppel im 3.Stock wohnte, hatte er die Bodenkammer ausgebaut und mit Betten versehen. So konnten dort immer 2 Personen ohne Probleme nächtigen. Nur im Winter war es etwas frisch. Aber der Alkoholspiegel löste auch dieses Problem. Jens wurde mit im Schlafzimmer einquartiert.

Silvester! Aus verständlichen Gründen waren alle etwas ramponiert als sie in der Börse erschienen. Zusätzlich waren dieses Jahr noch Steffen, Carina und Jens G. dabei. Die waren topfit und verstanden nicht so recht was mit den anderen los war. Nach den ersten Bieren und anderen "geistigen" Getränken wurde es aber dennoch ein dufter Abend. In der Börse gab es keine festen Preise. Wie der Name "Börse" schon verrät, veränderten sich diese ständig. Auf Bildschirmen war zu erkennen was zum Beispiel ein Bier gerade kostete. Auch der Preis für Champagner war darauf zu finden. "Wenn der unter 100 DM fällt dann hole ich mir eine Flasche!" skandierte Rene`. Doch bis es soweit war, dauerte es noch eine ganze Weile. Schließlich 80 DM! Sofort schlug Rene` zu und holte sich so ein Brausewasser. Aber der Unterschied zu normalen Sekt war eigentlich nicht so klar zu definieren. Und dann dieser Preis! Vielleicht waren sie auch schlichtweg nicht solche Gourmets um dies zu bemerken. Oder der Champagner war eine ganz billige Plörre. Dann doch lieber wieder Bier und Bacardi-Cola! Insgesamt war es aber eine ganz annehmbare Veranstaltung. Auch deshalb weil Bettina sich zusammen gerissen hatte und keine Ausfälle zu beklagen waren.

Im Januar fiel Üppel, wie so oft, vorübergehend in eine Art Schockstarre. Noch dazu weil das der Monat mit den wenigsten Aufträgen war.

Doch bis zur Faschingszeit hatte sich die Lage wieder deutlich verbessert und neue Aktivitäten konnten in Angriff genommen werden. Natürlich stand erneut eine Party beim 1.FCC an. Das Haus bei Üppel war so wieder voll. Und Jens war doch tatsächlich zusammen mit Josefine erschienen! Was hatte dies zu bedeuten? Nichts weiter, sie wollten halt beide zum Fasching und hatten sich so vorübergehend arrangiert. Jens wohnte ja auch noch offiziell bei Josefine. Er war aber nur noch sehr selten da, weil seine Arbeitstelle seit einiger Zeit in Ludwigshafen am Rhein war. Sozusagen eine Trennung auf Raten. Na gut. Also auf, auf und Kucki Roll! Der Abend verlief jedoch nicht so ganz wie geplant. Üppel und Bettina bekamen sich fürchterlich in die Haare. Zur Krönung flog ihre Faschingsperücke noch durch den Saal. Na jetzt hatte es Üppel aber etwas übertrieben! Also die Flügel streichen und ab nach Hause! Natürlich kamen noch andere Leute mit. So Rene` S. und Antje, welche praktische Weise mit in Üppels Haus wohnten. Auch Olaf ein Kumpel aus dem City-Music-Park erschien. Üppel und Bettina ignorierten sich, so gut es ging. Aber wenn Blicke töten könnten! Klar das Stimmung nicht mehr so recht aufkommen wollte. Erst als Üppel seinen guten alten Stahlhelm über den Kopf zog und die "Götterdämmerung" einläutete ging es wieder halbwegs. Außerdem war er sich so sicher eventuelle Attacken von Bettina unbeschadet überstehen zu können. Sind die wahnsinnig, warum tun die sich so was an?! Darauf hatte Üppel aber auch keine Antwort und ging erstmal ins Bett.

Um Bettina wieder etwas zu besänftigen, bot er ihr an doch endlich ihren Führerschein fertig zu machen. Den hatte sie bekanntlich in Bayern nach etlichen erfolglosen Versuchen aufgegeben. Die theoretische Prüfung zählte aber noch. So galt es nur den praktischen Teil zu bewältigen. Was heißt nur, das war ja der Knackpunkt! Also gut.

Die Wogen hatten sich so vorübergehend wieder etwas geglättet, also konnte man doch auch wieder mal eine kleine Party feiern, oder was?! Bald ergab sich dazu die Gelegenheit. An Üppels Geburtstag hatte er Gigo und Uta eingeladen. Und wen brachten die beiden noch mit? Gabi und ihren Mann! Gabi war, wie der geneigte Leser wissen wird, Gigos verflossene Dame aus alten Zeiten. Wie war denn das möglich? Die Erklärung, sie hatten sich zufällig in der Stadt getroffen. Und da hatte Gigo sie dann schnell mal mit eingeladen. Das sie tatsächlich kam, war für ihn ebenso eine kleine Überraschung gewesen. Auch für Üppel und Bettina. Deshalb rissen sie sich auch an diesem Abend mal gehörig zusammen, und kein Streit überschattete die gepflegte Feier. Es wurde viel über alte Zeiten geredet, und sie stellten erstaunt fest, wie lange das alles schon her war! Mann wird doch nicht etwa langsam alt werden? Wer weiß.

Praktische Führerscheinprüfung! Aber auch dieses Mal kam Bettina ohne Lappen nach Hause. Jetzt geht doch das ganze Theater nicht wieder von vorne los? Bei dem Gedanken wurde es Üppel schon ganz schlecht.

Dann lieber mal wieder Josefine besuchen. So düsten sie zu Pfingsten mit ihren neuen BMW in Richtung Niederaichbach. Diesmal war Olaf, der Kumpel aus dem Strickbau, mit von der Partie. Üppel wusste, dass auch Jens erscheinen wird, sonst wäre er sicher nicht auf die Idee gekommen dorthin zu fahren. Es wurde Dunkel, aber kein Jens weit und breit. Na gut, machen wir halt ein Bier auf. Und noch eins. Dann plötzlich lautes Gepolter... Und zwei betrunkene Gestalten torkelten herein. Jens und Begood, ein befreundeter Rocker. Na das war ja eine Type! Flipper, Flipper! Und hoch die Tassen! Seine Cowboystiefel schienen wie angewachsen. Es wurde eine wilde Party. Josefine bemühte sich, teils vergebens, ihre Blumen in Sicherheit zu bringen. Immerhin, die zwei hatten ihren Spaß. Am nächsten Abend galt es in Niederbayern die Tanzsäle unsicher zu machen. Praktischer Weise holte Begood die ganze Truppe in seinem alten Mercedes Bus ab und kutschierte sie über verlassene Landstraßen. Über Dingolfing ging es nach Straubing und schließlich am frühen Morgen zurück nach Niederaichbach. Aber plötzlich verspürten alle Beteiligten starke Hungergefühle. So ging es zum nahe gelegenen McDonalds. Doch der Hunger kann nicht so groß gewesen sein, denn alsbald flogen die Pommes Fritten mit Ketchup durch den Raum, dass es nur so eine Freude war. Fast wie bei der "Spaghetti-Party" vor Jahren bei Üppel in Jetzendorf. Logischer Weise wurde die ganze Truppe vor die Tür gesetzt, aber dennoch amüsierten sie sich königlich! Gesättigt und müde fielen sie gegen fünf Uhr ins Bett. Am nächsten Tag sollte es zurück nach Chemnitz gehen. Doch es war schon nachmittags, als sich Üppel endlich wieder fahrtauglich fühlte. Zum Glück hatte er ein schnelles Auto. Auf die Autobahn und los! Bei Nürnberg schepperte es plötzlich laut und die Frontscheibe hatte einen Riss. Irgendetwas war gegen die Scheibe geschlagen und diese demoliert. Nach einem kurzen Schockmoment mit gedrosselter Geschwindigkeit gab Üppel dann aber wieder Vollgas und sauste weiter zurück in Richtung

Heimat. Olaf versank indes immer weiter in seinen Sitz und sagte kein Wort mehr. Also im Großen und Ganzen wieder mal ein Wochenende nach Maß.

Führerscheinprüfung! Na, Na, Na? Richtig! Wieder nichts. Es war zum verzweifeln.

Also wird das mit einer großen Urlaubsreise dieses Jahr nichts mehr. Was tun? Die Lösung, einfach mal alle ausgewanderten Freunde in Bayern der Reihe nach besuchen. Den Anfang machte Tom und Annett in Beilngries. Zusammen mit Rene` und Andrea statteten sie der Walhalla bei Regenstauf einen Besuch ab. In der großen Halle waren Büsten von vielen bekannten Deutschen aufgestellt. Sehr ehrfurchtsam das Ganze und eine traumhafte Aussicht auf die Donau. Dass nach dem Sightseeing auch eine Party bei Tom stattfand, braucht eigentlich nicht noch extra erwähnt zu werden. Weiter ging die Reise zu Josefine. Jens kam auch extra mal vorbei. Zusammen mit Begood wurde beschlossen sich noch dieses Jahr gemeinsam in Chemnitz zu treffen. Na das kann ja was werden! Auf einen Besuch im nahe gelegenen McDonalds wurde aus bekannten Gründen jedoch verzichtet.

Das nächste Ziel war Geli und Andre. Sie wohnten inzwischen nicht mehr in Jetzendorf, sondern im nahe gelegen Petershausen. Natürlich wurde auch Jetzendorf ein kurzer Besuch abgestattet. Im ehemaligen "Exil" von Üppel hatte sich aber noch nicht sehr viel verändert. Also weiter, wohin noch? Richtig, Carina und Steffen standen noch auf der Liste. Im beschaulichen Waalhaupten sagten sich aber Fuchs und Hase Gute Nacht. Das war alles nicht so prickelnd. Als Üppel auf der Terrasse saß plätscherte es auf einmal. Was war denn das? Der Himmel war blau, also kein Regen in Sicht. Nach genauerem Hinsehen, und einem gewagten Blick durch die große Hecke, fand er schließlich heraus, dass sich direkt neben Steffens Grundstück zwei Kühe tummelten. Es war das letzte Grundstück im Dorf und daneben war eben die Kuhweide. Deshalb auch die vielen, und vor allem großen, Fliegen! Plötzlich schmeckte Üppel das Bier nicht mehr so richtig und sie brachen ihre Zelte ab. Das war aber nicht der einzige Grund. Führerscheinprüfung! Wieder nichts, ohne Kommentar.

Ende August spielten die Rolling Stones in Leipzig auf der großen Wiese vor dem Zentralstadion. Dieses Mal fand sich

Üppel zusammen mit Rene` dort ein. Rechtzeitig zum Konzertbeginn begann es schön gleichmäßig zu regnen. So kam auch niemand in Versuchung einen Joint zu rauchen, denn der wäre schlichtweg ausgegangen! So viel dazu.

Einen Tag vor dem 3.10. fand in Chemnitz immer ein Kneipenfest statt. In vielen Kneipen, Bars und Diskotheken der Stadt fanden dazu Extraveranstaltungen statt, und durch einen Shuttleservice waren die Lokalitäten prima miteinander verbunden. Selbstverständlich war das was für Üppel. Josefine hatte sich angesagt und brachte dieses Mal ihre russische Freundin Galina mit. Schon vorher warnte sie jedoch, alle hochprozentigen Getränke zu verstecken, denn Galina hätte immer großen Durst. Was noch mehr Durst als Bettina? Das kann eigentlich gar nicht sein. Dennoch hielt sich Üppel an die Anweisung. Eine Flasche Apfelkorn wurde aber im Kühlschrank vergessen, und diese "atmete" Galina dann mal schnell zur Begrüßung ein. Üppel ahnte Schlimmes... Erst Mal auf zum Kneipenfest! Unterwegs trafen sie noch Würze, ja der lebte auch noch. Er hing sich an ihren kleinen Verein und weiter gings. In manchen Kneipen war richtig gute Mugge, und in den Diskotheken steppte der Bär. Dann fing es an mit diversen Schnapsrunden. Würze und Steffen, sein Vater, der ebenfalls mit dabei war, wollten Galina unter den Tisch saufen. Eine Russin unter den Tisch trinken! Das konnte ja nur schief gehen. Die zwei hatten jedenfalls bald genug, nur Galina fühlte sich jetzt erst richtig pudelwohl. Dann zurück in Üppels Residenz ging das ganze natürlich noch munter weiter. Er staunte nicht schlecht, gab es doch tatsächlich Frauen die noch mehr Alkohol in sich hineinschütten konnten als seine Bettina! Aber eigentlich musste das nicht sein. Und dann der Gestank!

Am nächsten Abend musste Üppel auch wieder nüchtern sein, denn es stand ein Termin Mittweida an. Joachim Witt gab sich die Ehre. Sein letztes Album Bayreuth 1 war der Hammer, und bescherte dem alten NDW Barden ein unerwartetes Come Back. Gemeinsam mit Olaf genoss Üppel das Spektakel. Hier kommt die Flut, und ich lauf, das geht so tief, um nur einige seiner neuen Titel zu nennen. Verpackt in brachialen Sound, dem von Rammstein ähnlich. Sehr schön, so könnte es eigentlich gleich weiter gehen!

Eine Woche später hatte sich Jens angesagt, der zusammen mit Begood erschien. Der vereinbarte Termin in Chemnitz stand an. Also wohin heute Abend? Die Wahl fiel auf die Disko Holiday. Im Strickbau gingen langsam die Lichter aus, während im Holiday der Laden brummte. Ein Problem tat sich aber auf. Mit seiner Rockerweste würde Begood niemals hinein gelassen. Ein Katanas ohne Weste? Unmöglich! Diese Teile sind heilig und werden mit dem Leben verteidigt! Und nur zum Schlafen ausgezogen. Doch Bettina bezirzte ihn so lange, bis Begood schließlich bereit war, sich für heute Abend von seiner geliebten Kutte zu trennen. Zuvor mussten noch alle Beteiligten das heilige Versprechen ablegen dieses Niemanden! Ich sagte Niemanden! Zu verraten. Der Abend verlief ohne besondere Vorkommnisse, denn Begood schien sich ohne seine geliebte Weste nicht richtig wohl zu fühlen, und verhielt sich ziemlich ruhig. Auch gut. Die Bars im Holiday waren aber nicht schlecht und so wurde es wieder mal sehr spät. Also alles wie gehabt.

Am Montag danach. Führerscheinprüfung! Und? Und? Yeah! Bettina hatte es doch tatsächlich endlich geschafft! Das war aber auch eine Investition gewesen. Ganz zu schweigen von den Nerven, die das Ganze gekostet hatte. Nun tat sich jedoch ein neues Problem auf... Bettina hatte jetzt zwar ihren Führerschein, aber noch kein eigenes Auto. Seinen BMW wollte Üppel ihr natürlich nicht überlassen. Also musste irgendein Gefährt her. Nach längerem Suchen wurden sie schließlich fündig und Bettina konnte ab jetzt einen kleinen Renault Twingo ihr Eigen nennen. Der wurde auch bald dringend benötigt, denn ungeheuerliches zeichnete sich am Horizont ab.

Deep Purple spielten im Strickbau, nein in der Eissporthalle! Das gibt's doch gar nicht! Deep Purple in Chemnitz! Und so kutschierte Bettina dann auch Üppel, Gigo, Tom und Immi zu dieser denkwürdigen Veranstaltung. Dass der Twingo eigentlich nur für vier Personen zugelassen war, störte niemanden. Nicht mal die Polizisten, die unsere Konzertbesucher noch freundlich zum Parkplatz durchwinkten. Bettina düste wieder ab und unsere Jungs betraten die Arena. Das Licht ging aus, unbeschreiblicher Jubel brach los und die ersten Klänge von Fireball erklangen. Es war ja bekanntlich das zweite Mal das Üppel Deep Purple life sah. Damals in München war Ritchie Blackmore noch mit dabei. Die legendäre Mark 2 Besetzung, unerreicht! Blackmore stieg aber Ende 1993 endgültig aus und gibt seitdem zusammen mit seiner Frau Candice Night den mittelalterlichen Zupfgeigenhansel. Nach einem kurzen Gastspiel von Joe Satriani hatte den Job an der Sechssaitigen nun seit kurzen Steve Morse übernommen. Man konnte also gespannt sein wie er seine Aufgabe meistern würde. Was sollte man sagen, er machte es etwas anders, aber ganz toll. Schließlich wollte er ja auch keine billige Blackmore-Kopie darstellen, sondern eigene Akzente setzen. Das war ihm auch voll und ganz gelungen. Jungs macht weiter so! Um die Zukunft von Deep Purple brauchte man sich also keine Sorgen zu machen. Nachdem die letzten Klänge von Highway Star verklungen waren ging der denkwürdige Konzertabend zu Ende. Früher war Highway Star stets der erste Song im Line Up gewesen und jetzt der Letzte. So ändern sich die Zeiten! Beseelt davon etwas großem beigewohnt zu haben, ging es danach zurück zu Üppel nach Altchemnitz. Dort wurde, natürlich begleitet mit Musik von Deep Purple, der Abend gepflegt beendet.

Das Jahr neigte sich wieder dem Ende entgegen und es musste noch entschieden werden wo die Rasselbande dieses Mal Silvester einrücken wollte. Der Strickbau lag in den letzten Zügen und schloss bald für immer die Türen, Schade! Ebenso hatte die Börse geschlossen, vielleicht des schlechten Champagners wegen? Kicher. Also wohin? Zum Glück gab es aber in Chemnitz noch mehr Möglichkeiten zur Zerstreuung. Die Wahl fiel auf einen Laden im Südbahnhof, passender Weise nicht allzu weit von Üppels Wohnung entfernt. Natürlich sollte es auch dieses Jahr wieder eine Silvestervorparty geben. Nachdem bei Üppel diese Zusammenkünfte über mehrere Jahre stattgefunden hatten, ging es nun mal zur Abwechslung zu Gigo in die Innenstadt. Die üblichen Gäste neben Gigo, Üppel, Uta und Bettina waren wie immer: Tom, Rene`, Annett und Andrea. Die Stimmung entwickelte sich toll. Nachdem das Essen vom Chinesen ihres Vertrauens geordert war, trank man darauf, dass es hoffentlich eine stressfreie Silvesterfeier werden solle. Diese Mal wurden die Vorfeierlichkeiten auch nicht endlos ausgedehnt, denn man wollte Silvester mittags noch zusammen Essen gehen. So wurde eine neue Tradition begründet, welche sich dann auch ein paar Jahre hielt. Werden hier jetzt noch alle gediegen, oder was? Nein, nein keine Angst.

Silvester im Südbahnhof wurde dann auch so wie immer. Der Alkohol floss in Strömen und Üppel und Bettina ließen es mal wieder ordentlich krachen. Das heißt sie hatten erneut gehörigen Zoff miteinander. Nichts mit stressfrei. Da schlief Üppel doch lieber am Tisch ein, als sich weiter das ganze Gezeter anzuhören! Was soll da bloß noch werden, er muss schleunigst diese Frau verlassen, sonst passiert noch Schlimmes! Dies war die einhellige Meinung aller. Üppel ignorierte aber alle gut gemeinten Ratschläge und ließ alles beim Alten. Wie immer. Wem nicht zu helfen ist, der muss halt noch mehr erleben. Punkt Aus!

So änderte sich vorerst auch nichts im neuen Jahr. In der Woche Arbeiten und am Wochenende den üblichen Krach mit Bettina. Sie lag ja auch fast nur noch im Bett herum, denn Arbeit hatte sich die Gute noch keine gesucht. Dafür war ja Üppel zuständig, dies kotzte ihn natürlich noch zusätzlich an. Und wieder ein Grund zum Streiten. Da muss man doch total verblöden! So ging es auch wieder zum Fasching, trotz der Aktionen (Perücke usw.) vom letzten Jahr. Diesmal war aber alles sehr gesittet, vielleicht lag es auch daran, dass Bettina keine Perücke aufhatte! Oder auch, weil sie gegen Ende der Veranstaltung einfach verschwunden war und erst tief in der Nacht wieder zu Hause auftauchte. Wer weiß wo sie sich die ganze Zeit herum getrieben hatte. Dunkle Wolken zogen über dem Horizont auf.

Am nächsten Tag lief sie aber noch einmal zu alter Form auf. Als alle gegen Mittag erwachten und sich gerade wieder die ersten Biere einschenken wollten, erschien Bettina völlig zerzaust im Wohnzimmer. Sie laberte irgendwas davon ihren Friseur verklagen zu wollen. So weit so gut. Doch jetzt malte sie sich ein kleines Hitler Bärtchen über die Lippen und skandierte: "Ich verrklage meinen Frriseurr!" sprang auf den Tisch und fuchtelte wie wild mit ihren Arm herum. Tanz den Mussolini, tanz den Adolf Hitler! Tom wäre vor Lachen fast aus dem Sessel gefallen. Auch Josefine schaute etwas komisch und war kurz davor laut loszuprusten. Die war auch wieder mal zu Gast, ja sogar Jens war mit, doch der lag noch in der Badewanne (wegen der Trennungsphase). Dann stellte Bettina fest, dass nichts mehr zu trinken für sie im Hause war. Also ging sie, so wie sie war, im Nachthemd, herunter zum Auto und holte sich eine riesengroße angebrochene Flasche Sekt herauf. Letzte Nacht war es sehr kalt gewesen, so war die Blubberbrause teilweise gefroren. Aber dies störte doch Bettina nicht! Üppel schwante langsam, ob es so eine gute Idee war, Bettina und Führerschein, na ich weiß ja nicht! Aber das war ja schließlich ihr Problem und nicht seins. Seitdem der City-Music-Park geschlossen hatte, zog es Üppel und Bettina immer öfter in das Holiday. Dort lernten sie auch ein paar junge Leute aus Geithain kennen, und die nächsten Wochenenden verbrachten sie meistens mit ihnen. So waren sie dann auch bei einen Volksfest in Geithain dabei. Da trat eine tolle Guggemusiktruppe auf. Üppel war begeistert. Endlich konnte man wieder mal richtig Spaß haben!

Das musste doch auch noch zu Hause möglich sein! Also wurde wieder einmal eine Party anberaumt. Josefine hatte sich angesagt. Zusammen mit Galina wollte sie erneut Chemnitz unsicher machen. Zusätzlich wurde noch Rumpel eingeladen. Er war ein alter Schulfreund von Üppel und kannte Josefine praktische Weise von früher. Damit die Bude richtig voll wird, wurden auch noch Olaf I. und seine Frau eingeladen. Olaf I. kannte Üppel ebenfalls aus der Schulzeit. Fehlt eigentlich nur noch ein Mann für Galina! Josefine wusste Rat. Wie wäre es mit Andreas? Ein alter Chemnitzer, der aber jetzt in Krefeld wohnte. Und wie soll der nun so geschwind nach Chemnitz kommen? Kein Problem, der hat schließlich ein schnelles Motorrad! Aha! Nach einem kurzen Anruf machte er sich dann auch tatsächlich in Krefeld auf die Socken. Doch bis der da ist würde es sicher noch eine Weile dauern. Zum Glück vertrug Galina Unmengen von Alkohol und konnte so Andreas gegen Mitternacht freudig in Empfang nehmen. Der stand völlig ausgehungert und mit wunden Hintern vor der Tür. Nachdem sein Appetit befriedigt und sein Hintern massiert war, wurde es noch eine ganz annehmbare Festivität. Na also ging doch!

Bettina zog sich indes die Bettdecke immer mehr über den Kopf. So konnte das ja nicht weiter gehen. Zum Glück schien sie dies selbst endlich zu begreifen, und beschloss sich um Arbeit zu kümmern. Wow! Na mal sehen was dabei herauskommt.

Dieses Jahr zu Himmelfahrt stand wieder Beilngries auf der Agenda. Die Schifffahrt und das Ambiente fanden letztens großen Gefallen und so sollte das Ganze wiederholt werden. Bettina wollte ebenfalls mitkommen, na Prost Mahlzeit! Doch anders als erwartet blieb dies ohne besondere Vorkommnisse.

Auch Fahnen und Poller wurden nicht missbraucht. Sicher lag es auch daran, dass Jens G. nicht auf der Bildfläche erschienen war. Nachdem im Bierzelt von Beilngries die Lichter ausgegangen waren, und sich die Truppe bei Tom noch ein letztes Bierchen rein gezogen hatte, wurde auch diese Zusammenkunft beendet.

Neue Nachrichten von der Arbeitsfront! Bettina hatte endlich einen Job gefunden. Aufsicht in einer Spielhalle. Wäre sie doch lieber im Bett liegen geblieben! Bei ihrem Problem mit dem Alkohol in einer Spielhalle zu arbeiten, passte ja wie der Teufel zum Weihwasser! Das auch andere Katastrophen stattfinden sollten, war Üppel da noch nicht so klar. Somit fiel der Urlaub dieses Jahr total aus, denn auf einer neuen Arbeitsstelle konnte man ja nicht gleich mit Urlaub anfangen! Überhaupt machte jeder immer mehr sein eigenes Ding und Gemeinsamkeiten standen kaum noch auf der Tagesordnung. Das Unbehagen stieg.

Dann besser wieder mal eine kleine Feier! Jens hatte sich angekündigt und erschien doch glatt mit einer neuen Frau! Offenbar hatten die Trennungsbestrebungen zwischen Jens und Josefine eine neue Stufe erreicht. Gemeinsame Auftritte der zwei gehörten nun der Vergangenheit an. Da war der Gute ja schon einen gehörigen Schritt weiter als Üppel. Und der ahnte noch nicht mal, dass ihm dieser bald bevorstand! Vorerst vergnügte sich Üppel lieber noch mit Jens und genoss weiterhin das Nachtleben in Chemnitz. Der Disco Holiday auf der Leipziger Straße wurden wieder ausgiebige Besuche abgestattet. Das Wochenende war um und schon war Jens wieder abgezischt.

Nach der Arbeit kam Bettina nun immer öfters nicht mehr gleich nach Hause. Warum, war Üppel lange nicht klar. Doch schließlich merkte er, dass ein anderer Kerl im Spiel sein musste. Rechtzeitig zur nächsten Party bei Üppel erschien sie aber wieder pünktlich und der Tanz auf dem Vulkan ging in die nächste Runde.

Offenbar hatte sie immer noch Spaß an den Partys, vor allem weil es da stets was zu Trinken gab! Aber ein paar Wochen später war sie dann plötzlich das ganze Wochenende verschwunden. Üppel drehte am Rad. Am Telefon erfuhr er von Josefine, dass Bettina angeblich bei ihr sei. Als er sie dann persönlich sprechen wollte, merkte er wie Josefine rumeierte. Da begriff er, dass sie gelogen hatte. Na Vielen Dank auch! Damit war Josefine für Üppel erledigt. Schließlich kannte man sich schon so lange und dann so was! Na die kommt mir nie mehr ins Haus! Dachte sich Üppel. Ein Glück das sie sich schon von Jens getrennt hatte und dies somit auch nicht mehr nötig war. Unter Männern hätte es so was nicht gegeben!

Dafür wollte Jens wieder mal für ein Wochenende vorbeikommen. Bettina war gerade erneut verschwunden und um Üppel etwas aufzumuntern, hatte sich Jens angesagt. So ist das unter Männern! Doch er lies ziemlich lange auf sich warten...Der Grund hierfür war, unterwegs war im die Seitenscheibe zu Bruch gegangen. Bei einer Kollision mit einem entgegenkommenden Fahrzeug hatten sich die Spiegel berührt. Sein eigener hatte schließlich die Scheibe gekillt. Na Prima! Ohne Scheibe und Außenspiegel. Das war für Jens aber kein Grund die Reise abzubrechen. Nach einer etwas "zugigen" Fahrt kam er schließlich wohlbehalten bei Üppel an. Ein Glück das noch Sommer war. Und wo wollten die zwei heute hin? Üppel hatte gehört, dass es ein neuer Laden in der ehemaligen Baumwolle, dem Europark, aufgemacht hatte. Er nannte sich Singletreff, wie passend! Also nichts wie hin! Nachdem das Auto geparkt, und die Fahrertür mit einen Handtuch abgedeckt war, ging es hinein. Was war das denn? Das Ambiente war doch noch sehr DDR mäßig, aber die Bude war immerhin voll. Ganz Erzgebirge schien hier zu verkehren. Dieses sahen sie an den Autonummern auf den Parkplatz und an dem "Slang" der hier vorherrschte. Zum Glück gab es hier auch eine Bar und dort nisteten sich unsere zwei ein.

Sie beobachteten sich erst mal das ganze Treiben. Was trinken? Ah Tequila, na mal probieren. Wie war das nun? Erst das Salz, und dann die Zitrone, oder umgekehrt? Egal wie herum, an das Gebräu mussten sie sich erst einmal gewöhnen. Der Barfrau gingen die laufenden Bestellungen derartig auf den Keks, das sie für unsere zwei "Mexikaner" schließlich eine ganze Flasche, zusammen mit einer volle Schale Zitronen, auf den Tresen stellte. Der Platz an der Bar war auch hier sehr gemütlich, so musste letztendlich noch eine Buddel her. An Tanzen war jetzt natürlich nicht mehr zu denken. So verließen zu später Stunde unsere zwei "Tequila Tester" wankend dann allein den Ort des Geschehens. Am nächsten Tag hatte Jens die tolle Idee in eine Kneipe nach Hilbersdorf, zum Dart spielen, zu fahren. Das hatte

Üppel seit den Zeiten des "bayrischen Exils" nicht mehr getan. Aber sei's drum. Nachdem das Auto aus dem Europark geholt war ging es los. Zu der Zeit gab es gerade wieder einmal ein Schlager Revival. Und Jens fuhr voll darauf ab. So kam es, dass unsere zwei Helden, ohne Seitenscheibe und Außenspiegel, aber dafür mit voller Power Schlager aus den Siebzigern durch Chemnitz brausten! Hossa! Ein bisschen Spaß muss sein! Das Dart Turnier verlief dann nicht ganz so, wie es sich Jens erhofft hatte. Üppel konnte logische weise nicht mithalten.

Nachdem alle Schnapsrunden bezahlt waren, ging es zurück nach Altchemnitz. Natürlich wieder in Begleitung, des Jungs mit der Mundharmonika, des Mexican Girls, Anitas, Monikas, Marleens und Michaelas! Immer wieder sonntags kam dann der Abschied. Jens musste zurück nach Ludwigshafen. Unterwegs kam er noch in ein Gewitter, so dass er total durchnässt bei sich zu Hause ankam. Einer deutschen Eiche machte dies aber nichts aus! Das war wieder mal ein tolles Wochenende gewesen, und lenkte Üppel etwas von seinen Problemen mit Bettina ab. Jens vielen Dank dafür, und für alles, was wir in der langen Zeit in der wir uns kannten zusammen erlebt haben! Unglaublich, aber die deutsche Eiche ist gefällt, denn Jens ist heute nicht mehr am Leben, nur die Erinnerungen bleiben! Du wirst nie ganz vergessen werden!

Zurück zu jenem denkwürdigen Jahr. Nach dem Wochenende kam Bettina wieder nach Hause, ohne Kommentar. Üppel kochte. Wenn sie da war flogen nur noch die Fetzen. Der totale Krieg war ausgerufen worden.

Doch sie konnte Üppel immer noch überraschen. Eines Nachts rief sie ihn an und lallte ins Telefon, er möge sie aus dem Holiday abholen aber zack, zack! Wie kam man nur mitten in der Woche so besoffen sein! Da Üppel bekanntlich ein Gemütsmensch war, tat er dies dann auch. Mit Bettinas Twingo fuhr er an den Ort des Geschehens und suchte sie. Wo war die Alte? Nicht an der Bar, nicht in der Kneipe. Dann fand er sie. Sie saß mit eine Flasche auf der Tanzfläche und lehnte total beduselt an der Wand. An Aufstehen war natürlich nicht zu denken. Was tun? Üppel blieb weiter nichts übrig, als Bettina zu schultern und unter den Augen der ganzen Gäste die Schnapsdrossel ins Auto zu tragen. Und ab auf die hintere Sitzbank! Ringsum war das Gelächter groß. Man war das peinlich! Zu allem Überfluss fuhr Üppel auf der

Heimfahrt, an einer Kreuzung, auch noch ein Auto von hinten auf. Es schepperte ordentlich. Doch Bettina erwachte nicht mal aus ihrem Koma. Erst als die Polizei erschien bekam sie allmählich mit, was geschehen war. Zum Glück war sie so etwas munter geworden und konnte eigenen Fußes den Weg ins Bett finden. Der Unfallverursacher hatte nicht so viel Glück, denn nach einer Alkoholkontrolle musste er sein Auto gleich stehen lassen. Der Schaden am Renault war nicht so groß wie vermutet und wurde gleich in den nächsten Tagen repariert. So ein Stress! Auch in den nächsten Wochen wurde es nicht besser. Im Gegenteil. Immer öfter verschwand Bettina nun zu ihren neuen Lover. Und wenn sie schon mal da war gab es Streit. Die Lage eskalierte derart, dass es handgreiflich wurde. Eins war klar, sie wollte für immer weg. Mein Gott Walther! Eine Grenze wurde überschritten. Peng! Das war's, es reichte. Üppel hatte die Nase gestrichen voll, nur wie sollte es jetzt weitergehen?

Eine Scheidung war unausweichlich geworden. Alle diese Jahre für die Mülltonne! Und Gigo hat's von Anfang an gewusst! Üppel eigentlich auch, aber der hatte es ständig verdrängt. Die Stimmung war auf dem Nullpunkt. Die Ehe der beiden hatte zwar meistens sowieso nicht richtig funktioniert, aber das endgültige Aus war dann dennoch ein Schock. Außerdem hatte es sich Üppel in seiner Ecke gerade so schön bequem gemacht und eigentlich keine Lust daran etwas zu ändern. Das war nun vorbei. Er musste aus der Deckung kommen. Nur wie war ihm noch nicht klar.

Zu allem Überfluss stand auch noch Weihnachten vor der Tür. Ans Feiern war bei Üppel natürlich überhaupt nicht zu denken. Bettina hatte sich auch wieder verdrückt, und so saß er zusammen mit Nicole alleine zu Hause. Die ging zu Oma, und jetzt? Am ersten Feiertag klingelte es nachmittags, Uwe stand vor der Tür. Er hatte von den Geschehnissen gehört und wollte Üppel moralisch unter die Arme greifen. Eine nette Geste! Sie beschlossen am Abend der Singleparty im Europark einen erneuten Besuch abzustatten. Das da heute was los war, wusste Üppel. Außerdem hatte er beim letzten Mal mit Jens nur die Bar kennen gelernt. Der Laden war dann auch sehr gut besucht, und das zu Weihnachten! Die ersten Drinks wurden eingenommen und Üppel schaute sich um. Allerhand Frauen waren da, hatten die an den Feiertagen nichts anderes zu tun? Gab es so viele einsame Herzen? Eins war klar, jetzt musste er die Initiative ergreifen, um Licht am Ende des Tunnels sehen zu können. Eine Art Torschlusspanik überkam ihn. Heute oder nie! Ganz ruhig Brauner! Nichts gegen Uwe. Aber der alte Labersack konnte heute noch die ganze Sache versauen. Da kam das Schicksal Üppel zu Hilfe. Uwe hatte, wie immer zu Weihnachten, bei seiner Mutter ausgiebig den guten Entenbraten in sich hineingestopft. Und jetzt fühlte er sich etwas unpässlich, so dass er es vorzog den Ort des Geschehens vorzeitig zu verlassen. Etwas Besseres hätte Üppel gar nicht passieren können. Die Bahn war frei! Yeah! Alleine wäre er sicher nicht auf die Idee gekommen heute wegzugehen. Danke Uwe!

Aber jetzt war es besser alleine zu sein. Und Üppel fühlte neues Selbstbewusstsein in sich aufsteigen. Ein schönes Gefühl. Das war ihm in der letzten Zeit doch etwas abhanden gekommen. Nachdem nun der alte Instinkt wieder erwachen zu schien, beschloss er sich eine neue Frau zu suchen. Das wäre doch gelacht! Bei dem Frauenüberschuss im Singletreff! Vor sich sah er auch schon zwei Damen stehen. Klein und gepflegt. Sie waren aber nur von hinten zu erkennen. Eine hatte blonde Haare und die andere schwarze. Üppel dachte sich: also Blonde hatte er schon zur Genüge kennen gelernt, versuchen wir es doch mal mit einer Dunkelhaarigen!

Doch das ist eine andere Geschichte.

9.

Nachspiel

Das soll es jetzt gewesen sein? Wie ging denn nun alles weiter? Sicher fragt sich dies der geneigte Leser. Vielleicht auch nicht, und er ist froh, dass der ganze Quatsch nun endlich zu vorbei ist. Damit sind wir wieder am Anfang: Warum schreibt man Dinge auf, die man früher einmal erlebt hat? Fragen über Fragen. Antworten hat der Schreiberling, der sich das alles aus den Fingern gesogen hat, natürlich auch nicht. Er ist ja kein professioneller Schriftsteller und brauchte so immerhin mehrere Jahre, bis alle Zeilen zu Papier gebracht waren. Schließlich hat er hauptberuflich einen Malerbetrieb und der nimmt bekanntlich viel Zeit und Nerven in Anspruch. Da es von Anfang an nur um die Zeit der Jugend gehen sollte, musste die Geschichte halt irgendwann zu Ende sein. Punkt! Und da bot sich passender Weise das Aus der Ehe des Hauptakteurs an.

Das Leben ist ja bekanntlich meistens länger als die Jugend und hatte und hat so noch viele Episoden und Begebenheiten zu bieten. Logischer Weise auch für Üppel. Der ist inzwischen wieder verheiratet. Und? Mit der Dunkelhaarigen? Wer weiß? Genau!

Auch heute noch treffen sich viele der genannten Akteure zu runden Geburtstagen, und nach wie vor zu Silvester. Da gibt es immer einiges zu erzählen und es wird viel gelacht.

Doch egal was man so alles in seinen Leben erlebt hat, davon bleiben schließlich nur Erinnerungen übrig. Gute und Schlechte. Und die sind es halt manchmal wert, aufgeschrieben zu werden. Oder nicht?

Ende

Seite 83
aus: Pankow - Werkstattsong
Ehle/Klauke

Seite 86
aus: Spliff - Jerusalem
M.Praeker/H.Mitteregger

Seite 183-184
aus: Spliff - Damals
R.Heil/Skolud

Seite 195
aus: Helge Schneider- Operette für eine kleine Katze
Helge Schneider

Seite 204
aus: Die Doofen - Jesus
Oliver Dittrich/Wigald Boning

Seite 226
aus: DAF - Der Mussolini
Robert Görl/ Gabi Delgado-Lopez

Zeitfracht Medien GmbH
Ferdinand-Jühlke-Straße 7
99095 Erfurt, Deutschland
produktsicherheit@kolibri360.de